RENÉE CARLINO

Nur einen Herzschlag entfernt

Weiterer Titel der Autorin:

Dieser eine Augenblick

Renée Carlino

NUR EINEN HERZSCHLAG ENTFERNT

Roman

Übersetzung aus dem amerikanischen Englisch von
Frauke Meier

LÜBBE

Dieser Titel ist auch als E-Book erschienen

Titel der amerikanischen Originalausgabe:
»Swear on This Life«

Für die deutschsprachige Ausgabe:
Copyright © 2020 by Bastei Lübbe AG, Köln
Textredaktion: Anne Pias, Köln
Umschlaggestaltung: ZERO Werbeagentur, München
Umschlagmotiv: © BLUR LIFE 1975/shutterstock.com;
Melinda Nagy/shutterstock.com
Satz: hanseatenSatz-bremen, Bremen
Gesetzt aus der Minion Pro und Myriad Pro
Druck und Einband: GGP Media GmbH, Pößneck

Printed in Germany
ISBN 978-3-7857-2673-0

2 4 5 3 1

Sie finden uns im Internet unter
www.luebbe.de
Bitte beachten Sie auch: www.lesejury.de

Für Anthony – du wirst immer dieser eine Mensch sein.

1. Er hat mich gefunden

Im Kurs sagen wir: *Das ist ein bisschen zu offensichtlich*, wenn jemand eine Geschichte oder eine Szene geschrieben hat, in der exakt das, was man erwartet, tatsächlich auch passiert. Oder wenn alles zu perfekt abläuft oder zu zielgerichtet. Aber im echten Leben fällt es uns schwer, glückliche Zufälle zu erkennen, weil wir uns die Geschichte nicht ausdenken, während wir sie erleben. Es ist kein Märchen – es ist etwas, das uns wirklich begegnet, und wir haben keine Ahnung, wie es ausgehen wird.

Einige von uns werden auf ihr Leben zurückblicken und sich an Ereignisse erinnern, die ein bisschen zu perfekt waren. Aber solange man nicht die ganze Geschichte kennt, ist es unmöglich, die Handschrift des Universums darin zu erkennen oder wenigstens zuzugeben, dass es da etwas gibt, das größer ist als wir und dafür sorgt, dass alles, was passieren soll, tatsächlich auch passiert. Doch wenn man sich der Vorstellung hingibt, dass es einen Plan geben könnte, statt jeden magischen Moment auf bloßen Zufall zu reduzieren, dann wird die Liebe einen finden. Er hat mich gefunden.

»Wow, die Möwen spielen völlig verrückt. Ich glaube, da kommt ein Tsunami auf uns zu«, sagte ich, während ich aus dem Fenster meiner Wohnung im ersten Obergeschoss starrte und zusah, wie sich der Küstennebel über La Jolla Cove verdichtete. Der Dunst bewegte sich schnell auf mein Haus zu, und in der Ferne wirbelten Gewitterwolken über den Himmel.

Trevor lachte. »Typisch San Diego, deine Überreaktion auf das Wetter.« Er saß auf dem Boden, mit dem Rücken an das überteuerte Ledersofa gelehnt, das meine Tanten Cyndi und Sharon mir zum Einzug gekauft hatten.

»Glaubst du, wir brauchen Sandsäcke?«

»Nein, ich glaube, du bist verrückt«, erwiderte er.

»Verrückt oder vorsichtig?«

»Ich würde es neurotisch nennen. Es nieselt ein bisschen. Es ist im Moment immer noch viel zu trocken in Kalifornien.«

Mir fiel auf, dass Trevor nicht mehr die Kurzgeschichte las, die ich geschrieben hatte, sondern stattdessen wieder Angry Birds auf seinem Telefon spielte.

»Trevor …«, mahnte ich.

»Emiline …«, antwortete er, ohne auch nur aufzublicken.

Ich ließ mich einfach auf seinen Schoß fallen und schlang die Arme um seinen Hals. »Ich möchte wirklich, dass du das liest.«

»Hab ich. Ich habe schnell gelesen.«

»So? Und wovon handelt die Geschichte?«

»Sie handelt von einem Mädchen, das eine uralte Formel für kalte Fusion entdeckt.«

»Die Handlung kennst du also. Aber hat sie dir gefallen?«

»Emi …« Er zögerte, und sein Blick huschte durch den Raum. Als er dann schließlich wieder mich anschaute, erkannte ich Mitleid in seinen Zügen. »Sie hat mir sehr gefallen«, sagte er.

»Aber …«

»Ich denke, du solltest über Dinge schreiben, mit denen du dich auskennst. Du bist eine gute Autorin, aber das hier …« Er hielt die Blätter hoch. »… das wirkt ein bisschen albern.«

»Albern? Warum?« Ich spürte, wie der Ärger in mir hochkochte. Trevor war ehrlich – das war einer der Gründe, warum ich ihn so gernhatte –, aber manchmal war er auch so unverblümt, dass es einer Beleidigung nahekam.

»Zunächst mal ist es unrealistisch.«

»Das ist Science-Fiction«, konterte ich.

»Es fehlt an Charakterentwicklung.« Er zuckte mit den Schultern, als läge das, was er sagte, auf der Hand.

»Trevor, bitte fang nicht mit diesem Kreativen-Schreiben-Anfängerkram an. Damit habe ich in meinem Kurs schon mehr als genug zu tun. Ich möchte das machen, was ich den Studenten immer erzähle. Die Regeln vergessen und sich beim Schreiben auf die Intuition verlassen. Sag mir bitte, wie du es findest – aus der Sicht eines Lesers, nicht aus der eines Lehrers.«

»Ich versuche es. Aber ich dachte, das hätte ich schon. Außerdem kommst du damit nicht zurecht, wenn ich deine Arbeit beurteile. Ich habe keinen Zugang zu den Charakteren gefunden, also hatte ich keine Lust, den Rest der Geschichte zu lesen. Ich bin nur ehrlich.«

»Es gibt auch nettere Arten, ehrlich zu sein«, murrte ich.

»Ich habe die Story trotzdem zu Ende gelesen, und jetzt versuche ich, dir zu helfen, aber das willst du offensichtlich nicht. Sag mir doch einfach, was ich sagen soll.«

Ich verschränkte die Arme vor der Brust. »War das jetzt dein Ernst?«

»Ja.« Abrupt stand er auf, und ich kippte um und fiel auf den Boden.

»Du bist kein Leser. Ich hätte dich gar nicht erst bitten sollen, das zu lesen. Streiten wir uns jetzt wirklich darüber?«

»Über so etwas streiten wir immer«, konterte er. »Und ich finde es beleidigend, dass du sagst, ich wäre kein Leser, als wäre ich eine Art ungebildeter Neandertaler.«

Trevor und ich waren schon seit unserem letzten Jahr in Berkeley zusammen. Daher wusste ich genau, woher seine Unsicherheit kam. Sieben Jahre – eine lange Zeit. Als wir uns kennenlernten, war er ein gefeierter Quarterback auf dem Weg in die NFL, und ich war ein Bücherwurm, der versuchte, eine Autorin zu werden. Er spielte nicht nur in der gleichen Position wie Tom Brady, er war auch genauso attraktiv, weshalb ich mich lange gefragt hatte, was er überhaupt an mir fand. Doch aus irgendeinem Grund hatte sich das am Anfang einfach richtig angefühlt. Wir verstanden uns wunderbar, und unsere Beziehung entwickelte sich geradezu märchenhaft – bis er sich im letzten Spiel der Saison den Wurfarm verletzte. Seine Karriere als Footballprofi war vorbei, ehe sie überhaupt angefangen hatte.

Also machte er ganz unglamourös seinen Abschluss und nahm einen Job als Assistant Offensive Coach an der San Diego State an, damit er näher bei mir war, während ich meinen Master of Fine Arts an der UC San Diego machte. Einen größeren Liebesbeweis hätte er kaum erbringen können, trotzdem hatte ich immer das Gefühl, als wäre ein kleines Licht in ihm erloschen. Er war zwar bei mir in San Diego, aber manchmal kam es mir vor, als wollte er ganz woanders sein.

Eine Beziehung wandelt sich ständig auf subtile Weise, aber in unserem Fall war es zu einer abrupten Veränderung gekommen: Von dem Moment an, in dem er verletzt wurde, war er nicht mehr der Star-Quarterback, der einen streberhaften Bücherwurm betört hatte. Mich hatte das nie gestört, aber ihm machte es eindeutig zu schaffen. Selbst nachdem er mir nach San Diego gefolgt war, lebten wir getrennt, aber wir redeten nicht darüber, selbst dann nicht, als ich meinen MFA in der Tasche hatte. Ich sagte mir, ich würde einfach auf ihn warten, ihm die Möglichkeit geben, die Entscheidung zu treffen, aber wenn ich ehrlich war, wusste ich nicht so recht, ob ich überhaupt mit ihm zusammenziehen wollte.

Also teilte ich mir das Apartment weiter mit meiner Mitbewohnerin Cara, die mit mir Kreatives Schreiben studiert hatte. Sie wollte ein bisschen Geld sparen, während sie ein paar Schreibkurse gab und an ihrem ersten Roman arbeitete, woran ich mich ebenfalls versuchte. Ihr langjähriger Freund Henry war Assistenzarzt der Chirurgie in New York, und sie hatte vor, am Ende des Studienjahrs zu ihm zu ziehen. Ich wusste, bis dahin musste ich mir etwas überlegen, aber Streitereien wie diese weckten in mir den Verdacht, dass Trevor und ich für den nächsten Schritt nicht bereit waren.

»Ich gehe eine Runde laufen«, sagte ich zu Trevor und ging zum Schlafzimmer, um mich umzuziehen.

»Was? In der einen Minute hast du Angst vor einem Tsunami und in der nächsten willst du laufen? Spinnst du?« Er folgte mir. »Emi, irgendwann musst du dich mit deinem Scheiß auseinandersetzen.«

»*Meinem* Scheiß? Was ist denn mit *deinem* Scheiß?«, erwiderte ich ausdruckslos, während ich auf dem Boden saß und meine Laufschuhe schnürte, ohne ihn auch nur anzusehen. Ich stand auf und versuchte, an ihm vorbeizukommen. Ich mochte Ballast mit mir herumschleppen, aber davon konnte Trevor sich auch nicht freisprechen.

»Du kannst nicht jedes Mal laufen gehen, wenn ich mit dir über was reden will.«

»Wir reden später«, sagte ich.

»Nein, jetzt«, entgegnete er bestimmt.

Ich schob mich an ihm vorbei zur Schlafzimmertür hinaus und ging in Richtung Küche. Dort beschäftigte ich mich damit, eine Wasserflasche aufzufüllen.

»Wir sind zusammen, seit wir zwanzig waren, Emi.«

»Verdammt, ich habe dich doch nur gebeten, eine Geschichte zu lesen.«

»Es geht nicht um deine Geschichte.«

»Worum geht es dann?«, fragte ich scharf.

Er sah frustriert und geschlagen aus, was ziemlich selten vorkam. Ein Anflug von schlechtem Gewissen sorgte dafür, dass ich wieder etwas ruhiger wurde.

»Trevor, ich weiß nicht, ob es dir aufgefallen ist, aber im Moment fällt mir das Schreiben nicht gerade leicht. Ich möchte nicht ewig Hilfsprofessorin für Kreatives Schreiben bleiben. Verstehst du das?«

»Du bist schon Autorin, Emi.« Er wirkte aufrichtig, aber das war nicht so ganz das, was ich hören wollte.

»All die anderen Hilfsprofessoren haben schon was veröffentlicht, nur ich nicht.«

»Cara auch?«

»Zweimal«, flüsterte ich.

Er zögerte, ehe er fortfuhr: »Willst du wissen, was ich denke? Es liegt nicht an einem Mangel an Talent, Emi. Ich glaube nur nicht, dass du dich mit den Dingen auskennst, über die du schreibst. Warum versuchst du nicht mal, über dich zu schreiben? Das zu erkunden, was du in deiner Kindheit durchgemacht hast?«

Ich spürte, wie die Wut erneut in mir hochkochte. Er wusste, dass meine Kindheit tabu war. »Darüber will ich nicht reden, und außerdem begreifst du einfach nicht, worum es geht.«

Ich zog mir die Kapuze über das Haar, stieß die Tür auf und lief die Treppe zum Gehweg hinunter, wo mir der Regen direkt ins Gesicht schlug. Ich hörte, wie Trevor die Tür zuknallte und hinter mir herlief. Auf dem Bürgersteig blieb ich stehen, drehte mich um und sah ihn an. »Was machst du?«

»Ich gehe nach Hause«, sagte er.

»Okay.«

»Wir müssen trotzdem reden.«

Ich nickte. »Später.« Daraufhin machte er auf dem Absatz kehrt und ging davon. Ich blieb einen Moment stehen, ehe ich mich in die Gegenrichtung umdrehte … und dann lief ich.

Ich war überzeugt, dass die jahrelange Therapie, die meine Tante Cyndi und ihre Freundin Sharon mir bezahlt hatten, dafür sorgte, dass meine Vergangenheit für immer einfach nur das wäre: vergangen. Trotzdem wusste ich irgendwo in meinem Hinterkopf, dass ich noch nicht ganz fertig war mit dem, was auf dieser langen Lehmstraße in Ohio passiert war, all diese Jahre, bevor ich schließlich bei Cyndi und Sharon untergekommen war. Ich war zurückhaltend und verschlossen, versteckte mich in meiner Beziehung zu Trevor, in meinem Job als Hilfsprofessorin, in meiner Schreiberei. Das alles war mir bewusst, aber mir war nicht so recht klar, wie ich aus diesem ewigen Teufelskreis ausbrechen sollte.

Nach ein paar Kilometern fand ich mich auf dem Parkplatz der UCSD wieder, von den schweren Regentropfen bis auf die Haut durchnässt.

»Emi!«, hörte ich Cara hinter mir rufen. »Warte!«

Ich drehte mich um und zog die Kordel meiner Kapuze weiter zu. »Beeil dich. Ich bin klitschnass.«

Als Cara auf mich zujoggte, klebte ihr glattes blondes Haar an den Wangen, wodurch sie noch dünner wirkte, als sie eh schon war. Sie war das Gegenteil von mir – groß, schmal, helles Haar, helle Augen. Ich dagegen hatte wirres, dunkles Haar, das mir ständig in alle Richtungen vom Kopf abstand.

Wir suchten unter dem auskragenden Obergeschoss des Gebäudes Schutz, in dem das Institut für Kreatives Schreiben untergebracht war.

»Oje, Emi, dein Haar.« Erfolglos versuchte Cara, es zu glätten, als wir das Gebäude betraten und das Wasser von unseren Klamotten schüttelten. Ehe ich irgendetwas erwidern konnte, sahen wir Professor James in seinem Büro, dessen Tür offen stand, aufblicken.

»Professor!«, rief Cara.

Der Mann erfüllte jedes Klischee eines Collegeprofessors. Er war füllig, hatte einen dichten Bart und trug stets Karos oder Fischgrätmuster. Es fiel nicht schwer, sich vorzustellen, wie er mit einer Pfeife im Mundwinkel Vorträge hielt.

»Haben Sie schon Anmerkungen zu meiner Geschichte?«, fragte Cara.

»Die habe ich in der Tat.« Er wühlte in seiner arg ramponierten Lederaktentasche und reichte Cara einen Stapel Papiere. »Ich habe sie an den Rand geschrieben.«

Cara lechzte nach konstruktiver Kritik, doch mir waren die Anmerkungen des Professors nie als besonders hilfreich erschienen, nicht einmal, als ich noch studiert hatte. Nach meinem

Abschluss hatte ich ihn meine Arbeiten nicht mehr lesen lassen.

Während Cara die Randnotizen überflog, musterte Professor James mich von oben bis unten. »Und, woran arbeiten Sie, Emiline?«

»Im Moment nur an ein paar szenischen Übungen.« Ich wandte mich ab, um seinem starren Blick auszuweichen.

»Ich wollte nicht wissen, was Sie mit Ihren Studenten machen. Ich meinte Ihre persönlichen Projekte.«

Müßig dachte ich darüber nach, dass das einzige persönliche Projekt, an dem mir gerade gelegen war, darin bestand, meine Augenbrauen zu zupfen und die Beine zu rasieren. »Ach, nur ein paar Kurzgeschichten.«

»Sollten Sie je an einer Rückmeldung interessiert sein, können Sie Ihre Arbeiten gern in meinem Büro abgeben.«

Unbehaglich trat ich von einem Fuß auf den anderen. »Danke. Ich werd's mir überlegen.«

Ich warf einen Blick auf Caras Story, und da fiel mir ganz oben auf der Seite in dicken roten Buchstaben die Anmerkung *»BRILLANT!!«* auf.

Professor James nickte uns zum Abschied kurz zu und ging seiner Wege. Ich drehte mich zu Cara um. »Zwei Ausrufezeichen? Über meine Arbeit hat er nie etwas gesagt, das auch nur annähernd so nett gewesen wäre.«

Cara runzelte die Stirn. »Du weißt, was ich darüber denke, Emi.«

»Oh Mann, und schon geht es wieder los.«

»Mir ist schon klar, dass du das nicht gern hörst, aber es ist wahr. Vielleicht schreibst du einfach über die falschen Dinge.«

Erst Trevor, und jetzt auch noch Cara? »Ich kann richtig gut backen – bedeutet das, ich muss Bäckerin werden?«

»Du weißt genau, dass ich es so nicht gemeint habe«, sagte sie.

»Ja, ich weiß.« Ich starrte meine ausgetretenen Nikes an. »Ich bin es nur so leid, dass ich bei meinen Kurzgeschichten immer irgendwie danebenliege. Meine letzte hat Trevor mehr oder weniger in der Luft zerrissen.« Ich blickte auf und deutete mit einem Nicken zum anderen Ende des Gangs. »Komm, lass uns los.«

Schweigend gingen wir zum Lehrerzimmer, um in unsere Postfächer zu sehen.

»Vielleicht könntest du es mit Memoiren versuchen? Selbst, wenn du sie nicht zu Ende bringst, könnte dir das helfen herauszufinden, was du in deinen Kurzgeschichten behandeln willst. Irgendetwas, was mehr mit dir selbst zu tun hat?«

»Nein danke«, entgegnete ich in der Hoffnung, dass mein Ton ihr vermittelte, wie sehr ich mir wünschte, sie würde das Thema fallen lassen.

Anscheinend hatte sie den Wink verstanden. »Hast du schon von diesem neuen Autor gehört, über den alle reden? J. Colby?«

Ich blätterte in den Papieren aus meinem Mitarbeiterfach und warf die Werbesendungen in den Mülleimer. »Nein, wer ist das?«

»Hat seinen Abschluss an der Columbia gemacht. Er ist ungefähr in unserem Alter. Kaum zu glauben, dass er schon ein Buch veröffentlicht hat. Und alle schwärmen von seinem Roman.«

»Schön für ihn«, kommentierte ich frustriert.

»Tja, ich werde es jedenfalls lesen, um herauszufinden, ob es gerechtfertigt ist«, sagte sie, während sie einen Stapel Briefe in ihren Stoffbeutel stopfte. »Er heißt *All die Straßen auf unserem Weg*. Ist das nicht ein toller Titel?«

»Ist okay. Erinnert mich irgendwie an *Die Brücken am Fluss* oder so.« Ich drehte mich zu ihr um. »Also gut, ich bin hier fertig, ich gehe nach Hause. Kommst du mit?«

»Ich komme nach – ich muss noch was erledigen. Aber, hey, weißt du, was wir bei dem Wetter machen sollten? Zu Hause bleiben, was zum Essen bestellen, Trash-TV gucken und uns betrinken. Das würde dich doch ein bisschen aufheitern, oder?«

»Vermutlich. Ja … das hört sich nicht schlecht an. Sogar richtig gut. Lass uns das machen.« Was machte es schon, dass ich Trevor versprochen hatte, mit ihm Football zu schauen und zu reden. Was ich jetzt brauchte, war ein netter Abend zu Hause mit meiner besten Freundin. »Ich besorge den Wein, du holst chinesisches Essen.«

»Einverstanden. Wir sehen uns zu Hause.«

Hinter den Gewitterwolken ging die Sonne unter, während ich auf der Fensterbank hockte, zusah, wie die Wellen an die Felsenküste der Bucht schlugen, und über die Geschichte nachdachte, die ich schreiben könnte. Ich wusste, ich hatte seitenweise Material. Bücherweise sogar. Ich wusste nur nicht, ob ich die Worte je zu Papier würde bringen können.

Cara polterte mit einer Tüte von *Barnes and Noble* zur Tür herein.

»Gibt es bei *Barnes and Noble* jetzt auch chinesisches Essen?«

»Unser Date muss ausfallen! Ich habe mir das Buch gekauft, über das wir gesprochen hatten. Ich habe schon im Laden zwanzig Seiten gelesen und konnte es einfach nicht wieder weglegen, und jetzt muss ich wissen, wie es weitergeht. Emiline, ich liebe diesen Autor. Ich werde ihn finden und ihn überzeugen, mich zu heiraten.«

»Und wie wird Henry das finden?«

Sie klatschte die Tüte auf die Frühstücksbar und schenkte sich ein Glas Wein ein. Ich sah ihr vom Fenstersims aus zu. »Er wird das verstehen«, antwortete sie kichernd.

»Du lässt mich also sitzen, um dich in dein Zimmer zu verziehen und zu lesen?«

»Du weißt doch, wie das ist, wenn mich ein Buch erst mal gepackt hat. Dann kann ich nicht aufhören.«

Ich verstand genau, was sie meinte – mir ging es nicht anders. »Okay. Aber du bist mir was schuldig.«

»Vielleicht kann Trevor kurz mit chinesischem Essen vorbeischauen?«

Ich lachte. »Du servierst mich ab, willst aber, dass mein Freund uns was zu essen bringt?«

Lächelnd beugte sie sich über das Sofa. »Bist du sauer?«

»Nein, ich will dich nur ärgern. Jetzt hau ab und genieß das Buch.«

Als Trevor eine Stunde später mit dem chinesischen Essen auftauchte, kam Cara aus ihrem Zimmer, holte sich einen Teller und verschwand umgehend wieder.

»Was ist mit der los?«, fragte er.

»Sie liest.«

»Tja, dann haben wir wohl jetzt Zeit zum Reden.« Nebeneinander setzten wir uns an die Theke, öffneten schweigend die Essenskartons und warteten darauf, dass der andere den ersten Schritt machte.

Nach einigen Bissen legte ich meine Stäbchen weg. »Du willst reden? Schön. Warum sagst du mir nie, dass du mich liebst?«

»Ich habe es dir doch schon mal gesagt«, erwiderte er überrascht. »Das ist aber nicht das, worüber ich mit dir reden will.«

»Tja, ich will aber darüber reden. Du *hast* es gesagt, aber nicht gerade oft. Ist dir nicht danach, mir das zu sagen?«

»Du sagst mir auch nicht, dass du mich liebst.«

Berechtigter Einwand. »Ich glaube, wir wissen nicht mal, was das bedeutet«, sagte ich mit dem Mund voller Sesamhähnchen.

»Was immer dir gerade zu schaffen macht, es hat nichts mit mir zu tun«, konstatierte er.

Trevor hatte so eine Art, bei Streitigkeiten jegliche Verantwortung von sich zu weisen. Mich machte das wahnsinnig.

»Leute gehen Beziehungen ein, damit sie Dinge miteinander teilen können.«

»Das aus deinem Munde? Ich staune.« Er seufzte. »Emi, wir sind seit sieben Jahren zusammen, und ich kenne dich immer noch nicht wirklich. Du erzählst mir alles Mögliche, aber nichts aus deiner Vergangenheit.«

Ich spürte, wie ich automatisch auf Abwehr umschaltete. »Wenn wir jetzt bei gegenseitigen Schuldzuweisungen sind, du hast dir auch keine große Mühe gegeben, mich kennenzulernen oder eine echte Bindung aufzubauen.«

Trevor verzog das Gesicht, und ich sah ihm an, dass ich einen wunden Punkt getroffen hatte.

»Ist das dein Ernst? Du sagst ständig, du weißt nicht, wo du in einem Jahr bist. Keine Ahnung, was das heißt. Was denkst du, wie ich mich dabei fühle?«

»Warum bist du dann hier?«, fragte ich nur. So kaltschnäuzig hatte ich gar nicht sein wollen, und ich erkannte, dass ich zu weit gegangen war. Dass ich ihn zu sehr verletzt hatte.

»Deinetwegen bin ich hergezogen, Emi. Ich habe mein ganzes Leben um diese Beziehung herum aufgebaut.« Er erhob sich von seinem Barhocker. »Wir sind keine Studenten mehr. Ich kann nicht gleichzeitig mit deiner verdammten Unbeständigkeit umgehen und mir anhören, ich würde keine Bindung zu dir aufbauen. Du bist es, die keine Beziehung mit mir will.«

In mir blubberten alle möglichen scharfen Erwiderungen. *Dein einziges Jobangebot stammte aus San Diego. Du bist nicht meinetwegen hergezogen. Ich bin nur die Frau, mit der du dir die Zeit vertreibst. Das wissen wir beide. Warum sonst sollte es dir so schwerfallen, mir zu sagen, dass du mich liebst? Warum sonst kann ich mir unsere Zukunft nicht vorstellen?*

Ich stand auf und ging in mein Zimmer. Trevor folgte mir auf dem Fuße. An der Tür legte ich für einen Moment die Hand auf den Knauf und drehte mich zu ihm um, während er schweigend wartete. Dann zog ich ihn an mich und küsste ihn, presste meinen Körper an seinen. Ich wollte nicht mehr reden.

Als ich am nächsten Morgen an der Frühstückstheke meinen Kaffee trank, hüpfte Cara herbei. »Was nagt denn so an dir?«, fragte sie. Ich hatte keine Ahnung, wie sie es schaffte, mir solche Dinge am Hinterkopf abzulesen, aber sie konnte Stimmungen auffangen wie niemand anderes. Sie schenkte sich einen Becher Kaffee ein, lehnte sich auf die Theke, sah mich unverwandt an, während sie auf eine Antwort wartete.

»Trevor.«

»Trevor nagt an dir?«

»Nicht auf eine angenehme Art, du Perverse.« Ich verdrehte die Augen.

»Streitet ihr euch wieder? Gestern Abend hat es sich eigentlich eher so angehört, als würdet ihr euch ziemlich gut vertragen.«

»Wir streiten immer. Sogar, wenn wir uns gut vertragen.«

Sie richtete sich auf, als wäre ihr gerade etwas in den Sinn gekommen, und ging zu ihrem Zimmer. »Bin gleich wieder da. Hau nicht ab.«

Gleich darauf kehrte sie zurück und legte ein Buch vor mir auf die Theke.

Ich warf einen Blick auf den Einband. *All die Straßen auf unserem Weg.*

»Du bist schon fertig?«, fragte ich.

»Bin die ganze Nacht wach geblieben. Ich liebe es. Du hast gesagt, ich bin dir was schuldig, weil ich dich gestern Abend im Stich gelassen habe, und das ist meine Wiedergutmachung. Ich glaube, du kannst eine kleine Ablenkung brauchen.«

»Ach ja?« Ich strich mit der Hand über das Buch. Auf dem Cover war ein Bild von zwei Kindern auf einer Straße zu sehen, die einander an den Händen hielten. Etwas an der Szenerie kam mir vertraut vor, aber ich konnte es nicht recht greifen.

»Vielleicht kannst du deiner eigenen, nicht perfekten Liebesgeschichte für eine Weile entkommen und dich in etwas verlieren, was befriedigender ist – auch wenn es nur fiktiv ist.«

Seufzend ergriff ich das Buch. Womöglich hatte sie recht. Mit der anderen Hand schnappte ich mir meinen Kaffee und machte mich auf den Weg zurück in mein Zimmer. »Danke, mein Glücksbärchi«, rief ich ihr über die Schulter zu.

»Immer gern.«

Kaum war ich in meinem Zimmer, ließ ich mich aufs Bett fallen und schlug das Buch auf. Von dem Moment an, in dem ich die zweite Zeile des ersten Absatzes gelesen hatte, schlug mein Herz dreimal so schnell wie sonst, und ich fing an zu schwitzen. Am Ende der ersten Seite war ich beinahe hysterisch.

Aus: *All die Straßen auf unserem Weg*

Wenn unser Schulbus die El Monte Road erreichte, waren Jax und ich die letzten Kinder, die noch übrig waren. Wir holperten an den Feldern entlang, vorbei an Carters Eierfarm und einer Menge verfallener Häuser, an Staubwolken und Unkraut. Wir lebten in der Nähe der El Monte am Ende einer langen Lehmstraße, die beim Fünfkomma-fünf-Meilen-Schild abzweigte. Zwei verbeulte Briefkästen auf schiefen, brüchigen Holzpfosten kennzeichneten die Zufahrt zu unseren Häusern. Auf dieser Straße wurde man im Auto kräftig durchgeschüttelt, und eine Busfahrt war nahezu unmöglich, darum holte Ms Beels uns an jedem Schultag bei Regen, Schnee und Sonnenschein an den Briefkästen ab. An diesen Briefkästen begannen und beendeten Jax und ich unsere lange Reise.

Ms Beels, eine gedrungene Frau, die nicht zusammenpassende Socken und alberne Sweatshirts zu tragen pflegte, war von der ersten Klasse an bis zur Highschool unsere Busfahrerin. Sie war die einzige Konstante, die einzige verlässliche Person in meinem Leben. Abgesehen von Jax.

Jeden Morgen begrüßte sie mich mit einem Lächeln, und an jedem Nachmittag sagte sie, kurz bevor sie die Tür schloss und weiterfuhr: »Geht nach Hause, Kinder, und esst euer Gemüse«, als könnten unsere Eltern sich solchen Luxus leisten. Ihr Leben war immer gleich, tagein, tagaus, aber sie lächelte trotzdem und tat gewissenhaft ihre Arbeit.

Wenn der eigenen Familie so gar nichts bleibt, dann beneidet man sogar Menschen wie Ms Beels. Auch wenn es nicht gerade ein Griff nach den Sternen ist, in einer bescheuerten Siedlung auf dem Lande einen Bus zu fahren, habe ich mit zehn Jahren dennoch zu ihr aufgeblickt. Sie hatte mehr als die meisten Leute, die ich damals kannte. Sie hatte einen Job.

Wir lebten in Neeble, Ohio, mit knapp achttausend Einwohnern.

Heimat der ehemaligen Angestellten von American Paper Mill, deren Hauptsitz in New Clayton war. Die meisten Arbeiter hatten New Clayton verlassen, kurz nachdem die Fabrik geschlossen worden war, und ihre Familien in die ländlicheren, kleineren Orte gebracht, in denen die Mieten niedriger und Gelegenheitsjobs nicht ganz so selten waren.

Meine Familie hatte immer in Neeble gewohnt. Mein Dad war dort aufgewachsen und Jax' Dad auch. Als die Fabrik noch in Betrieb war, fuhren sie zusammen nach New Clayton, begannen und beendeten ihre Tage gemeinsam, genau wie Jax und ich. Sie waren gute Freunde und gute Männer – so jedenfalls habe ich sie in Erinnerung. Und für eine Weile hatten wir ein angenehmes Leben. Mein Vater nannte das, was wir am Ende dieser Lehmstraße hatten, unser kleines Stückchen Himmel. Und das war es auch … lange Zeit. Aber wenn es hier auf Erden einen echten Himmel gab, dann gab es auch eine Hölle. Jax und ich mussten das schmerzhaft erfahren.

Er und ich waren nicht immer Freunde gewesen. Anfangs war er für mich nur ein übel riechender Junge mit dreckigen Fingernägeln und struppigem Haar, das ihm bis über die Augen fiel. In den ersten Jahren hörte ich von ihm kaum ein Wort außer »Ja, Ma'am« und »Nein, Ma'am«. Regelmäßig schlurfte er hinter mir die ganze Lehmstraße bis zu der Stelle hinunter, wo Ms Beels uns in Empfang nahm. Dann stiegen wir in den gelben Fern-County-Schulbus und hockten uns für die eineinhalbstündige Fahrt zur Schule hin. Ich saß immer in der ersten Reihe, und er ging jedes Mal direkt nach hinten durch.

Auf dem Weg durch den Ort sammelten wir noch einen ganzen Haufen anderer Kinder ein, wenigstens dreißig Schüler jedes Alters, aber die zwei, an die ich mich neben Jax am lebhaftesten erinnere, waren totale Arschlöcher. Ich war überzeugt, dass Mikey McDonald, der Junge mit dem militärisch kurzen blonden Haar und den Schlabberhosen, mir das Leben zur Hölle machen wollte.

»Emerson? Was ist das für ein Name? Ist das nicht ein Jungenname?«

Darauf verdrehte ich dann gewöhnlich die Augen und versuchte, gar nicht auf ihn zu achten. Ich bekam nie eine Gelegenheit, meine Eltern zu fragen, was sie geraucht hatten, als sie sich meinen Namen überlegt hatten.

In der dritten Klasse hatte Mikey einen neuen Kumpel: Alex Duncan. Was immer ich gerade bei mir hatte, er kam und versuchte, es mir aus den Händen zu schlagen, und dann setzten sie sich beide im Bus hinter mich und piesackten mich auf dem ganzen Weg nach Hause. »Vielleicht kannst du ja irgendwann ein Buch heiraten, Emerson Bücherwurm. Haha, du solltest echt Bücherwurm mit Nachnamen heißen.«

Alex hatte genau auf der Nasenspitze ein Muttermal. Er sah aus, als hätte er an Scheiße geschnüffelt. Lange Zeit ertrug ich die Gemeinheiten schweigend, aber in der vierten Klasse wurde plötzlich alles anders. Die Fabrik war da schon seit beinahe einem Jahr geschlossen, das Geld ging allmählich aus, und mein Vater tat gar nichts mehr außer trinken und Radio hören. Die Stimme des Radiomoderators Rush Limbaughs war mir vertrauter als die meines eigenen Vaters. Er zog sich einfach zurück. Er hatte beinahe aufgehört zu reden und wurde immer gemeiner. Daher verließ meine Mutter ihn und ließ mich mit ihm allein. Ich hatte nicht einmal einen Bruder oder eine Schwester, die mir hätten helfen können, die Last zu tragen.

Alles verändert sich, wenn ein Mann es sich nicht mehr leisten kann, Essen auf den Tisch zu bringen. Manche Männer sind so einer Situation gewachsen und finden eine Möglichkeit, über die Runden zu kommen, was immer dazu nötig ist. Andere sind zu stolz und können es nicht ertragen, ihre Welt zusammenbrechen zu sehen. Mein Dad war in dritter Generation Arbeiter bei American Paper Mill und Jax'Vater ebenso. Das war alles, was sie kannten.

Nach Jahren der Quälerei durch Mikey und Alex kam ich an die

Grenze meiner Belastbarkeit, als der stille, zurückhaltende Jax beschloss, sich an ihren kindischen Idiotien zu beteiligen.

Ich achtete immer darauf, dass meine Klamotten sauber und mein Gesicht gewaschen waren. Nachdem Mom gegangen war, fing Dad an, mit Susan Zeit zu verbringen, einer Frau, die als Zimmermädchen in einem Hotel in der Nähe arbeitete. Sie kleidete sich nicht wie ein Zimmermädchen, aber sie brachte uns immer diese kleinen Seifenstücke aus dem Motelbadezimmer mit, daher nahm ich an, dass sie wohl eines wäre. Die billige Hotelseife musste für alles herhalten. Ich wusch mir sogar die Haare damit, was logischerweise dazu führte, dass meine weichen braunen Locken sich innerhalb weniger Wochen in ein krauses Chaos verwandelten. Die Kinder im Bus nannten mich Medusa. Ach, wäre ich doch nur so beängstigend gewesen.

An einem schwülen Tag im Juni folgte mir Jax die Straße hinunter und nahm dann seinen üblichen Sitz im Heck ein. Auf halbem Wege zur Schule riefen Mikey und Alex Jax zu, er solle sich zu ihnen setzen. Gleich darauf fingen sie hinter mir an zu kichern.

»Hast du deinen Finger in eine Lampenfassung gesteckt, Medusa?«, fragte Alex.

»Wenn ich das anfasse, beißt es mich dann?«, stichelte Alex.

»Ja, echt cooles Haar«, bemerkte Jax.

Ich drehte mich um und durchbohrte ihn mit einem stechenden Blick. »Toller Kommentar, Fisher. Und so originell. Pass lieber auf, oder ich sage es deinem Vater.« Die anderen waren mir völlig egal, aber ich hatte nicht vor, mir das von einem Nachbarsjungen gefallen zu lassen. Er antwortete nicht – er fixierte mich nur und fing dabei an, leicht zu schielen. Aber wenigstens ließ er sich keine weitere Gemeinheit einfallen; es hatte sogar den Anschein, als hätte er ein schlechtes Gewissen. Er wandte den Blick nicht von meinen Augen ab.

»Mach ein Foto, da hast du länger was von«, blaffte ich. Er lief rot an und schaute weg.

Ich hörte, wie Mikey zu Jax sagte: »Erzählt sie das wirklich deinem Vater?«

Jax zuckte mit den Schultern. »Mir doch egal.«

Alex konzentrierte sich wieder auf mich. »Wir haben ja solche Angst – Pudelkopf will uns verpetzen. Wuff, wuff.«

Die Jungs fuhren ohne Jax' Unterstützung fort, mich aufzuziehen. Jax hielt einfach nur den Kopf gesenkt und wartete, bis nur noch wir zwei im Bus saßen und wir wieder einmal das Meilenschild an der El Monte passierten. Ich wusste nicht recht, ob ich Jax mit meiner Drohung Angst gemacht hatte, oder ob er kapiert hatte, was für Idioten sie waren, also drehte ich mich auf meinem Sitz um und sah ihn über die Rücklehne der Bank an. »Das war kein Witz, Jackson Fisher. Ich *werde* es deinem Vater erzählen.«

»Das könnte ziemlich schwer werden, Emerson. Mein Dad ist weg. Er ist abgehauen.« Das war das erste Mal, dass ich ihn meinen Namen hatte sagen hören, und er sprach ihn so deutlich aus, wie es ein Erwachsener tun würde.

»Wo ist er hin?«

»Keine Ahnung. Wo ist deine Mom hin?«

Ich hätte nicht gedacht, dass er überhaupt von meiner Mom wusste – ich hatte angenommen, das wäre unser großes Familiengeheimnis. Aber es gab in solch einem kleinen Ort wohl keine Geheimnisse.

»Sie sind nicht … du denkst doch nicht …« Verlegen verstummte ich. *War meine Mutter mit Jacksons Dad abgehauen?*

»Nein, sie sind nicht zusammen. Ich meinte nur, sie haben das Gleiche getan. Sie haben uns verlassen.« Er schaute mit starrem Blick aus dem Fenster.

Ich war traurig und verwirrt. Einerseits wollte ich ihm in die Nase kneifen und ihm die Ohren langziehen, weil er sich über mich lustig gemacht hatte, andererseits wollte ich ihn in die Arme nehmen. Ich wusste, wie er sich fühlte, und es tat fast körperlich weh. Wenigstens hatte Jax zu Hause noch einen älteren Bruder. Ich hatte niemanden, nur meine Bücher.

Den Rest der Fahrt verbrachten wir schweigend, aber wir gingen Schulter an Schulter in freundschaftlicher Stille die lange Lehmstraße hinunter. Etwas fühlte sich anders an, so, als wäre eine Art Waffenstillstand geschlossen worden. Am Ende der Straße ging ich in mein finsteres Haus und er in seines. Drinnen fand ich meinen schnarchenden Vater, der noch im Schlaf eine Flasche Jack Daniel's umklammerte, auf dem Sofa vor. Ich verschwand in meinem Zimmer, kramte eine Schere hervor, setzte mich vor den Spiegel und fing an, mir die Haare abzuschneiden. Später döste ich ein, ohne zu Abend gegessen zu haben, nur um gegen drei am Morgen von dem trunkenen Gefasel meines Vaters wieder wach zu werden. Er taumelte gegen Wände und schimpfte vor sich hin. Ich versteckte mich unter meiner Decke, und bald darauf stolperte er zu meiner Tür herein, und das dunkle Zimmer füllte sich mit dem Lichtschein aus dem Korridor. Ich hatte schreckliche Angst.

»Was machst du da, Emerson?«

»Ich habe geschlafen. Es ist spät, Dad, und ich muss morgen früh zur Schule.« Ich versuchte, möglichst kleinlaut und bußfertig zu klingen. In seinem Schnurrbart klebten Essensreste, und ich fragte mich, was er wohl gegessen hatte. Sosehr ich mich fürchtete, ich hatte auch genug Hunger, um mich von diesem Detail ablenken zu lassen.

Er kniff die Augen zusammen, als er in die Dunkelheit starrte. »Was zum Teufel hast du mit deinem Haar gemacht?«

»Nichts …« Automatisch hob ich die Hand, um eine Strähne zu zwirbeln, aber da war nicht mehr viel Haar übrig. Im Stillen verwünschte ich mich dafür, dass ich die eine Sache, die mir eine Ablenkung in unangenehmen Situationen ermöglichte, zerstört hatte.

»Nichts?«, brüllte er mich an. »Das sieht nicht wie nichts aus!« Er ragte über mir auf wie ein angriffslustiger Cartoon-Riese.

Unsicher stand ich in seinem Schatten auf und fuhr mir mit den Fingern durch die jungenhafte Frisur. »Ich … ich …«

»Halt den Mund, du dummes, dummes Mädchen. Du bist genauso wie deine dumme Mutter.« Entrüstet und zutiefst enttäuscht schüttelte er den Kopf. »Geh ins Bett.«

Ich wusste nie, welche Version meines Vaters mich gerade erwartete. In diesem Alter fiel es mir schwer zu begreifen, was er durchgemacht hatte, als er erst den einzigen Job, den er beherrschte, und gleich darauf seine Frau verloren hatte. Trotzdem rechtfertigte sein Pech nicht sein Trinken und den Zorn, der in ihm wütete.

Unter einer Decke auf dem Boden zusammengerollt schloss ich die Augen und betete, einer von uns würde verschwinden. Er oder ich – das war mir egal. Als ich hörte, wie er sich in der Küche einen weiteren Drink einschenkte, entspannte ich mich. Er würde trinken, bis er umkippte, das wusste ich. Das war der normale Ablauf, und ich wollte ganz bestimmt nicht in der Nähe sein, wenn er mit einem unglaublichen Kater wieder zu sich käme. Ich blieb noch eine Weile länger wach und lauschte, um mich zu vergewissern, dass er nicht zurückkommen würde. Als ich dann endlich kurz vorm Einschlafen war, steckte ich mir eine gebundene Ausgabe von *Der König von Narnia* in den hinteren Bund meiner Schlafanzughose. Gleich darauf döste ich mit im Kissen vergrabenem Gesicht wieder ein. Manchmal kam er mitten in der Nacht in mein Zimmer, um mir den Hintern zu versohlen, oft ganz ohne Grund. Ich fragte mich, ob alle Eltern das taten. Schließlich war ich erst zehn, und ich zog nicht gerade von Tür zu Tür, um andere Leute nach solchen Dingen zu fragen.

Am Morgen war ich so müde, meine Knochen fühlten sich schwer an und mein Gehirn vernebelt. Ich wusste nicht, ob ich diesen Schultag bis zum Ende durchstehen würde. Aber die Furcht war zu groß, um zu Hause zu bleiben. Die Schule war meine Zuflucht, und Bücher waren meine Freunde, also machte ich mich fertig, schlich auf Zehenspitzen zur Tür hinaus und setzte mich auf den niedrigen braunen Zaun vor dem Haus, um auf Jax zu warten. Während ich dort hockte, weinte ich, so traurig war ich, dass ich keine Mutter und keine Freunde hatte.

Jax kam von hinten und schnippte mein Haar mit den Fingern an. »Wir haben nur Spaß gemacht. Du hättest es nicht gleich abschneiden sollen.«

Ich blickte zu ihm auf und sah zu, wie sich ein Ausdruck des Begreifens in seinen Zügen ausbreitete. Er wusste, dass ich geweint hatte. In diesem Moment, der angefüllt war mit Verständnis und Mitgefühl, wurde Jackson Fisher mein einziger wahrer Freund.

»Was ist los, Emerson?«

»Ich hab Ärger bekommen, weil ich mir die Haare abgeschnitten habe. Mein Dad war deswegen total gemein zu mir.«

»Dann hast du wegen deinem Dad geweint, nicht wegen dem, was ich zu dir gesagt habe?«

Ich nickte. »Ich will nicht mehr weinen.« Meine Stimme klang heiser.

»Tut mir wirklich leid.« Er sprach die Worte, als wäre es ihm tatsächlich ernst damit: Sein Ton klang gepeinigt, reumütig … sanft. Sein Blick wirkte aufrichtig, und ich erkannte eine Ehrlichkeit in seiner Mimik, die nicht geheuchelt war. Das war ein Ausdruck, den ich nie vergessen würde. »Es ist nicht deine Schuld, dass dein Dad ein Arschloch ist«, sagte er, wühlte in seinem Rucksack und zog eine Packung Pop-Tarts hervor. Eines der Gebäckstücke behielt er für sich, das andere hielt er mir hin. »Hunger?« Ich griff danach wie ein wildes Tier und fing gierig an zu essen. »Nicht so schnell, Emerson. Sonst wird dir noch schlecht.«

»Ich weiß, ich weiß.«

»Komm, wir sollten besser gehen.«

Im Bus setzte Jax sich auf die Sitzbank hinter meiner. Als Mikey einstieg, sagte Jax zu ihm: »Sorry, der Platz ist besetzt. Such dir einen anderen.«

Ms Williams, unsere Lehrerin in der vierten Klasse, konnte kaum weiter als bis zur ersten Reihe ihrer Schüler sehen, umso weniger nahm sie mich ganz hinten im Klassenzimmer wahr, und daher wurde ich auch nie gefragt, warum ich kein Pausenbrot dabeihabe, wenn die Glocke läutete. Wir hatten nie was zu essen zu Hause. Mein Dad gab mir dann und wann mal einen Dollar, damit ich mir in der Cafeteria etwas kaufen konnte, aber an den meisten Tagen blieb mir nur das, was die anderen Kinder wegwarfen. An diesem Tag entdeckte mich Jackson gegen Ende der Mittagspause in der Bibliothek, als ich gerade wieder hinausgehen wollte. Er sagte nichts, reichte mir nur ein halbes Pausenbrot mit Erdnussbutter und Marmelade. »Danke«, sagte ich, verschwand auf dem Klo und schlang es hinunter, ehe es klingelte.

Später am Nachmittag, ehe sich unsere Wege am Ende der Straße trennten, fragte Jax: »Treffen wir uns in einer Stunde hinterm Schuppen?«

Im Schuppen waren einige Werkzeuge verstaut, die niemand mehr brauchte. Er lag gleich hinter der kleinen Baumreihe auf der Grenze zwischen unserem Grundstück und dem der Fishers, weshalb er weder von unserem noch von deren Haus aus zu sehen war.

»Warum?«

»Komm einfach.«

»Nein, du machst mir Angst.«

Er schüttelte den Kopf. »Du musst keine Angst haben. Ich habe ihn aufgeräumt. Ich gehe da immer hin.«

Ich bekam große Augen. »Ich habe keine Angst vor dem Schuppen …«

»Du hast Angst vor mir?« Er legte eine Hand an seine Brust. »Ich will dir nur helfen.«

»Warum?«, fragte ich erneut.

»Weiß nicht.«

»Und wie willst du mir helfen?«

»Ich hatte vor, dir einen Teller Essen mitzubringen. Meine Mom lässt uns Eintopf da, wenn sie zur Arbeit geht. Ich wollte nur nicht, dass Brian es erfährt.«

Brian war Jax' zehn Jahre älterer Bruder. Wann immer ihre Mutter arbeiten musste, hatte er das Sagen. Er war in einer Band und spielte die ganze Nacht in der Garage Gitarre. Mein Dad nannte ihn einen Junkie. Damals verstand ich noch nicht, was das bedeutete.

»Oh.«

»Ach, vergiss es einfach.«

»Nein, das ist toll, Jax. Ich will nur nicht, dass du Ärger bekommst.«

»Ich bekomme keinen Ärger. Komm einfach in einer Stunde dahin. Wenn es dunkel im Schuppen ist, gleich links von der Tür hängt eine Laterne. Aber nimm eine Taschenlampe mit.«

»Danke.«

Er wandte sich ab und ging zu seinem Haus, also lief ich zu meinem. Mein Vater saß am Küchentisch, rauchte eine Zigarette und hielt ein Glas mit einer braunen Flüssigkeit in der Hand. Die beigen Vorhänge wehten über die Küchenspüle.

»Heute ist es ziemlich windig.« Ich trat ans Fenster und schloss es. »Hier drin wird alles staubig, wenn wir die Fenster offen lassen.«

Er reagierte nicht, also wandte ich mich dem Kühlschrank zu, öffnete die Tür und inspizierte den Inhalt. Da war ein Glas mit Gurkensalat, etwas abgelaufene Salatsoße und eine offene Dose mit Oliven. Ich nahm die Dose, ging zum Mülleimer und leerte sie hinein. Mein Vater maß mich mit einem finsteren Blick, als ich die Küche durchquerte, wartete, bis ich die Oliven in den Mülleimer gekippt hatte, um dann abrupt aufzustehen, sodass die Stuhlbeine über den schmutzigen Linoleumboden schrammten. Er brauchte nur zwei lange Schritte, um sich direkt vor mir aufzubauen.

»Hast du Geld, um Ersatz dafür zu kaufen?«

»Man soll keine Lebensmittel in offenen Aludosen aufbewahren.«

»Sagt wer?«

»Mom hat gesagt, davon kann man krank werden.«

»Deine Mutter ist tot, und hier gilt, was ich sage.« Er schäumte vor Wut und sprach so feucht, dass ein Spritzer seines Speichels auf meine Wange klatschte.

Langsam wischte ich ihn weg, und dann spürte ich, dass mir die Tränen in die Augen traten. »Was meinst du mit, sie ist tot?«

»Für uns ist sie jetzt tot.« Seine Augen funkelten vor Wut, und er umfasste die Kühlschranktür so kraftvoll, dass ich schon fürchtete, sie würde in seiner Hand auseinanderbrechen.

»Okay, Dad«, murmelte ich eingeschüchtert und fragte äußerst zaghaft: »Ist es in Ordnung, wenn ich nach nebenan gehe und ein bisschen Eintopf esse?«

»Mach, was du willst.« Er schlug die Kühlschranktür zu und verschwand aus der Küche.

Ich ging in mein Zimmer, schnappte mir ein Sweatshirt und tapste hinaus in die Dämmerung. Die Hütte war ungefähr so weit entfernt, wie ein Footballfeld lang ist, und ich musste durch knietiefes Gras marschieren, um hinzukommen. Kletten fingen sich an meinen Socken und meinen Hosenbeinen, aber das war ein geringer Preis für eine warme Mahlzeit. Unterwegs dachte ich darüber nach, wo meine Mutter wohl hingegangen sein mochte. Für meinen Vater war sie tot, aber für mich war sie immer noch lebendig und führte irgendwo ein besseres Leben. Ich hasste sie nicht. Ich verstand sie nicht, aber ich hasste sie auch nicht. Ich wünschte nur, sie hätte mich mitgenommen.

Als ich zum Schuppen kam, wurde prompt die Tür aufgestoßen. »Komm rein, aber schnell!«, flüsterte Jax.

Er hatte nicht gelogen. Er hatte aufgeräumt und sauber gemacht und den Schuppen in eine nette kleine Festung verwandelt. Es gab einen kleinen Tisch, zwei Stühle und eine alte Campingliege in der Ecke.

Jax griff an mir vorbei und stellte die Gaslampe auf den Tisch. Er drehte das Ventil auf und drückte den Knopf, um den Feuerstein anzuschlagen, bis die Lampe zündete. Es gab nur ein Fenster, aber das blickte auf der Rückseite der Hütte zu den fernen Bäumen hinaus. Der Himmel wurde nun rasch dunkel.

Jax setzte sich und schob einen mit Alufolie abgedeckten Teller zu mir rüber. »Da ist auch eine Gabel drunter.«

Ich nahm die Folie ab und sah einen Berg Essen vor mir. »Was … ist das?«

»Thunfisch und Nudeln und Suppe und alles Mögliche. Da sind sogar Kartoffelchips drauf. Sieht nicht gut aus, schmeckt aber. Na los, iss, ehe es kalt wird.«

Mir lief schon vom Geruch das Wasser im Mund zusammen. Und er hatte recht: Es war lecker. In den wenigen Monaten, seit meine Mom uns verlassen hatte, hatte ich bereits vergessen, wie selbst gekochtes Essen schmeckte. Die ganze Zeit hatte ich nur Frühstücksflocken und ab und zu einen Cheeseburger von McDonald's bekommen. Wenn mein Dad mir mal einen mitgebracht hat, meist, nachdem er sich sein Arbeitslosengeld abgeholt und Susan besucht hatte, und dann hatte er sich jedes Mal aufgeführt, als hätte er Drachen bekämpfen müssen, um ihn zu ergattern. Jeden ersten Mittwoch im Monat kam er besoffen mit einer Papiertüte voller Hotelseifen in der einen und einem Cheeseburger von McDonald's in der anderen Hand nach Hause. Er warf beides auf den Tisch und sagte: »Schau, was dein Dad dir mitgebracht hat! Siehst du, was für ein Glück du hast?« Und wenn ich dann keinen zutiefst dankbaren Kniefall machte, bezeichnete er mich als selbstsüchtige, verzogene kleine Schlampe.

Für den Eintopf vom Vortag, den Jax mir in dem winzigen Werkzeugschuppen servierte, empfand ich mehr Dankbarkeit als für einen kalten Cheeseburger und Seife vom Whiskeymonster. Aber das war nur der Anfang. Während der nächsten paar Jahre ging Jax weiterhin mit mir zur Bushaltestelle, setzte sich hinter mich, kam in der Mittagspause zu mir und teilte sein Essen mit mir. Dann und wann schlich er sich auch in den Schuppen, um mir einen Teller mit was immer er und sein Bruder an Aufgewärmtem bekommen hatten zu bringen. Ich sehnte mich danach, ihr Haus zu betreten, aber das tat ich lange nicht. Nicht vor Brians Unfall. Und das war das nächste Ereignis, in dessen Folge sich das Leben an der langen Lehmstraße veränderten sollte.

2. Ich habe gar nicht nachgesehen

Erst als ich endlich zu lesen aufhörte, wurde mir bewusst, dass ich die ganze Zeit geweint hatte. Ich stand auf, ging ins Wohnzimmer und schob mich an Cara vorbei, die auf dem Sofa saß und auf ihrem Laptop tippte.

Mit roten, verquollenen Augen schaute ich sie an. Ihre Augen weiteten sich vor Sorge, und sie sah mir wie erstarrt zu, als ich in die Küche ging, beinahe, als rechnete sie damit, dass ich jeden Moment zusammenklappen und in Einzelteile zerbrechen würde.

»Es geht mir gut«, verkündete ich. »Das ist einfach ein berührendes Buch. Ich will mir nur ein Glas Wasser holen.« Ich griff zum Tequila.

Sie erhob sich und folgte mir in die Küche. »Das ist kein Wasser.«

»Und?«

»Es ist zehn Uhr morgens.«

»Und?«

»Du siehst aus, als hättest du stundenlang geweint … und du holst dir Schnaps um – ich wiederhole – zehn Uhr morgens.«

»Cara, dein Wahrnehmungsvermögen ist wirklich bemerkenswert.« Ich musterte die Flasche in der einen und das Glas in der anderen Hand, zuckte mit den Schultern, stellte das Glas wieder weg und ging nur mit der Flasche zurück in mein Zimmer.

»Ich mache mir Sorgen um dich«, rief Cara mir nach.

»Es geht mir gut. Ich werde einfach hier sitzen, lesen und mir einen entspannten Tag machen.« Ich drehte mich um, schenkte ihr ein Lächeln und schloss meine Zimmertür.

»Ein entspannter Tag beinhaltet normalerweise aber keinen Tequila um zehn Uhr morgens!«, brüllte sie laut genug, dass ich es durch die Tür hören konnte.

»Es geht mir gut!«

Ich hörte sie etwas murmeln, kümmerte mich aber nicht weiter darum. Dafür hatte ich es viel zu eilig, mich einer Facebookrecherche und intensivem Internetstalking zu widmen.

Ich beäugte den Einband des Buches und las aufmerksam die Seite mit den bibliografischen Angaben zu *All die Straßen auf unserem Weg*. Es gab kein Foto und keine Informationen über den Werdegang des Autors, nur einen Link zu einer Webseite und die Kontaktinformationen des Verlags. Ich jedoch suchte nach einem Hinweis auf die Identität des Autors, obwohl ich den eigentlich gar nicht brauchte. Ich wusste genau, wer dieses Buch geschrieben hatte. Das Einzige, was mir ein Rätsel blieb, war, wo der Autor sich in den letzten zwölf Jahren versteckt haben mochte.

Von der ersten Zeile an hatte ich mich selbst in J. Colbys *All die Straßen auf unserem Weg* gesehen, ganz einfach weil ich ein Teil dieser Geschichte *war*. Die lange Lehmstraße, die eineinhalbstündige Busfahrt zur Schule, der alkoholabhängige Vater, die Mutter, die einfach verschwunden war, die geheimen Mittagstreffen und die Mahlzeiten im Schuppen … Das waren Details aus meinem Leben. Emerson war niemand anderes als ich. Und Jax? Das konnte nur Jason Colbertson sein, der Junge von nebenan, der einmal mein Ein und Alles gewesen war … und mein Erster. Die Person, die ich seit über einem Jahrzehnt weder gesprochen noch gesehen hatte.

Ich stand kurz vorm Durchdrehen, um es milde auszudrücken.

Andere Frauen würden sich vielleicht geschmeichelt fühlen, hätten sie die Inspiration für die Protagonistin in einem Bestseller geliefert, aber ich war viel zu sehr damit beschäftigt, in allen Einzelheiten Jases Ermordung zu planen. Und mir stellte sich eine Million Fragen. *Warum hat Jase dieses Buch geschrieben? Warum erzählt er es aus meiner Perspektive? Hat er gehofft, ich würde es le-*

sen? Oder hat er gehofft, ich würde es nicht *lesen – und wollte meine Geschichte nur dazu missbrauchen, einen Bestseller zu schreiben?* Ich musste ihn finden und ihm die Antworten auf all diese Fragen entlocken … oder ihm zumindest kräftig die Meinung sagen.

Ich suchte auf Facebook, Instagram und Twitter nach »J. Colby« – dass »Jason Colbertson« auf keiner der Plattformen vertreten war, wusste ich bereits, denn nach dem Namen hatte ich schon früher gesucht. Keine Treffer, offenbar scheuten seine beiden Identitäten die sozialen Medien. Also googelte ich sein Pseudonym und klickte auf »Bilder«.

Ich bin ziemlich sicher, dass mein Herz zu schlagen aufhörte. Ich nahm einen Schluck aus der Flasche. Nichts zum Nachspülen, keine Zitrone, kein Salz – einfach nur Tequila. Und meine Finger, die wütend jeden Link anklickten.

Bei jeder aufgeführten Fundstelle war mehr oder weniger das gleiche Foto abgebildet. In den zwölf Jahren, seit ich ihn zum letzten Mal gesehen hatte, war er eindeutig attraktiver geworden, eleganter und kantiger. Trotzdem lag da immer noch etwas Jungenhaftes und Arrogantes in seinem Lächeln.

Ich wusste, er würde das fertigbringen. Ich wusste, er würde vor mir ein Buch schreiben. Er war schon mit zehn brillant. Warum sollte er es dann mit siebenundzwanzig nicht mehr sein?

Noch ein Schluck aus der Flasche, und dann las ich eine kurze Biografie über ihn, die in ein Interview eingebettet worden war.

Nach Abschluss seines Studiums an der Columbia University wechselte J. Colby die Küste und schlug seine Zelte knapp außerhalb von Los Angeles auf. Seine Kurzgeschichten wurden im New Yorker und in Ploughshares veröffentlicht. Sein lang erwartetes Romandebüt, All die Straßen auf unserem Weg, gilt unter Kritikern als gefällig im Vergleich zu früheren Arbeiten, aber von Colby selbst ist ein Zitat bekannt, das lautet: »Dies ist das mutigste und realistischste Werk, das ich jemals schreiben werde.«

Der Roman sei rein fiktiv, so Colby, doch die Inspiration verdanke er größtenteils seiner Kindheit im ländlichen Ohio.

Ich lachte und weinte gleichzeitig. Schließlich tippte ich die Adresse der Webseite aus dem Bucheinband in den Browser. Die führte mich zu einer ziemlich nichtssagenden Seite mit einem Formularfeld, das es mir erlaubte, eine Nachricht an »J. Colby« zu schicken.

Dann konnte ich ihm also direkt sagen, was für ein blöder Arsch er war.

Lieber Jason,
du Betrüger. Ich wollte dir persönlich eine Mail schreiben, obwohl ich seit zwölf Jahren nichts von dir gehört habe. Seit dem Tag, an dem du getan hast, was du getan hast – weißt du noch? Wie auch immer, es bringt nichts, das jetzt wieder aufzuwärmen. Reden wir lieber darüber, dass du mir meine Lebensgeschichte geklaut und veröffentlicht hast. Du bist ein verabscheuungswürdiger Mensch. Warum hast du nie Kontakt zu mir aufgenommen? Du hast gesagt, du würdest dich melden, aber das hast du nicht. Ich habe dich ein ganzes Jahr gesucht und mich gefragt, was passiert ist, wo du hingegangen bist und warum ich immer noch nichts von dir gehört habe. Hast du kein schlechtes Gewissen wegen dem, was vorgefallen ist? Und jetzt profitierst du auch noch von meinem Grauen und meinem Schmerz? Du opportunistisches Arschloch. Ich kann nicht fassen, dass ich dich je geliebt und dir vertraut habe. Ich kann nicht fassen, dass du mir das angetan hast.
Emiline.

PS: Du bist ein schlechter Autor.

Ich hörte auf zu tippen, löschte den ganzen Text, weinte, trank noch einen Schluck und fing von vorn an.

Lieber Jason,
ich verstehe überhaupt nichts mehr. Was ist aus uns geworden? Wo bist du gewesen? Was hast du gemacht? Bist du verheiratet?
Emiline.

PS: Du bist kein guter Autor.

Ich löschte wieder alles und nahm noch einen Schluck.

Lieber Jase,
warum?

Ich löschte wieder alles, nahm noch einen Schluck und schlug das Buch wieder auf.

Als wir in der sechsten Klasse waren, erlebten wir einen verregneten Winter, der Jax und mir zusetzte. Er trug stets für uns beide den Schirm, wenn wir zur Bushaltestelle und zurück gingen, aber das reichte meist nicht aus. Wenn man an einer Lehmstraße lebt, ist das Schlimmste am Regen der Schlamm – alles war voller Schlamm. Ich fand ihn sogar in meinen Socken zwischen den Zehen und auf der Rückseite meiner Hosenbeine. Dem Schlamm war einfach kein Einhalt zu gebieten, aber wir gaben unser Bestes. Wir spielten sogar darin; wir schmierten ihn uns in die Gesichter und verhielten uns wie Zombies, um Brian zu erschrecken, der mit seiner Band in der Garage übte.

Mein Haar war nach dem Schnitt Gott sei Dank etwas glatter nachgewachsen. Zwölf zu sein ist auch ohne ein Rattennest auf dem Kopf schon schwer genug. Jax sah allmählich ein bisschen ungelenker aus, seine Haut ein bisschen öliger, aber ich verlor nie ein Wort darüber. Ich konnte die Veränderungen, die unsere Körper durchmachten, sowieso kaum verstehen.

Wir verbrachten eine Menge Zeit miteinander, und die Kinder in der Schule gewöhnten sich bald daran, uns zusammen zu sehen.

Alle sagten, wir wären ein Paar, aber das war uns egal. Wir mochten einander. Wenn die anderen also solche Dinge über uns erzählen wollten, dann sollten sie doch.

Wenn wir zusammen spielten, taten wir manchmal so, als wären wir Forschungsreisende auf einem großen Schiff mitten auf dem Ozean. Im echten Leben hatte ich das Meer noch nie gesehen, aber ich sah es in meinen Träumen, und ich sagte zu Jax: »Eines Tages habe ich ein Haus am Meer, und die Delfine werden direkt zu meiner Veranda schwimmen, und dann füttere ich sie mit Trauben.«

»Delphine essen keine Trauben. Sie essen Fische, und sie sind besser darin, die zu fangen, als du, also musst du dir nicht die Mühe machen, sie zu füttern.«

»Woher weißt du das?«

»Discovery Channel.«

Ich wünschte, wir hätten Kabelfernsehen, aber das hatten wir nicht. »Das kostet Geld«, sagte mein Vater dazu nur. »Und soweit ich weiß, verdienst du keins.«

Das Bedürfnis, daraufhin »Du auch nicht« zu antworten, war enorm, und ich musste mir regelmäßig die Hand vor den Mund halten, damit mir die Worte nicht herausrutschten.

Zu der Zeit war Jax in seiner Melville-Phase. Oft balancierte er im strömenden Regen auf unserem hölzernen Zaun, zeigte voraus und brüllte: »Dort bläst sie! Dort bläst sie! Ein Höcker, wie ein Schneeberg, es ist Moby-Dick!« Ich verdrehte dann lachend die Augen, nannte ihn aber trotzdem Kapitän Ahab, wenn er bedrückt war, und das reichte meist, um seine Stimmung zu heben.

Keiner von uns hatte noch andere Freunde. Jax' Mutter hatte in jenem Jahr zwei Arbeitsstellen, und sein Bruder war ständig damit beschäftigt, sich die Zeit mit was auch immer zu vertreiben, folglich musste Jax mit dem Baseball aufhören, weil niemand ihn nach dem Training abholen konnte, was seine Möglichkeiten, Freunde zu finden, mehr oder weniger zunichtemachte. Er war so allein und isoliert wie ich. Wir waren Ausgestoßene, aber je mehr Zeit verging, desto weniger kümmerte es mich, was andere dachten. Alles, was zählte, waren wir.

Wir waren beide geradezu besessen von Büchern. Schon mit zwölf waren wir fest entschlossen, alle Klassiker zu lesen. Die gingen zwar vermutlich weit über unseren Horizont, aber wir stellten uns der Herausforderung. Unsere einzige Zuflucht in dieser Zeit war der Werkzeugschuppen inmitten des Unkrauts, von dem aus die trunkenen Wutreden meines Vaters nicht zu hören waren. Dort konnten wir uns unsere eigene fiktive Welt erschaffen. Wir konnten englische Aristokraten des sechzehnten Jahrhunderts sein oder Zauberer oder Drachentöter, nur nicht hungrige, vernachlässigte Kinder am Ende einer trostlosen Straße. Nein, wir waren die Superhelden, Magier und Präsidenten unseres eigenen Landes.

Als das Frühjahr hereinbrach, waren wir bereit, wieder hinauszuziehen und die Welt zu erforschen. Etwa eine halbe Meile hinter unseren Häusern gab es jenseits der Baumreihe einen Bach. Durch den vielen Regen war er zu einem Fluss mit starken Strömungen angeschwollen, und er war gleich nebenan. Alle Erwachsenen warnten uns, wir sollten vorsichtig sein; sogar mein Versagervater mahnte: »Du benutzt besser dein neunmalkluges Gehirn und hältst dich von dem Bach fern. Wenn du schwimmen willst, dann geh ins Schwimmbad.« Aber ein Besuch im städtischen Schwimmbad erforderte eine Fahrradfahrt von sieben Meilen und kostete drei Dollar Eintritt. Dort konnte ich allenfalls hin, wenn Leila uns mitnähme, aber selbst dann würde ich mir immer noch das Geld für den Eintritt leihen müssen. Um es klar zu sagen, die Vorstellung, dass ich ins Schwimmbad ginge, war nichts als ein Hirngespinst. Für uns wurde das Schwimmbad zu einem Mythos, einem Fantasiegebilde, so wie Disneyland oder Europa, und Jax und ich versuchten immer wieder, uns auszumalen, wie es wohl wäre, dort zu sein.

»Ich wette, sie verkaufen da Eis am Stiel und Popcorn, und bestimmt gibt es auch Clowns«, schwärmte ich, als wir auf einem im Unkraut ausgebreiteten alten Schlafsack, den ich in unserer Garage gefunden hatte, ein provisorisches Picknick machten. Jax hatte ein Glas Apfelmus aufgetrieben, und ich hatte die Fun Dips beigesteuert, die Dad im 7-Eleven für mich gekauft hatte. Wir rührten die Fun Dips in das Glas und aßen wechselweise mit dem Löffel daraus.

»In öffentlichen Bädern gibt es keine Clowns, du Genie«, belehrte er mich.

»Woher weißt du das?«

»Ich weiß es eben.«

»Aber es gibt einen Sprungturm, und der ist wahrscheinlich fünfzehn Meter hoch.«

»Weißt du überhaupt, wie viel fünfzehn Meter sind? Du würdest sterben, wenn du auf das Wasser aufschlägst. Der Aufprall würde dich umbringen.«

»Du bist so ein Besserwisser, Jackson. Warum kannst du einem Mädchen seine Träume nicht einfach lassen? Wir werden nie ins Schwimmbad gehen, weil niemand uns hinbringt. Außerdem kostet es Geld, und soweit ich mich erinnere, verdienen wir keins.«

Er legte sich auf den Rücken, verschränkte die Arme hinter dem Kopf und schloss die Augen. »Ich bin kein Besserwisser – ich habe nur Kabelfernsehen. Und sobald ich sechzehn bin, suche ich mir einen Job. Dann bezahle ich dafür, dass wir beide ins Schwimmbad gehen können. Dann kannst du selbst sehen, dass das nur ein großes Loch ist mit Wasser drin.«

Während er mit geschlossenen Augen dalag, nahm ich mir die Zeit, ihn von oben bis unten ganz genau zu betrachten. Sein Körper machte mich so neugierig. Mein eigener Körper veränderte sich auch, und das machte mir Angst. Jax wurde immer größer, und ich war überzeugt, er würde so groß wie sein Vater werden, aber sonst ähnelte er mehr seiner Mutter. Sie war Französin, und beide hatten die gleiche cremefarbene Haut, die das ganze Jahr sonnengebräunt aussah. Sein braunes Haar war von goldenen Strähnen durchzogen, und in seinen braunen Augen lag ein Schimmer der gleichen Farbe. Er ließ sich das Haar wachsen, seit er eine Fernsehsendung aus Kalifornien gesehen hatte. Er sagte, in Kalifornien hätten alle lange Haare.

Ich versuchte, meine wirren Locken ebenfalls wachsen zu lassen, aber eigentlich wusste ich gar nicht, warum, da ich sie so oder so immer zu einem Zopf flocht. Vielleicht dachte ein Teil von mir, ich würde eines Tages mit Jax nach Kalifornien ziehen, und wollte darum auch entsprechend aussehen. Wir sehnten uns beide nach mehr als nur Unkraut und Mais. All die Bücher, die wir gelesen hatten, brachten uns auf dumme Gedanken und füllten unsere Köpfe mit Ideen, die womöglich nie Wirklichkeit werden würden.

Ich legte mich neben ihn und starrte direkt in die Sonne. Er drehte sich auf die Seite und stützte den Kopf auf den Ellbogen.

»Davon wirst du blind«, informierte er mich mit leiser Stimme.

»Lass mich in Ruhe.«

»Warum bist du so schlecht gelaunt? Kriegst du deine Tage?«

»Was weißt du schon darüber?«

»Eine Menge.«

»Das glaube ich dir nicht, und selbst wenn es so wäre, dann wäre es immer noch unhöflich von dir, mich darauf anzusprechen.« Ich hatte meine Periode noch nicht bekommen, aber das würde ich ihm nicht auf die Nase binden.

In der Ferne konnten wir Leila nach Jax rufen hören.

»Mist, ich sollte besser gehen«, sagte er, schnappte sich das Glas mit Apfelmus und verschwand im Unkraut.

Ich legte mich flach auf den Rücken, schloss die Augen und schlief ein. Kurz vor Anbruch der Abenddämmerung erwachte ich und stellte fest, dass die Moskitos mich bei lebendigem Leib halb gefressen hatten. Außerdem hatte ich Magenkrämpfe und Kopfschmerzen. Als ich aufstand, fühlte ich etwas Warmes zwischen meinen Beinen. Verzweifelt versuchte ich, die Beine zusammenzupressen, während ich den Schlafsack aufrollte.

Als ich endlich die Haustür erreichte, wusste ich, dass das Blut auf der ganzen Rückseite meiner Jeans herabgelaufen war. So leise ich konnte, drückte ich die Tür zu und schlich auf Zehenspitzen den Flur hinunter.

»Emerson? Wo bist du gewesen?«

Immer noch auf Zehenspitzen ging ich in die Küche, wo ich meinen Vater am Tisch sitzen sah. »Ich war draußen und bin aus Versehen eingeschlafen.«

Sein Blick erfasste zunächst den aufgerollten Schlafsack und fiel dann auf die Schrittpartie meiner Hose. Prompt sprang er auf, abrupt genug, um seinen Stuhl umzukippen.

»Dad, nein.«

Ehe ich noch mehr sagen konnte, griff er sich eine Handvoll meines Haares gleich über dem Hals und zog meinen Kopf zurück, sodass ich ihm direkt in die Augen blickte.

»Emerson!« Dieses Mal klang mein Name wie ein Donnerschlag in seiner Brust. »Was in Gottes Namen hast du angestellt?«

»D-Dad ...« Ich spürte, wie das Blut mir ebenso schnell über die Beine rann wie die Tränen über meine Wangen. Das würde ein schlimmer Tag werden. »Ich habe meine Periode.«

Er blinzelte. Sein Mund klappte auf und wieder zu. Dann blinzelte er noch einmal, ließ mein Haar los und trat einen Schritt zurück. Seine Brauen rückten näher zusammen, und er strich sich mehrfach mit der Hand über den Schnurrbart, während er ins Nirgendwo starrte. »Geh und wasch dich«, murmelte er schließlich in Richtung Fußboden.

Ich rannte ins Badezimmer, knallte die Tür zu und drehte die Dusche auf. Mit der Hand im Wasserstrahl wartete ich und wartete und wartete. *Gottverdammt, warum jetzt?* Mein Dad hatte die Gasrechnung nicht bezahlt, also gab es kein heißes Wasser. Susan, Dads komische Freundin aus dem Hotel, hatte mir einen Monat vorher gesagt, ich solle im Notfall einfach ein Hurenbad nehmen. Ein Hurenbad ist, wenn man ein Handtuch nassmacht und sich damit säubert. In diesem Alter war mir schon klar, woher Susan solche Dinge wusste. Und ein Hurenbad war das, was ich jetzt brauchte.

Eine Stunde später sah das Bad aus wie der Schauplatz eines Mordes. Meine Mutter hatte nicht einmal eine einzige ihrer Binden dagelassen für den unwahrscheinlichen Fall, dass die präpubertäre Tochter, die sie einfach zurückgelassen hatte, ihre erste Periode bekäme, wenn sie mit dem Whiskeymonster allein zu Hause wäre.

Stumm saß ich auf dem Klo, eingewickelt in ein blutbesudeltes Handtuch, und zählte im Kopf die Tage, bis ich erwachsen wäre und aus dieser gottverlassenen Stadt verschwinden konnte. Zweitausendundsieben Tage, vierzehn Stunden und zwölf Minuten noch, dann wäre ich achtzehn.

»Klopf, klopf«, ertönte eine weibliche Stimme von der anderen Seite der Tür.

»Wer ist da?«

»Leila Fisher. Dein Dad hat mich gebeten rüberzukommen.«

Typisch. Dieser Feigling.

Sehr langsam öffnete ich die Tür und warf einen Blick in den Korridor. Leila stand mit vor der Brust verschränkten Armen in sicherem Abstand da. Sie war dünn und eine natürliche Schönheit mit vollen Lippen und langem, glattem Haar. Obwohl sie die zwei Jungs, mit denen ihr Mann sie sitzenlassen hatte, allein aufziehen musste, spiegelte sich immer noch Hoffnung in ihren Augen. Darum beneidete ich sie.

»Sind Sie hier, um mir zu helfen?«, fragte ich und zwirbelte nervös eine Haarsträhne zwischen den Fingern.

»Ja.«

Ich öffnete die Tür ein Stück weiter, um sie hereinzulassen. »Ich muss meine Wäsche wechseln.« Ich hielt eine ausgefranste Unterhose hoch. »Aber das hilft nicht viel, solange ich keine Binde oder so was habe.«

»Ich habe keine im Haus. Ich wünschte, ich hätte das eher gewusst.«

»Ja, ich auch«, sagte ich. Ich spürte, dass das Blut wieder zu fließen begann, also setzte ich mich wieder auf die Toilette.

»Nein, ich wünschte, ich hätte gewusst, dass hier keine Binden von deiner Mutter sind. Dann hätte ich dir ein paar gegeben, die du für den Fall der Fälle hättest aufbewahren können.«

»Tja, das hat sie nicht.«

»Also gut …« Für einen Moment stand sie nur da, als würde sie überlegen, was zu tun war, und dann trat sie näher, wickelte haufenweise Klopapier von der Rolle und wickelte es um ihre Hand. »Leg das in deine Unterhose und komm mit. Ich bringe dich zum Laden. Dein Vater hat mir ein paar Dollar gegeben.«

»Wirklich?« Ich war schockiert.

Sie lachte. »Natürlich. Er ist kein Monster.«

»Irgendwie schon«, flüsterte ich.

»Ja, mag sein, aber er liebt dich, Emerson. Er ist immer noch hier, nicht wahr?«

»Er liebt mich nicht. Schauen Sie mich doch an.« Ich verdrehte die Augen und streckte die Zunge heraus.

Sie lachte.

Sofort besserte sich auch meine Stimmung.

»Du bist ein dummes Mädchen. Kein Wunder, dass Jax dich so liebhat.«

Für einige Sekunden herrschte Stille. »Er hat mich lieb?«, hauchte ich. Sicher, Jax und ich waren Freunde, aber die Art, wie sie diese Worte aussprach, vermittelte mir den Eindruck, als könnten meine geheimsten Gefühle, die, die ich mir nicht einmal selbst bewusst eingestehen mochte, etwas zu bedeuten haben. Alles fühlte sich plötzlich leichter an, als wäre der ganze Planet hinaus in den Weltraum geschleudert worden und wirbelte nun mit uns frei durch Raum und Zeit. Meine Krämpfe brachten mich beinahe um, Blut lief mir über die Beine, aber das war völlig egal. Ich schwebte auf Wolken, und das nur, weil Jax mich *liebhatte*. Auch wenn ich das im Grunde gewusst hatte, bedeutete es mir alles, diese Worte von jemandem anderen zu hören.

»Weiß er das?«

»Was, Liebes?«

»Das von meiner … äh … ähm …« Ich deutete auf meinen Schritt.

»Er war dabei, als dein Dad rübergekommen ist, und er hat sich Sorgen gemacht, weil dein Dad in Panik war.«

Ich schämte mich. »Also weiß er es.«

»Mach dir keine Gedanken. Zieh dich einfach an. Ich warte draußen auf dich.«

Ich tat, was sie mir aufgetragen hatte.

»Bin gleich zurück, Dad«, sagte ich, als ich kurz darauf an meinem Vater vorbeiging, der am Küchentisch saß und zum Fenster hinausstarrte.

Er antwortete nicht, aber das war nichts Besonderes, auch wenn er manchmal lichte Momente hatte, in denen er sich wie ein Mensch verhielt, beispielsweise, als er zu Leila gegangen war. Ich stellte mir vor, wie er ausgesehen haben musste, als er völlig außer Atem um Hilfe gebeten hatte. Das reichte nicht ganz, damit ich mich wirklich von ihm geliebt fühlte, aber es war genug, damit *ich* so etwas wie Liebe für ihn empfand. Aber vielleicht war es auch nur Mitleid. Wenn man erst zwölf ist, ist es schwer, den Unterschied zu erkennen.

Leila hatte in ihrem Camaro Guns n' Roses voll aufgedreht, und sie machte die Musik auch nicht leiser und unternahm auf dem ganzen Weg zum Laden keinen Versuch, sich mit mir zu unterhalten.

Kaum waren wir im Geschäft, warf sie eine Packung Binden in den Einkaufskorb, gefolgt von Müsliriegeln und Fruit Roll-Ups. »Die versteckst du vor deinem Dad, okay? Behalte sie in deinem Zimmer, falls du Hunger bekommst.«

Ich zögerte einen Moment. »Sie wissen, dass Jax mir die Hälfte von seinem Pausenbrot abgibt, oder?«

»Ja, das weiß ich. Ich weiß es schon lange. Und ich habe kein Problem damit. Dein Vater ist einfach nicht so richtig einsatzbereit. Er ist in keiner guten Verfassung. Es tut mir leid, dass er nicht mehr der funktionale Alkoholiker ist, den wir alle kannten und mochten.«

Ich stutzte. »Soll das heißen, mein Dad war immer schon ein Alkoholiker?«

»Er war kein Arschloch, aber er war immer ein Trinker.« Sie hielt einen Schokoriegel hoch. »Ich wette, so einer käme dir jetzt gerade recht.«

»O Gott, dafür würde ich sterben.«

»Dachte ich mir.« Sie warf ihn in den Korb.

»Was hat Jax Ihnen sonst noch erzählt?«

»Weiß nicht. Ich habe mit mir selbst genug zu tun.« Und prompt löste sich der Traum, Leila Fisher könnte mich adoptieren, in Luft auf. Ich dachte, sie wäre perfekt, sie wäre die Art Mensch, die niemals damit leben könnte, wenn sie wusste, dass ich nebenan von meinem Vater vernachlässigt wurde und nichts zu essen hatte. Aber nun wurde mir klar, dass sie das alles gewusst hatte – das Pausenbrot, die Mahlzeiten im Schuppen … Und doch war sie nie eingeschritten und hatte mit meinem Dad darüber gesprochen.

Ständig von Erwachsenen im Stich gelassen zu werden konnte das Weltbild eines Kindes schon recht nachhaltig zerstören.

Leila schnappte sich einen Zwölfer-Pack Budweiser und trug unser Zeug zur Kasse. »Eine Packung Camel«, sagte sie zu dem Kassierer und bezahlte mit Kleingeld.

Auf dem Rückweg drehte sie die Lautstärke runter. »Jetzt, wo du eine Frau bist, kannst du auch schwanger werden, das weißt du doch, oder?«

»Ja, das haben wir in Sexualkunde gelernt.«

»Okay, gut, du und Jax, ihr lasst besser die Finger voneinander.« Von der Art, wie sie das sagte, wurde mir regelrecht übel.

»Wir sind nur Freunde.«

»Ihr wart Freunde, weil ihr noch Kinder wart.« Sie schaute sich zu mir um. »Aber jetzt seid ihr keine Kinder mehr.«

Zeit, das Thema zu wechseln.

»Sind Sie traurig, weil Jax' und Brians Vater fort ist?«

Sie ließ eine Kaugummiblase platzen. »Das ist schon so lange her. Ich denke gar nicht mehr daran. Außerdem haben Brian und Jax nicht denselben Vater. Hast du das nicht gewusst?«

»Nein, woher hätte ich das wissen sollen?«

»Jax hat es dir nie erzählt? Tja, Brians Dad ist gestorben, als er gerade zwei war. Autounfall.« Sie starrte in die Ferne. »Er war ein guter Mann. Brian ist ihm sehr ähnlich.« Sie schien den Tränen nahe zu sein.

»Ist Jax seinem Vater auch ähnlich?«

»Jacksons Dad ist abgehauen. Dieser verdammte Feigling.« Sie drehte sich zu mir und blickte mich immer noch Kaugummi kauend an. »Sorry, Kleines, das war nicht nett. Hoffen wir, dass Jax seinem Vater überhaupt nicht ähnelt. Manche Männer können echte Arschlöcher sein, wenn ihnen danach ist. Es wäre klug, wenn du das jetzt schon begreifst. Aber ich bin überzeugt, Brian wird eines Tages eine Frau sehr glücklich machen.«

Beim Gedanken an Brian bekam ich glänzende Augen – welcher Zwölfjährigen würde es nicht so ergehen? Wenn ich ihn in seinem alten Wagen näher kommen sah, lief ich hinaus und setzte mich auf den Zaun. Er ging dann immer mit seiner Gitarre an mir vorbei und sagte: »Hey, Süße.« Aber ich war natürlich viel zu schüchtern, um ihm zu antworten. Trotzdem war ich jetzt auch traurig darüber, dass Leila Jackson einfach so abschrieb, nur weil sein Vater sie verlassen hatte. Meine Mutter war auch gegangen. War ich deswegen wie sie?

Als wir das Ende der Straße erreichten, fiel mir auf, dass Susans Wagen vor unserem Haus stand.

»Ist das die Freundin von deinem Vater?«

»Ja.« Es war dunkel, und im Haus brannte kein Licht.

»Ich muss heute Abend nicht arbeiten. Komm mit rüber, dann erkläre ich dir, wie du später, wenn du älter bist, Tampons benutzen kannst.«

Ich zögerte. »Ich will nicht, dass Jax …«

»Ach, mach dir keine Gedanken. Der wird gar nicht auf uns achten – er hängt vorm Fernseher.«

Ich war nervös. Jax und ich waren schon seit zwei Jahren befreundet, aber ich war noch nie zuvor in sein Haus eingeladen worden. Wir hatten entweder draußen gespielt oder im Schuppen rumgehangen. Als ich nun Leila folgte, erkannte ich, dass Jax' Haus und meines nahezu identisch waren, nur dass alles auf der jeweils anderen Seite stand, als wäre ein Haus das Spiegelbild des anderen.

Es war dunkel. Nur das Licht des Fernsehers im Wohnzimmer leuchtete uns den Weg. Der altmodische braune Teppich war ausgetreten, und das ganze Haus roch nach kaltem Zigarettenrauch und noch etwas anderem, was ich nicht einordnen konnte.

Die ganze Zeit hatte ich mir Jax' Haus so makellos wie ein Bild aus einem Magazin von Martha Stewart vorgestellt. Nun jedoch konnte ich selbst sehen, dass sein Leben trotz der warmen Speisen, die seine Mom zubereitete, nicht so viel anders war als mein eigenes.

Wir gingen ins Wohnzimmer, wo Jax mit dem Rücken zu uns auf der Couch saß und fernsah. Als wir vorbeigingen, drehte er sich um und blickte zu mir hoch. Er bedachte mich mit einem mitfühlenden Lächeln und widmete sich wieder seinem Fernseher.

In Leilas unaufgeräumtem Schlafzimmer setzte ich mich ans Ende des ungemachten Betts. Ich hob ein kleines Kleidungsstück auf, das aussah wie ein Schlauchtop aus Leder, und starrte es mit großen Augen an.

»Das ist ein Rock«, klärte Leila mich auf.

»Das?« Ich hielt das Ding höher.

»Für die Arbeit. Ich bin Tänzerin, hat Jax dir das nicht erzählt?«

»Nein.« Vermutlich schämte er sich deswegen. Ich wusste, was sie meinte, wenn sie sich als »Tänzerin« bezeichnete, aber ich hatte nicht vor, etwas dazu zu sagen.

Sie kam zu mir, beugte sich herab und legte mir die Hände auf die Oberschenkel. »Ich ziehe mich für Geld aus, weil ich erst sechzehn war, als ich mit Brian schwanger geworden bin. Seitdem war mein Leben ein Haufen Scheiße.«

Ich zuckte zurück. »Das tut mir leid.«

»Ich ziehe mich für Geld aus, Emerson. Wie jämmerlich ist das?« Sie starrte mir in die Augen und bearbeitete dabei weiter das Kaugummi, auf dem sie schon den ganzen Abend herumkaute.

»Äh … ziemlich, schätze ich … aber wenigstens wollen die Leute Sie nackt sehen?« Ich versuchte immer, das Positive herauszustreichen. In den Monaten, bevor meine Mom fortgegangen war, hatte ich geübt, in jeder Situation irgendetwas Gutes zu finden. Ich dachte, wenn ich ein unbeschwertes Mädchen wäre, würde das vielleicht auch auf meine Umgebung abfärben. Fehlanzeige.

Aber Leila ging es so oder so nicht um meine Akzeptanz. Sie versuchte, mir eine Lektion zu erteilen.

Sie erhob sich und verschränkte die Arme vor der Brust. »Männer würden bezahlen, um irgendwas nackt zu sehen.«

»Das weiß ich nicht.«

»Du kannst es mir glauben.«

»Aber immerhin sind Sie nicht weggelaufen. Sie sind hier bei Brian und Jax geblieben.« Leila hatte sicher keine Auszeichnung als vorbildliche Mutter verdient, aber sie hatte ihre Kinder auch nicht im Stich gelassen.

Tränen rannen aus ihren Augen, und plötzlich stellte ich mir meine Mutter an einem Strand in irgendeiner paradiesischen Umgebung vor, und meine Kehle war wie zugeschnürt. Leila setzte sich zu mir auf das Bett, ohne einen Ton von sich zu geben, aber ich wusste, dass sie weinte.

»Ich könnte diese Jungs nie verlassen. Sie sind mir viel zu wichtig.«

»Dann sind Sie eine gute Mom, auch wenn Sie so einen Scheiß wie das hier tragen müssen.« Ich hielt den Lederrock hoch.

An diesem Abend las mir Leila den Text auf der Rückseite der Bindenpackung vor, lehrte mich, wie man Tampons benutzte, was irgendwie schräg war, und erinnerte mich wieder und wieder daran, wie schwer es war, eine junge Mutter zu sein. Sie erzählte von Brian und seiner musikalischen Begabung. Sie sagte, er würde berühmt werden. Er sei seiner Zeit voraus und ein Naturtalent an der Gitarre. Sie sagte, er würde sie alle hier rausholen, er würde die ganze Welt bereisen, haufenweise Geld verdienen und die Familie aus diesem Höllenloch Neeble retten.

Gelegentlich ging Leila allein ins Bad und sagte, sie müsse sich die Nase putzen, aber ich wusste es besser. Ungefähr um elf klopfte es an ihrer Schlafzimmertür, und Brian kam herein. Jax' älterer Bruder strahlte einen Glanz aus, man hätte glauben können, er wäre wirklich vom Himmel geschickt worden. Sein Haar war etwas länger, und er hatte das Lächeln eines Stars. Ich war in ihn verschossen, seit ich ihn das erste Mal in der Garage auf seiner Gitarre hatte spielen sehen.

»Mom? Mom?«

Leila schien nicht ganz da zu sein, so, wie sie da auf dem Hocker vor ihrer Frisierkommode saß und ihr Spiegelbild anstarrte. Brian bedachte mich mit einem knappen Lächeln, als er zu seiner Mom ging, woraufhin mein Magen Purzelbäume schlug.

»Alles in Ordnung, Brian«, sagte Leila.

»Du solltest allmählich schlafen gehen, Mom. Du hast morgen zwei Jobs vor dir. Emerson, ich glaube, es wird Zeit zu gehen.« Er sagte es durchaus nett, trotzdem fühlte ich mich beschämt.

»Klar.«

»Nein, Emerson, bleib. Brian, lass sie hierbleiben. Sie kann mir etwas vorlesen, und danach kann sie gehen.«

Er sah erst mich an, als wollte er mich fragen, ob das für mich in Ordnung sei. Als ich nickte, widmete er sich wieder seiner Mom. »Okay«, sagte er und ging zurück zur Tür, doch als er mich passierte, beugte er sich zu mir herab und flüsterte: »Lass dich von ihr nicht vom Schlafen abhalten.«

Ich schauderte. Ein zartes Kribbeln schoss meine Arme hinab, ausgelöst allein von seinem Atem in meinem Nacken.

»Ja … Sir.«

Er lachte. »Du musst nicht ›Sir‹ zu mir sagen.«

Mein Herz tanzte durch meinen Brustkorb. »Okay.«

Als er gegangen war, schlüpfte Leila unter ihre Decke. »Komm, setz dich zu mir.« Ich rutschte zum Kopfende des Betts, und sie reichte mir den *National Enquire*. »Liest du mir den vor, ja?«

»Okay.«

»Ich habe mir immer eine Tochter gewünscht«, sagte sie, und das fühlte sich gut an. Es gab also tatsächlich Menschen, die sich wünschten, sie hätten Töchter.

Ich las ihr einen Artikel über eine besoffene Hillary Clinton vor, die man in eine Reha-Klinik geschafft hatte. »Das kann doch gar nicht stimmen«, sagte ich.

»Ich wusste, dass Hillary ein Alki ist«, lallte Leila.

»Ich glaube, das ist gelogen.« Ich blätterte durch den Rest der Zeitschrift, vorbei an Jesus-Sichtungen und Berichten über UFOS. Als ich ihr alle Hauptartikel laut vorgelesen hatte, schlief Leila endlich tief und fest. Ich kletterte vom Bett und ging hinaus in den Korridor. Als ich an Brians Zimmer vorbeikam, sah ich, dass er etwas in einer Pfeife rauchte – Gras, nahm ich an. Er hob eine Hand zu einem bewegungsarmen Winken, als ich vorüberging, also tat ich das Gleiche.

»Hey!«, flüsterte er.

Ich kehrte zu seiner Tür zurück. »Hi«, sagte ich scheu.

Er legte die Pfeife weg. »Komm rein.«

Ich wedelte mir den Rauch aus dem Gesicht, als ich mich dem Bett näherte, auf dem er saß. »Was ist denn?« Ich sah mich um. An den Wänden hingen Poster von Rockbands und ein Kalender mit Bildern von halb nackten Frauen.

»Ich arbeite an einem Song. Willst du ihn hören?«

»Das wäre toll.«

Ich setzte mich neben ihn auf das Bett, während er an den Saiten der Akustikgitarre in seinem Schoß zupfte. »Versprichst du, nicht zu lachen?«

Es rührte mich, dass Brain so unsicher war, und ich fragte mich, ob er mich jetzt anders wahrnahm. Ich war über Nacht erwachsen geworden; ich war nicht mehr nur die Spielkameradin seines kleinen Bruders.

»Ich würde nie lachen … ich glaube … ich glaube, du bist ganz toll.« Meine Stimme zitterte, so bang war mir zumute.

Er lachte leise und band sich das lange Haar im Nacken zu einem Pferdeschwanz. Kurz ging mir durch den Kopf, Jax würde, wenn er erst erwachsen war, größer sein und besser aussehen als Brian, aber ich vertrieb den Gedanken aus meinem Kopf. Ich schwärmte schon jahrelang für Brian, und der würde mir gleich ein Ständchen bringen.

Er klimperte auf der Gitarre und zupfte dann eine aufwendige Melodie. Ich dachte, er würde auch singen, aber das tat er nicht.

»Und, was meinst du?«, fragte er nervös.

»Das war gut, aber was ist mit dem Text?«

Er lachte wieder. Dann streckte er die Hand aus und verwuschelte mein Haar, als würde er einen Labrador streicheln. »So ein Unsinn. Ich bin der Gitarrist in der Band, ich schreibe keine Texte.«

»Ach, was weiß denn ich? Aber, egal, das war wirklich cool.« Meine Wangen röteten sich mit jeder Millisekunde mehr.

»Danke fürs Zuhören. Hey, es wird allmählich ganz schön spät. Du haust jetzt besser ab, Kleine.«

»Okay.« Ich verfiel in einen demonstrativen Wiegeschritt, als ich sein Zimmer verließ. Ich hoffte, dass Brian nicht merkte, dass ich todunglücklich war, weil er gar nicht versucht hatte, mich zu küssen. Vermutlich wäre das für einen Jungen seines Alters auch ziemlich daneben gewesen.

Im Wohnzimmer fand ich Jax schlafend auf dem Sofa vor und zog eine Decke über ihn. Prompt regte er sich.

»Was machst du da?«, murmelte er.

»Ich gehe. Ich wollte dich nur schnell zudecken«, antwortete ich.

Plötzlich wieder hellwach, sprang er auf. »Ich bringe dich nach Hause.«

»Nach nebenan? Du musst mich nicht begleiten.«

»Ich will aber.«

Er gähnte etwa fünfmal auf unserer Dreißig-Meter-Reise. Auf der Schwelle schob er die Hände in die Taschen.

»Morgen ist Samstag.«

»Und?«, fragte ich.

»Willst du draußen auf den Felsen Forscher spielen?«

»Das ist doch was für Kinder, findest du nicht, Jax?«

»Ach, ja«, sagte er. »Na ja, willst du dann vielleicht zum Fluss gehen und lesen? Meine Mom hat mir ein paar neue Bücher aus der Bibliothek mitgebracht.«

»Vielleicht. Ich muss erst sehen, wie ich mich fühle.«

»Natürlich«, sagte er gähnend.

»Ich gehe jetzt besser.« Ich suchte in seinen Augen nach einem Hinweis.

Er lächelte nur ganz unbedarft.

Jax war emotional und körperlich nicht da, wo ich war, und für Brian war ich zu jung. *Verdammt.*

»Nacht, Em.«

»Nacht, Jax.«

In meinem Haus war es dunkel. Im Wohnzimmer schliefen mein Vater und Susan volltrunken in ihrer Unterwäsche. Ich hatte eine Packung Müsliriegel, ein paar Fruit Roll-Ups, eine Packung Binden und eine abgegriffene Ausgabe von Babbits *Die Unsterblichen* dabei. So versorgt ging ich in mein Zimmer und starrte mich in dem Spiegel an der Tür an.

Zum ersten Mal fiel mir auf, dass meine Hüften breiter und meine Brüste nicht mehr nur erbsengroß waren. Ich war eine Frau. Das war der Moment, in dem ich doch anfing, meine Mutter zu hassen. Obwohl schon ein paar Jahre vergangen waren, seit sie uns verlassen hatte, tat mir ihre Abwesenheit immer noch schrecklich weh, doch ich hatte mich nie so sehr von ihr verlassen gefühlt, wie ich es an dem Tag tat, an dem ich zur Frau wurde. Vielleicht lag es an Leilas unzulänglichem Versuch, mir gegenüber herzlich zu sein, dass ich die Zärtlichkeit einer Mutter nun so sehr vermisste. Meine Mutter war lieb und sanft gewesen, als sie noch hier war, doch sie war nicht mit dem Leben zurechtgekommen, das ihr gegeben war. Schon verbranntes Brot im Ofen reichte, damit sie einen Heulkrampf bekam. Ich wusste nicht, wo sie hingegangen war, und ich kannte niemanden aus ihrer Familie. Ich wusste ja nicht einmal, ob sie außer uns überhaupt Familie hatte. Eines Tages war sie einfach weg gewesen, und in unserem Heim gab es wenig, was noch an sie erinnerte … es war beinahe, als hätte sie nie existiert.

3. Ich laufe

Gegen ein Uhr mittags hatte ich aufgehört zu lesen. Offen gesagt, ich war betrunken, verstört und aufgelöst.

Es war sonderbar, dass Jase gewusst hatte, wie es mir in Bezug auf meine Mutter ergangen war. Andererseits war er mein bester Freund gewesen. Ich hatte ihm einfach alles erzählt. Und er hatte es dazu missbraucht, diese Geschichte zu schreiben, die so exakt mit allem übereinstimmte, was mir in Erinnerung geblieben war. Der einzige Unterschied war, dass Emerson schon zur Selbstbeobachtung neigte, was ich damals nicht in solch einem Maß getan hatte. Mir waren die Dinge einfach zugestoßen, und erst jetzt, nachdem ich einige Kapitel von Jases Buch gelesen hatte, ging mir auf, wie ich mich als Kind wirklich gefühlt hatte. Er musste in Bezug auf mich unglaublich einfühlsam gewesen sein, wenn er sogar mitbekommen hatte, dass ich in seinen Bruder verknallt gewesen war. Und er hatte einfach nur danebengesessen und alles aufgesaugt.

Sollte ich irgendwann einen Hauch von Versöhnlichkeit gegenüber Jase verspürt haben, so verschwand der in dem Moment, in dem mir wieder einfiel, dass er mit dieser Story Geld verdiente. Mit *meiner* Story. Er war mir zuvorgekommen.

Emotional zu erschöpft, um irgendetwas anderes zu tun, rollte ich mich im Bett zusammen und schlief.

Am Abend weckten mich Geräusche aus der Küche, wo Trevor und Cara sich unterhielten. Ich schlüpfte in meine Laufsachen, verließ mein Zimmer und ging zur Wohnungstür, ohne auf Trevor zu achten, der mich von seinem Platz hinter der Küchentheke unentwegt anstarrte.

»Wo willst du hin?«, fragte er.

»Laufen«, entgegnete ich. »Willst du mich begleiten?«

Mir entging nicht, wie Cara sich wortlos hinter mir zu ihrem Zimmer schlich. Trevor und ich sorgten inzwischen gewohnheitsmäßig dafür, dass sich andere Leute in unserer Gegenwart unbehaglich fühlten, und mir war völlig klar, dass wir seltsame Schwingungen verbreiteten.

»Ich komme gerade von der Physiotherapie; mein Arm bringt mich um«, entgegnete er.

»Zum Laufen brauchst du deine Arme nicht.« Ich stand neben der Tür, die Hand auf dem Knauf.

»Doch, eigentlich braucht man die schon. Hey, würdest du dich umdrehen und mich ansehen?«

Ich drehte mich um und lehnte mich an die Tür. »Was, Trevor?«

»Was ist los?«

»Nichts ist los. Ich will nur eine Runde laufen.«

Er lachte sarkastisch. »Du hast keine Ahnung, wie typisch das für dich ist.«

»Du willst wohl, dass wir anfangen, uns gegenseitig zu beschimpfen, sobald wir zusammen in einem Raum sind, richtig? Bist du nicht gerade erst hergekommen? Ich wusste nicht mal, dass du kommen wolltest.« Er schüttelte den Kopf, als wäre ich ein furchtbarer Mensch. Ich holte tief Luft und befleißigte mich eines milderen Tonfalls. »Läuft heute nicht ein Spiel? Ich gehe laufen, hole was zu essen und bin schnell zurück. Du kannst ja hier warten. Wenn ich wieder da bin, können wir essen und das Spiel zusammen angucken. Wie hört sich das an?« War es sonderbar, dass ich ihm nie erzählt hatte, wie wenig Interesse ich daran hatte, mir Footballspiele anzusehen, selbst dann, wenn er der Quarterback war?

»Klingt gut«, sagte er, ließ sich auf die Couch fallen und schaltete den Fernseher an.

Ich lief zu der kleinen Bucht, auch Kinderbecken genannt. Sie wurde von einer Mauer begrenzt, die ursprünglich als Wellenbrecher erbaut worden war, um einen geschützten Bereich zu schaffen, in dem auch Kinder sicher schwimmen konnten. Doch inzwischen war der halbe Strand abgesperrt, weil ungefähr zweihundert Seehunde sich dort häuslich niedergelassen hatten. Ich setzte mich auf die Stufen, die hinab zu dem Wasserbecken führten, und die kalte Brise peitschte durch mein Haar. Weit und breit war niemand zu sehen, nur die Seehunde faulenzten im Sand. Das war genau das, was ich brauchte.

Ich tippte die Adresse von Jases Webseite in mein Handy und suchte erneut nach Informationen.

J. Colby lebte in L.A., war aber derzeit auf einer Lesereise. Es gab eine Seite, auf der die Städte aufgeführt waren, die er bereiste, und die Daten, zu denen er auftrat. Ich klickte auf den zugehörigen Link, und siehe, ich erfuhr, dass er übermorgen in San Diego sein würde. »Du willst mich doch echt verarschen, oder?«, entfuhr es mir, woraufhin einer der Seehunde aufblickte und mich ankläffte. »Sorry.«

Das waren ein paar Zufälle zu viel.

Ich stand auf, joggte die Stufen hinauf und lief wieder los. Bis mir dann allmählich die Luft ausging, war es dunkel. Obwohl es recht kühl war, schwitzte ich enorm und keuchte heftig genug, um zu begreifen, dass ich Schluss machen musste. Ich ging zu einem Taco-Laden, kaufte etwas zu essen und kehrte in meine Wohnung zurück. Dankbar stellte ich fest, dass Trevor auf dem Sofa eingeschlafen war, während im Hintergrund ein Footballspiel lärmte.

Leise klopfte ich an Caras Tür. »Komm rein«, sagte sie.

Sie saß an ihrem Schreibtisch und tippte wie üblich auf ihrem Laptop. Sie war wirklich eine passionierte Autorin. Ich blieb auf der Schwelle stehen. »Wie läuft's?«, fragte ich, darauf bedacht leise zu sprechen, um Trevor nicht zu wecken.

»Gut«, entgegnete sie lächelnd. »Ich habe heute eine Menge geschrieben. Und bei dir? Wie geht es dir? Heute Morgen warst du ziemlich merkwürdig.«

»Es geht mir gut. Tut mir leid wegen der Sache mit Trevor vorhin.«

»Kein Ding. Liest du das Buch noch?«

Ich nickte.

»Der Autor ist echt heiß«, sagte sie. »Hab ihn im Netz gestalkt.«

Ich lachte. »Ja, das ist er.«

»Du hast ihn wohl auch gegoogelt, was?«, fragte sie grinsend.

»Äh, ja, hab ich.«

»Übermorgen kommt er nach San Diego.«

»Das habe ich auch gelesen«, sagte ich.

»Lass uns hingehen und ihn das Buch signieren lassen.« Ihr Gesicht lief leuchtend rot an.

»Ich weiß nicht. Aber du kannst ja hingehen.« *Zeit, das Thema zu wechseln.* »Hey, ich habe ein paar Tacos auf die Frühstückstheke gelegt. Ich glaub, ich gehe ins Bett. Ich fühle mich nicht so toll.«

»Oh, okay. Sollen wir Trevor einfach da draußen liegen lassen?«

»Sicher, dem geht's da gut.« Ich ging in mein Zimmer, schloss die Tür und schlug das Buch wieder auf.

Am nächsten Morgen sah ich zu, wie Dad am Küchentisch Whiskey in seinen Kaffee schüttete. »Ist Susan schon weg?«, fragte ich.

»Wen interessiert das?«

»Ich frage doch nur.«

»Ja, sie ist gegangen.«

»Ist sie deine Freundin?«

»Kümmere dich um deinen eigenen Kram, Emerson.«

An diesem Morgen war ich ziemlich wagemutig, vielleicht, weil ich jetzt eine Frau war und das Gefühl hatte, ich bräuchte Antworten. »Wo ist Mom hingegangen?«

Er setzte sich neben mich und holte tief Luft. Für einen Moment glaubte ich, wir könnten ein vertrauliches Gespräch führen, und ich starrte den großen braunen Fleck auf seinem weißen T-Shirt an, während ich auf seine Antwort wartete.

»Deine Mutter ist eine verdammte Schlampe.«

Ich senkte den Blick auf meine ruhelosen Hände, die unter dem Tisch herumzappelten. Er griff zu der Whiskeyflasche, goss eine kräftigere Dosis in seinen Kaffee und knallte sie wieder auf den Tisch. »Hast du mich verstanden?! Ich sagte, deine Mutter ist eine verdammte Schlampe!«

»Ich habe dich verstanden!«, schrie ich und sprang auf, doch er packte meinen Arm so fest, dass ich gezwungen war, mich wieder zu setzen.

»Ich bin noch nicht fertig!«, presste er schäumend vor Wut zwischen den zusammengebissenen Zähnen hervor.

»Dad, bitte.«

»Sie ist der Teufel.«

»Das ist doch irrational.«

»Für eine Zwölfjährige spuckst du große Töne.« Ich konnte den

Blick nicht von dem widerlichen Speichel abwenden, der aus seinem Mundwinkel quoll.

»Ich bin dreizehn.«

»Seit wann?«

»Seit heute. Heute ist mein Geburtstag, Dad.« Er ließ meinen Arm los. Es gab nichts, was er hätte sagen können, ganz einfach, weil er gar nicht mehr wusste, wie man sich wie ein Mensch verhielt. Er konnte nicht nett sein, weil ihm diese Situation mehr wehtat als mir, und ich konnte ihm die Verwirrung und das schlechte Gewissen an den Augen ablesen. *Gut, fühl dich nur schlecht, du Scheißkerl. Du verdienst es nicht besser.*

Still und leise stand ich auf, ging in mein Zimmer und weinte. Die Tränen brannten in meinem Gesicht, aber bald war ich dabei, zornig eine Tasche zu packen. Ich würde Leila bitten, mich aufzunehmen. Sie hatte gesagt, sie hätte sich immer eine Tochter gewünscht. Ich könnte zu ihnen gehen, mit ihnen leben und kochen und saubermachen und ihr helfen, für Jax und Brian zu sorgen.

Ich nahm mir besonders viel Zeit, um dafür zu sorgen, dass mein Haar anständig aussah. In einer alten Kiste mit allerlei Krimskrams aus dem Besitz meiner Mutter, den ich hatte aufbewahren wollen, fand ich einen hellrosafarbenen Lippenstift und passendes Rouge. Ich malte mir das Gesicht mit ihrem billigen Zeug an und verwünschte sie. Ich studierte meine großen braunen Augen, die ihren so ähnlich waren, und fragte mich, ob ich im Leben auch so scheitern würde wie sie. Dann schlüpfte ich in das geblümte Kleid, das sie mir vor über zwei Jahren in einem Secondhandladen gekauft hatte, kurz bevor sie gegangen war. Sie hatte es mein »Kirchkleid« genannt, obwohl es in unserem Leben keinen Hinweis darauf gab, dass Gott existierte. Immerhin passte es nun endlich. Ich hatte Brüste, kleine Brüste, aber genug, um das Kleid auszufüllen. Schon vor einer Weile hatte ich angefangen, mir heimlich mit Dads Rasierer die Beine zu rasieren, und als ich an diesem Tag in den Spiegel schaute, sah ich keine Spur mehr von dem kleinen

Mädchen, das ich früher gewesen war. Ich würde meinem Albtraum genau jetzt ein Ende machen, denn ich wusste, Brian würde sich unsterblich in mich verlieben, sobald er mich so zu sehen bekäme. Ich war vollkommen davon überzeugt. Er würde mich heiraten und mich mit auf seine Welttournee nehmen. Wir würden ein Haus für Jax und Leila kaufen, und wir würden sie ganz oft besuchen. Wir wären reich, und alles wäre wunderbar. Mein Albtraum wäre vorbei, weil ich eine Fisher werden und diese Hölle hinter mir lassen würde.

Mein Vater war im Badezimmer, als ich mich zur Hintertür hinausschlich. Jax saß auf dem Zaun vor meinem Vorgarten.

Ich stolzierte auf ihn zu. »Ist deine Mom zu Hause?«

Jax zog die Nase kraus. »Warum bist du so angezogen, und warum hast du dieses Zeug im Gesicht?«

Ich zuckte mit den Schultern. »Geht dich nichts an. Was machst du hier?«

»Vergiss es. Du bist offensichtlich immer noch mies gelaunt.« Er hob etwas vom Boden auf und wollte weggehen.

»Warte. Was ist das?«

»Nichts!«

»Komm wieder her«, bettelte ich.

Abrupt drehte er sich um und hielt mir ein in braunes Papier gewickeltes Päckchen hin. »Das ist für dich. Zum Geburtstag.«

»Entschuldige, Jax, das hab ich nicht gewusst.«

»Ist mir klar, trotzdem könntest du netter zu mir sein.« Er reichte mir das Geschenk, aber seine Augen waren auf den Boden gerichtet, als er »Herzlichen Glückwunsch zum Geburtstag, Em« murmelte.

Mit dem Zeigefinger hob ich sein Kinn an, zwang ihn, mich anzuschauen und lächelte, und er erwiderte mein Lächeln. »Jackson Fisher, wann bist du so großartig geworden?«

»Ich dachte, ich wäre der unausstehlichste Junge der ganzen Welt? Das hast du letzte Woche noch zu mir gesagt.«

»Ich weiß, und es tut mir leid. Es ist nur, weil ich jetzt eine Frau bin, Jax. Ich habe Gefühle, verstehst du? Heute bist du aber nicht unausstehlich.« Ich wickelte das Päckchen aus, und zum Vorschein kam eine gebundene Ausgabe von *Anne auf Green Gables*, meinem Lieblingsbuch für alle Ewigkeit. »Heute bist du verdammt toll.« Ich umarmte ihn hastig und verlegen. »Wo hast du das her?«

»Hab's bei der Büchermesse in der Schule in der Lotterie gewonnen.«

»Und du gibst es mir?«

»Ich will, dass du es bekommst.«

»Danke.« Ich fuhr mit der Hand über den Einband und dachte flüchtig daran, dass dies das einzige Geschenk war, das ich seit über einem Jahr erhalten hatte, wenn man mal von Hotelseife und Cheeseburgern absah.

»Was ist in der Tasche?«

»Ich wollte fragen, ob ich für eine Weile bei euch bleiben kann.«

»Oh … okay«, sagte er. »Dann lass uns mit meiner Mom reden.«

»Ist Brian zu Hause?«, fragte ich.

»Sein Wagen ist da. Wahrscheinlich ist er in seinem Zimmer. Warum fragst du?«

»Nur so. Lass uns mit deiner Mutter reden.« Wir gingen ins Haus, und ich stellte meine Tasche in der Küche ab und folgte Jax den Korridor hinunter. Brians Tür war einen Spaltbreit offen, und ich stieß sie vorsichtig weiter auf und hoffte, es würde aussehen wie ein Versehen. Ich wollte, dass Brian mich sah, aber sein Zimmer war leer. Während ich Jax folgte, sagte ich: »Dein Bruder ist nicht in seinem Zimmer.«

Er machte kehrt und lugte hinein. »Bri!«, rief er, bekam aber keine Antwort.

»Leise«, schrie Leila aus ihrem Schlafzimmer.

»Ich weiß nicht, wo er ist«, sagte Jax.

Wir gingen in Leilas Zimmer. Die lag am Fußende des Betts zusammengerollt auf der Seite.

Ich versteckte mich hinter Jackson.

»Alles in Ordnung, Mom?«

»Bestens«, antwortete sie trunken.

»Kann Em eine Weile hierbleiben? Ihr Dad ist ein ziemlicher Arsch.«

Das hatte ich ihm nicht gesagt, aber er wusste es sowieso.

Leila blinzelte, setzte sich auf und musterte mich finster. »Du bist zwölf Jahre alt.«

»Dreizehn«, antwortete Jax an meiner Stelle.

»Du kannst heute den Tag über bleiben. Iss, was du willst, aber heute Nacht gehst du wieder heim. Das mit deinem Dad kriegst du schon hin.«

»Okay, danke.« Für den Moment reichte mir das.

Wir verließen ihr Zimmer. »Lass uns deinen Bruder suchen. Vielleicht kann er uns zeigen, wie man Gitarre spielt.«

»Ich kann ein bisschen spielen, Em«, sagte Jax gereizt und ging voran zu Brians Zimmer, aber die Gitarre war nicht dort. »Sie ist nicht hier. Wahrscheinlich ist er mit seiner Freundin unten am Fluss.«

Ich versuchte grundsätzlich nicht an Brians Freundin zu denken. »Langweilig«, murrte ich.

»Lass uns rausgehen und spielen«, sagte Jax. »Ich meine … abhängen«, korrigierte er sich hastig.

»Okay.«

Wir schlenderten schweigend in Richtung Fluss, bis wir das Ufer erreicht hatten. Keiner von uns hatte besondere Lust zu spielen.

»Hey, da ist die Gitarre von deinem Bruder«, sagte ich und zeigte auf die Akustikgitarre, die auf dem Boden lag. Mein Herz schlug schneller in der Erwartung, dass ich Brian gleich sehen würde.

Als wir zu der Gitarre marschierten, fiel mir auf, wie Jackson sich versteifte. »Bri!«, schrie er. »Wo ist er? Verdammt«, murmelte er dann. »Brian!«, brüllte er noch einmal.

»Brian!«, stimmte ich ebenso laut mit ein.

Wir liefen am Ufer auf und ab. Ich wusste nicht, warum Jax so panisch reagierte, aber je länger wir seinen Bruder riefen, desto mehr kam mir zu Bewusstsein, dass etwas nicht stimmte. Warum sollte Brian seine Gitarre allein auf dem Boden liegen lassen? Er liebte das Ding; er würde sie nicht einfach unbeaufsichtigt zurücklassen. Er wäre auf jeden Fall in der Nähe geblieben. Und doch antwortete er nicht auf unsere Rufe …

Ich folgte Jax, als er durch den Wald zu der Brücke lief, um den Bach zu überqueren. Wir rannten die ganze Zeit, und Jackson rief unentwegt Brians Namen. Kaum hatten wir die Lichtung vor der Brücke erreicht, kletterten wir den Hang hinab zu dem schlammigen Boden direkt am Wasser.

Und da erwartete uns ein Anblick, der nicht entsetzlicher hätte sein können und sich für alle Zeiten in mein Gedächtnis brannte.

»Nein!« Jacksons Aufschrei klang herzzerreißend wie der eines kleinen Kindes. »Nein!«, schrie er noch einmal.

»O Gott, o Gott, o Gott«, wiederholte ich immer wieder, aber kein Gott hatte Brian zur Seite gestanden. Sein Leichnam trieb bäuchlings auf dem Bach, sein Gesicht hing im Wasser.

»Nein! Nein! Nein!«, rief Jax ohne Unterlass, als er näher heranging und den Arm nach seinem Bruder ausstreckte.

»Nicht anfassen!«, warnte ich. »Du kannst ihm nicht helfen.«

Abrupt drehte er sich um und fiel in meine Arme. Ich hielt ihn fest, und wir weinten gemeinsam.

»Das ist mein Bruder«, schluchzte Jackson. »Das ist mein Bruder, oder? Und er ist tot, nicht wahr?«

Wir mussten seinen Körper nicht umdrehen und uns sein Gesicht ansehen. Wir erkannten sein Haar und seine Kleidung, und wir hatten die Gitarre auf dem Boden liegen sehen.

»Ja«, würgte ich hervor.

»Was ist passiert?«, schrie Jax an meiner Brust.

Ich achtete darauf, nicht in Brians Richtung zu gucken, der hinter Jax im Wasser trieb, und hielt ihn einfach fest, während er schluchzte und schluchzte. Im Grunde tat ich gar nichts und zugleich alles, was ich nur tun konnte, das konnte ich daran erkennen, wie inbrünstig er die Umarmung erwiderte.

Mir war bewusst, dass wir wieder zum Haus mussten, um es Leila zu erzählen und die Polizei zu rufen, also führte ich Jackson zurück. Er weinte die ganze Zeit. Als wir sein Haus erreicht hatten, ging ich in die Küche und wählte 911.

Der Telefonist der Notrufzentrale nahm ab. »Neun-eins-eins, um welchen Notfall handelt es sich?«

»Der Bruder von meinem Freund liegt tot im Bach«, meldete ich rundheraus.

Den Rest des Gesprächs nahm ich nur verschwommen wahr. Jackson weinte immer noch hörbar neben mir. Als ich auflegte, drehten wir uns gleichzeitig um und sahen Leila am Ende des Gangs stehen. Sie hatte sich absolut geräuschlos verhalten, aber sie hatte das Gespräch mit angehört und stand offenbar unter Schock.

Ihr Blick wanderte einige Male zwischen Jax und mir hin und her, ehe sie anfing zu weinen. »Ist das wahr?«, schluchzte sie.

»Ja«, wimmerte Jax.

»Der Krankenwagen kommt, so schnell es geht«, sagte ich leise.

Leila fiel auf die Knie und hämmerte mit den Fäusten auf den Boden. »Nein!« Sie gab einen markerschütternden Laut von sich, und dann brach sie gänzlich zusammen, schrie und heulte und wand sich, als würde sie bei lebendigem Leibe verbrannt werden. So stellte ich mir vor, musste es sich anfühlen, ein Kind zu verlieren … oder schlimmer.

Jax und ich hielten einander fest, und er konnte immer noch nicht aufhören zu schluchzen.

Meine Mutter war gegangen und sein Vater auch, aber keiner von uns war je zuvor direkt mit dem Tod konfrontiert worden. In dem Alter kann man noch nicht vollständig begreifen, was Sterblichkeit bedeutet – bis man den Leichnam eines gesunden Mannes, mit dem man gerade vor ein paar Stunden noch gesprochen hatte, mit dem Gesicht nach unten im Wasser treiben sieht, an einem abgebrochenen Ast verhakt wie ein totes Tier.

Jacksons lautes Schluchzen verkam allmählich zu einem gequälten Wimmern. Mein Oberteil war nass von Rotz und Tränen, aber das war mir egal. Mit schwacher Stimme sagte er: »Du bist alles, was ich jetzt noch habe. Du hältst meine ganze Welt zusammen, Em.«

»Aber du hast doch noch deine Mom. Sie liebt dich sehr«, flüsterte ich.

»Meine Mom ist nur eine leere Hülle, und jetzt, wo ihr Lieblingssohn tot ist, wird noch weniger von ihr übrig sein.«

»Das ist nicht wahr, Jax«, sagte ich, obwohl ich nicht überzeugt war, dass ich meine eigenen Beschwichtigungen glaubte.

Später, nachdem Krankenwagen, Polizei und der amtliche Leichenbeschauer eingetroffen waren, hockten Jax und ich Seite an Seite auf dem Zaun, wie wir es schon so oft getan hatten. Jax schniefte, hatte sich aber inzwischen wieder ein bisschen beruhigt. Wir beobachteten Leila, die in eine Decke gewickelt auf der Veranda saß und mit einem Ermittler sprach.

»Wenn sie mich ansieht, dann sieht sie meinen Dad, und den hasst sie. Brian hat sie mehr geliebt als mich. Sie wünscht sich bestimmt, das im Fluss wäre ich gewesen.«

»Hör auf, Jackson Fisher. Hör sofort damit auf. Du liest zu viel. So darfst du nicht reden«, ermahnte ich ihn.

»Ich schätze, jetzt kannst du ihn doch nicht heiraten.«

Ich sprang vom Zaun, drehte mich um und blickte ihm eindringlich in die Augen, hatte aber keine Worte. Er sprang ebenfalls runter. Wir standen uns gegenüber und sahen uns an. Ich fühlte mich niedergeschmettert, und Jackson sah schrecklich verzweifelt aus. Ich fing wieder an zu weinen. »Nicht, Jax. Tu das nicht.«

Und schon brach auch er wieder in Tränen aus, und dann nahm er mich in die Arme und barg seinen Kopf an meiner Schulter. »Tut mir leid«, sagte er. »Er ist tot. Ich kann einfach nicht fassen, dass er tot ist.«

Diesem schrecklichen Moment folgten Tage der Trauer. Jax und seine Mom saßen in diesem dunklen, feuchten Haus, das nun noch mehr von Verlust und Tragik befleckt war. Als die Ermittlungen abgeschlossen und ein Fremdverschulden ausgeschlossen worden waren, ließ Leila Brian einäschern. Wir alle gingen zu einer kurzen Trauerfeier in das Bestattungsinstitut. Die Todesursache wurde nie erwähnt.

Wir saßen in der ersten Reihe, während ein Fremder eine Rede anhand der Notizen hielt, die Leila über Brian niedergelegt hatte, und sich über seine musikalischen Erfolge und seine Gutherzigkeit ausließ. Seine Freundin, die, wie wir später herausfanden, ein Straßenkind war, schluchzte eine Reihe hinter uns. Davon abgesehen waren nur ein paar Leute da, die mit ihm gearbeitet oder die Highschool besucht hatten. Die ganze Feier ließ Brian so unbedeutend erscheinen. Ich fragte mich, wie lange es wohl dauern würde, bis die Lehmstraße auch Jax oder mir ein Ende machen würde. Wie lange würde es dauern, bis wir jeder Chance, irgendeine Art Vermächtnis zu hinterlassen, beraubt würden?

Jackson trug eine lange Hose, die er schon als Kind bekommen und die nun deutlich Hochwasser hatte, dazu eines der Led-Zeppelin-T-Shirts seines Bruders und die Brieftaschenkette, die Brian ihm ein Jahr zuvor überlassen hatte.

Leila sah aus, als wäre sie um zehn Jahre gealtert. Auf der Fahrt nach Hause murmelte sie ständig vor sich hin: »Das ist wider die Natur.«

»Was ist wider die Natur, Mom?«, fragte Jax, der auf dem Beifahrersitz saß.

»Ein Kind zu begraben.«

Später an diesem Abend erzählte mir Jax, dass Leila auf Drogen und betrunken sei und gesagt hätte, sie wünschte, er sei derjenige, der ertrunken wäre. Wir hatten beide gewusst, dass so etwas kommen würde. Entgegen meiner Erwartung weinte er nicht. »Sie ist erbärmlich, Em«, sagte er nur. »Ich kann sie nicht hassen, weil ich sie zu sehr bemitleide.«

»Du bist der klügste Mensch, den ich kenne, Jackson«, bekundete ich, und das war die reine Wahrheit. Diese Bemerkung trug mir ein süßes Lächeln ein. Sosehr er sich bemühte, stark zu erscheinen, ich wusste, dass Leila ihn verletzt hatte, und ich schwor mir, ihm niemals so wehzutun.

In dieser Woche ging ich an jedem Abend nach Hause zu meinem frustrierten Vater, der wenig über Brians Tod gesagt hatte, außer, dass der Junge ein Junkie gewesen sei. Ich fand es traurig, dass mein Vater Brian aufgrund des Verhaltens von Leila beurteilte. Von Gras abgesehen hatte Brian überhaupt nichts mit Drogen zu tun gehabt. Er war einfach nur ein Junge, der seinen Vater schon als kleines Kind verloren hatte und bei einer süchtigen Mutter in einem Drecksloch von einer Stadt aufgewachsen war. Wer konnte schon sagen, was er hätte erreichen können?

Jax und ich waren nicht überrascht, als der Autopsiebericht das Ergebnis lieferte, Brian sei schlicht ertrunken. Wahrscheinlich hatte die starke Strömung, die die vielen Regengüsse zurückgelassen hatten, ihn unter Wasser gezogen.

Niemand wusste, in welchem Gemütszustand Brian in der Nacht seines Todes gewesen war oder warum um alles in der Welt er mitten in der Nacht voll bekleidet in seinen verdammten Stiefeln hätte schwimmen gehen sollen. Wir wussten nur, dass er für immer fort war und das Leben für uns alle nie wieder so sein würde wie zuvor.

4. Dinge, die ich weggepackt habe

Ich weinte, als Trevor mitten in der Nacht in mein Zimmer kam. Er war schlaftrunken und blinzelte angestrengt. »Was ist los, Emi?«

Ich schlug das Buch zu und legte es weg. »Ich bin nur wegen ein paar Sachen ziemlich durcheinander.«

Er schaltete das Licht aus und schlüpfte in mein Bett. Ich rutschte unter der Decke zur Seite und schmiegte mich mit dem Rücken an seinen Körper.

»Sprich mit mir«, sagte er sanft, und seine Stimme direkt an meinem Ohr fühlte sich wohltuend und tröstlich an.

Ich barg mein Gesicht an seinem Arm. »An meinem dreizehnten Geburtstag habe ich meinen Nachbarn tot aufgefunden. Er trieb in dem Fluss hinter unserem Haus.« Jeff hatte er in Wirklichkeit geheißen, und er *war* zauberhaft gewesen. Und dann, gefühlt innerhalb eines Atemzugs, war er nicht mehr da. Sein Tod hatte Jase schwer beeinträchtigt, und mich auch.

Trevor schwieg für einen Moment, verarbeitete meine Worte. »Ach Gott, Emi, das tut mir so leid. Das muss furchtbar für dich gewesen sein. Ist das der Grund, warum du deinen Geburtstag nie feiern willst?«

Ich nickte in der Dunkelheit und erzählte ihm die ganze Geschichte. Er hörte einfach zu und drückte mich fester an sich, und sein Schweigen war mir ein Trost nach all den Streitereien, die wir hinter uns hatten. Es dauerte nicht lange, und ich schlief in seinen Armen ein.

Trevor zu erzählen, was passiert war, heilte meine Wunden nicht, aber den Tag noch einmal zu durchleben tat es gewissermaßen. Jasons Wahrnehmung und seine Art, mich zu sehen, gaben mir das Gefühl, ich könnte zu einem Abschluss kommen. Der

Tod seines Bruders war für ihn viel traumatischer gewesen, und trotzdem war ihm bewusst, dass ich dieses Grauen mit ihm erlitten hatte. Er war immer schon so einfühlsam und teilnahmsvoll gewesen.

Zu schade, dass ich so sauer auf ihn war.

Als ich am nächsten Morgen erwachte, war Trevor schon fort, aber die Erinnerung an die Nacht recht lebendig. Ich drehte mich um und sah, dass er mir eine Nachricht auf seinem Kissen hinterlassen hatte. Endlich hatte ich Erlebnisse aus meiner Vergangenheit mit ihm geteilt, etwas, worum er mich seit Jahren gebeten hatte. Ich fragte mich, ob dieser Moment ihm ebenso viel bedeutete wie mir.

Die Notiz besagte lediglich, dass er zur Physiotherapie müsse. Das war, bis auf ein »xo, T« am Ende, alles.

Ich spürte eine Leere in mir. Aber dieses Gefühl war zu belastend, mich ihm zu stellen, also widmete ich mich wieder dem Buch.

Ein paar Jahre lang war ich das größte Kind in der Schule, aber im Laufe des Sommers vor Beginn der neunten Klasse holten die anderen rapide auf, Jax eingeschlossen. Auch seine Stimme veränderte sich, und ihm wuchsen Haare im Gesicht. Dann und wann verhielt er sich zwar immer noch wie ein Fünfjähriger, aber alles in allem schaffte es Jax, obwohl er bei einer Drogenabhängigen lebte, vor ein paar Jahren seinen Bruder verloren und keinen Vater hatte, immer liebenswerter zu werden.

Ich wusste, dass er eine Menge zu bewältigen hatte, aber er versuchte, stark zu sein, und konzentrierte sich auf die Schule. Wenn Leila nicht arbeitete, lag sie komatös auf dem Sofa. Und wenn sie sich ein bisschen am Riemen riss und regelmäßig arbeiten ging, trieb sich danach tagelang ein scheinbar endloser Strom schäbiger Kerle in ihrem Haus herum.

Jax und ich verbrachten mehr und mehr Zeit im Schuppen. Wir beide entdeckten immer wieder Kleinigkeiten, die wir stehlen konnten, um dieses Plätzchen behaglicher zu gestalten, beinahe, als wäre es unser eigenes Heim.

»Was schreibst du in das Notizbuch?«, fragte ich. Jax lag auf der Pritsche in der Ecke und kritzelte in einem schwarzen ledergebundenen Buch herum.

»Nur Stichworte für meinen Roman.«

Ich hockte auf einem der Holzstühle, die Arme um die angezogenen Beine gewickelt, und starrte zum Fenster hinaus auf die Bäume, die sich im Wind wiegten.

»Den über die Ameisenfamilie?«

»Nein, das habe ich verworfen. Ich schreibe über einen Jungen und ein Mädchen, die Superhelden werden und die ganze Welt retten.«

»*Die Abenteuer von Jax und Em?*«

»So was in der Art.«

»Hast du Lust, ein bisschen im Fluss zu schwimmen?« Die Strömung hatte sich gelegt, und einer von Leilas Kurzzeitfreunden hatte eine Plattform ans Ufer gebaut und ein Schwingseil für uns aufgehängt. Wir hatten unsere Namen und Brians in das Holz geritzt. Das war unsere Gedenkstätte für ihn. Jackson ging oft dorthin, und ich wusste, er sprach dann mit seinem Bruder.

»Ich bin ziemlich beschäftigt«, erwiderte er. Ich sprang auf und riss ihm das Notizbuch aus der Hand. »Nicht, Em. Ich meine es ernst. Gib es mir zurück.«

»Ich will es lesen«, klagte ich.

»Bitte nicht.« Seine Stimme brach, und sein Gesicht war rot angelaufen. Das war nicht nur Getue.

»Warum soll ich das nicht sehen? Die Ameisengeschichte hast du mich auch lesen lassen.«

»Weil das hier was anderes ist. Ich bin noch nicht fertig. Du kannst es lesen, wenn es so weit ist.«

Ich gab ihm das Notizbuch zurück. »Mir ist langweilig. Ich brauche nur irgendwas zu tun.«

»Meinetwegen, dann lass uns eben schwimmen gehen.«

Ich ging nach Hause und holte mir meinen Badeanzug, einen purpurroten, zerschlissenen Einteiler, den ich für zwei Dollar bei Goodwill gekauft hatte, aber er erfüllte seinen Zweck. Zu der Zeit lebten wir von der Wohlfahrt und von Lebensmittelmarken, also kam ich mir beinahe vor wie Gott in Frankreich. Es gab immer Müsli und Käse und Milch und Saft. Mein Vater gab mir jeden Monat zwanzig Dollar, damit ich mir die Sachen kaufen konnte, die mitzubringen er keine Lust hatte, Tampons und Spülmittel beispielsweise.

Kein Wunder, dass meine jämmerliche Mutter gegangen war, aber warum hatte sie mich nicht mitnehmen können? Dass mein Dad ein streitsüchtiger Alkoholiker war, wusste ich ja, aber noch mehr Kummer bereitete mir die Erkenntnis, dass ich von einem Misogynisten großgezogen wurde. Jax hatte mir dieses Wort beigebracht. Er nannte so ziemlich jeden Mann, den Leila mit nach Hause brachte, einen misogynen Widerling.

»Wo willst du in dem Ding hin?«, fragte mich mein Vater vom Flur aus, als ich mich im Badezimmerspiegel betrachtete. Ohne ihn anzusehen, band ich mir einen Pferdeschwanz.

»Ich gehe mit Jax schwimmen.«

»Sieh mich an, wenn ich mit dir rede.«

Ich drehte mich um und schaute ihn an. Sein Bart und sein Haar waren mächtig gewachsen, und seine Augen waren ständig gelblich verfärbt. War es wirklich so schrecklich, dass ich mir wünschte, seine Leber würde endlich und für alle Zeiten den Dienst einstellen?

»Zieh dir ein T-Shirt drüber.«

»Das ist ein Badeanzug, Dad. Der lässt nicht so viel frei.«

Er schlug mit der Hand an die Wand. »Willst du etwa pampig werden?«

»Nein, Sir«, sagte ich und erstarrte.

»Ich sagte, zieh dir ein Shirt an. Ich will nicht, dass du dich diesem Bengel an den Hals wirfst. Warum hast du keine Freundinnen? Warum hängst du ständig mit Jackson herum?«

»Weiß ich nicht.« Mein Vater wusste ganz genau, warum das so war, aber es gefiel ihm, mich deswegen niederzumachen. Ich würde niemals irgendjemanden mit nach Hause bringen, selbst wenn ich andere Freunde hätte. Nie würde ich irgendein armes Kind dem aussetzen, was hier am Ende der Lehmstraße Alltag war. Außerdem mochte ich Jax mehr als jeden anderen Menschen. Auch wenn wir damals noch nicht die richtigen Worte hatten, er war die einzige Person, der ich wirklich vertraute.

»Raus aus dem Bad, ich muss mich rasieren«, sagte er. Endlich ließ er mich gehen, doch ich verweilte ein wenig verwirrt im Flur. »Warum rasierst du dir den Bart ab?«

»Dein Dad hat einen Job, Kind.«

»Wirklich?«

»Du hast doch wohl nicht gedacht, wir würden ewig von Lebensmittelmarken leben, oder? Dafür sind wir uns doch zu gut.« Er nahm eine alte Dose Rasiercreme, schäumte seinen Bart ein und presste den Rasierer an sein Gesicht.

Offen gesagt, ich *hatte* angenommen, wir würden ewig von Lebensmittelmarken abhängig sein, und irgendwie war das für mich sogar ganz in Ordnung, aber mir war trotzdem aufgefallen, dass mein Dad in letzter Zeit versucht hatte, die Dinge wieder geradezurücken. Er war immer noch ein gemeiner Säufer, aber es war nicht mehr so schlimm wie in der ersten Zeit, nachdem meine Mom uns verlassen hatte. Es kam mir ein bisschen so vor, als hätte die Zeit ihn mürbe gemacht. »Was für ein Job ist das?«

»Instandhaltungsarbeiten im Motel.«

»Hat Susan dir den Job verschafft?«

»Nein, ich habe mir diesen Job verschafft.«

Ich hatte sein Ego verletzt, also musste ich die Flucht antreten. »Okay. Ich gehe dann, und ich ziehe mir ein T-Shirt an.« Im Weggehen fügte ich hinzu: »Ich bin froh, dass du einen Job hast, Dad.«

Noch vor Jax war ich wieder im Schuppen. Als ich mich auf die Pritsche legte, spürte ich etwas Hartes unter der Decke. Ich zog es hervor und sah, dass es sein Notizbuch war. Mein Magen schlug einen kleinen Salto. *Ein kurzer Blick tut doch niemandem weh.*

Sie saß da, die glatten Beine an die Brust gezogen, und starrte aus dem Fenster. Gelangweilt ließ sie Kaugummiblasen platzen und redete belangloses Zeug. Trotzdem … sie war das Zentrum des Universums. Sie konnte die ganze Welt schöner machen, ohne dabei auch nur Schweiß zu vergießen.

Die Holztür schwang auf, und ich schlug das Notizbuch zu und blickte auf. Jax stand auf der Schwelle und maß mich mit einem finsteren Blick.

»Spinnst du? Hast du keinen Respekt vor meiner Privatsphäre?« Er marschierte herüber und riss mir das Notizbuch aus der Hand.

»Ich habe gar nichts gelesen.«

»Lügnerin. Ich sehe dir an, dass du es gelesen hast. Dein Gesicht ist knallrot.«

»Ich habe nur eine Zeile gelesen.«

»Das handelt nicht von dir.«

Und wie das von mir handelt, dachte ich.

Er machte kehrt und stolzierte wieder zur Tür hinaus.

»Von wem dann?«, rief ich ihm nach.

»Nicht von dir. Ich gehe nach Hause.«

Ich rannte ihm nach, packte seine Schulter, riss ihn zurück und wirbelte ihn in dem von Unkraut überwucherten Feld herum. »Rede mit mir, Jax.«

»Es handelt von Desiree Banks. Sie ist meine Freundin. Geh nach Hause, Emerson, und kümmere dich um deinen eigenen Kram.«

»Wir sind keine kleinen Kinder mehr, Jackson«, blaffte ich seinen Rücken an.

»Ja, genau! Und ich habe keine Zeit für deine kindischen Spielchen.«

Meine kindischen Spielchen? »Du kannst mir sagen, was du mir gegenüber empfindest. Ich bin hier. Ich höre zu.«

Er sagte nichts, also folgte ich ihm, bis er in sein Haus ging und die Tür zuknallte. Erst da machte ich kehrt. Und als ich mich nach Hause schleppte, bereute ich zutiefst, was ich getan hatte. Mein Dad war bereits fort, um seinen neuen Job anzutreten, also war ich allein und konnte in Ruhe über den Textabschnitt nachdenken, den Jax geschrieben hatte.

Am nächsten Morgen wartete ich fünfzehn Minuten darauf, dass er herauskäme, aber das tat er nicht, und weil ich nun so spät dran war, musste ich die ganze Straße hinunterrennen, um den Bus noch zu erwischen. Die weißen Converse Chucks, die ich mir von meinem eigenen Geld, das ich mir mit einem Wochenendjob verdiente, gekauft hatte, waren voller Dreck. Und ich war sauer. Als ich endlich die Briefkästen erreichte, war Jax bereits da und wartete auf Ms Beels.

»Warum hast du nicht auf mich gewartet?«

Er schaute nur kurz von seinem Buch auf und senkte gleich wieder den Blick. »Ich muss ja nicht alles mit dir zusammen machen.«

»Für diese Schuhe habe ich fünf Tage bei Carter's gearbeitet, und jetzt sind sie dreckig.« Jax und ich hatten auf Carters Eierfarm samstags für drei Dollar pro Stunde gearbeitet. Wir waren vollkommen unterbezahlt, und wir mussten zwei Meilen laufen, um überhaupt hinzukommen, aber wenigstens hatten wir einen Job.

»Das passiert, wenn man sein ganzes Geld für Schuhe rauswirft.«

Ich stampfte mit dem Fuß auf. »Mann! Das ist nicht fair.«

Immer noch ins Buch starrend sagte er: »Ich tu dir doch gar nichts.«

»Ich habe dir gesagt, es tut mir leid. Du hast dein blödes Tagebuch in unserem Fort gelassen. Das war fast, als wolltest du, dass ich es finde.«

»Ich streite mich nicht mit dir, weil du mir egal bist, Em. Ich habe dir zehn Minuten vorher gesagt, ich möchte nicht, dass du es liest. Aber du kannst dich nicht mal anständig entschuldigen.«

»Sorry, ich bin nicht so perfekt wie du.«

»Ach, und übrigens, das ist kein Tagebuch, es ist ein Roman, und er wird wahnsinnig gut sein, wenn ich erst fertig bin. Und das Fort gehört mir, Emerson, nicht dir. Es ist auf meinem Grundstück.«

Ich kehrte ihm den Rücken zu und starrte wütend die Straße hinunter. Als der Bus vorfuhr, setzte ich mich auf den üblichen Platz in der vorderen Reihe. Jax ging an mir vorbei bis ganz nach hinten.

»Sehr erwachsen, Fisher«, rief ich. Wir benahmen uns wie damals, als wir zehn gewesen waren, aber wir waren keine zehn mehr.

Die Neuntklässler hatten an der Neeble High ihren eigenen Flur, also würde Jax mir unmöglich den ganzen Tag aus dem Weg gehen können. Und das tat er auch nicht. Als ich aus dem Englischunterricht kam, sah ich ihn an der Stelle stehen, an der er sonst immer auf mich wartete, um mit mir zum Mathekurs zu gehen, nur dass er dieses Mal nicht allein dort stand. Er lehnte sich an die Reihe alter Spinde, die niemand mehr benutzte, und hatte den Arm um Desiree Banks gelegt.

Dummer Junge.

»Werd erwachsen«, murmelte ich, als ich an den beiden vorbeiging. Desiree warf mir einen herablassenden Blick zu, sah dabei aber aus, als litte sie unter Verstopfung.

Jackson konnte jedes Mädchen haben, das er wollte, und das wusste er genau. Er war der einzige Junge in diesem Alter, der eine perfekte Haut und erste Ansätze eines Waschbrettbauchs vorweisen konnte. Und er war groß. Er war schnell gewachsen. Die Unbeholfenheit seiner Kindheitsjahre hatte er bereits zu Beginn der neunten Klasse hinter sich gelassen – oder ich nahm sie einfach nur nicht mehr wahr. Ich selbst hatte mich auch ziemlich früh entwickelt. Nicht dass ich hübsche Brüste hätte – im Grunde waren sie kaum da, aber gegen Ende der neunten Klasse hörte ich auf, in alle Richtungen zu wachsen. Bedauerlicherweise galt das auch für Desiree, und die war auf eine Weise gereift, bei der ich nie würde mithalten können.

In der Mittagspause saß ich in der Bibliothek und redete mit Ms Lilly, der Bibliothekarin.

»Wo ist Jax denn heute?«, fragte sie. Sogar die Lehrer wussten, dass wir unzertrennlich waren.

»Keine Ahnung. Er hat jetzt eine Freundin.«

Die kleine grauhaarige Mitsechzigerin sah überrascht aus. »Eine Freundin? Ich dachte, *du* wärest seine Freundin.«

»Als wir jünger waren, haben die Leute das oft über uns gesagt, aber das war nur dummer Kinderkram.«

»Oh.«

Ich hielt eine Ausgabe von *Die Musik der Wale* hoch. »Danke, dass Sie das für mich besorgt haben.«

»Das steht nicht auf der Liste der Literaturempfehlungen, Emerson, also zeig es nicht herum.«

»Natürlich, Ms Lilly. Danke.« Ich ging zu einem Tisch, um zu lesen, konnte mich aber nicht konzentrieren. Ich überlegte, warum Jax in all der Zeit, die wir miteinander verbracht hatten, nie versucht hatte, mich zu küssen. Er hatte nie auch nur eine Andeutung gemacht. Ich war zwar nicht das hübscheste Mädchen der Schule – kein Arsch, keine Brüste, nur eine Bohnenstange mit einem Wirrwarr dunkler Haare auf dem Kopf –, aber ich hatte eine nette Haut, und er hatte mir mal gesagt, ich hätte schöne Augen. Eigentlich hatte er gesagt, sie seien irgendwie komisch und so groß, dass es ihm vorkam, als könnte er hineintauchen und darin schwimmen. Insofern war »schön« vielleicht doch nicht ganz der richtige Begriff …

Vielleicht schrieb er tatsächlich über Desiree. Vielleicht war ich nur sein Kumpel aus Kindertagen, das kleine Mädchen, mit dem er im Schlamm gespielt hatte.

Auf der Busfahrt nach Hause saß er in der vorderen Reihe. »Hey, Em!«

Er sah außergewöhnlich aufgekratzt aus, und als ich mich neben ihn setzte, musterte ich seinen Hals ein wenig eingehender. »Was … ist das ein … i, wie eklig.« Es war ein großer purpurroter Knutschfleck. »Ich wusste nicht, dass du so auf Möpse stehst.«

»Was meinst du, Emerson?«

Ich hielt die Hände vor die Brust, um Riesenmöpse anzudeuten. »Desiree, du Idiot.«

Er grinste selbstgefällig. »Oh, ja, hm. War mir gar nicht so aufgefallen.«

Schnaubend zog ich weiter zum Heck des Busses und dachte mir, was der kann, kann ich schon lange. Später rannte ich nach Hause und warf meinen Rucksack in den Eingangsbereich. Als ich an der Küche vorbeisausen wollte, sah ich meinen Vater am Tisch sitzen, Zeitung lesen und Kaffee trinken. Abrupt blieb ich stehen und kehrte zur Tür zurück.

Er blickte auf und lächelte. »Wie war dein Tag, Liebling?«

Liebling? Seine Augen sahen so klar aus, wie ich es noch nie erlebt hatte. *Mein Tag war furchtbar.* »Gut, und deiner?«

»Gut. Ich habe Hackbraten gemacht, den kannst du dir aufwärmen, wenn ich zur Arbeit gehe.«

Wer ist dieser Mann? »Danke, Dad.«

Er stand vom Tisch auf. »Tja, ich mache mich jetzt besser für die Arbeit fertig.«

Als er den Raum verlassen hatte, ging ich zu seinem Kaffeebecher und schnüffelte daran. Er hatte sich eine gut feststellbare Menge Whiskey in seinen Kaffee geschüttet, aber die Tatsache, dass er nicht in Unterwäsche auf dem Sofa hockte, das Zeug direkt aus der Flasche soff und den Fernseher verwünschte, war eine enorme Verbesserung.

Ehe er ging, schaute er noch zu meinem Zimmer herein, wo ich auf dem Bett lag, die Decke anstarrte und über Jacksons blöden Knutschfleck nachdachte. »Wenn du den Hackbraten zu den Fishers mitnehmen willst, ist mir das auch recht. Du musst nicht allein essen.«

»Das macht mir nichts.« Daran war ich gewöhnt. »Jax und ich hängen nicht mehr so viel zusammen rum. Er hat eine Freundin.«

Mein Vater sah ziemlich erleichtert aus. Zu gern hätte ich mir eingebildet, es läge daran, dass er nicht wollte, dass jemand seiner Tochter wehtat, aber nachdem ich mir so viele Male hatte sagen lassen müssen, ich solle bloß nicht schwanger werden, musste ich annehmen, dass es viel eher darum ging. »Okay, ich bin morgen früh wieder da«, sagte er, und fort war er.

Am nächsten Tag ging ich in der Schule zu Hunter »Der Staubsauger« Stevens, der weit und breit dafür bekannt war, dass er mit jedem Mädchen rummachte, das sich auf seine Avancen einließ. Ich glaube, ich war das einzige Mädchen, das er nicht hinter der Tribüne des Footballfelds entehrt hatte. Ich wusste, dass er leichte Beute war, denn er hatte schon seit Monaten aufdringliche Bemerkungen mir gegenüber fallen lassen. Im Stil von: »Hey, Emerson, wollen wir zusammen für den Mathetest lernen – unter der Tribüne?«

Bis zu diesem Tag hatte ich seine peinlichen Annäherungsversuche einfach ignoriert, aber Hunter, Jackson und ich hatten zusammen Mathe, also ergriff ich die Gelegenheit beim Schopf, um Rache zu üben. Ich schlenderte an Jax vorbei und beugte mich über Hunters Tisch. »Ich kapiere diesen Algebrakram nicht richtig. Hab gehört, du wärest so was wie ein Profi.«

Ruckartig riss er die Augen auf und richtete seinen Blick auf meine Brüste. »Du hast richtig gehört.«

»Wie wäre es heute Mittag?«, schlug ich vor.

»Okay, wir treffen uns hinter der Tribüne am Footballfeld.«

»Ich werde da sein.« Ich warf einen Blick in die Reihe hinter Hunter, wo Jackson saß. Er lungerte in betont cooler Pose mit ausgestreckten Beinen auf seinem Stuhl herum und tat, als bekäme er gar nichts mit.

In der Mittagspause ging ich in den Waschraum und starrte mich im Spiegel an. Ich steckte mir ein Pfefferminzbonbon in den Mund, legte etwas Lipgloss auf und stellte mir vor, wie ich zum ersten Mal geküsst werden würde. All die anderen Mädchen waren mir in dem Punkt weit voraus.

Ruthie Brennerman kam herein und tippte mir auf die Schulter. »Also, du und Hunter, ja?« Sie verdrehte die Augen. »Alle dachten, du wärest mit Jax zusammen.«

»Nee, wir sind nur Freunde.«

»Oh.«

Sie legte Lippenstift auf und machte einen Kussmund vor dem Spiegel. »Viel Spaß mit Hunter.«

Mir ging durch den Kopf, dass alle sie Beißer-Ruthie genannt hatten, bis sie ihre Zahnspange bekommen hatte. Wir wurden allmählich alle erwachsen. Mir war traurig zumute. Als ich erneut in den Spiegel schaute, sah ich mein jüngeres Selbst mit dem wilden Haar und den buschigen Brauen vor mir und dann Jacksons jüngeres Gesicht mit seinem süßen Lächeln und den freundlichen Augen. Ich fing an zu weinen. Ich wollte meinen ersten Kuss von ihm bekommen. Ich wollte ihm gehören.

Ich rannte aus dem Waschraum und prallte direkt gegen Jax' Brust. »Geh mir aus dem Weg.«

»Em, weinst du?«

»Nenn mich nicht so«, schrie ich und rannte davon.

Ich traf Hunter am Footballfeld. Seine Hände lagen schon in meinem Nacken, ehe ich ein Wort gesagt hatte. Er presste seine Lippen auf meine, und dann war seine Zunge in meinem Mund. Es war seltsam, warm, schlabberig und ekelig, aber ich machte trotzdem mit. Hunter war klein, hatte einen Bürstenschnitt und keine besonders herausragenden Merkmale, aber er sah auch nicht allzu schlecht aus. Er war nur nicht Jax.

Die ganze Zeit dachte ich: Warum tue ich das? Hunter drückte sich voller Begeisterung an mich. Romantisch war das nicht gerade. Ich konnte spüren, wie erregt er war, was bei einem fünfzehnjährigen Jungen nicht verwunderlich war. Ungefähr einen Monat vorher hatten Jax und ich auf der Pritsche gelegen und uns gegenseitig etwas vorgelesen, als mir aufgefallen war, dass da etwas in seiner Hose anschwoll. Ich hatte gelacht, und er war verlegen und mich wüst beschimpfend aus dem Schuppen geflüchtet. Ich wünschte, ich hätte nicht gelacht. Ich wünschte, ich hätte einfach so getan, als hätte ich gar nichts gesehen. Das war das, was er getan hätte.

Hunter versuchte, seine Hand unter mein Shirt zu schieben, während wir an dem Maschendrahtzaun hinter der Tribüne knutschten. Da hörte ich eine Stimme sagen: »Em?«

Abrupt wich ich zurück und sah Jax in sicherer Entfernung bei einem Pfosten der Tribüne stehen. Er hatte sich die schwarze Kapuze übergezogen, und sein Gesicht lag im Schatten, daher konnte ich seine Mimik nicht sehen. Seine Hände steckten tief in den Taschen seiner Jeans. Er wirkte verändert … geknickt. Nichts mehr zu sehen von Cool Jax.

»Ja. Was ist los, Jackson?«

»Alles in Ordnung?«, fragte er leise und zaghaft.

Ich sah mich zu Hunter um. »Weißt du was, ich …«

»Was will er?«, fragte Hunter.

»Ich muss los«, sagte ich.

»Aber wir knutschen doch gerade«, wandte Hunter ein. Er war wirklich ein schlaues Kerlchen.

»Ich weiß. Ich muss weg. Tut mir leid.« Aber das tat es nicht. Mir tat nur leid, dass ich ihn geküsst hatte.

Als ich auf Jax zuging, löste der seinen Blick von seinen Schuhen. Stumm standen wir einander gegenüber.

Seine Mundwinkel wanderten aufwärts, doch das war kein übermütiges Lächeln, nicht einmal ein arrogantes. Es war ein trauriges Lächeln.

»Stehst du auf ihn?«

»Nein, eigentlich nicht.«

»Was soll das dann? Wolltest du es mir nur heimzahlen?«

»Hör mal … ich …«

»Es *ging* um dich … das, was ich geschrieben habe. Es hat nur von dir gehandelt.« Seine Unterlippe fing an zu beben.

»Ich weiß«, sagte ich mit zittriger Stimme, und dann fing ich an zu weinen. Die Tränen waren nicht mehr aufzuhalten. »Ich habe es geliebt, jedes einzelne Wort. Es war so schön.«

Er strich mir mit dem Daumen die Tränen von der Wange. »Em, können wir bitte dahin zurück, wo wir vorher waren?«

»Ja … auf jeden Fall.«

Er zog mich an sich. »Ich meine, Hunter Stevens? Ernsthaft? Der Typ ist so ein Schleimer.«

Ich wischte mir die Tränen ab und lachte an seinem Hemd. »Komm schon, Desiree Banks? Die macht mit jedem rum, und jeder weiß es … und dann diese Möpse, mein Gott.«

»Nur, dass du's weißt, ich stehe gar nicht auf Möpse. Also, äh, ich meine …«

»Ich hab's verstanden, du Idiot! Ich kann nur nicht fassen, dass sie die Erste war, die du geküsst hast.«

Er schob mich an den Schultern zurück, um mich anzusehen. »Desiree war nicht die Erste.«

»Nicht?«

»Nein. Ich habe in der siebten Klasse Katy Brown geküsst. Wir haben im Leseraum hinter der Bibliothek geknutscht.« Er kratzte sich am Kinn. »Und dann war da noch Chastity Williams. Und Lizzy Peters und …«

»Okay, okay. Im Vergleich mit dir ist Desiree unerfahren.«

»War das dein erster Kuss, Em? Mit Hunter?«

Allmählich kam ich mir wie ein kompletter Idiot vor. »Ja«, gestand ich so leise, dass ich meine Stimme selbst kaum hören konnte.

Das traurige Lächeln kehrte zurück.

»Sieh mich nicht so an, Jax. Ist eben so. Und? Wen interessiert das?«

»Ist ja keine große Sache, ich dachte nur … du warst immer so, ich weiß auch nicht, ich dachte nur …«

»Du dachtest was? Was, Jackson? Dass du der Erste wärest, der mich küssen würde?«

Er zuckte mit den Schultern. »Vielleicht.«

»Das ist keine Antwort.«

Er seufzte. »Du bist anders.«

»Ach, ich bin anders? Hört sich an, als wäre ich zurückgeblieben.«

»Ich hasse dieses Wort, Emerson.«

»Was meinst du dann?« Meine Stimme wurde immer schriller, und meine Wangen glühten mehr und mehr.

»Ich meine, ich wollte für dich üben. Ich wollte, dass unser erster gemeinsamer Kuss perfekt wird.«

»Wirklich?« Ich stellte mich auf die Zehenspitzen, wollte seine Worte körperlich absorbieren.

»Ich schwöre. Ich wollte immer nur dich küssen. Das musst du unbedingt wissen.«

Ich blinzelte einige Male, ehe ich nach ihm griff und den Kopf in den Nacken legte. *Hmm, dieser saubere typische Jackson-Geruch.* Irgendwann in der Achten hatte er Gott sei Dank angefangen, regelmäßig an Deodorant zu denken. »Ich glaube, irgendwie wusste ich das.«

Ich rückte näher an ihn heran.

»Tja, aber jetzt werde ich dich nicht küssen. Nicht, während du überall Hunters Sabber an dir hast. Erst müssen wir dich umfassend desinfizieren. Den Mund mit Seife ausspülen und so.«

»Ach, halt doch die Klappe.« Ich boxte ihm an die Brust.

Er packte meine Hand und zog mich mit sich. »Na los, wir kommen zu spät zu Bio.«

5. Immer noch nicht bereit zu reden

»Bist du immer noch nicht fertig mit dem Buch?«, fragte Cara, als sie an mir vorbeiging, während ich auf der Couch Wäsche zusammenlegte.

»Ja«, sagte ich. Dann folgte ich ihr in die Küche und setzte mich an die Theke, während sie die Zutaten für einen Smoothie herausholte. Es war Mittag, und sie musste in einer Stunde Unterricht geben.

»Du hast nichts Vernünftiges gegessen, Emi.«

»Doch, hab ich. Mir geht's gut. Hey, willst du nicht stattdessen Bloody Mary machen?«, fragte ich.

Sie lachte. »Wirst du jetzt zur Alkoholikerin?«

»Ich muss dir etwas erzählen«, verkündete ich abrupt.

Sie starrte mich an, und ihr Lächeln verblasste.

»Soll ich den Unterricht absagen?«, erkundigte sie sich.

»Du weißt doch, das, äh … Buch? Du weißt schon, das von J. Colby?«

»Äh, ja, natürlich weiß ich. Ich habe es gerade gelesen, und du liest es jetzt. Ich habe dich buchstäblich vor dreißig Sekunden danach gefragt.«

»Ja, na ja …« Ich wollte ihr die Wahrheit sagen, aber ich brachte es irgendwie nicht über mich. »Ich wollte dir nur danken, dass du es mir überlassen hast.«

Sie lächelte. »Das ist alles?«

Ich nickte.

»Willst du immer noch, dass ich dir eine Bloody Mary mache?«

»Nein, du solltest zum Unterricht gehen«, entgegnete ich.

»Kommst du heute auch?«, fragte sie.

»Nein, ich habe meinen Unterricht abgesagt. Ich hatte vorhin schlimme Kopfschmerzen. Wahrscheinlich gehe ich noch eine Runde laufen und versuche dann vielleicht, ein paar Worte zu Papier zu bringen.«

»Braves Mädchen.« Mit ihrer Tasche huschte sie zur Tür und rief dann: »Ach, wegen des Buchs: gern geschehen. Aber du solltest vielleicht der unbekannten Person danken, die mir den Artikel aus dem *New Yorker* in mein Fach gelegt hat. Durch den habe ich überhaupt erst von dem Buch erfahren.«

Als sie gegangen war, starrte ich die geschlossene Tür an. Jemand hatte ihr einen Artikel über J. Colby ins Fach gelegt?

Ich lief vier Meilen, kam zurück in meine Wohnung und setzte mich an den Computer. Schreiben könnte ich sowieso nicht, also rief ich erneut seine Webseite auf und starrte auf sein Bild, ehe ich zu dem Formularfeld navigierte und erneut mit einer Nachricht begann:

Jase, warum gräbst du das alles wieder aus? Warum? Warum? Warum?

Ach, und dein Geschreibsel ist Mist.

Ich löschte die Eingabe und schlug das Buch wieder auf.

Aus: *All die Straßen auf unserem Weg*

Mr Williams, unser hoch gewachsener, klug aussehender Biologielehrer, stand an der Tafel, hielt Vorträge und stellte der Klasse hin und wieder eine Frage, aber ich hörte nichts von dem, was er sagte. Ich dachte an Jax, der direkt hinter mir saß. Während ich eine Haarsträhne zwischen den Fingern zwirbelte, versuchte ich mir vorzustellen, wie es wohl wäre, ihn zu küssen.

Er war zu groß für unsere Klassentische, darum machte er sich auf seinem Stuhl klein und streckte die Beine so weit aus, dass sie in mein Blickfeld hineinragten. In mir regten sich nun all diese Gefühle, an die ich früher kaum einen Gedanken verschwendet hatte, und ich konnte seine Wärme in meinem Rücken spüren.

Mr Williams räusperte sich und sagte laut: »Das sind Zellen ohne membrangebundene Organellen. Wer weiß, wie man diese Zellen nennt?«

Niemand hob die Hand.

»Fisher!«, bellte Mr Williams.

»Prokaryoten?«, sagte Jackson, und es klang, als wäre er nicht sicher, obwohl ich wusste, dass das nicht der Fall war.

»Das ist richtig«, lobte Mr Williams. »Emerson, passt du auf?«

Ich setzte mich auf meinem Stuhl auf. »Ja, Sir.«

»Okay«, sagte Mr Williams. »Dann verrate uns doch, wie man das System nennt, über das wir in dieser ganzen Stunde reden.«

Mein Herz raste, und der Raum fing an, sich um mich zu drehen. Ich hasste es, aufgerufen zu werden, und ich hatte keine Ahnung, wie die Antwort lautete, doch dann flüsterte Jackson: »Binäre Nomenklatur.«

Es fühlte sich an, als hätte er gesagt, *ich will mit dir schlafen*. Genauso klang es für mich, wenn Jackson »binäre Nomenklatur« sagte.

Mr Williams fixierte mich immer noch mit finsterer Miene. Ich zeigte mit dem Finger zur Decke und verkündete: »Binäre Nomenklatur.«

»Du hast also aufgepasst, Emerson. Gut«, lobte Mr Williams.

Während der Busfahrt nach Hause sagte Jax: »Es ist wirklich schwer, dem Unterricht zu folgen, wenn du vor mir die ganze Zeit mit deinem Haar spielst.« Lächelnd drückte er meine Hand, und irgendwie fühlte sich die Berührung anders an als all die vorangegangenen.

»Du scheinst aber kein Problem damit zu haben, die richtigen Antworten zu liefern.«

»Ich mein ja nur. Ich hätte dir heute am liebsten den Nacken abgeleckt.«

»Jackson«, tadelte ich in einem verschwörerischen Flüsterton. »Das ist ekelig.« Aber ich fühlte ein erwartungsvolles Kribbeln in meinem Nacken.

»Ernsthaft, ich möchte dich die ganze Zeit küssen, aber ich muss ständig an Hunters Zunge in deinem Hals denken.«

»Die hat er mir wirklich in den Hals gesteckt.« Ich schauderte, und Jackson lachte noch ein bisschen mehr, also rammte ich ihm den Ellbogen in die Seite. Das Flirten machte mir so schon genug zu schaffen.

»Das sah übel aus, Em.«

»Und? Ich habe vorher noch nie jemanden geküsst. Hör auf, mich aufzuziehen.«

»Ich ziehe dich nicht auf. Es ist nur, dass da eine gewisse Finesse dazugehört, weißt du? Aber das zeige ich dir später.« Er zwinkerte mir zu.

»Manchmal bist du so eingebildet.«

»Du liebst mich.«

»Ich habe keine andere Wahl«, konterte ich.

Nacheinander sprangen wir die Busstufen hinunter. »Bye, Ms Beels«, rief Jackson von den Briefkästen aus. »Bis morgen!«

»Arbeitet deine Mom heute Abend?«, fragte ich ihn.

»Ja. Und dein Dad?«

»Ich glaube schon.«

»Okay. Willst du rüberkommen? Wir können bei mir fernsehen. Und ich kann alles rückgängig machen, was Hunter dir beigebracht hat«, sagte er mit ausdrucksloser Miene.

»Jackson Fisher, hörst du jetzt endlich damit auf?«

»Nicht ernst gemeint, ich möchte einfach nur, dass du zu mir rüberkommst.«

»Also gut. Ich mache erst meine Hausaufgaben, dann komme ich zu dir.«

Er legte den Arm um meine Schultern. »Du kannst auch meine machen, wenn du willst.«

»Nein, die kannst du selbst machen, Casanova.«

Er lachte. »Du hast recht, in Bio und Mathe bin ich besser als du.«

»Ich glaube, dir ist die Aufmerksamkeit von den ganzen Mädchen zu Kopf gestiegen. Ich bin nicht wirklich überzeugt, dass du mich auch verdienst.«

»Tja, aber diese anderen Mädchen interessieren mich nicht. Das tust nur du.«

Die Luft knisterte vor gespannter Erwartung. Wir redeten und lachten auf dem ganzen Weg nach Hause. Zu der Zeit wussten wir es noch nicht, aber wir waren vollkommen verliebt. Unsere Unschuld war herrlich, unmöglich, sie festzuhalten, unmöglich, sie noch einmal aufleben zu lassen. Manchmal, im Bus, wenn Jax und ich allein an dem Meilenschild vorbeikamen, träumte ich, dass Ms Beel umdrehen und uns aus Neeble hinausfahren würde. Dass wir drei in diesem Bus leben würden, an irgendeinem Ort, an dem keine Brüder in Bächen ertranken und keine drogensüchtigen Mütter und Whiskeymonster auf der Lauer lagen.

Mein Lächeln verblasste, als ich Dads verbeulten Toyota-Truck schief vor dem Haus parken sah. »Wir sehen uns«, sagte ich geistesabwesend.

Jax küsste mich auf den Kopf. »Ich kann es kaum erwarten.«

Kurz bevor ich meine und er seine Haustür erreicht hatte, drehten wir uns beide um. Er küsste seine Hand und winkte, und ich erwiderte die Geste.

In dem Moment, in dem ich die Tür öffnete, wusste ich Bescheid. Es war dunkel im Haus. Der muffige Geruch von Alkohol und Körperausdünstungen schlug mir ins Gesicht, als ich hineinging. Auf dem Weg zu meinem Zimmer sah ich mich kurz um und erblickte meinen Dad bewusstlos auf dem Sofa. Der Fernseher plärrte, und neben ihm lag eine leere Flasche.

So leise ich konnte schloss ich die Tür meines Zimmers und machte mich an die Hausaufgaben. Gegen vier Uhr nachmittags müsste er zur Arbeit aufbrechen, also ging ich eine Viertelstunde vorher ins Wohnzimmer und versuchte, ihn zu wecken.

»Dad?« Ich rüttelte an seiner Schulter, aber er schlug meine Hand weg. »Du kommst zu spät zur Arbeit.«

»Scheiß auf die Arbeit. Ich gehe da nicht wieder hin«, murmelte er ins Kissen. Das Whiskeymonster war wieder da. So hatte ich ihn schon eine ganze Weile nicht mehr erlebt.

»Dad? Komm schon.«

»Ich habe gesagt, du sollst mich in Ruhe lassen, Emerson. Kannst du nie hören?«

»Okay, tut mir leid.« Ich kehrte in mein Zimmer zurück, um noch ein bisschen für den Biologietest am nächsten Tag zu lernen.

Kurze Zeit später hörte ich ihn über den Flur trampeln. Gleich darauf stieß er meine Tür auf, stolperte zu meiner Kommode und fing an, die Schubladen durchzuwühlen.

»Wo ist es?«

»Wo ist was, Dad?«

»Dein Geld von der Eierfarm.« Seine Brust hob und senkte sich krampfhaft. Ich stand auf und ging zu dem kleinen Geldbeutel, der an meinem Bettpfosten hing. Ich griff hinein und zog ein Bündel Geldscheine hervor, größtenteils Einer und Fünfer – zusammen etwa achtunddreißig Dollar. Ich hatte lange gespart, um mir für den Tanz zum Jahresende ein Kleid zu kaufen.

Er riss es mir aus der Hand. »Dad, das ist für mein …«

»Mir scheißegal, wofür das ist. War ich etwa nicht gut zu dir?«

»Ähm …«

»Nicht!?!«, brüllte er.

»Doch, Sir.«

Schweißperlen bildeten sich auf seiner Stirn. »Ich besorge mir einen anderen Job, zufrieden, du kleine Fotze?« Das Wort schmerzte so sehr, dass mir regelrecht schlecht wurde. Mir fiel auf, dass ich mir ein ganzes Büschel Haare ausgerissen hatte, weil ich sie vor lauter Nervosität so heftig verzwirbelt hatte.

Er stürmte aus meinem Zimmer, und eine Minute später hörte ich, wie er den Truck startete. Ich ging zum Fenster und sah ihm nach, als er die Straße hinunterraste. Statt meinem Geld nachzutrauern, versuchte ich verzweifelt, mich auf Jax zu konzentrieren.

Ich nahm mir die Zeit, mich zu waschen und in einen Trainingsanzug zu schlüpfen. Dann schnappte ich mir eine Packung Mikrowellenpopcorn und ging zu Jax.

Ohne Shirt und barfuß, aber mit einem breiten Grinsen im Gesicht, öffnete er die Tür. Er trug sogar die Jeans, die mir am besten an ihm gefiel.

Ich lächelte, aber die Traurigkeit in meinen Augen entging ihm trotzdem nicht.

»Was ist los?« Er hielt die Tür auf, verstellte mir aber den Weg und wollte mich nicht vorbeilassen. Stattdessen zeigte er auf mein Haus. »Was hat er dir getan?«

»Nichts. Ist keine große Sache. Außerdem ist er jetzt weg.«

»Komm her.« Wir umarmten uns länger als sonst. Seine Brust fühlte sich an meiner Wange hart an. Ich konnte die Mulden an den Seiten seiner schmalen Hüften spüren. Jackson war ein Mann, und ich war eine Frau, und wenn wir uns so aneinanderpressten, dann ergab die ganze Welt einen Sinn.

Widerstrebend löste ich mich von ihm und hielt die Popcorntüte hoch. »Kann ich das hier zubereiten?«

»Das mach ich schon.«

Ich folgte ihm in die Küche. »Was willst du heute Abend gucken?«

»Das überlasse ich dir. Damenwahl. Aber wie wäre es, wenn du mir erst mal erzählst, was passiert ist.«

»Nichts Außergewöhnliches.« Ich setzte mich auf die Arbeitsplatte neben dem alten gelben Kühlschrank. »Mein Dad war besoffen, und er ist nicht zur Arbeit gegangen.«

Jax schaltete den Mikrowellenherd ein, kam zu mir und stellte sich zwischen meine Beine. Dann drückte er die Handflächen auf meine Oberschenkel und rieb sie sanft. »Gefällt mir.«

»Die Trainingshose?«

»Ja. Mir gefällt, wenn du und ich einfach so zusammen sind. Das fühlt sich gut an.«

Mein Herz raste. »Du bist so gesprächig und so gefühlsduselig. Was ist in dich gefahren, Fisher?«

»Es war hart, dich mit Hunter zu sehen.«

Ich neigte den Kopf zur Seite. »Es war hart, das da zwei Tage lang anzustarren.« Ich zeigte auf den allmählich verblassenden Knutschfleck an seinem Hals.

»Ich weiß.«

»Er hat mich Fotze genannt.«

»Wer?«

»Mein Dad. So hat er mich vorher noch nie genannt.«

Wütend schloss Jax die Augen und schüttelte den Kopf. »Ich bringe ihn um«, flüsterte er. Das war nicht das erste Mal, dass Jax so etwas gesagt hatte, aber es war immer klar, dass das nur Gerede war. »Em. So etwas hast du echt nicht verdient.«

Mir stiegen die Tränen in die Augen. »Ich will heute nicht noch mehr weinen.«

Er hob mein Kinn an, sodass wir einander in die Augen blickten, und dann strich er mit dem Zeigefinger über meine Kieferpartie. Lange studierte er mein Gesicht, schaute von meinen Augen zu meinem Mund, und ich sah etwas wie Hochachtung in seinem Gesichtsausdruck.

»Was?«, fragte ich, und dann lagen seine Lippen auf meinen. Er küsste mich, langsam, zart. Sanft legte er mir beide Hände in den Nacken und intensivierte den Kuss. Ich umklammerte seine muskulösen Oberarme. Er fühlte sich größer an. Er fühlte sich sicher an, warm, vertraut. Als er zurückwich, schlug er die Augen auf und lächelte mich für einen Moment an. Ich erwiderte das Lächeln, und schon küsste er mich erneut. Ich ließ meine Hände zu seinen Rippen wandern und zog ihn fester an mich. Er überzog mein Kinn mit Küssen und glitt mit den Lippen hinauf zu meinem Ohr. Mein Atem ging schneller. Als er ganz nahe an meinem Ohr war, sagte er mit leiser, tiefer Stimme: »Das wollte ich schon so lange tun.«

»War es okay?«, fragte ich ängstlich.

»Psst, es war perfekt.«

Sanft knabberte er an meinem Ohr, und mein Atem beschleunigte sich.

»Nimm die Finger von ihr!«, lallte mein Vater durch den dunklen Hausflur.

Jax wich zurück, ließ aber seine Hände an meinem Nacken und sah mir weiter in die Augen, während ich wie erstarrt war.

»Ich sagte, du sollst deine verdammten Finger von ihr nehmen.«

Jacksons Augen wurden feucht, und dann kniff er sie zu, als wollte er versuchen, uns beide verschwinden zu lassen. Er schüttelte den Kopf und flüsterte: »Das passiert doch nicht wirklich.«

»Schon gut, Jax. Lass mich gehen. Ich komme klar.«

Nun ließ er meinen Nacken los und formte mit den Lippen die Worte *Es tut mir leid.*

»Du kannst nichts dafür.«

»Beweg deinen Arsch nach Hause, Emerson.« Die Stimme meines Vaters brachte die Wände um uns herum zum Zittern.

»Okay, Dad.« Ich sprang von der Arbeitsplatte und ging auf ihn zu. »Gehen wir«, sagte ich zu ihm und zeigte auf die Tür.

»Ich habe erst noch ein Wörtchen mit diesem Lüstling zu wechseln.«

»Dad, ich habe ihn geküsst. Sonst ist nichts passiert. Das war das erste Mal, dass wir uns geküsst haben.« Ich sah mich zu Jackson um, dessen Augen nun vor Panik geweitet waren.

»Halt's Maul! Und geh nach Hause. Sofort!«

Ich versuchte es ein letztes Mal. »Bitte, tu ihm nicht weh.«

Dann ging ich hinaus und blieb gleich vor der Tür stehen, um zu lauschen. Alles, was ich ihn sagen hörte, war: »Rühr sie noch mal an, und ich bring dich um. Ich habe eine geladene Flinte im Haus, die nur auf dich wartet.«

Als ich hörte, dass er sich in Richtung Haustür bewegte, rannte ich heim, huschte geradewegs in mein Zimmer und schloss die Tür.

Er kam nicht gleich rein. Ich nehme an, er musste noch etwas mehr aus der netten Flasche trinken, die er mit meinem Eierfarm-Geld gekauft hatte, ehe er bereit war, mir ins Gesicht zu brüllen. Für eine Weile glaubte ich sogar, er würde mich in Ruhe lassen, aber das wäre nicht sein Stil gewesen.

Fünfundvierzig Minuten später wurde meine Tür aufgestoßen. »Steh auf, du verlogene kleine Schlampe.«

Zum ersten Mal hielt ich den Kopf hoch erhoben und stolzierte auf ihn zu. Ich sah ihm in die Augen und wurde mit einer Ohrfeige belohnt. Schockiert starrte ich ihn an. Er hatte mich geschlagen. Er hatte mich noch nie so gezielt und gewaltsam ins Gesicht geschlagen. Ich sammelte mich, drückte die Schultern durch und reckte erneut den Kopf hoch, obwohl ich vor Angst zitterte.

»Willst du eine Lügnerin und eine Hure sein?«

»Nein, Sir.«

Klatsch! »Du kleine Schlampe.« *Klatsch.* »Du hast mich angelogen, Diana!« *Klatsch.*

Warum sprach er mich mit dem Namen meiner Mutter an?

»Ich bin's, Emerson, Dad!« *Klatsch.* Ich fing an zu schluchzen. »Es tut mir leid, Dad.« *Klatsch.*

»Ich musste diesen Waschlappen Jackson nicht mal anrühren. Er hat sich praktisch auf dem Küchenboden eingepisst.«

Da plötzlich veränderte sich etwas in mir. Mir war, als könnte mein Vater alles zu mir sagen, als könnte er alles über meine Mutter sagen und über alle anderen Leute auf Erden, die er hasste, all die Schlampen und Junkies und Lüstlinge, aber er hatte kein Recht, Jax anzurühren. Er hatte nicht einmal das Recht, seinen Namen zu sagen. Kampflos würde ich das nicht zulassen.

In einem sonderbar resignierten Tonfall sagte ich: »Fick dich.« Mein Vater stand reglos da und starrte mich fassungslos an. »Ich sagte, fick dich, du gemeiner Mistkerl. Du hast kein Recht dazu.«

Mit einem kraftvollen Hieb stieß er mich zu Boden und trat mir gegen den Kopf. Ich verlor das Bewusstsein, war aber schon Sekunden später wieder da. Er prügelte mit seiner Gürtelschnalle auf meinen Rücken und meinen Hintern ein. Ich fing an, vor Schmerz zu schreien, und flehte ihn an aufzuhören, versuchte, auf Händen und Knien davonzukriechen, aber er trat mir auf den Rücken und riss mich an den Haaren herum. Er schlug mir ins Gesicht, und ich wurde erneut ohnmächtig. Eine Weile schwebte ich an der Grenze der Bewusstlosigkeit und spürte doch, wie er wieder und wieder auf mich einprügelte.

Dann öffnete sich mit leisem Knarren meine Zimmertür, und ich sah Jacksons schwarzen Kapuzenpullover und seine Sneaker auf uns zukommen.

Ich wollte schreien: »Nein, Jax!«, aber meine Stimme war weg. Ich hatte Angst, mein Vater würde ihn umbringen. Jax packte meinen Vater, hob ihn von mir und schleuderte ihn gegen meine Kommode. Ich bemühte mich verzweifelt, bei Sinnen zu bleiben. Da war

Blut in meinem Gesicht und in meinen Augen, aber jenseits des roten Schleiers konnte ich immer noch sehen, wie Jackson breitbeinig über meinem Vater stand und auf ihn einhämmerte, Schlag um Schlag in schneller Folge.

»Du Stück Scheiße!« Er schrie und heulte, während er ununterbrochen auf ihn einschlug. Als es aussah, als wäre mein Vater entweder einfach in Ohnmacht gefallen oder k. o. geschlagen worden, richtete Jackson sich auf und kam mit geweiteten, furchtsamen Augen auf mich zu. Mühelos hob er mich hoch. Seine Tränen fielen auf mein Gesicht, aber ich konnte nichts mehr spüren. »O Gott. O Gott.« Er sagte es wieder und wieder. »Nicht sterben. Bitte, Em, verlass mich nicht.«

Verschwommen dachte ich, dass ich wohl sehr schlimm aussehen musste, ehe ich erneut das Bewusstsein verlor. Als ich dann wieder zu mir kam, lag ich quer auf der vorderen Sitzbank im Truck meines Dads, den Kopf in Jacksons Schoß. Der redete beim Fahren unentwegt auf mich ein. »Versuch, wach zu bleiben, Em.« Meine Klamotten klebten durch die diversen Platzwunden an mir, und allmählich machten sich Stiche und Schmerzen überall in meinem Körper bemerkbar. Jackson hatte einen Lernführerschein. In einem Monat würde er sechzehn, dann bekäme er eine richtige Fahrerlaubnis. *Vielleicht können wir Neeble dann hinter uns lassen*, dachte ich.

»Emerson, ich liebe dich. Bitte versuch, die Augen offen zu halten.« Aber ich konnte nicht, weil ich einfach nur noch von Jackson und mir träumen wollte, Jackson und ich in einem anderen Leben in Liebe vereint.

Im Krankenhaus wich Jax nicht von meiner Seite. Auch nachdem die Polizei und die Sozialarbeiterin vom Jugendamt ihm versichert hatten, dass ich wieder in Ordnung käme, weigerte er sich zu gehen. Ich hatte eine Gehirnerschütterung, geschwollene blaue Augen, eine aufgeplatzte Lippe, ein paar unbedeutende Fleischwunden von der Gürtelschnalle und jede Menge Prellungen, aber davon abgesehen ging es mir gut. Als wir erfuhren, dass mein Vater sich hatte festnehmen lassen, ohne großen Widerstand zu leisten, entspannte Jax sich ein wenig, aber er weigerte sich immer noch, mich allein zu lassen. Nicht, dass ich das gewollt hätte.

Während der zwei Tage, die wir dort verbrachten, wurden wir zu einer Art Mediensensation. In der Zeitung erschien eine Story über Jax und mich. Der fünfzehnjährige Junge, der seiner Freundin das Leben gerettet, sie fünfzehn Meilen zum Krankenhaus gefahren und das entkräftete Mädchen in die Notaufnahme getragen hatte. Wir genossen beide eine Vorzugsbehandlung. Die Schwestern brachten ihm Essen, versorgten seine Hand und ließen ihn in meinem Zimmer übernachten. Aber unser Glück war nur von kurzer Dauer.

»Du kommst in eine Pflegefamilie«, sagte er an dem Morgen, an dem ich entlassen wurde.

»Ich weiß. Sie schicken mich nach New Clayton. Das ist nicht so weit weg. Wir können uns an den Wochenenden sehen.« Ich war am Boden zerstört, und ihm ging es genauso, aber ich wollte ihm unbedingt klarmachen, dass wir trotzdem zusammen sein konnten. »Du bist mein bester Freund«, sagte ich zu ihm.

»Ich liebe dich so.« Flehentlichen Blicks sah er mich an. Nach zwei Tagen ohne Dusche wirkte er ein bisschen ungepflegt, und die Sorgen ließen ihn älter als fünfzehn erscheinen. Sein etwas zu langes braunes Haar stand wirr in alle Richtungen vom Kopf ab, und seine Augen waren blutunterlaufen.

»Mir wird es wieder gut gehen, Jax. Uns wird es gut gehen, und ich liebe dich auch. Wenn du deinen Führerschein hast, kannst du kommen und mich besuchen.«

An meinem Krankenhausbett legte er mir die Hand auf die Wange. Prompt zuckte ich zusammen. »Ich kann einfach nicht fassen, dass er dir das angetan hat. Was war dieses Mal so anders?«

»Ich weiß es nicht. Mach dir um mich keine Sorgen, ja? Ich schaffe das schon … bestimmt. Nur noch ein paar Jahre, dann können wir zusammen nach Kalifornien gehen. Wir werden zusammen sein, und wir können aufs College gehen, und du kannst dein Buch fertig schreiben, und wir holen uns eine Katze.«

Er lachte. »Ich mag Hunde.«

»Dann holen wir uns eine Katze und einen Hund.«

»Schwörst du es?«

»Ich verspreche es dir, Jackson. Das bedeutet mehr als schwören.«

»Ich werde dich daran erinnern. Ich komme und suche dich und sorge dafür, dass du Wort hältst.«

»Das wirst du gar nicht müssen«, informierte ich ihn.

Paula, meine Sozialarbeiterin vom Jugendamt, kam herein. »Hi, Emerson. Hi, Jax. Emerson, ehe wir losfahren musst du dich mit dem Detective vom Police Department zusammensetzen. Ich kann dich als Beistand begleiten. Sie brauchen nur eine kurze Aussage von dir. Dein Vater hat sich schuldig bekannt, also wirst du nicht als Zeugin auftreten müssen, aber die Aussage brauchen sie trotzdem.«

»Okay.«

Nach dem Gespräch mit den Leuten vom Police Department gingen Jax und ich zur Vordertür hinaus, wo seine Mutter schon in ihrem alten Wagen auf ihn wartete. Mir winkte sie nur zu; sie machte sich nicht einmal die Mühe auszusteigen. Ich fragte mich, was das zu bedeuten hatte.

»Was ist mit deiner Mom?«

»Keine Ahnung. Mach dir um sie keine Gedanken.«

»Hat sie irgendwas zu dir gesagt, als du sie diesen Morgen angerufen hast?« Er schüttelte den Kopf. »Sag es mir, Jackson, bitte.«

Er seufzte. »Sie war besorgt, wenn ich in die Sache mit deinem Dad reingezogen werde, könnte ich Schwierigkeiten bekommen – mein Collegestudium aufs Spiel setzen oder so was. Du weißt doch, wie sehr sie sich darauf verlässt, dass ich mich um sie kümmere.« Er verdrehte die Augen.

»Du hast was Unglaubliches getan. Bitte lass dir von ihr kein schlechtes Gewissen einreden. Du bist ein Held.«

Er streckte die Hand aus und strich mit dem Daumen über meine Unterlippe. »Ich glaube, die Heldin bist du, Em. Du bist so stark … so furchtlos.«

»Ich bin ein Riesenfeigling. Weißt du noch, als du diese große braune Spinne im Schuppen gefunden hast?«

»Du hast recht. Du bist ein Riesenfeigling, aber nur, wenn es um Spinnen geht.«

Paula fuhr mit ihrem Wagen vor und wartete darauf, dass Jax und ich uns verabschiedeten.

»Ich bin so froh, dass du zu meinem Leben gehörst, Jackson. Du rettest mich immer und immer wieder.«

Er bekam feuchte Augen und lächelte. »Ohne dich wird es an dieser blöden Straße ganz schön scheiße sein.«

»Sag dir einfach, dass es nicht lange so bleiben wird.«

»Du rufst mich jeden Tag an, ja?«

»Ich werd's versuchen. Es ist nur New Clayton, das ist nicht so weit weg. Meinst du, sie leiht dir den Wagen, wenn du deinen Führerschein hast?«

Er sah sich zu Leila um. »Komm schon, Jax. Ich muss zur Arbeit!«, schrie sie prompt.

»Wahrscheinlich nicht. Mich macht das so unglücklich, Em. Ich will dich nicht allein lassen.«

»Uns fällt schon was ein. Vielleicht hilft uns Paula. Sie mag dich wirklich.« Ich strich mit der Handfläche über seine Wange. Schmerz spiegelte sich in seinen sanften Augen. »Ich liebe dich, Jackson, und du liebst mich. Das ist alles, was zählt.«

Er nickte, beugte sich zu mir herab und presste seine Lippen auf meine. Als ich die Augen schloss, spürte ich, wie eine Träne auf meine Wange fiel.

Und dann war er fort. Kurz bevor seine Mutter davonfuhr, blickte er zur Beifahrerscheibe hinaus, küsste seine Hand und winkte. Ich erwiderte die Geste.

6. Es war alles wahr

Ich schlug das Buch zu und atmete tief durch. Bisher war beinahe alles, was Jase geschrieben hatte, korrekt. So unglaublich es war, er hatte jeden Moment dieser schicksalhaften Nacht festgehalten, bis hin zu meinen wirren Gefühlen. Es gab nur ein paar geringfügige Abweichungen. Mein Vater war zwar ein Säufer, aber eher von der verlotterten Sorte, nicht so sehr von der wütenden, und »Whiskeymonster« nannte nicht ich ihn, sondern Jase. Mein Dad war verbal ausfallend, und er hatte mich vernachlässigt, aber mit Ausnahme der wenigen Gelegenheiten, zu denen er die Kontrolle verloren hatte, war er nur selten gewalttätig geworden. Nichts war vergleichbar mit diesem letzten Abend, den ich unter seinem Dach gelebt hatte.

Diese Nacht veränderte mein ganzes Leben, und sie war der Hauptgrund dafür, dass ich mich weigerte zurückzublicken. Doch wann immer ich im Zuge von Therapiesitzungen gezwungen gewesen war, über diesen Abend zu sprechen, hatte ich mich in meinen Erinnerungen und Gefühlen verloren. Ich hatte nie ernsthaft darüber nachgedacht, wie Jase diese Situation empfunden haben mochte, wie sich diese Nacht tief im Inneren auf ihn ausgewirkt haben könnte. Und es lag auf der Hand, dass sie sich ausgewirkt hatte. Eindeutig. Ich fragte mich, ob das Niederschreiben dieser Szenen irgendwie erlösend für ihn gewesen war.

Leila, deren Name eigentlich Lisa lautete, war zweifelsfrei heroinabhängig gewesen, aber die Beschreibung im Buch ließ ihre Sucht harmlos und weniger ausgeprägt erscheinen. Ich überlegte, ob Jase versuchte, sie zu schützen, indem er die Fakten, die sie betrafen, nur am Rande streifte. Sie hatte sich bemüht, für ihre Söhne zu sorgen, aber als die beiden Teenager waren, war sie schon ziemlich am Boden. Ihre Arme waren von Einstichspuren bedeckt, sie gab den Großteil ihres Geldes für Drogen aus, und in Jases Haus hatten sich haufenweise unappetitliche Gestalten herumgetrieben – wir konnten nur spekulieren, warum.

Jases Buch zu lesen war, als würde ich die Geschichte lesen, die ich selbst geschrieben hätte, wenn ich je auf Caras Rat gehört und meine Lebensgeschichte zu Papier gebracht hätte. Es war eine sonderbare Erfahrung, als wären meine Erinnerungen mit sämtlichen Einzelheiten lebendig geworden. Jede Seite beförderte mich zurück zu diesem furchtbaren Ort in Ohio, in dem Jase und ich während unserer ganzen Kindheit festgesteckt hatten.

Trotzdem weckte der Gedanke an das Buch nach wie vor Wut in mir, nicht Dankbarkeit. Immer und immer wieder blätterte ich zu den ersten Seiten vor Beginn der eigentlichen Geschichte zurück und suchte nach einer Widmung, aber da war nichts. Er zerrte mich erneut durch meine ganze schmerzhafte Vergangenheit, klaute mir meine Geschichte und hatte nicht einmal den Anstand, das verdammte Buch mir zu widmen.

Später an diesem Abend kam Trevor mit Pizza vorbei. Wir setzten uns an die Frühstückstheke und aßen in unbehaglicher Stille, während ich darauf wartete, dass er unsere Unterhaltung vom Vorabend wieder zur Sprache brachte. Er hatte mich schon so lange gebeten, wenigstens einen Teil meiner Vergangenheit mit ihm zu teilen, und ich hatte mich endlich geöffnet. Aber zwischen uns hatte sich im Grunde nichts verändert, und nun fühlte ich mich ihm sogar ferner als zuvor.

»Also … was hast du heute so gemacht?«, fragte ich schließlich mit vollem Mund.

»Nur Physiotherapie. Danach habe ich mit den anderen Trainerassistenten ein paar Bier getrunken. Und du?«

»Nicht viel. Wäsche gewaschen.«

Trevor legte ein fettiges Stück Pizza auf seinen Teller und dachte kurz nach. »Emi«, fragte er dann, »macht dir dieser Kram, von dem du mir gestern Abend erzählt hast, immer noch zu schaffen?«

Dieser Kram? »Ich habe mich dir geöffnet und dir von einigen sehr traumatischen Erlebnissen berichtet, und du hast es kaum zur Kenntnis genommen. Du weißt, wie sehr ich es hasse, an meine Vergangenheit zu denken, und dieses Buch, das ich gerade lese, ist nicht gerade hilfreich. Also, ja, ich fühle mich ziemlich beschissen.«

»Welches Buch?«, wollte er wissen. Das Wesentliche war ihm offenbar völlig entgangen.

Ich spürte, wie etwas in mir nachgab, und ehe ich wusste, was ich tat, purzelten die Worte schon aus meinem Mund: »Ich lese ein Buch über mich, Trevor. Meine erste Liebe hat ein ganzes Buch über unsere Kindheit geschrieben, aus meiner Perspektive, und es ist total erfolgreich. Es ist ein Bestseller. Und weißt du was? Ich bin deswegen mehr als nur aufgebracht. Ich bin am Boden zerstört und verwirrt, weil ich diese schrecklichen Erinnerungen nicht noch mal durchleben möchte und ganz bestimmt nicht will, dass jemand anderes Profit daraus schlägt.«

Nun sah er mich an, die Augen schreckgeweitet. »Was … Woher hast du dieses Buch? Zeig es mir.« Keine Entschuldigung für seinen Mangel an Einfühlungsvermögen, kein Mitgefühl wegen dem, was ich durchmachen musste. Typisch Trevor.

»Bestimmt nicht.«

»Warum?«

»Weil es vorrangig um meine Beziehung zu einem anderen Typen geht.«

»Wenn das in deiner Kindheit passiert ist, wart ihr zwei dann nicht noch Kinder?«

»Ich meine, ich habe ihn seit zwölf Jahren nicht gesehen, aber unsere Verbindung war sehr …« Ich schluckte nervös. »Intensiv.«

Er verschränkte die Arme vor der Brust und beäugte mich skeptisch. »Ich werde schon nicht eifersüchtig auf deine Jugendliebe werden, Emi. Ich möchte nur wissen, was er über dich geschrieben hat.«

Plötzlich bedauerte ich, dass ich ihm von Jase und dem Buch erzählt hatte. »Lass es mich einfach zu Ende lesen. Es ist was Persönliches, das ist alles.«

»Die ganze Welt kann es lesen, nur dein Freund nicht?« Er verdrehte die Augen. »Das ist Schwachsinn.«

Ich antwortete nicht, und er bedrängte mich nicht weiter. Im Grunde hatte er nicht unrecht, aber ich musste mich auch nicht rechtfertigen. Es *war* etwas Persönliches. Wenn er es lesen wollte, dann sollte er sich doch selbst eine Ausgabe kaufen.

Schweigend beendeten wir unser Abendessen. Anschließend gingen wir zum Sofa, damit Trevor Football gucken konnte, während ich mich zusammenrollte und weiterlas. Er lümmelte sich in seiner üblichen Haltung hin, die Hände hinter dem Kopf verschränkt, die Füße auf dem Couchtisch. Mir fiel auf, dass etwas an seiner Lässigkeit nicht so recht passte. Wir hatten uns gerade gestritten, aber seine Körpersprache wirkte so, als sei überhaupt nichts passiert. Als wäre er mit seinen Gedanken schon ganz woanders.

Für das ungeschulte Auge gaben wir ein Bild inniger Vertrautheit ab, aber tatsächlich war da nichts Vertrautes. Unsere Beziehung war bequem. Er sollte mir die Füße massieren, und ich sollte mich ihm ganz öffnen, aber stattdessen waren wir in jeder Hinsicht so weit voneinander entfernt, wie es nur möglich war. So war es eben einfacher.

Aus: *All die Straßen auf unserem Weg*

Auf dem Weg zu der Pflegefamilie in New Clayton informierte Paula mich über sämtliche Einzelheiten zu meinem neuen Leben. Mr und Mrs Keller waren in den Sechzigern und seit über dreißig Jahren Pflegeeltern. Ich würde das älteste der fünf Pflegekinder in ihrem Zuhause sein, was sich für mich irgendwie toll anhörte – mir gefiel die Vorstellung, kleine Kinder um mich zu haben, mit denen ich spielen konnte. Und als wir dann vor dem alten gelben, dreistöckigen viktorianischen Haus hielten, bekam ich endgültig glänzende Augen. Es sah aus wie ein Puppenhaus.

Paula war der Ansicht, die Kellers würden großartig zu mir passen, und damit rannte sie bei mir offene Türen ein. Ich war so gespannt darauf, meine neue Familie kennenzulernen.

Die Tür ging auf und gab den Blick frei auf eine stämmige Frau mit tief eingegrabenen Falten an den Mundwinkeln und kurzem grauem, dauergewelltem Haar. Kaum hatte Mrs Keller die Tür geöffnet, drehte sie sich um und brüllte: »Sophia, rauf in dein Zimmer!« Ihre donnernde Stimme erschreckte mich so, dass ich rückwärts von der Verandastufe herabstieg. »Willst du schon wieder gehen? Du bist doch gerade erst gekommen.«

»Ich … ich …«

Paula ergriff an meiner Stelle das Wort. »Hi, Mrs Keller. Das ist Emerson. Sie ist fünfzehn, und sie liest gern.«

»Was ist mit deinem Gesicht passiert, Kind?«

»Mein … mein …«

»Sie hat bei ihrem Vater gelebt und wurde ihm gerade weggenommen, weil er sie misshandelt hat«, antwortete Paula für mich.

»Das weiß ich alles. Die Geschichte habe ich schon gehört. Ich möchte sie sprechen hören. In diesem Haus kannst du dich äußern, Emerson, solange du es mit Respekt tust. Hast du verstanden?«

»Ja.«

»Er war einer dieser Jungs aus der Papierfabrik, richtig? Die sind alle keinen Pfifferling wert, was? Na gut, komm rein – worauf wartest du noch?«

Paula legte mir den Arm um die Schultern und führte mich ins Haus. »Mrs Keller«, sagte Paula, »ich würde gern sehen, wo Emerson schlafen wird.«

»Sicher. Folgen Sie mir.«

Das Haus roch nach einem Zitronenreinigungsmittel für Holz und war für einen Haushalt mit vier Kindern bemerkenswert ordentlich und still. Ich hielt mich an dem frisch polierten Holzgeländer fest, als ich hinter Mrs Keller und Paula die Stufen hinaufstieg.

Paula, eine schmale, sportlich aussehende Frau in den Dreißigern, war außer Atem, als wir im zweiten Stock angelangt waren, aber Mrs Keller kam trotz ihres rundlichen Körpers kaum ins Schwitzen. Nachdem wir alle oben waren, führte uns Mrs Keller in ein kleines Zimmer in der Mansarde unter dem Spitzdach. Es war makellos sauber. Man konnte die Spuren des Staubsaugers im Teppich sehen, und das Bett unter dem Fenster war mit feinstem pinkfarbenem Chiffon verhängt und mit einer Spitzendecke abgedeckt.

»Einer Prinzessin würdig«, bemerkte Paula.

»Ja«, stimmte ich zu. »Echt irre.«

»Es ist deine Aufgabe, dafür zu sorgen, dass das Zimmer stets ordentlich ist«, verkündete Mrs Keller.

Paula drehte sich zu mir um. »Wie wäre es, wenn du deinen Koffer holst? In der Zwischenzeit habe ich noch ein paar Fragen an Mrs Keller.«

»Okay.«

Auf dem Weg nach unten fiel mir ein kleines Mädchen auf, das an einer Ecke stand und zu uns herüberschaute.

»Hi!«, rief ich.

Zu meiner Überraschung kam sie hervor und baute sich vor mir auf. »Hi, ich bin Sophia.« Ihr langes, perfekt gekämmtes blondes Haar umrahmte ein engelhaftes Gesicht.

»Ich bin Emerson.« Ich streckte die Hand aus. »Freut mich, dich kennenzulernen.«

»Ebenfalls.«

So hatte ich ein Kind noch nie reden hören. »Wie alt bist du?«

»Ich bin acht. Wie alt bist du?«

»Ich bin fünfzehn. Im Juli werde ich sechzehn.«

»Das sind ja nur noch drei Monate. Du hast es gut.«

»Jepp. Gefällt es dir hier?«

»Ja, ganz doll.«

»Wie alt sind die anderen Kinder?«, fragte ich.

Aus dem Augenwinkel sah ich mehrere Fußpaare. Dann hörte ich trippelnde Schritte und wundervolles Kinderkichern. »Kommt raus«, rief Sophia ihnen zu und wandte sich dann wieder an mich. »Sie freuen sich alle schon darauf, dich kennenzulernen.«

Drei kleine Jungs kamen hinter der Treppe hervor, alle ungefähr im gleichen Alter. »Daniel und Brandon sind Zwillinge. Sie sind fünf. Thomas ist sechs.«

»Hi, Emerson«, sagten sie mehr oder weniger im Chor.

»Hi, Jungs.«

Sie rannten herbei und schlangen die Arme um meine Beine.

Sophia strahlte. »Sie sind echt süß, aber sie können auch fürchterlich nerven. Und sie essen viel.«

»Ich glaube, hier wird es mir gefallen. Wie sind die Kellers so?«

»Die sind toll. Du musst dich nur an ihre Regeln halten.«

»Klar«, antwortete ich. *Das klingt absolut vernünftig.*

»Ich meine, die haben hier eine Nulltoleranzstrategie. Sie sind wirklich gut zu den Kindern, die sie aufnehmen, aber sie bauen keine Bindung auf. Viele von den älteren Kindern bleiben nicht lange, weil sie in Schwierigkeiten geraten und Ärger machen.«

Ich fragte mich, wie diese Regeln wohl aussehen mochten, aber da tauchte plötzlich Mr Keller im Hausflur auf. »Emerson, ich bin Mister Keller.« Er schüttelte mir die Hand. Zu seinem karierten Hemd trug er eine Stoffhose mit perfekten Bügelfalten. Sein freundliches Gesicht zierte ein gepflegter Bart.

»Hallo«, sagte ich.

»Kinder, kümmert euch um eure Pflichten, damit ich mich mit Emerson unterhalten kann.«

Drei Fußpaare huschten davon. Sophia schritt langsam die Treppe hinauf und ließ mich die ganze Zeit nicht aus den Augen.

»Wir führen hier ein ordentliches Haus, Emerson. Und du solltest wissen, dass wir gewöhnlich keine Teenager aufnehmen, weil wir kein Theater wollen. Okay?«

»Ich verstehe.«

Er vergeudete keine Zeit, sondern kam gleich zur Sache und erklärte mir, was von mir erwartet wurde. »Deine Sozialarbeiterin sagt, du würdest deine Schule ernst nehmen, deine Pflichten erfüllen und Regeln befolgen. Können wir uns darauf verlassen?«

»Ja, das verspreche ich. Aber was genau sind das für Regeln?«

»Ausschließlich schulische und kirchliche Aktivitäten. Hausaufgaben und häusliche Pflichten müssen vor dem Abendessen erledigt sein. Wir erwarten, dass du sonntags zur Kirche und zum Bibelkreis gehst. Du hast alle Angehörigen des Haushalts zu respektieren. Wir dulden keine frechen Antworten.«

»Also … kein Privatleben?«

Zehn unbehaglich lange Sekunden blinzelte er mich nur an. »Ist das alles, was dir dazu einfällt?« Ehe ich antworten konnte, fuhr er fort: »So, wie dein Gesicht aussieht, brauchst du einen sicheren Ort zum Leben, habe ich recht?«

»Ja.«

»Befolge die Regeln, und du wirst ihn hier finden«, sagte er und ließ mich stehen.

Ich fragte mich, ob sie mir wohl erlauben würden, Jackson anzurufen. Dergleichen würde hier womöglich als außerschulische Aktivität gelten.

Paula kam mir entgegen, als ich gerade die Treppe wieder hinaufstieg. »Ich glaube, du wirst dich hier wohlfühlen. Du hast ein hübsches Zimmer bei guten Menschen.«

»Kann ich Jackson weiterhin sehen?«

»Da musst du Mrs Keller fragen. Aber, Emerson, es ist heutzutage sehr schwer, gute Pflegeeltern zu finden. Bitte halte dich an ihre Regeln.«

»Ich muss ihn sehen, Paula. Er ist der einzige Mensch, den ich noch habe. Und er hat mir das Leben gerettet.«

»Hier hast du Sophia und die drei Jungs und Mister und Mrs Keller. Außerdem engagieren sie sich in der hiesigen Kirchengemeinde. Ich bin überzeugt, du wirst in New Clayton neue Freunde finden.«

»Sophia und die Jungs? Das sind kleine Kinder.« In meinem Kopf machte sich ein Pochen bemerkbar, und meine Hände fühlten sich feucht an. Wir standen einander auf dem Treppenabsatz im ersten Stock gegenüber. Ich stellte meinen Koffer ab und stützte mich auf das Geländer. »Ich muss ihn sehen. Ich muss mit ihm reden. Paula, Sie verstehen das nicht.«

»Ich verstehe das schon. Ich war auch mal fünfzehn.«

»Nein!« Ich war laut geworden. Prompt fiel mir auf, dass Mrs Keller am Kopf der Treppe stand und eine skeptische Miene zur Schau trug.

»Vermassel das nicht«, flüsterte Paula, und dann schob sie sich an mir vorbei, ging zur Tür und rief über die Schulter: »Ich rufe morgen an, um zu hören, wie es läuft.«

Mir war schwindelig. Ich atmete bedächtig in kurzen Zügen, krümmte mich aber gleich darauf doch zusammen und würgte trocken, ohne dass etwas herauskam.

»Beschmutz mir meinen Teppich nicht, Missy«, wies mich Mrs Keller zurecht, die immer noch von oben herabblickte.

Ich fiel auf die Knie, würgte erneut und verlor das Bewusstsein.

Mr Keller war gerade dabei, mich die Treppe hinaufzutragen, als ich wieder zu mir kam. Er schaute mir nicht einmal ins Gesicht; er setzte mich lediglich auf dem Bett ab und verließ das Zimmer. Einen Moment später kam Mrs Keller mit einem kalten Waschlappen und einem Glas Wasser herein.

»Trink nicht zu schnell, sonst spuckst du es nur wieder aus. Du leidest wahrscheinlich immer noch unter der Gehirnerschütterung, die dein Vater dir beigebracht hat. Wir werden dich genau beobachten. Du wirst wieder gesund.«

»Ohne ihn werde ich krank«, sagte ich mit gepeinigter Stimme. »Ohne ihn werde ich sterben.«

»Du musst nicht traurig sein wegen diesem Versager von einem Vater. Hier bist du in Sicherheit. Du wirst dich daran gewöhnen, das verspreche ich dir«, beteuerte sie, während sie mir antibiotische Salbe auf Lippe und Stirn tupfte.

»Es geht nicht um meinen Vater – ich meine meinen Freund.«

»Du wirst hier auch Freunde finden.« Weder Mr noch Mrs Keller hatten Blickkontakt zu mir hergestellt, seit er mich die Treppe hinaufgetragen hatte.

»Erlauben Sie mir wenigstens, ihn anzurufen?«

»Das werden wir sehen, Emerson. Aber zunächst ist es wichtig, dass du dich darauf konzentrierst, dich hier einzuleben. Und jetzt ruh dich einfach etwas aus.«

Ich schlief beinahe zehn Stunden durch.

Als ich erwachte, war es dunkel in meinem Zimmer, aber ich konnte einen Wust hellblonder Haare über einem kleinen Stuhl in der Ecke schweben sehen. »Sophia?«

»Jepp, ich bin's.«

Ich fühlte mich benommen und konnte mich nur schwer konzentrieren. »Warum sitzt du da im Dunkeln?«

»Ich halte Wache. Wir wechseln uns alle halbe Stunde ab, aber Mrs Keller hat gesagt, die Dunkelheit würde helfen, dass es deinem Kopf bald besser geht. Ich wollte dir etwas vorlesen, aber ich konnte mein Leselämpchen nicht finden.«

»Liest du gern?«

»Lesen ist so ziemlich mein ganzes Leben.« Ihre Begeisterung war liebenswert.

»Wenn es mir besser geht, dann müssen wir zusammen in die Bibliothek gehen und ein paar Bücher holen, von denen ich glaube, dass sie dir gefallen würden.«

»Das wäre schön.«

»Und …?«

»Und … kann ich jetzt das Licht anschalten?«

»Klar.«

Sie sprang von dem Stuhl auf und schaltete eine trübe Stehlampe in der Ecke an. »Du sieht viel besser aus, Emmy«, sagte sie, während sie prüfend mein Gesicht musterte. »Ich hoffe, du hast nichts gegen den Spitznamen. Mir gefällt er nämlich sehr.«

»Er klingt nett, Sophia. Danke.«

»Du kannst mich Sophie nennen.« Sie lachte. »Brandon sagt ›Soapy‹, weil er immer noch kein *F* sprechen kann.«

»Das ist lustig.«

»Ja.« Sie schaute sich um. »Hast du Hunger?«

»Ich bin am Verhungern.«

»Na, dann komm mit.«

»Warte, Sophie, weißt du, wie ich hier telefonieren kann?«

»Hmm. Äh, da musst du Mrs Keller fragen. Ich habe noch nie irgendjemanden angerufen.«

»Wie lange bist du schon hier?«

»Seit ich zwei war«, antwortete sie wie aus der Pistole geschossen.

»Oh.« Ich gab mir Mühe, meine Verwunderung zu verbergen. Sophia und die Kellers wirkten auf mich zu herzlich, um schon seit sieben Jahren zusammenzuleben. »Was ist passiert … als du zwei warst?«

»Was meinst du?« Sie neigte den Kopf zur Seite und lächelte mich an.

»Warum bist du hergekommen?«

Sie zog die Schultern hoch und lachte. »Ich glaube, niemand wollte mich haben.«

»Das kann nicht wahr sein.«

»Warum bist du hier?« Ihr Blick wanderte zu meiner genähten Lippe.

Wie sollte ich einer Achtjährigen bloß erzählen, was tatsächlich passiert war? »Tja, wir können uns unsere Eltern nicht aussuchen, Sophie. Alles, was wir tun können, ist, zu begreifen, dass sie manchmal Dinge tun, die nichts mit uns zu tun haben.«

»Wahrscheinlich. Aber wenn sie mich geliebt hätten, dann wären sie mich doch inzwischen bestimmt holen gekommen, oder?«

»Vielleicht haben sie sich verirrt. Menschen verirren sich ständig, ganz besonders Erwachsene. Mein Dad hat sich verirrt. Darum hat er mir das angetan.« Sie schien verwirrt zu sein. »Wenn Leute sich verirren, finden sie meistens nicht wieder zurück.«

»Das ist echt traurig, Emmy.«

»Ja. So ist das Leben.«

Arme Sophia. Inzwischen war mir klar, dass sie nie Liebe kennengelernt hatte. Nicht von ihren Eltern und auch nicht in der Zeit, die sie in dem großen gelben Haus mit den ständig wechselnden Kindern und Jugendlichen verbracht hatte, und ganz gewiss nicht von den Kellers mit ihren »Regeln«. Die schufen nur eine Illusion von Wärme mit ihrer Hausmannskost und den handgenähten Quilts, aber unter der Oberfläche verbarg sich eine seelenlose Härte; es war, als würden sie ein Waisenhaus leiten, in dem die Kinder ernährt und mit dem Nötigsten versorgt wurden, aber niemals geliebt. Liebe war so ein entscheidender Faktor für die Entwicklung eines Menschen, doch für Kinder, die in diesem System landeten, blieb sie unerreichbar.

Ich folgte Sophia in die Küche, wo die drei Jungs Mrs Keller beim Keksebacken halfen. »Emerson, wie schön, dass es dir besser geht«, sagte Mrs Keller und wischte sich die mit Mehl bedeckten Hände an ihrer Schürze ab. »Sophia, zeigst du Emerson, wie man den Tisch deckt?«

»Mrs Keller, ehe ich das tue, ich habe mich gefragt, ob ich vielleicht Ihr Telefon benutzen dürfte, um meinen Freund anzurufen.«

Sie ging zur Spüle und fing an, Geschirr abzuspülen. Mit dem Rücken zu mir sagte sie: »Haben wir das nicht bereits besprochen? Geh mit Sophia und deck den Tisch.«

Ich tat, wie geheißen. Anschließend aß ich zusammen mit den anderen Kindern Hühnchen mit Klößen und Kekse an dem großen ovalen Tisch. Mr und Mrs Keller nahmen ihre Mahlzeit an einem anderen, kleineren Tisch ein. Die Kinder plapperten munter miteinander, aber die Erwachsenen sagten keinen Ton. Derweil konnte ich an nichts anderes denken als an Jackson. Daran, dass ich ein köstliches, selbstgekochtes Mahl zu mir nahm, während er vermutlich zum dritten Mal an diesem Tag mit Müsli vorliebnehmen musste. Ich hatte Angst davor, ständig auf dem Telefonthema herumzureiten, aber noch mehr Angst hatte ich davor, ihn zu verlieren.

Mitten in der Nacht schlich ich mich hinunter in die Küche, nahm das Telefon aus der Ladeschale und ging zurück in mein Zimmer. Hier oben war niemand außer mir, also hatte ich tatsächlich so etwas wie Privatsphäre. Ich wählte Jacksons Telefonnummer. Es war schon zwei Uhr morgens, aber er ging beim ersten Klingeln dran.

»Hallo?«, meldete er sich.

»Hi.«

»Emerson? Warum flüsterst du?«

»Es ist zwei Uhr morgens, und die Kellers wollen nicht, dass ich dich anrufe.« Meine Stimme drohte, mich im Stich zu lassen.

»Warum?«

»Sie sind sehr streng«, erklärte ich.

»Schlimmer als dein Dad können sie ja nicht sein.«

»Nein, das ist was anderes. Sie sind gute Menschen, aber sie haben ihre Regeln.«

»Was für Regeln?«

»Ich werde versuchen, dich jede Nacht anzurufen, aber ich glaube nicht, dass wir uns sehen können, ehe ich mich hier eingelebt und mir ihr Vertrauen verdient habe.«

»Sind sie nett zu dir?«

»Ja, hier bin ich völlig sicher. Und es gibt auch noch ein paar fröhliche kleine Kinder. Das kleine Mädchen ist hinreißend.«

»Okay.«

»Okay, was?«

»Hauptsache, du bist in Sicherheit. Paula hat mich angerufen und mir gesagt, dass du gut in New Clayton angekommen bist.«

»Warum?«

»Sie wollte mich wissen lassen, dass du jetzt ein wirklich gutes Zuhause hast, und sie hat mich gebeten, Distanz zu halten.«

»Distanz zu halten?«, flüsterte ich entsetzt.

»Pst, Em. Du bringst dich womöglich in Schwierigkeiten, wenn du mich anrufst.«

»Was sagst du da, Jax?«

»Gar nichts, ich will nur, dass du in Sicherheit bist. Du könntest auch viel weiter weg sein und bei irgendwelchen Arschlöchern leben müssen. Es könnte schlimmer sein.«

»Es ist gerade ein Tag vergangen, und ich kann schon nicht mehr hören, dass ich mir keinen Ärger einhandeln soll. Ich habe gar nichts getan. Mit dir zu reden macht mich nicht zu einem schlechten Menschen. Das ist einfach idiotisch. Ich werde einen Weg finden, um dich anzurufen.«

Lange herrschte Schweigen. »Scheiße, ich vermisse dich so«, sagte er schließlich.

»Ich vermisse dich auch. Mach dir keine Sorgen, ich werde dich anrufen, und wir werden uns bald wiedersehen.«

»Ich denke ständig an unseren Kuss …«

»Ja?«

»Wie süß du schmeckst.« Ich schnappte nach Luft. So hatte noch nie jemand mit mir geredet. »Der Laut, den du von dir gegeben hast, als ich deinen Nacken geküsst habe.« Seine Stimme klang nun heiser, angestrengt.

»Jackson, was machst du da?«

»Ich denke daran, wie gern ich dich küssen würde … und anfassen.« Er sprach leise.

Mein Herz pochte. »Du bist müde.«

»Nein, ganz und gar nicht. Em, fasst du dich an, wenn du an mich denkst?«

Ich war zutiefst verlegen. Jackson und ich hatten noch nie über solche Dinge geredet. »Äh …«

Er lachte leise. »Das muss dir nicht peinlich sein. Wir kennen uns doch schon unser ganzes Leben lang.«

»Darum ist es ja so peinlich.« Offen über diese Dinge zu reden ist in diesem Alter unüblich, umso mehr, wenn es sich um einen Jungen und ein Mädchen handelt. Doch wir mussten auch uns selbst gemeinsam erkunden. Wir hatten keine Erwachsenen in unserem Leben, die uns hätten anleiten können. Jax und ich hatten uns gegenseitig großgezogen.

Es ging nicht darum, was er tat oder worauf er neugierig war. Es ging darum, dass er es mir sagen konnte, der Person, von der er träumte, und er wusste, dass es in Ordnung war. Dafür liebte ich ihn nur noch mehr.

»Ich hoffe nur, dass du an mich denkst. Ich vermisse dich eben«, sagte er.

»Ich denke an kaum etwas anderes als an dich, du Idiot.«

»Ha! Das ist meine Em. Also, morgen ist dein erster Tag in der neuen Schule, richtig?«

»Ja.«

»Okay. Bitte halt dich von den Hunters dieser Welt fern, ja?«

»Ich rufe dich morgen wieder an«, sagte ich.

»Okay.«

Einige Sekunden herrschte Stille, dann flüsterte ich: »Gute Nacht.«

»Nacht, Em.«

Wir legten auf. Ich schlief mit den Händen auf dem Bauch ein und träumte, ich würde neben Jax liegen, und er hielte mich in den Armen.

Am nächsten Morgen weckte mich der Geruch von French Toast und Bacon. Noch ehe ich die Augen aufschlug, lächelte ich schon.

»Was grinst du so? Du wärest erwischt worden, wenn ich dir nicht geholfen hätte.«

Ich öffnete die Augen und sah eine sehr ernste Sophia vor mir. »Was? Wovon redest du?«

»Mrs Keller und ich sind heute Morgen mit deiner Wäsche hier reingekommen, und ich habe das Telefon unter deiner Decke vorgucken gesehen. Ich habe es unter meinem Shirt versteckt und zurückgelegt, aber das war ganz schön knapp.«

Ich setzte mich auf und schlug eine Hand an die Brust. »Oh, Scheiße.«

»Pass auf, was du sagst«, flüsterte sie. »Mr Keller duldet keine ordinäre Sprache.«

»Sieht aus, als würden Mr und Mrs Keller gar nichts dulden.«

»Hör mal, dieses Haus ist alles, was ich kenne.« Verschwörerisch beugte sie sich näher heran. »Aber ich habe von den anderen Kindern, die hier waren, ganz viele Geschichten gehört, und ich will gar nicht wissen, wie es da draußen ist, okay? Mr und Mrs Keller sind streng, aber sie sind nicht gemein, und ich glaube, sie haben mich wirklich gern. Ich will mir das nicht versauen. Wie heißt das noch … du weißt schon, das mit den zwei Übeln?«

»Von zwei Übeln wählt man besser das, was man schon kennt?«

»Ja, das ist es.«

»Du bist schon sehr lange hier, darum verstehe ich, dass du so denkst. Danke, dass du mich gedeckt hast – das hättest du nicht tun müssen.«

»Schon gut. Ich wollte nicht, dass du gleich in der ersten Woche wieder rausfliegst. Du bist die Einzige, die mit mir in die Bibliothek gehen will.«

Ich schlüpfte aus dem Bett und zog eine Jeans von dem Stapel zusammengefalteter Kleidung auf der Kommode. »Wann müssen wir los?«

Sophia sah zur Uhr. »Punkt sieben. Mr Keller wird erst dich und dann mich absetzen.«

»Was ist mit den Jungs?«

»Die unterrichtet Mrs Keller zu Hause.«

»Wieso das?«

»Thomas ist Autist, und die Zwillinge hinken komplett hinterher, weil sie vernachlässigt worden sind.«

»Oh.« Von ihren irren Regeln abgesehen schienen Mr und Mrs Keller wahre Engel zu sein. Was sie taten, war gut. Und ich war überzeugt, dass sie gute Gründe für diese Regeln hatten. Aber soweit es mich betraf, konnte ich mir ein Leben ohne Jackson einfach nicht vorstellen. Sie wussten nicht, wie sehr wir einander brauchten.

Während ich mir vor dem Spiegel der Kommode die Haare bürstete, fiel mir auf, dass Sophia hinter mir verharrte und mich neugierig beäugte. »Was?«

»Wen hast du angerufen? Letzte Nacht?« Ihre Stimme klang leise und zögerlich.

Ich drehte mich um, damit ich sie ansehen konnte. »Meinen Freund.«

»Du hast einen Freund?« Sie lief rot an, ging zum Bett und ließ sich mit einem albernen Grinsen auf die Matratze fallen. »Wie ist er so? Wie heißt er? Oh mein Gott, küsst ihr euch?«

Ich folgte ihr mit der Bürste. Sie war zwar angezogen und bereit für die Schule, aber ihr Haar war im Nacken immer noch arg zerzaust. Während ich ihr Haar ausbürstete, erzählte ich ihr alles über Jax, als wären wir Schwestern, die sich nach einer langen Trennung wiedergefunden hatten. »Er ist groß und hat nette Muskeln.« Ich kicherte. »Er ist ein echt guter Schwimmer und ein toller Schriftsteller. Sein Haar ist goldbraun, genau wie seine Augen, und seine Haut scheint immer irgendwie zu leuchten. Er sieht wirklich sehr gut aus.«

»Und was ist mit Küssen? Erzähl mir davon, bitte. Ich sterbe vor Neugier. Oh mein Gott, ich würde dafür sterben, wenn ich wüsste, wie sich das anfühlt.«

»Mädchen!«, donnerte Mrs Kellers Stimme vom Fuß der Treppe herauf.

Sophia sprang auf und rannte zur Tür. »Frühstück!« Auf der Schwelle drehte sie sich noch einmal um. »Wir müssen jetzt runtergehen. Versprichst du, dass du es mir nach der Schule erzählst?«

»Ich verspreche es.«

Unten an der Treppe warteten ein brandneuer Rucksack und ein Sweatshirt auf mich. »Reicht das?«, fragte Mr Keller, der wie eine Statue neben der Haustür stand.

»Ja, das ist toll. Danke.«

Er nickte. »Besser, du kommst rein und isst dein Frühstück.«

Wir verschlangen unseren French Toast an dem großen ovalen Tisch, während Mr Keller lautstark die Minuten bis zum Aufbruch herunterzählte. Thomas wiederholte alles mehrmals und klang dabei wie ein kleiner Roboter.

»Zehn Minuten bis zur Abfahrt des Vans. Zehn Minuten, Mädchen«, sagte Thomas wieder und wieder, während er die dunklen Stellen von seinem Toast pulte und auf eine kleine Serviette legte.

Bei der Drei-Minuten-Warnung sprang Thomas von seinem Stuhl und kam zu mir. Sein Gesicht war nur ein paar Zentimeter von meinem entfernt. »Drei Minuten bis zur Abfahrt des Vans. Drei Minuten, Emerson. Du beeilst dich besser.« Er sah erschrocken aus, obwohl er nicht einmal Blickkontakt aufnahm. Brandon und Daniel saßen still auf der anderen Seite des Tischs. Mit ihrem struppigen Haar und dem starren Blick, mit dem sie Thomas' panischen Auftritt verfolgten, erinnerten sie an diese Gemälde von Kindern mit überdimensionalen Augen. Zwei kleine Gassenjungen mit alienartigen Riesenaugen.

»Das tut er nur, weil er es nicht leiden kann, wenn Leute zu spät dran sind«, platzte Daniel heraus.

»Schon gut«, sagte ich und hob dann Thomas' Kinn an, sodass seine Augen auf einer Höhe mit meinen waren. »Thomas?«

»Ja.« Er mochte immer noch keinen Blickkontakt herstellen. Stattdessen schaute er von der Decke zum Boden und zu den Wänden um mich herum.

»Würdest du mich mal ansehen?« Er tat es, sah dabei aber aus, als wäre ihm extrem unwohl zumute. »Es ist alles in Ordnung. Sophia und ich werden rechtzeitig zur Schule kommen.« Ich lächelte.

Kurz flackerte so etwas wie Heiterkeit in seinen Augen auf, und er erwiderte das Lächeln, doch dann starrte er wieder zu Boden und murmelte: »Okay, aber jetzt habt ihr nur noch zwei Minuten. Ihr solltet gehen.«

Bis auf Thomas, der wieder an seinem Toast herumpulte, mussten alle lachen.

Als nur noch eine Minute blieb, gingen Sophia und ich hinaus zu dem Sprinter in der Einfahrt. »Viel Spaß in der Schule, Mädchen«, rief uns Mrs Keller an der Tür nach.

Mr Keller saß bereits hinter dem Steuer. Er sagte nichts, bis wir in die Auffahrt der New Clayton High einbogen. »Du gehst dort entlang zum Büro, um dir deinen Stundenplan zu holen, Emerson. Dein Vertrauenslehrer wird dir alles erklären.«

»Okay, toll.«

Er sah mich im Rückspiegel an. »Nach der Schule gehst du direkt in die Bibliothek im Stadtzentrum und triffst dich dort mit Sophia. Sie hat erst nach dir Schluss, also warte auf den Stufen, bis sie kommt. Mrs Keller wird euch Mädchen um vier Uhr nachmittags abholen. Seht zu, dass eure Hausaufgaben bis dahin fertig sind.«

»Verstanden, Mr Keller. Danke für alles. Bye, Sophie.«

»Bye.« Sie beugte sich zu mir rüber und flüsterte: »Nicht vergessen, ich will nachher alles über das Küssen hören.«

»Falls doch, wirst du mich bestimmt daran erinnern.«

Wir lachten, und ich sprang aus dem Van. Ehe ich die Tür schließen konnte, drehte sich Mr Keller zu mir um. »Denk an die Regeln, Emerson«, mahnte er.

»Mach ich.«

Ich wurde also hineingeworfen in das Leben mit den Kellers, die mir vorkamen wie eine Pflegefamilienversion der Stepford-Roboter, mit den vernachlässigten Rehaugen-Zwillingen, dem autistischen Thomas und seinen Toastfetzen und Sophia – die süße, süße Sophia. Und dann war da das neue Mädchen in New Clayton, ich, Emerson mit dem neuen violetten Sweatshirt, dem neuen blauen Auge und der dazu passenden frisch genähten Lippe.

Ich würde gar nicht erst versuchen, an meinem ersten Tag an der New Clayton High Freunde zu finden. Ich wusste nicht, wie lange ich bei den Kellers wohnen würde; auf der Fahrt dorthin hatte Paula mir gesagt, sie würden nach Familienangehörigen suchen, die mich aufnehmen konnten. Mir kam das ziemlich merkwürdig vor, nachdem doch meine eigene Mutter mich im Stich gelassen hatte.

Während die anderen Schüler an mir vorbeirauschten, stand ich am Ende des Fußwegs auf dem Campus und sinnierte vor mich hin. *Wer bin ich? Werde ich das je wissen? Definieren dieses Scheißleben und meine Scheißeltern, wer ich bin? Werde ich mich je normal fühlen?*

Glücklicherweise war ich dem Stoff in meiner Schule in Neebles weit voraus gewesen, sodass der größte Teil dessen, was ich am ersten Tag in New Clayton zu hören bekam, für mich nur eine Wiederholung war. Der Tag verging wie im Flug.

Nach der Schule tat ich, was man mir aufgetragen hatte, und ging zur Bibliothek, um dort auf Sophia zu warten. Sie bog um die Ecke, sah mich und rannte auf mich zu. Ihr schwerer Rucksack schaukelte hinter ihr hin und her. Als sie noch ungefähr sechs Meter entfernt war, rief sie: »Das Küssen! Du musst mir vom Küssen erzählen!«

»Psst, Sophia, nicht so laut.«

»Was denn? Hier kannst du nicht in Schwierigkeiten geraten; bis vier können wir tun, was immer wir wollen.«

»Das ist nur ungefähr eine Stunde.«

»Na ja, ich habe meine Hausaufgaben schon in der Mittagspause gemacht, also können wir reden und Bücher raussuchen, und du kannst mir erzählen, wie es war, Jackson zu küssen.«

Ich schnaubte. »Tja, wenn du die Wahrheit wissen willst, Jackson und ich haben uns nur ein paarmal geküsst.«

Das schreckte sie nicht ab. »Und wie war's? Sag es mir, los, sag's mir!«

Ich schloss die Augen und dachte an unseren Kuss. Ein Kribbeln rann durch meinen Körper. »Also, es war so: Er schließt die Augen und neigt den Kopf und ich auch, und dann berühren sich unsere Lippen, und, na ja … mehr musst du in deinem Alter nicht wissen.«

Entrückt blickte sie zum Himmel hinauf. »Wow. Ich will auch einen Jungen küssen.«

»Als ich so alt war wie du, fand ich Jungs widerlich. Da fand ich sogar Jackson furchtbar.«

»Du hast ihn schon gekannt, als du acht warst?«

»Ja, ich kenne ihn schon mein ganzes Leben lang.«

»Dann ist er so was wie ein Bruder für dich?«

»Nein! Das ist ekelig! Er war der Junge von nebenan, dann haben wir uns angefreundet, und als wir älter wurden, ist mehr daraus geworden.«

Plötzlich ging mir auf, dass ich diese Stunde nach Schulschluss nutzen könnte, um Jackson anzurufen oder sogar zu treffen. Bei dem Gedanken bekam ich prompt bessere Laune. »Holt uns Mrs Keller jeden Tag um vier ab?«

»Ja, präzise wie ein Uhrwerk. Das tut sie, damit wir einen ruhigen

Ort zum Lernen haben. Die Jungs werden nachmittags hibbelig und machen ziemlich viel Lärm.«

Sophia und ich gingen in die Bibliothek und suchten ein paar Bücher aus. Danach widmete ich mich meinen Geometrieaufgaben, und dann warteten wir draußen auf den Stufen darauf, dass der Van mit Mrs Keller am Steuer und den drei Jungs in ihren Kindersitzen auf der ersten Rückbank vorfuhr.

»Darf ich vorn sitzen, Mrs Keller?«, fragte Sophia.

»Klar.«

Ich rutschte auf die hintere Bank. Es fühlte sich an, als säße ich wieder in einem Schulbus, aber Jax war nicht da, um meine Hand zu halten. Mrs Keller und Sophia sprachen über die Schule. Auch wenn ich glaubte, dass die Kellers sich alle Mühe gaben, ein Gefühl von Distanz und Förmlichkeit zu vermitteln, spürte ich, dass es zwischen Mrs Keller und Sophia persönliche Bande gab. Das freute mich für sie. Sie hatte es verdient.

Später am Abend erzählte Sophia mir mehr über die Kellers.

»Sie haben einen Sohn. Er heißt Liam und ist ein Spitzenanwalt in New York. Ich glaube, Mrs Keller hat lange Zeit versucht, noch ein Baby zu bekommen, aber es hat nicht geklappt, und deswegen nimmt sie jetzt Pflegekinder auf.«

»Kommt Liam manchmal zu Besuch?«

»An Feiertagen und so, aber die Pflegekinder interessieren ihn nicht wirklich.«

»Was ist mit Geld?«

»Was meinst du?«

Ich dachte daran, wie ich das Geld bekommen konnte, um Jackson nach der Schule anzurufen. »Geben die Kellers dir Taschengeld?«

Sie lachte. »Ja, bestimmt!«

7. Reden

»Los, los, los, Baby!!«, brüllte Trevor den Fernseher an und sprang auf. »Woohooo! Touchdown!« Er führte einen lächerlichen Tanz auf und schrie dabei aus vollem Halse. Ich blickte von meinem Buch auf und zog die Nase kraus.

Cara steckte den Kopf aus ihrem Zimmer. »Nicht so laut, du Idiot!«

»Hey, Avril Lavigne, warum suchst du dir nicht irgendwo einen Open-Mic-Abend?« Ich sah auf und staunte, wie lässig er Cara aufzog. Warum gab es diese spielerische Dynamik nicht auch zwischen Trevor und mir? Wenn ich es genauer betrachtete, warum gab es die nicht zwischen mir und irgendeinem anderen Menschen? Die letzte Person, der ich so nahe gewesen war, war Jase.

Cara trat hinter die Couch, beugte sich über die Lehne und sah mich an. »Ich kapiere seine Beleidigungen nie«, sagte sie lächelnd, doch dann stutzte sie. »Sag mal, weinst du?«

»Nein«, fiepte ich.

»Trevor, deine Frau sitzt hier und weint sich die Augen aus, und du tanzt hier rum wie ein Vollidiot?«

Ich lachte unter Tränen. »Ich weine, weil er tanzt.«

Mit leiser Stimme fragte Cara: »Ernsthaft, ist alles in Ordnung? Du kannst mit mir reden.« Dann bedachte sie Trevor mit einem Kopfschütteln und ging zurück in ihr Zimmer.

Trevor kam mit besorgter Miene zu mir. »Warum weinst du wirklich, Emi?«

Ich richtete mich auf, und er setzte sich zu mir. »Ich dachte nur gerade an dieses kleine Mädchen und die drei kleinen Jungs in der Pflegefamilie, in der ich war.«

»Du warst in einer Pflegefamilie? Ich dachte, deine Tante hätte dich adoptiert, nachdem deine Eltern gestorben waren.«

Ich atmete einmal tief durch. »Meine Mom und mein Dad sind nicht tot, Trevor. Zumindest mein Dad nicht.«

Betroffen starrte er mich an. Natürlich war er bestürzt, immerhin hatte ich ihn angelogen. »Wo sind sie jetzt? Warum bist du zu Cyndi gezogen, obwohl deine Eltern am Leben waren?«

Erneut holte ich tief Luft. »Meine Mom ist abgehauen, als ich zehn war. Ich weiß nicht, wo sie jetzt ist. Und mein Dad ist im Gefängnis, glaube ich. Zumindest war er da.«

Trevor war fassungslos. »Warum?«

»Kindesmisshandlung und Vernachlässigung«, sagte ich und gab mir alle Mühe, jeglichem Blickkontakt auszuweichen. Wenn ich jetzt einen Ausdruck von Mitleid in seinem Gesicht zu sehen bekäme, würde ich zusammenbrechen.

»Emi. Also hat er dich wirklich geschlagen?«

»Ja. Und Jase auch, beim letzten Mal.« Noch einmal atmete ich tief durch. »Weißt du was? Vielleicht ist es gar keine so schlechte Idee, wenn du das Buch liest, sobald ich damit fertig bin. Es ist fiktionalisiert, aber du würdest trotzdem eine ziemlich gute Vorstellung davon bekommen, was ich als Kind durchgemacht habe.«

Trevor legte mir die Arme um die Schultern. »Es tut mir ehrlich leid, Emi. Ich wünschte, du hättest mir das schon vor langer Zeit erzählt. Du hast nie über deine Vergangenheit gesprochen, und ich wollte dich nicht drängen. Ich dachte immer, deine Eltern wären gute Menschen gewesen, und du wärest eine Waise, aber kein misshandeltes und vernachlässigtes Kind.«

Ich legte den Kopf an seine Schulter. »Entschuldige, dass ich dich belogen habe. Das hast du wirklich nicht verdient.« Und das war nicht nur so dahingesagt. Dass ich ihn belogen hatte, war abscheulich. »Als wir uns kennengelernt haben, habe ich jedem erzählt, sie wären tot. Das war einfacher. Für mich ist es schwer, mir in Erinnerung zu rufen, was ich durchgemacht habe. Aber jetzt, wo ich Jases Buch lese, bin ich gezwungen, mich dem zu stellen, und das ist nicht leicht.« Ich legte das Buch auf den Boden. »Ich glaube, für heute Abend habe ich genug davon.«

Er drückte meine Schulter. »Weißt du, was dich auf andere Gedanken bringen wird?«

»Was?«, fragte ich hoffnungsvoll.

»Ein Cal-Sieg.« Mit dem Daumen zeigte er auf den Fernseher. »Willst du mit mir das Spiel gucken?«

Für einen Moment fühlte ich mich völlig mutlos. Trevor nahm alles, was ich sagte, unbesehen hin; er war nicht der Typ, der sich auf emotionales Territorium begab, wenn er nicht unbedingt musste. Was einer der Gründe dafür war, warum ich ihn all diese Jahre so mühelos hatte anlügen können.

Ich bedachte ihn mit einem matten Lächeln. »Klar.«

Stunden später, nachdem Cal gewonnen hatte, sprangen wir vom Sofa auf, stürmten in Caras Zimmer und brüllten: »Bears vor!« Cara saß an ihrem Schreibtisch und musterte uns lächelnd.

Ich gab mir so viel Mühe, im Augenblick zu leben, doch als wir da herumhüpften, war mir zumute, als schwebte ich über meinem Körper und sähe zu, wie ein Mädchen, das ich kaum erkannte, fröhlich mit ihrem perfekten Freund und ihrer perfekten Freundin in ihrer perfekten Wohnung umhersprang. Doch das war nicht wirklich ich. Jases Buch hatte mich daran erinnert, wer ich wirklich war.

Mein Lächeln verblasste, als meine Gedanken genau dorthin schweiften, wo ich nicht hinwollte. *Warum hat er mich nicht gesucht? Will ich überhaupt gefunden werden?*

»Was ist los, Emi?«, fragte Trevor.

Da erst fiel mir auf, dass ich aufgehört hatte zu jubeln. »Ich bin nur müde.«

Cara musterte mich mit besorgter Miene. »Trevor«, sagte sie,

»ich glaube, Emi und ich brauchen einen Mädelsabend.« Sie wackelte vor mir mit den Brauen.

Ich ergriff seine Hand und drehte mich zu ihm um. »Das hört sich wirklich verlockend an. Ich könnte ein bisschen Eiscreme und ein paar John-Hughes-Filme vertragen.«

»Schon verstanden.« Er lächelte, küsste mich kurz auf die Lippen und rief im Gehen über die Schulter: »Viel Spaß, die Damen.«

In der Sekunde, in der ich die Tür hinter ihm ins Schloss fallen hörte, sah ich Cara an. »Danke. Vielen Dank!«

»Du willst nur weiterlesen, oder?«

»Ja, ich glaub schon.«

Cara grinste. »Dann wirst du morgen auf jeden Fall mit mir zu der Lesung gehen. Sie ist sogar in San Diego.«

Mein Herz fing an zu rasen. »Ähm, ich kann nicht.«

»Was? Warum nicht? Was hast du morgen sonst zu tun?« Argwöhnisch beobachtete sie mich von ihrem Schreibtischstuhl aus, als ich mich langsam auf ihre Bettkante sinken ließ. »Warum verhältst du dich so merkwürdig?«

»Weil …« Ich seufzte. Ich konnte es nicht länger für mich behalten. »Weil ich ihn kenne«, sagte ich kaum hörbar, und mein Herz schlug noch schneller.

»Du kennst wen?«

»Den Autor. J. Colby.«

»Was? Willst du mich verarschen?« Sie stand so hastig von ihrem Stuhl auf, dass sie ihn beinahe umgeworfen hätte. »Was soll das heißen, du *kennst* ihn? Bis vor ein paar Tagen hast du noch nicht einmal etwas von diesem Buch gewusst.«

»Ich kenne ihn, Cara, sehr gut.« Zur Betonung riss ich die Augen weit auf.

»Wie meinst du das? Hattest du was mit ihm?«

»So habe ich es eigentlich nicht gemeint, aber … ja. Auch das.«

Ich sah förmlich, wie sich die Zahnräder drehten, während sie versuchte, die einzelnen Teile zusammenzusetzen. »Du bist aus

Ohio … und er ist aus Ohio.« Sie starrte leeren Blicks vor sich hin, marschierte dann in die Küche und kam mit einer Flasche Tequila zurück. Sie nahm einen Schluck und reichte mir die Flasche. »Erzähl«, forderte sie mich auf.

»Nicht nötig. Du hast schon alles gelesen, was du über mich wissen musst.«

Ihre Augen weiteten sich. »Dann bist du das? *Du bist* Emerson?«

Ich nickte. »Es ist alles wahr. Ein paar Dinge hat er etwas schöngefärbt, aber ja … das ist alles wirklich passiert.«

»Du bist noch nicht fertig mit dem Buch, oder?«

»Nein. Ich bin gerade da, wo Emerson zu den Kellers kommt. Bis dahin stimmt alles, na ja, vielleicht bis auf die Sache mit Jax' Sixpack.« Ich verdrehte die Augen.

Für eine Minute herrschte Stille, und dann fing sie hysterisch an zu lachen, bis ich schließlich selbst lachen musste. Unter Tränen krümmte sie sich zusammen. »Das ist der Wahnsinn, Emi. Wahn. Sinn. Dieser Typ hat ein ganzes Buch über dich geschrieben, und du hast nichts davon gewusst, bis du angefangen hast, es zu lesen?« Sie lachte noch lauter, nur um dann abrupt wieder ernst zu werden. »Moment mal … bedeutet das, du warst zusammen mit vier anderen Kindern in einer Pflegefamilie?«

Mein eigenes Gelächter erstarb ebenfalls. »Ja, aber nicht sehr lange.«

»Hast du noch Kontakt zu dem kleinen Mädchen?«

Ich schüttelte den Kopf. Ich wünschte, ich hätte Kontakt zu ihr gehalten, aber ich hatte jeglichen Gedanken an sie weggesperrt, wie ich es bei allem getan hatte, was auch nur entfernt etwas mit Ohio zu tun hatte, weil ich mich so sehr davor gefürchtet hatte, mich in irgendwelchen Erinnerungen zu verlieren. »Vermutlich ist sie inzwischen auf dem College.« Wieder traten mir die Tränen in die Augen.

»Stimmt das, was im Buch steht? Was mit ihr passiert ist? Was du getan hast?«

»Du meinst, bevor ich gegangen bin?«

»Ja.«

»So weit bin ich noch nicht, aber alles, was ich bisher gelesen habe, ist wirklich passiert.«

Cara stand auf und umarmte mich. »Ich bin so froh, dass ich dich kenne, Emi.« Prompt fing ich an zu weinen, ergab mich der emotionalen Achterbahnfahrt. Sie drückte mich fester an sich. »Nichts davon war deine Schuld. Das weißt du doch, oder?«

Jahrelange Therapie hätte eigentlich auch mich davon überzeugen sollen.

»Komm, lass uns über was Angenehmeres reden. Erzähl mir mehr von diesem Typen. Ist er so heiß, wie ich ihn mir vorstelle? Waren wirklich alle Mädchen auf der Highschool in ihn verknallt?«

Trotz meiner Tränen musste ich lachen. »Sein Name ist Jase Colbertson. Er kannte mich in- und auswendig. Wir wussten damals einfach immer, was der andere dachte. Wir haben so viele Jahre zusammen verbracht, gespielt und geredet. Wir haben Hunderte von Kurzgeschichten geschrieben und so ziemlich jede freie Minute miteinander verbracht. Bis ich zu Cyndi und Sharon kam, war er der einzige Mensch, der sich wirklich für mich interessiert hat.«

»Er schätzt dich offensichtlich sehr«, sagte Cara besänftigend und rieb mir den Rücken.

»Fiktiv vielleicht. Im echten Leben hat er zwölf Jahre lang nicht mal versucht, mit mir in Kontakt zu treten.« Ich war immer noch todunglücklich, weil er nie nach mir gesucht hatte. Nach dem College hatte ich ein paarmal online nach ihm gesucht, aber nie irgendwelche Treffer gelandet. Je mehr Zeit verging, desto überzeugter war ich, dass er über uns hinweg war. Und nun hatte ich den Beweis dafür. Jase lebte sein Leben in Kalifornien, so, wie er es sich erträumt hatte, aber ich war kein Teil davon.

Als wir Kinder waren, hatte er manchmal gesagt: *Mit dreißig werde ich ein Buch veröffentlicht haben.* Und so war es auch gekommen. Er hatte einen Bestseller geschrieben und ging auf eine vom Verlag organisierte Lesereise, und das alles hatte er ohne mich erreicht. Er war attraktiv und talentiert und hatte alles, was er wollte. Warum sollte er also noch nach mir suchen? Dieser Mistkerl.

Cara wich zurück und blickte mir in die Augen. »Du solltest das Buch zu Ende lesen und morgen mitgehen, um ihn zu treffen.«

Ich schniefte. »Ich weiß nicht. Vielleicht.« Ich dachte an all die gelöschten Nachrichten, die ich nicht über seine Webseite gesendet hatte. Ein Teil von mir wollte ihm immer noch die Meinung sagen. »Ein bisschen neugierig bin ich schon, aber zuerst muss ich wirklich das Buch zu Ende lesen.«

Sie nickte. »Gut. Ich denke, das solltest du tun.«

Ich nickte. Kurze Zeit später, nachdem Cara schlafen gegangen war, kochte ich eine Kanne Kaffee und bereitete mich darauf vor, erneut in die Vergangenheit einzutauchen.

In der fünften Nacht bei den Kellers schlich ich mich wieder in die Küche und holte mir das Telefon, um Jax anzurufen.

»Hallo?« Er klang fertig.

»Was ist los?«

»Es ist ein Uhr morgens, und ich muss früh raus.«

Sein abweisender Tonfall schmerzte mich und machte mich verletzlich. »Warum?«

»Weil sie gerade die Busroute hierher eingestellt haben.«

»Was? Ernsthaft? Was soll das heißen?«

»Das heißt, dass ich verdammt noch mal laufen muss, Em.«

Mir wurde ganz mulmig. »Bis wohin?«

»Carter's. Cal Junior nimmt mich bis zu der Haltestelle an der Fünften mit.«

Ich stellte mir den Weg im Kopf vor. Jax würde jeden Tag zwei Meilen pro Richtung laufen müssen, nur um zu Carter's zu gelangen. Wahrscheinlich musste er noch im Dunkeln aufbrechen. *Und* er würde mit Cal Junior mitfahren müssen, dem dreißigjährigen Sohn von Cal Carter, dem Besitzer der Eierfarm. Cal Junior war seltsam und unheimlich, und es gab Gerede, er hätte sich einmal vor zwei Kindern entblößt, die mit ihren Fahrrädern an der Ranch vorbeigefahren waren. Wir hatten uns stets so gut wie möglich von ihm ferngehalten.

»Oh mein Gott, Jax, das tut mir so leid. Was ist denn aus Ms Beels geworden?«

»Wegen einem Kind lassen sie sie diese weite Strecke nicht fahren.«

Das ist alles meine Schuld. »Warum um alles in der Welt fährst du mit Junior?«

»Habe ich denn eine Wahl? Meine Mom hat das arrangiert. Wahrscheinlich hat er gestern Nacht, als sie gearbeitet hat, bei ihr herumgelungert, und sie hat ihm von unserem Problem erzählt. Er hat es angeboten, und heute Morgen bin ich bei ihm mitgefahren.«

»Hat er mit dir geredet?«

»Nein, er hat nur auf dem ganzen Weg in die Stadt geraucht. Bis ich in der Schule war, habe ich schon gestunken wie ein Aschenbecher.«

»Und eine andere Möglichkeit gibt es nicht?«

»Keine Ahnung.« Jackson hörte sich erschöpft und distanziert an.

»Du klingst so niedergeschlagen.«

»Mir geht's gut. Hör mal, ich bin müde. Können wir im Lauf der Woche noch mal reden?«

»Klar. Okay, ich liebe dich«, sagte ich. Der Gedanke, wir könnten auflegen, ohne wenigstens ein paar nette Worte auszutauschen, tat mir weh.

»Gute Nacht.«

»Ich sagte, ich liebe dich, Jackson.«

»Ich liebe dich auch, Em.« Als das Gespräch beendet war, starrte ich das Telefon an und fragte mich, warum Jackson so distanziert geklungen hatte.

Während der nächsten Wochen ging Jax nur bei der Hälfte meiner Anrufe überhaupt ans Telefon, und jedes Mal wirkte er niedergeschlagener als zuvor. Er fragte mich, ob es mir gut ginge, nur um das Gespräch dann so schnell wie möglich zu beenden. Glücklicherweise wurde ich nie erwischt, und sollten Mr und Mrs Keller doch etwas gewusst haben, so sagten sie nichts dazu.

Zu Jax' Geburtstag rief ich ihn an, um mich zu erkundigen, ob er seine Führerscheinprüfung bestanden hatte.

»Hallo?«

»Herzlichen Glückwunsch zum Geburtstag! Und? Hast du ihn?«

»Jepp.«

»Super, du Held! Wer hat dich zum Straßenverkehrsamt gebracht?«

»Cal Junior.«

»Echt? Unheimlich, oder?«

»Tja, ich konnte es mir nicht aussuchen.«

»Ja, gut … und wie geht es jetzt weiter?«

»Ich denke, ich werde jeden Tag auf der Ranch arbeiten, bis ich genug Geld habe, um mir einen Wagen zu leisten.«

»Ich bin stolz auf dich, Jax. Und ich werde auch stolz auf dich sein, wenn du dir keinen Wagen kaufst.«

»So?« Er hörte sich so deprimiert an, dabei sollte er eigentlich feiern.

»Ja. Ich vermisse dich«, fügte ich hinzu.

»Danke.«

»Ich sagte, ich vermisse dich.«

»Ich vermisse dich auch«, erwiderte er wenig begeistert.

»Kommst du her, um mich zu besuchen?« Meine Stimme zitterte. Sein kalter Ton und die knappen Antworten machten mir schwer zu schaffen. Aus purer Nervosität verzwirbelte ich mein Haar zu einer riesigen Rastalocke auf einer Seite meines Kopfes und überlegte, ob er mich nicht mehr liebte oder ob sein Leben einfach immer schlimmer wurde und er mich nicht mit seinen Problemen belasten wollte.

»Wie soll ich das machen?«

»Nach der Schule gehe ich immer in eine Bibliothek in der Stadt. Mrs Keller holt mich erst um vier dort ab. Ich kann die letzte Stunde schwänzen und mich in der Stadt mit dir treffen, falls du dir Juniors Truck oder den Wagen deiner Mutter leihen kannst.«

»Ich weiß nicht. Hört sich ziemlich unmöglich an.«

»Ich möchte dich doch nur sehen. Ich möchte dich in die Arme nehmen und dir persönlich zum Geburtstag gratulieren … und dir einen Geburtstagskuss geben.«

Er lachte, aber es klang irgendwie freudlos. »Ja, das wäre schön.«

»Was ist los, Jackson? Triffst du dich mit einem Mädchen von der Schule?«

»Nein, dafür habe ich überhaupt keine Zeit. Ich habe überhaupt kein Leben, Emerson, okay? Hör verdammt noch mal auf, so an mir herumzunörgeln. Ich habe rein gar nichts unter Kontrolle. Ich kann mir nicht einfach Moms Wagen nehmen, wenn sie arbeiten muss, und Junior ist ein Freak. Ich werde ihn bestimmt nicht bitten, mir seinen Truck zu leihen.«

»Jackson! Okay, es tut mir leid.« Meine Stimme brach, und Tränen liefen mein Gesicht hinunter. »Ich vermisse dich einfach so sehr.«

»Nicht weinen. Bitte, weine nicht. Das bringt mich noch um, Emerson. Genieß einfach deine drei ordentlichen Mahlzeiten am Tag und dein warmes Bett. Das Einzige, was mich aufrecht hält, ist, dass ich weiß, dass es dir dort gut geht.«

Aber das ging es mir nicht. Ich hätte das Whiskeymonster, die rabiaten Wutausbrüche und den leeren Kühlschrank hingenommen, hätte ich nur Zeit mit Jax verbringen können. Aber ich konnte nicht nur an mich denken; ich musste ihm vermitteln, dass es Hoffnung gab, damit er glauben konnte, dass sich die Dinge auch für ihn irgendwann ändern würden.

»Danke. Du bist der beste Mensch, den ich kenne, Jackson Fisher.«

Wieder lachte er, doch so bitter, dass es mir beinahe den Magen herumdrehte. »Okay, Em. Ich muss Schluss machen.«

Wir legten auf, ohne einander gute Nacht zu sagen. Ich brachte das Telefon zurück in die Küche und weinte mich in den Schlaf.

Nach gefühlten fünf Minuten schlug ich die verquollenen Augen auf und sah Sophia vor mir, die sich über mein Bett beugte. »Was ist mit deinem Gesicht los?«

»Nichts.«

»Hast du letzte Nacht geweint?«, fragte sie mit einem mitfühlenden Ausdruck in den Augen. »Hat Jackson sich von dir getrennt?«

»Nein, ich vermisse ihn nur sehr.«

»Ihr seht euch bald wieder.«

Ich rollte mich vom Bett und tätschelte ihren blonden Haarwust. »Du bist eine kleine Optimistin, was?«

Sie lächelte. »Das nennt man Vertrauen, Emmy.«

Später, als ich nach der Fünften auf dem Weg zu meiner letzten Schulstunde um eine Ecke bog, schoss mein Blick umgehend zu einer Gestalt, die sich gleich neben dem Weg an einen Baumstamm lehnte. Es raubte mir den Atem.

»Jax!«, schrie ich und rannte zu ihm. Ich sprang in seine Arme und schlang meine Beine um ihn. In der nächsten Sekunde lagen seine Lippen auf meinen. Er drückte mich an seine Brust, während er mich leidenschaftlich küsste. Danach barg er sein Gesicht an meinem Hals. Ein Grollen stieg tief aus seiner Brust empor und jagte mir eine Gänsehaut über den Körper. Ich schauderte, aber meine Haut fühlte sich so heiß an, als hätte ich Fieber. Seine kalte Nase lag direkt an meiner Wange.

»Verdammt, ich hab dich so vermisst. Du riechst so unglaublich gut.«

Er stellte mich auf den Boden und wir betrachteten einander. Ich hätte schwören können, dass er größer geworden war. »Wie kommst du hierher?«

»Junior hat mir seinen Truck geliehen. Ich habe ihn an der Straße geparkt. Da ist ein Zaun, über den wir klettern können, dann musst du nicht zum Haupttor hinaus.«

»Okay. Aber, verdammt, die werden meine Abwesenheit in der sechsten Stunde notieren. Ich möchte so gern bei dir sein, aber ich möchte nicht, dass die Kellers das herausfinden …«

Er verschränkte die Arme vor der Brust und blickte niedergeschlagen zu Boden. »Ich will dich nicht in Schwierigkeiten bringen, Em. Ich musste dich nur sehen.«

Jackson konnte mich mit einem einzigen Blick bis ins Herz treffen. »Ich komme mit. Mir egal, was passiert.«

Er strahlte mich an und griff nach meiner Hand. »Dann los.«

Er half mir über den niedrigen Zaun, und kurz darauf rollten wir in Cal Juniors rauchgeschwängertem, verbeultem Chevy die Straße hinunter.

»Wo sollen wir hinfahren?« Er sah sich zu mir um, aber ich brachte keinen Ton raus. Wie gebannt sah ich ihm zu, als er den Wagen steuerte, als hätte er sein Leben lang nichts anderes getan, sicher und voller Selbstvertrauen. »Was ist los, Em?«

»Nichts. Du wirkst nur so erwachsen … so anders.«

»Ich bin immer noch derselbe.«

»Ich weiß, ich weiß. Es ist nur … ich weiß auch nicht. Gott … ich weiß nicht, was ich sagen soll.«

Er lachte. »Vielleicht schaffe ich es, einmal in der Woche herzufahren. Dann fühlt es sich bald nicht mehr so fremd an.«

»Echt?« Diese Worte änderten alles. Nun hatte ich neben den Hausaufgaben und den häuslichen Pflichten etwas, worauf ich mich freuen konnte.

»Ja, vielleicht. Wie wäre es hier?« Er zeigte direkt voraus auf einen Parkplatz, der den Angelteich von New Clayton umgab.

»Perfekt.« Es war ein warmer Tag und nicht ganz so schwül wie sonst im Spätfrühling. Wir fanden ein nettes Plätzchen auf einer Picknickbank und setzten uns mit dem Gesicht zum Wasser nebeneinander. Ich studierte Jacksons mit Jeans bekleidete Beine, die er voller Selbstvertrauen gespreizt hatte. Er legte mir eine Hand auf den Oberschenkel und strich immer wieder auf und ab, als wäre es für uns das Normalste auf der Welt, einander so zu berühren.

»Dann bist du heute wohl nicht zur Schule gegangen. Die Fahrt hierher dauert mindestens eine Stunde.«

»Ich wollte. Aber dann habe ich Junior heute Morgen auf dem Weg in die Stadt erzählt, dass du gestern Nacht geweint hast, und, na ja … er sagte, ich könnte seinen Truck nehmen, um dich zu besuchen.« Er starrte auf die Straße hinter mir.

»Das war nett von ihm.«

Er schnaubte. »Ja, schätze schon.«

Sanft legte ich eine Hand an seine Wange. »Sieh mich an.«

Er drehte sich zu mir, und seine Augen waren voller Schmerz und Sehnsucht. Ich beugte mich zu ihm, und wir küssten einander sacht. Was immer Jackson durchmachen musste, alles schien sich in Luft aufzulösen, wenn wir nur zusammen waren. Er war weit weg, aber doch nahe genug, um ihn zu berühren.

»Kannst du einfach hier bei mir sein und alles andere für eine Weile vergessen?«

Er blickte auf meinen Mund und sah mir dann in die Augen. Seine Brust hob und senkte sich, und sein Blick richtete sich wieder auf meine Lippen. Zwischen uns war so viel Hitze, so viel Anspannung, dass ich beinahe glaubte, es knistern zu hören. Er schluckte, und dann ließ er die Zurückhaltung fallen und presste seinen Mund auf meinen. Er küsste mich fieberhafter, hielt mich fester als je zuvor. Unsere Zungen neckten sich gegenseitig, bis seine Lippen zu meinem Hals und weiter zu meinem Ohr wanderten. Mühelos hob er mich auf seinen Schoß. Ich ließ alles geschehen, weil es so unfassbar vertraut war, so, als käme ich nach Hause, wenn ich seinen großen Körper so an meinem spürte. Er atmete schwer und küsste mich voller Leidenschaft. Ich ergriff seine Hand, die sich in die Rückseite meines Beins gekrallt hatte, und zog sie hoch, bis sie über dem Sweatshirt auf meiner Brust lag. Erst war er zaghaft, aber dann stöhnte er und flüsterte direkt an meinem Ohr: »Was machst du bloß mit mir, Em?«

»Ich will dich, Jackson … ich will dich ganz.« Große Worte für eine Fünfzehnjährige, aber ich meinte es absolut ernst.

Er setzte mich ab und wich zurück, drehte sich wieder zu dem Teich um, stützte die Ellbogen auf die Knie und barg dann den Kopf in seinen Händen. »Was sollen wir nur machen? Ich meine, wir können nicht zusammen sein – wir können nirgendwohin.« Seine Stimme klang immer höher. »Wir können gar nichts tun, Em.«

Ich rieb ihm den Rücken. »Es ist okay. Ich meinte, ich will dich eines Tages ganz.«

»Eines Tages«, wiederholte er. »Hoffentlich bald. Es kommt mir vor, als würden alle ständig nur versuchen, uns alles zu versauen.«

»Wer alle? Wovon redest du? Mein Dad geht ins Gefängnis. Deine Mom ist mit ihren Kerlen beschäftigt, und die Kellers machen keinen Ärger, solange ich mich nicht erwischen lasse. Für mich ist das genug, Jackson. Einfach nur in deiner Nähe zu sein ist im Moment genug für mich.«

Er blickte auf, und ich sah Tränen in seinen Augen. »Ich weiß. Tut mir leid, dass ich so schlecht gelaunt bin. Es ist nur, weil ich jetzt sechzehn bin, verstehst du?« Endlich lachte er, und ich lachte auch, doch zugleich weinte auch ich ein paar Tränen. Ich wusste, was er meinte. Wir waren krank vor Sehnsucht. Wir wollten uns so tief miteinander verbinden, wie es nur möglich war. Für uns war der körperliche Teil der Sache ein Akt der Unschuld. Wir hätten es aus Liebe zueinander getan, nicht aus Lust oder Gruppenzwang. Wir waren einander ergebener und liebten uns aufrichtiger als die meisten verheirateten Paare – zumindest die meisten von denen, die wir kannten. Wir hatten Jahre gehabt, um diese Liebe und den Respekt, den wir einander entgegenbrachten, reifen zu lassen. Bei anderen mochte es zu früh sein, mit fünfzehn schon Sex zu haben, aber bei uns fühlte es sich einfach richtig an.

»Ich verstehe dich«, sagte ich. »Ich empfinde das genauso.«

»Ich will dich so sehr, dass ich an nichts anderes mehr denken kann.«

»Konzentrier dich einfach auf die Zukunft. Weißt du noch, wie wir davon geträumt haben, erwachsen zu sein? Du hast gesagt, du willst ein Ninja werden und ich könnte deine Helferin sein, nur, dass du mir das Samuraischwert nicht anvertrauen würdest, weil du der Meinung warst, dafür wäre ich zu ungeschickt.«

»Ich träume nicht mehr von Ninjas, und ich halte dich auch nicht für ungeschickt. Ich halte dich für perfekt. Du bleibst doch bei mir, oder?«, fragte er in ernstem Ton.

»Ja. Natürlich bleibe ich bei dir. Für immer, Jax.«

»Ich kann ohne dich nicht leben. Ganz allein mit Leila am Ende dieser Lehmstraße zu hausen, ohne irgendeinen anderen Menschen, zu dem ich gehen könnte, ist die Hölle. Sie wird immer schlimmer. Inzwischen geht sie nicht mal mehr einkaufen. Ich ernähre mich von Taco Bell und Frühstücksflocken.«

»Das tut mir so leid, Jax. Ich wünschte, ich könnte dir helfen.«

Verlegen wandte er den Blick ab. »Wenn ich an dich denke, daran, wie wir als Kinder waren, dann ist das wie ein verdammter Film. Solange es nur uns gab, war alles in Ordnung.« Seine Stimme klang zunehmend belegt, aber er versuchte, stark zu bleiben. Er kämpfte.

»Ich weiß – mir geht es genauso.«

»Jetzt bist du weg, und alles ist so real und so verdammt brutal. Leila ist ekelhaft. Sie verliert den Verstand. Jede Nacht ist ein anderer Kerl in unserem Haus, und ich muss mir das anhören und würde am liebsten sterben.«

»Sag so was nicht. Bitte. Geh in das Haus von meinem Dad. Da ist niemand. Du kannst dort schlafen.«

Erschrocken blickte er auf. »Es wurde für abbruchreif erklärt, Em. Das County lässt es abreißen.«

»Was? Was ist mit meinen Sachen? Meine Klamotten, meine Bücher, das Zeug von meiner Mom?«

»Das ist alles weg.«

Ich spürte einen Kloß in meinem Hals. »Und was soll mein Dad machen?«

»Ich denke, wenn er wieder entlassen wird, wird er wahrscheinlich in einer Resozialisierungseinrichtung untergebracht oder so. So ist das, Em. Alles ändert sich.«

Meine Brust hob und senkte sich erkennbar. »Ich gehe besser zur Bibliothek, um mich mit Sophia zu treffen.«

»Ja.« Er ergriff meine Hand und zog mich zum Truck, aber ehe er die Beifahrertür öffnete, drückte er mich dagegen und rieb seine Nasenspitze an meinem Kiefer. Jackson war erst sechzehn, aber er war ein Mann: stark, athletisch und maskulin. »Ich will mich erinnern können, wie du schmeckst und riechst.« Er küsste mich fordernd, biss mir beinahe in die Lippe. Der Schmerz fühlte sich gut an.

Schließlich drückte ich ihn keuchend von mir. »Sag nicht ›erinnern‹. Du musst dich nicht erinnern. Wir sehen uns doch bald wieder, oder?«

Schwer atmend wich er zurück. »Wir müssen.«

»Und wir werden.« Ich legte meine Hand an sein Gesicht, und wir sahen einander für einige Augenblicke nur schweigend an, doch es war kein unbehagliches Schweigen. »Wir waren so jung. Weißt du noch, als wir mit dem Bus gefahren sind und der dumme Mikey dabei war und dieser … wie hieß der andere noch?«

»Alex Duncan.«

»Ja, Alex. Erinnerst du dich, wie gemein die zu mir waren?«

»Wir waren auch gemein zueinander, Em. Wir waren Kinder.«

»Und sieh uns jetzt an.« Ich lachte. »Hättest du je für möglich gehalten, dass wir einmal so werden würden? So erwachsen? Und dass wir uns nichts mehr wünschen würden, als jede Sekunde des Tages miteinander zu verbringen?«

»Das wusste ich immer.«

»Du lügst«, sagte ich und lachte wieder.

Aber er blieb ganz gelassen. »Nein. Es war wirklich so, ich schwöre es. Ich wusste immer, dass es eines Tages so werden würde. Und ich glaube, du hast es auch gewusst.«

»Vielleicht.« Meine Stimme zitterte, und meine Augen füllten sich mit Tränen.

Er zog mich an sich und hielt mich fest.

»Jackson?«, fragte ich.

»Ja?«

»Wie geht es weiter?«

Ich konnte seinen Herzschlag an meiner Brust spüren. »Das weiß niemand.«

»Ich hasse das«, bekundete ich.

»Ich weiß, ich hasse es auch, aber ich schätze, das ist so, als würde man ein gutes Buch lesen. Die Art Buch, bei dem man nicht vorab wissen will, wie es endet, weil jeder Moment eine Geschichte für sich ist.«

»Willst du damit sagen, jeder Moment ist gut? Was ist mit meinem Vater und deiner Mutter?« Ich schniefte und wischte mir die Tränen aus den Augen.

»Unsere Geschichte ist großartig. Der andere Mist vielleicht nicht, aber die Geschichte von uns ist perfekt, Em.«

»Ja, das gefällt mir. Du kannst wirklich gut mit Worten umgehen, Jackson Fisher.«

»Ein richtiger Sprachkünstler, was?«

»Schreib bloß weiter. Du bist ein toller Schriftsteller, und wenn du damit aufhörst, trete ich dir persönlich in den Hintern.«

»Mit deinen ganzen eins zweiundsechzig. Ich hab schon richtig Angst.«

Ich wand mich aus seinen Armen. »Du ziehst mich immer noch auf?«

»Ich flirte – ich habe immer nur geflirtet. Na los, komm.« Er öffnete die Tür und half mir hinein.

Wortlos fuhren wir durch die Stadt. Als wir die Bibliothek erreichten, wartete Sophia bereits auf den Stufen. Ich sah, wie ihre Augen immer größer wurden, als wir uns näherten. Aus fünf Metern Abstand konnte ich sie schon erröten sehen. Ich sah mich zu Jackson um, der hinter mir vom Parkplatz Richtung Stufen ging, und lächelte. Er schaute an mir vorbei zu Sophia und präsentierte ihr sein freches Teenagergrinsen. Sophia sprang auf und bot ihm ihre Hand.

»Sophia Lyle. Freut mich, deine Bekanntschaft zu machen.«

Er schüttelte ihr die Hand. »Jackson Fisher. Ich freue mich auch, dich kennenzulernen.

»Toller Name. Also, äh, hast du Emerson von der Schule abgeholt?«

»Ja.«

»Cool«, sagte Sophia und nickte nervös dazu.

»Jax muss wieder los«, bemerkte ich.

»Okay, gut, Jax – es macht dir doch nichts aus, wenn ich dich so nenne, oder?«

»Natürlich nicht, Sophie.«

In dem Moment fürchtete ich, sie würde allen Ernstes umkippen.

»Okay, also, äh, wenn du Emerson wieder besuchen willst, kann ich euch immer decken.«

»Nein, Soph«, sagte ich. »Ich werde nicht zulassen, dass du von den Kellers Ärger bekommst.«

»Na ja, ich meine ja nur, ich werde euch nicht verraten«, erklärte sie.

»Okay«, stimmte ich zu.

Jackson beugte sich herab und knabberte an meinen Lippen. »Bye, Em.«

Ich umfasste sein Gesicht und brachte meinen Mund nahe an sein Ohr heran. »Ich liebe dich.«

Ich kann mich nicht erinnern, wann wir zum ersten Mal *Ich liebe dich* gesagt hatten, denn zu dem Zeitpunkt, als wir es aussprachen, hatten wir es schon seit Jahren gefühlt. Es war so natürlich, als würden wir sagen *Bis später*.

»Ich liebe dich«, sagte er, ehe er kehrtmachte und eine völlig hingerissene Sophia nebst einer sehnsüchtigen Emerson auf den Stufen der Bibliothek zurückließ.

»O mein Gott, er ist ja so ein Augenstern.«

Ich lachte. »Den Ausdruck benutzt heute niemand mehr, Sophie. So hat man lange vor deiner Zeit geredet.«

»Ich weiß, aber mir gefällt er, und er passt zu ihm.«

»Ja, da hast du recht, das tut er. Komm, lass uns ein paar Bücher holen.«

Als ich begriff, dass meine Abwesenheit in der sechsten Stunde niemandem aufgefallen war, war ich erleichtert. Trotzdem war mir klar, dass ich das nicht zur Gewohnheit werden lassen durfte. Später in derselben Woche erwähnte ich Mrs Keller gegenüber am Frühstückstisch, dass die Bibliothek montags bis halb sechs geöffnet war.

Sie zögerte keinen Moment. »Das ist in Ordnung. Ihr Mädchen könnt dort bleiben, bis sie schließen.«

Sophia blickte von ihren Haferflocken auf und lächelte. Ich wandte den Blick ab. Ehe wir zur Schule aufbrachen, ging Sophia zu Mrs Keller, die gerade Geschirr abspülte, und umarmte sie von hinten, als wollte sie ihr an meiner Stelle danken. Mrs Keller blieb jedoch starr und steif und erwiderte die Geste nicht; sie wartete einfach, bis Sophia von ihr abließ, damit sie sich wieder ihrem Geschirr widmen konnte. Als Sophia sich dann zu mir umdrehte, sah sie quietschvergnügt aus.

In der folgenden Nacht rief ich Jax an und vergewisserte mich, dass er sich Juniors Truck am nächsten Montag wieder leihen würde, um mich zu besuchen.

Und dann zählte ich die Minuten. Ich konnte nicht richtig schlafen, konnte mich in der Schule nicht konzentrieren, und in der Kirche döste ich ein, so erschöpft war ich. Mrs Keller stieß mich mit dem Ellbogen an. »Emerson, setz dich gerade hin, Mädchen. Was ist denn nur mit dir los?«

Ich gähnte. »Das ist so langweilig.«

»Du solltest deine Beziehung zu Jesus vertiefen. Eine göttliche Intervention würde dir wahrhaft guttun.«

»Warum sagen Sie das?«

Sie legte den Finger an die Lippen. »Pst. Ich werde für dich beten.«

Ich nahm es achselzuckend hin.

Am Montag holte Jackson mich nach der Schule ab, und wir fuhren wieder zu dem Angelteich. Während der Fahrt wirkte er distanziert, und als er den Wagen geparkt hatte, legte er die Stirn auf das Lenkrad und atmete tief durch. Ich rutschte über die Bank zu ihm hinüber und legte meine Hand auf seinen Oberschenkel.

»Alles okay?«

»Ja.«

Ich ließ meine Finger über sein Bein gleiten, bis er den Kopf hochriss. »Ich will dich hier drin nicht anfassen.«

»Warum?«

»Ich will einfach nicht. Ich habe uns eine Decke mitgebracht. Wir können uns ein Plätzchen am Ufer suchen.«

»Ist wirklich alles in Ordnung, Jax?«

»Ja. Schon okay.«

Wir stiegen aus, gingen nah ans Wasser heran und breiteten die Decke aus. Dann ließen wir uns fallen und legten uns auf den Rücken. Ich barg meinen Kopf an seiner Schulter. »Es ist schön heute.«

»Ja.«

»Hey, warum bist du so weit weg?«

»Ich bin hier«, erwiderte er.

Ich drehte mich auf die Seite und legte den Kopf auf den Ellbogen. Mit der freien Hand streichelte ich sein Gesicht. »Du wirkst aber so abwesend.«

Er legte die Hand in meinen Nacken und zog mich zu sich, bis sich unsere Lippen trafen. Wir küssten uns, küssten und küssten. Seine Hände waren überall, und ich schaute mich immer wieder um, um mich zu vergewissern, dass niemand in der Nähe war.

»Hier sind nur wir. Lass mich dich spüren«, sagte er.

Nur ein bisschen Stoff trennte uns, als er mir eine Hand auf den Hintern legte, mit der anderen über meine Taille strich und dabei langsam mein Shirt hochschob. Er küsste mich, saugte an meinem Hals und wanderte dann mit den Lippen hinab zu meiner Brust. Schließlich zog er den Ausschnitt meines Shirts weit genug runter, um die Wölbung meiner Brüste zu küssen. Ich bog den Rücken durch. »Ah, Jackson, nicht«, sagte ich, obwohl ich nichts mehr wollte, als dass er weitermachte.

Auf meinem T-Shirt umkreiste er mit dem Daumen meine Brustwarze. »Ich möchte dich da küssen.« In seinen Augen lag ein träger, verträumter Ausdruck der Begierde.

»Okay«, hauchte ich atemlos.

Durch das T-Shirt öffnete er meinen BH, drehte mich auf den Rücken und legte sich halb auf mich. Seine Hand wanderte am Saum meines Shirts über meine nackte Haut, dann hinauf zu meinem Hals und weiter, bis er irgendwann meine Brust umfasste. Er war so sanft. Ich schloss die Augen und seufzte leise. Seine Hand glitt fort, und ich schnappte nach Luft, als ich spürte, wie er meinen Nippel mit den Lippen umfing. Ich hielt seinen Kopf an meiner Brust fest, während er mich küsste, mich neckte und an mir saugte. Seine Hände rutschten auf meiner Jeans zwischen meine Beine. Ich zog seinen Kopf hoch, um seine Lippen zu küssen, und spürte an meiner Hüfte, wie hart er war.

Seine Finger streichelten mich weiter, bis ich mich unter der Berührung wand. Dann machte er Anstalten, meinen Hosenknopf zu öffnen. »Nicht. Ich habe meine Tage.«

»Ist mir egal«, sagte er mit angespannter Stimme.

»Mir aber nicht, Jackson. Hör auf. Nicht jetzt. Nicht so, bitte.«

»Okay, okay.« Er holte tief Luft. »Tut mir leid«, sagte er und zog mein Shirt wieder runter. Dabei küsste er mich immer weiter, doch nun waren die Küsse zarter, nur sanfte Berührungen meines Halses.

Ich presste meine Hand auf seine Jeans, und er riss die Augen auf. »Nicht. Entweder ich sterbe, oder ich blamiere mich total vor dir.«

Wir lachten, und er ließ sich wieder auf die Decke sinken.

»Geht es dir gut?«, fragte ich.

»Lass mich nur wieder zu Atem kommen.«

Ich schmiegte mich an seinen Körper. Der Wind frischte auf und machte die Schwüle etwas erträglicher. Mit dem Kopf auf seiner Brust hörte ich zu, wie sein Herzschlag ebenmäßiger wurde, und sah, wie die Brise die Wasseroberfläche kräuselte. Und bald war ich eingeschlafen.

Gegen halb fünf schrak ich wieder hoch.

»Na, wieder da?«, fragte Jackson und zwinkerte mir zu.

»Ich kann nicht fassen, dass ich eingeschlafen bin.«

»Ich kann nicht fassen, was du im Schlaf gesagt hast, Em«, entgegnete er mit einem neckischen Grinsen.

»O mein Gott. Was habe ich gesagt?«

»Erst war es nur unzusammenhängendes Gebrabbel, begleitet von jeder Menge Sabber, und dann hast du dich ausufernd darüber ausgelassen, wie sehr du mich begehrst.«

Ich setzte mich auf und schlug ihm auf die Brust. »Und? Das ist schließlich kein Geheimnis, Blödmann.«

Er packte meine Hand und zog mich wieder auf sich. »Bald«, war alles, was er sagte, und dann küsste er mich süß und zärtlich.

»Wir sollten uns auf den Weg machen. Ich muss unbedingt vor Mrs Keller in der Bibliothek sein.«

Auf dem Weg zur Bibliothek plagte mich, obwohl der Tag so perfekt verlaufen war, eine innere Unruhe. Als wir uns dem großen Ziegelgebäude näherten, kamen zwei Gestalten, die auf den Stufen warteten, in mein Blickfeld. Eine war Mrs Keller, die mit über dem fülligen Bauch verschränkten Armen zusah, wie wir vorüberfuhren. Unsere Blicke trafen sich, und sie starrte mir nach, doch ihr Gesichtsausdruck blieb unlesbar für mich. Ich sah keinen Zorn und keine Enttäuschung und bestimmt keinen Kummer in ihrer Miene. Neben ihr stand die arme Sophia mit hängenden Schultern und starrte reglos ihre Schuhe an.

»Oh, Mist«, sagte ich, und dann fing ich hysterisch zu lachen an. »Das war Mrs Keller.«

Jax fuhr auf den Parkplatz vor der Bibliothek und starrte mich fassungslos an. »Worüber lachst du?«

»Ach, nur, weil es schlimmer gar nicht hätte kommen können.«

»Was machen sie jetzt mit dir? Was denkst du?«

»Ich habe keine Ahnung«, sagte ich.

Er stellte den Wagen ab, und wir beide sahen durch die Heckscheibe zu der Stelle, an der Sophia und die finster blickende Mrs Keller standen.

»Em, falls es schlimm wird, komm einfach mit mir. Ich nehme dich mit nach Hause.«

»Das würde Leila nicht gefallen.«

»Du kannst im Fort bleiben, bis wir uns etwas überlegt haben. Außerdem ist Leila kaum da; so schlimm wäre das nicht.«

Ich rutschte über die Bank zu ihm, umfasste sein Gesicht mit beiden Händen und küsste ihn. »Ich muss da durch. Ich kann nicht einfach weglaufen. Ich brauche einen Ort, an dem ich leben kann.«

»Du würdest nicht weglaufen. Du wärest mit mir zusammen, und ich müsste mir diesen blöden Truck nicht mehr leihen.«

»Und was soll ich dann tun, Jax? Die Schule abbrechen und in deinem Garten wohnen?«

Er kniff die Augen zusammen und ließ die Stirn auf das Lenkrad sinken. »Soll ich wenigstens mitgehen und guten Tag sagen? Vielleicht mag sie mich ja.«

»Ich schätze, das kann nicht schaden.« Prüfend musterte ich seine Kleidung. Er trug ein blaues Radiohead-T-Shirt, dunkle Jeans und Vans. Seine braunen Augen schimmerten so hell, wie es nur möglich war, ohne dass sie grün oder gelb wurden, wodurch er im Sonnenschein beinahe wie ein Himmelsgeschöpf aussah. Aber sein langes Haar bereitete mir Sorgen. Es reichte inzwischen bis auf die Schultern, auch wenn er es hinter die Ohren gesteckt hatte. Während ich ihn anstarrte, ging mir durch den Kopf, dass er in Kalifornien gar nicht auffallen würde, wenn wir erst dort wären. Aber zugleich fragte ich mich, ob es wirklich eine gute Idee wäre, ihn Mrs Keller vorzustellen.

Während ich ihn so ansah und mir wünschte, wir könnten einfach beide abhauen, hob er den Kopf, blickte mir in die Augen und lächelte. *Anbetungswürdig. Welche Frau würde das nicht so empfinden?*

»Also … schenk ihr einfach ein strahlendes Lächeln. Lass deinen Charme spielen, okay? Ich weiß, du kannst das – ich habe dich schon in Aktion erlebt.«

»Ich werde mein Bestes tun.«

Als wir zu den Stufen vor der Bibliothek gingen, packte Mrs Keller Sophias Hand und zog sie mit sich. Sie blieb nicht stehen und stellte auch keinen Blickkontakt zu mir her.

»Komm mit, Emerson. Wir haben Dinge zu erledigen.«

»Warten Sie eine Sekunde. Ich möchte Ihnen Jackson vorstellen.«

Sie ging einfach an uns vorbei, ohne sich umzusehen. »Ich sagte, komm mit.«

Sophia schaute sich über die Schulter um und drängte mich mit einer ruckartigen Kopfbewegung, ihnen zu folgen. Ich stellte mich auf die Zehenspitzen und hauchte Jax einen Kuss auf die Lippen. »Ich rufe dich an und berichte, wie es weitergegangen ist.«

»Okay.« Entgeistert starrte er Mrs Keller und Sophia hinterher. »Bist du sicher, dass alles in Ordnung ist? Mir kommt sie ganz schön komisch vor.«

»Ich glaube schon. Ich meine, was hab ich schon Schlimmes getan?«

Im Wagen sagten weder Mrs Keller noch Sophia auch nur ein Wort. Sophia starrte zur Beifahrerscheibe hinaus, während die Jungs sich auf der vorderen Sitzbank gegenseitig zwickten. Und ich wartete einfach gespannt ab, ob irgendjemand irgendwas sagen würde.

Erst nach dem Abendessen kam Mrs Keller zusammen mit Sophia in mein Zimmer. Ich stand gerade vor der Kommode und bürstete mein Haar. »Ihr Mädchen müsst heute Abend eure Sachen packen. Eure Sozialarbeiter werden morgen früh herkommen.«

Mir wurde ganz flau im Magen. »Moment mal, was? Was soll das heißen?«

Sophia blickte mit geweiteten Augen zu mir auf. »Wir haben die Regeln gebrochen, Emmy. Du weißt doch, Nulltoleranz.«

»Nein, das ist doch ein Witz. Moment mal …« Mrs Keller würdigte mich keines Blickes. Sie machte einfach auf dem Absatz kehrt und verließ das Zimmer.

»Das kann doch nicht sein!«, brüllte ich.

»Pssst!«, machte Sophia.

»Wen interessiert es noch, ob ich herumschreie, wenn wir eh rausgeworfen werden? Das ist doch verrückt. Was hast du denn getan, um das zu verdienen?«

»Ich habe gelogen.«

»Was? Wovon sprichst du?«

Sophia setzte sich auf meine violette Bettdecke und starrte ihre Hände an, die ständig in Bewegung waren, obwohl sie sie im Schoß gefaltet hatte. »Sie hat mich gefragt, wo du bist, und ich habe gesagt, du wärest noch in der Schule und würdest lernen.«

»Ich kann ihr ja sagen, Jax hätte mich gefahren, damit ich mich nicht verspäte. Warum solltest *du* weggeschickt werden?«

»Sie hat dich am Angelteich gesehen, als du ihn an seinem Truck geküsst hast.« Endlich blickte sie mit einem traurigen Lächeln und Tränen in den Augen auf.

»O mein Gott, Sophia, es tut mir so leid.« Nun fing ich selbst zu weinen an. »Aber was passiert jetzt? Wo bringen sie dich hin?«

»In eine andere Pflegefamilie, nehme ich an.«

Ich setzte mich zu ihr, nahm sie in die Arme, und wir schluchzten beide. »Aber du hast beinahe dein ganzes Leben hier verbracht. Das ist gestört!«

»Es ist okay, Emmy. Ich komme schon klar.«

»Nein, davon will ich nichts hören. Ich tue, was immer ich soll, mir egal. Aber dass du wegen dieser Sache weggeschickt wirst, kann ich einfach nicht glauben.«

»Du weißt aber, warum, oder?«, schniefte sie.

»Warum?«

»Sie lieben uns nicht. Ich glaube, sie mögen uns nicht mal. Glaub mir, das ist mir nicht erst heute aufgefallen. Ich hatte sieben Jahre Zeit, um mir darüber klarzuwerden.«

»Aber du hast gesagt, du willst hier sein!« Meine Gedanken überschlugen sich. Wo würde man mich hinbringen? Wo würde man Sophia hinbringen? Würde ich Jackson je wiedersehen?

Sophia befreite sich aus meinen Armen und wischte sich die Nase am Ärmel ihres Flanellpyjamas ab. »Ich will hier sein. Ich bin daran gewöhnt. Außerdem – wer weiß, was mich erwartet.« Ich nickte. »Aber ich bin ein großes Mädchen und komme damit zurecht. Sie hätten sowieso irgendwann einen Grund gefunden, um mich loszuwerden.«

Menschen wie Sophia und ich mussten schnell erwachsen werden. Wir wussten Dinge über die Menschen, die sogar den meisten Erwachsenen fremd waren. Aber ich wusste auch, dass Mrs Keller Sophia näher war, als die beiden es ahnten.

Ich stand vom Bett auf, wischte mir die Augen ab und drückte die Schultern durch. »Bleib hier, Soph. Ich gehe kurz nach unten.«

Mr Keller traf ich im Wohnzimmer an, wo er auf dem Sofa saß und ein Buch las. »Hallo, Mr Keller.«

»Hallo.« Er blickte über seine Gleitsichtbrille hinweg.

»Ich muss telefonieren, um meine Sozialarbeiterin und Jackson Fisher anzurufen, einen Freund der Familie, den ich schon mein Leben lang kenne.« Meine Stimme klang nüchtern und pragmatisch.

»Nur zu«, sagte er und widmete sich wieder seinem Buch.

Ich ging in die Küche und wählte zuerst Paulas Nummer. Während es klingelte, sah ich den Jungs zu, die Kuchen aßen und sich gegenseitig herumschubsten. Mrs Keller war nirgends zu sehen oder zu hören. Ich fragte mich, ob sie sich vor Sophia und mir versteckte.

»Hallo?«

»Paula, ich muss mit Ihnen reden.«

»Hör mal, ehe du noch irgendwas sagst, ich habe gute Nachrichten für dich. Ich weiß, heute ist es ziemlich mies gelaufen, aber ich habe etwas erfahren, was, glaube ich, alles ändern wird.«

Für eine Minute vergaß ich die missliche Lage, in der ich mich befand. »Was? Sagen Sie es mir!«

»Kennst du deine Tante Becky?«

»Ich habe keine Tante Becky. Ich habe gar keine Tante.«

»Tja, du hast eine Tante Becky. Es wurde alles genau überprüft. Sie ist die Halbschwester deines Vaters und zehn Jahre jünger als er.«

»Ich habe keine Ahnung, wovon Sie sprechen.« Soweit ich informiert war, hatte das Jugendamt meine Mutter nicht finden können, und andere lebende Verwandte hatte ich meines Wissens nicht.

»Es ist wahr.«

»Hat mein Vater von ihr gewusst?«

»Er ist derjenige, der uns über sie informiert hat. Sie lebt in San Francisco. Wir haben Kontakt zu ihr aufgenommen und sie gefragt, ob sie die Vormundschaft für dich übernehmen würde.«

»Was?!«, schrie ich. Die Jungs erstarrten förmlich. Alle drei starrten mich schweigend an, als ich mich an die Arbeitsplatte lehnte. »Ich muss nach San Francisco ziehen?«

»Ja.«

»Nein, das geht nicht. Ich kann Jackson nicht zurücklassen. Und was wird aus Sophia? Warum hat mein Vater mir nie erzählt, dass ich eine Tante habe? Ich kenne sie doch gar nicht. Bestimmt werde ich nie dorthin passen. Das wird mein ganzes Leben zerstören.«

»Mach mal langsam.«

Ich fühlte mich wie benebelt. Mr Keller kam in die Küche und stützte mich, als ich zu schwanken begann. Leise sagte er: »Komm, setz dich aufs Sofa.«

Als ich saß, ging er hinaus. »Die werfen mich raus, weil ich ein paar Stunden mit Jackson verbracht habe?«

Paulas Stimme wurde leiser und nahm einen besänftigenden Ton an. »Ich weiß, du hast viel durchgemacht. Aber bitte, hör mir zu. Sophia kommt in eine andere Pflegefamilie ganz in der Nähe. Das ist ein anständiges Haus, aber sie nehmen keine Teenager auf. Außerdem, ob du es glaubst oder nicht, deine Tante Becky hört sich nach einer intelligenten und warmherzigen Frau an. Sie hat keine eigenen Kinder, und stell dir vor … sie ist Professorin für Kreatives Schreiben in Berkeley.«

»Das hilft mir alles nicht weiter. Warum hat mein Vater mir nie von meiner Tante erzählt?«

»Tja, weil deine Tante … Wie soll ich dir das sagen? Also, sie ist das Produkt einer Affäre deines Großvaters, und sie haben Stillschweigen darüber bewahrt, um einen Skandal zu vermeiden. Aber dein Vater wusste offenbar trotzdem von ihr. Ich weiß nicht, ob die beiden je ernsthaft Kontakt zueinander hatten, aber er hat ihr aus dem Gefängnis geschrieben. Und sie scheint ein freundlicher, großherziger Mensch zu sein. Denn sie hat zugestimmt, dass du bei ihr und ihrer Partnerin Trina leben kannst.«

Mir klappte vor Fassungslosigkeit der Mund auf. Ich war überhaupt nicht fähig zu verarbeiten, was sie mir erzählte. Ich sollte bei meiner lesbischen Tante in Kalifornien leben? Auf keinen Fall. Ich würde Ohio nicht verlassen – mir egal, und wenn mir der Präsident persönlich ein Zimmer im Weißen Haus anbieten würde.

»Wie viel Zeit habe ich, um unterzutauchen?«

Sie lachte leise. »Mach dir keine Sorgen, ich habe das Gefühl, du wirst mit dieser Lösung sehr glücklich werden. Ich komme morgen früh um zehn und hole dich ab.«

Wir verabschiedeten uns, und dann stürmte ich die Treppe in den ersten Stock hinauf und platzte, ohne anzuklopfen, in Mrs Kellers Schlafzimmer. Sie saß auf der Bettkante und weinte.

»Wie konnten Sie das tun? Was mit mir ist, kümmert mich nicht, aber wie konnten Sie das Sophia antun? Sie ist seit sieben Jahren hier. Mein Gott, Sie sind für sie wie Eltern. Was stimmt bloß nicht mit Ihnen?« Sie ließ den Kopf hängen, sagte aber nichts, also fuhr ich fort. »Hören Sie mir zu, bitte. Sie hat nichts falsch gemacht. Sie hat gedacht, Jax und ich hätten zusammen gelernt. Und wen interessiert es, dass sie eine kleine Notlüge erzählt hat? Bitte, Sie machen das Leben dieses kleinen Mädchens kaputt, wenn Sie es wegschicken. Sie ist so ein gutes Kind und so unschuldig.«

Mrs Keller blickte auf und sah mich aus verquollenen, blutunterlaufenen Augen an. »Ich muss das tun. Sie muss lernen, dass ihr Verhalten Konsequenzen hat.«

»Aber Ihre Konsequenzen sind zu extrem. Ich weiß, dass Sie sie liebhaben. Bitte, schicken Sie sie nicht weg.«

Mr Keller kam hinter mir zur Tür herein. »Was ist hier los?«

»Hören Sie mich einfach an. Sie sind alles, was dieses kleine Mädchen hat. Ich habe gerade erfahren, dass ich eine Tante habe, und ich bin beinahe sechzehn. Ich komme schon irgendwie klar. Aber Sophia ist acht und hat sonst keinen Menschen auf der Welt, auf den sie sich verlassen kann. Sie liebt Sie, und Sie lieben sie auch. Sie sind gute Menschen. Sie haben völlig verrückte Regeln aufgestellt, aber Sie sind gute Menschen. Tun Sie ihr das nicht an«, drängte ich sie flehentlichen Blicks.

Mr Keller setzte sich zu Mrs Keller aufs Bett. »Emerson, du kannst gehen. Mrs Keller und ich haben ein paar Dinge zu besprechen. Bitte geh in dein Zimmer und pack deine Sachen. Deine Sozialarbeiterin wird morgen früh herkommen.«

Ehe ich in mein Zimmer ging, rannte ich noch einmal die Treppe hinunter, schnappte mir das Telefon und hastete dann zwei Stufen auf einmal nehmend wieder hinauf in mein Schlafzimmer. Dort wählte ich Jax' Nummer.

»Hey.«

»Sie schicken mich nach San Francisco. Ich soll da bei meiner Tante wohnen.«

»Was? Ernsthaft?«

»Ja, ernsthaft.«

»Du ziehst weg?« Er klang schockiert. Das war keine Frage. Er versuchte nur zu verarbeiten, was ich ihm gerade mitgeteilt hatte.

»Du musst mich holen. Ich gehe da nicht hin.«

»Wo wohnen die Kellers?« Er hörte sich geistesabwesend an, als würde er bereits versuchen, sich etwas einfallen zu lassen.

»Zwei-drei-null South Primrose.«

»Ich komme, Em. Versprochen. Aber ich werde es wohl nicht vor ein Uhr morgens schaffen.«

»Ich warte um eins unten an der Straße auf dich.«

Ich packte meine Sachen, legte alles, was die Kellers mir gegeben hatten, in einem ordentlichen Stapel auf das Bett und wartete. Ehe die Lichter zur Nacht ausgeschaltet wurden, ging ich noch einmal runter in Sophias Zimmer. Sie saß in einem Korbstuhl am Fenster und las. Ich lehnte mich an den Türrahmen.

Sophia blickte auf und strahlte mich an. »Was immer du gesagt hast, es hat funktioniert.«

Ich war verblüfft. »Echt?«, fragte ich und trat näher.

Sie stand auf und umarmte mich. »Ja, echt. Sie lassen mich hierbleiben. Aber sie haben gesagt, das wäre meine letzte Chance.«

»O mein Gott, du hast ja keine Ahnung, wie mich das freut, Soph. Pass auf dich auf, ja, Kleines? Du musst dich gar nicht um andere kümmern. Sorg einfach für dich selbst.« Ich nahm sie noch einmal in die Arme.

»Ja. Was immer du zu Mrs Keller gesagt hast, hat sie irgendwie berührt. Danke, du bist wirklich eine Freundin.«

»Das lag nicht so sehr an mir. Die haben dich wirklich lieb, verstehst du? Es fällt ihnen nur schwer, das zu zeigen. Mrs Keller hat geweint, als ich zu ihr gegangen bin. Ich bin sicher, es lag nicht an dem, was ich gesagt habe. Sie wollten dich hierbehalten. Sie sind nur so furchtbar stolz auf ihre Regeln.«

Sophia zuckte mit den Schultern. »Mag sein. Aber was ist mit dir?«

»Ich gehe nach San Francisco«, antwortete ich lächelnd. Das war zwar eine Lüge, aber ich musste wenigstens so tun als ob.

»Wow, das klingt toll.«

»Ja. Ich habe dort eine Tante, und die ist Professorin am College. Bestimmt hat sie einen Haufen Geld. Dann bekomme ich ein eigenes Auto und all so was.«

»Das ist toll, Emmy. Wir haben beide so viel Glück.«

»Ja, wir *haben* Glück, was?« Sophia war zu jung, um die Ironie zu erkennen, und das war auch besser so.

Ich sagte Sophia gute Nacht, und wir umarmten uns. Ich verriet ihr nicht, dass das das letzte Mal war.

Um zwölf Uhr fünfzig schnappte ich mir meinen kleinen Koffer, ging zur Hintertür hinaus und lief eine halbe Meile die Straße hinunter in Richtung Hauptstraße. Jackson tauchte planmäßig in Juniors Truck auf, und ich sprang hinein.

»Hi«, sagte ich.

Er sah erschöpft aus, lächelte aber. »Hi, Schönheit.«

»Nicht wirklich. Ich bin völlig fertig.«

»Du bist bei mir. Jetzt ist alles in Ordnung. Wir müssen erst zu Carter's fahren, dann bringt Cal Junior uns nach Hause. Meine Mom arbeitet heute Nacht.«

»Weiß sie Bescheid?«

Er hielt an einem Stoppschild und sah mich an. »Nein, Em, das geht nicht. Sie ist irre. Sie denkt, du würdest mein Leben ruinieren. Klingt aus ihrem Mund ziemlich gewagt, was?«

Ich hatte den Schmerz nicht vergessen, den wir alle empfunden hatten, als Brian gestorben war. Wie konnte Leila denken, ich würde irgendetwas tun, um Jax zu schaden? »Wie soll ich denn dein Leben ruinieren?« Nur diese Worte auszusprechen tat schon weh.

»Sie will einfach nicht, dass ihr irgendjemand ihren Essenscoupon wegnimmt.«

»Was soll das heißen?«

»Sie weiß, dass ich ein Stipendium bekommen werde. Sie weiß, dass ich etwas aus meinem Leben machen werde. Meine Noten sind richtig gut. Mein Ergebnis beim Preliminary SAT war fast perfekt. Sie wird sich wünschen, dass ich für sie sorge.«

Mir kam in den Sinn, dass ich Jax' Zukunft womöglich tatsächlich gefährdete, indem ich ihn um Hilfe bat. Vielleicht war Leila gar nicht so selbstsüchtig, wie er dachte. Vielleicht sorgte sie sich um ihn. Vielleicht sollte ich das auch tun.

»Jemand wird es spitzbekommen. Paula wird bei euch auftauchen …«, warnte ich ihn.

»Meinst du wirklich, Paula würde sich dermaßen überschlagen, um dich zu finden?«

»Warum sagst du das so?«

»Nur weil ständig irgendwelche Jugendlichen verschwinden und die Leute nicht lange nach ihnen suchen. Erinnerst du dich an die Freundin meines Bruders? Sie hat in einem verdammten Regenkanal gelebt.« Er griff nach meiner Hand. »Es wird schon alles gut werden.«

»Ich will aber nicht in einem Regenkanal leben, Jackson.«

»Nicht mal mit mir?« Er lachte.

»Das ist nicht witzig, und, nein, nicht mal mit dir!«

»Das wirst du auch nicht und ich auch nicht. Alles wird gut. Du bist viel zu klug, Em. Verdammt, *ich* bin viel zu klug, und wir haben zu hart gearbeitet für so ein beschissenes Leben. Dazu wird es nicht kommen.«

»Schwör es mir«, forderte ich mit schwacher Stimme.

»Ich schwöre bei deinem Leben«, sagte er, und ich glaubte ihm. »Aber im Moment bin ich gerade dabei, dich in dem Truck irgendeines Idioten zu entführen, damit ich dich in meinem Garten verstecken kann. Hoffen wir also, dass wir das gut über die Bühne bringen. Ich glaube nicht, dass Colleges allzu viel für jugendliche Straftäter übrighaben.«

Ich sagte nichts, aber die Schwere dessen, was wir taten, traf mich tief. In diesem Moment war es mir nicht möglich, die Auswirkungen unserer Handlungen zu ermessen. Mir war, als müsste ich sterben, würde ich ohne ihn nach San Francisco gehen – als würde ich buchstäblich verwelken und zu Staub zerfallen. Aber wenn ich blieb, setzte ich womöglich seine Zukunft aufs Spiel und meine eigene auch. Wie sollte ich mit fünfzehn Jahren beurteilen, welche Folgen es hatte, wenn ich mich für die Liebe entschied?

Die Leute nannten die Beziehungen von Teenagern Jugendliebe, aber was, wenn Jackson und ich weit darüber hinaus waren? Wir hatten ein Leben voller bedeutsamer und wundervoller Augenblicke. Wir weigerten uns, unsere Liebe nur aufgrund unseres Alters als leichtfertige Schwärmerei abzutun. Wir waren erwachsen genug, um zu wissen, dass das, was wir in diesem Moment taten, eigennützig war. Er hatte zwar nichts gesagt, aber unser drohendes Schicksal konnten wir beide spüren. Er hatte recht: Wir waren ziemlich klug für unser Alter. Wir wussten beide, dass einer von uns ein Opfer würde bringen müssen.

Jax sah sich zu mir um, als wüsste er, was mir durch den Kopf ging. Er umfasste meine Hand. »Em, konzentrier dich einfach auf diesen Moment, hier, bei mir, okay?«

Ich schenkte ihm ein Lächeln, während mir die Tränen in die Augen stiegen. »Bring mich nicht zum Weinen, ja? Vor zwei Minuten haben wir noch gelacht.«

Den Rest der Fahrt brachten wir schweigend hinter uns.

8. Abschied nehmen

Als ich das Buch auf meine Brust legte, gleich über dem Herzen, atmete ich schwer. Ich erinnerte mich genau an diesen Moment, in dem um uns herum alles zu zerfallen schien. Und es hatte nichts gegeben, was wir hätten tun können. Wir waren nur zwei machtlose arme Kinder, die verzweifelt nach einer Möglichkeit suchten, zusammen zu sein …

Inzwischen war es mitten in der Nacht, und ich war zu deprimiert, um weiterzulesen. Ich wollte Cara nicht wecken, also nahm ich ein Bad, schlüpfte zurück ins Bett und schickte Trevor eine Nachricht, aber er schlief offenbar bereits. Schließlich ging ich in Caras Zimmer, um nachzusehen, ob sie sich vielleicht wegen ihrer neuen Geschichte die Nacht um die Ohren schlug, aber sie schlief auch schon tief und fest. Ich war nicht bereit, mich wieder dem Buch zu widmen, also brachte ich die nächsten drei Stunden damit zu, hellwach im Bett zu liegen und nachzudenken.

Als ich achtzehn gewesen war, da war ich zu einer Therapeutin gegangen, die mich überredet hatte, nach Ohio zurückzukehren, nach Jase zu suchen und mir anzusehen, wo wir aufgewachsen waren, um einen Teil meiner Probleme zu bearbeiten. Cyndi und Sharon waren so fantastisch, sie hatten alles stehen und liegen lassen, um mich hinzubringen. Wir fanden die Lehmstraße genau an dem Meilenschild, an dem sie immer gelegen hatte. Davon abgesehen gab es dort nur noch zwei einsame Holzpfosten und die Erinnerung an verbeulte Briefkästen. Wir konnten die Straße nicht befahren, weil die Einmündung mit einem verschlossenen Tor versperrt war, an dem ein Schild mit der Aufschrift *ZUTRITT VERBOTEN!* hing. Aber davon ließ sich Cyndi nicht aufhalten. Sharon hatte versucht, es ihr auszureden, aber Cyndi bestand darauf, dass wir über den Zaun kletterten und die halbe Meile bis zu der Stelle, an der die beiden baufälligen Häuser standen, zu Fuß hinter uns brachten.

Als wir das Ende der Straße erreichten, war da gar nichts. Die Häuser waren abgerissen worden. Alles, was von ihnen übrig war, waren Betonfundamente und ein paar Holzbalken. Ich war froh, dass sie weg waren.

»Nimm Abschied, Emiline«, sagte Sharon zu mir. »Verabschiede dich von all den schlimmen Dingen, die hier passiert sind.«

Ich weinte und weinte in Cyndis Armen. Überall sah ich ein Echo von Jase. Ich konnte ihn als Zwölfjährigen auf einem Felsen stehen sehen, die Arme in die Luft gereckt. *Sieh her, Em. Ich bin der König der Welt!* Und da war auch ich, ein dürres Elend von einem Kind, und ich lachte mit vor der Brust verschränkten Armen. *Tja, eins steht fest, du bist nicht Leonardo DiCaprio.*

Ich lachte unter Tränen, als Cyndi mich fragte: »Erinnerst du dich gerade an etwas Gutes oder an etwas Schlechtes?«

Ich strahlte sie an. »Im Moment denke ich an etwas Gutes.«

Wir gingen weiter zu den Bäumen, und da sah ich in der Ferne ein kleines Gebäude stehen. Es war die Werkzeugschuppen-Festung, die Jase und ich uns zu eigen gemacht hatten.

»Ist es das?«, fragte Sharon. Ich nickte nur.

Wir versuchten, die Sperrholztür zu öffnen, aber die war so verwittert und verzogen, dass sie festklemmte. Sharon, eine ziemlich kleine Frau, rückte ihr mit einem dicken Holzklotz zu Leibe.

»Passt auf!«, schrie sie und prügelte auf die Tür ein, die prompt aufsprang.

Als der Staub sich gelegt hatte, klopfte mir Cyndi auf den Rücken. »Geh allein. Wir sind gleich hier, falls du uns brauchst.«

Mit zitternden Beinen und pochendem Herzen ging ich hinein. Bis auf ein paar Zweige und eine Menge Staub war der Schuppen leer. Auf der Rückseite der Tür konnte ich immer noch die verblassten orangefarbenen Buchstaben erkennen, mit denen Jase die

Regeln unseres Forts niedergeschrieben hatte, als wir elf gewesen waren.

KEINE ELTERN
KEINE HAUSAUFGABEN
KEIN STREIT

Irgendwie hatten diese drei Regeln mir alles bedeutet. Ich sah mich um, erinnerte mich an unsere letzte Nacht an diesem Ort. Hinter dem Fenster konnte ich die Bäume erkennen, lichter, als ich sie in Erinnerung hatte. Ich glaubte beinahe, ich könnte den kleinen Steg am Bach sehen, von dem aus wir uns ins Wasser gestürzt hatten. Uneingeladen tauchte in meinem Geist ein Bild von Jasons Bruder Jeff auf, wie er tot im Wasser getrieben hatte. Da wusste ich, es war Zeit zu gehen.

Mühsam riss ich mich zusammen, kehrte zu Cyndi und Sharon zurück und sagte: »Das reicht mir. Ich bin bereit.«

Wir verließen Ohio und sprachen nie wieder über meine Kindheit. Jase war längst fort. Ich wusste nicht, wo ich nach ihm suchen sollte, und er hatte mir keine Hinweise hinterlassen, also legte ich ihn im Geiste genauso zu den Akten wie all die anderen Dinge. Ich glaubte, ich wäre zurückgegangen, um mich von meiner Mutter und meinem Vater zu verabschieden und Jase zu begegnen, aber nichts davon war eingetroffen. Stattdessen hatte ich mich an diesem Tag von Jase verabschiedet, weil er nicht zu mir gekommen war, wie er gesagt hatte. Das war das Schwerste, was ich je getan hatte.

Es kam mir vor, als wären gerade zehn Minuten vergangen, doch es war schon Morgen, als Cara mich wachrüttelte. »Bist du fertig mit dem Buch?«

Ich gähnte theatralisch. »Nein, nicht mal annähernd.« Jede

Seite schickte mich auf eine lange emotionale Reise, die sich ebenso schmerzhaft wie notwendig anfühlte.

»Worauf wartest du dann noch? Ich will es mitnehmen, damit er es signieren kann.«

»Warum?«

»Weil ich es will. Und ich will, dass du mich begleitest.«

»Um wie viel Uhr ist die Lesung?«

Ihre Miene hellte sich auf. »Dann gehst du mit?«

»Nein. Ich will dir nur das Buch früh genug zurückgeben, dass du es signieren lassen kannst.«

»Komm doch mit.«

»Ich glaube nicht, dass ich mitgehe. Wenn er mich hätte sehen wollen, dann hätte er längst Kontakt zu mir aufgenommen«, sagte ich.

»Du. Lies!« Sie zeigte auf das Buch. »Ich gehe Tennis spielen. In einer Stunde bin ich zurück. Die Lesung ist um drei.« Sie sah zur Uhr. »Du musst schnell lesen, aber ich bin ziemlich sicher, dass du es in vier Stunden schaffen kannst.«

»Egal. Du kannst es auch mitnehmen, wenn ich noch nicht damit fertig bin.«

»Ihr zwei seid zusammen aufgewachsen, und du hast offensichtlich eine Menge durchgemacht. Ich werde nicht so tun, als würde ich alles verstehen, Emi. Aber willst du nicht wenigstens Hallo sagen?«

»Wir haben eine Menge durchgemacht«, erwiderte ich geistesabwesend, während ich mich im Stillen zum hundertsten Mal fragte, warum er nicht versucht hatte, in Kontakt mit mir zu treten.

»An welcher Stelle bist du?«

»Da, wo er mich von der Pflegefamilie abholt.«

»Es klingt so seltsam, wenn du es so sagst.«

»Dann stell dir mal vor, wie ich mich fühle, wenn ich meine eigenen Gedanken lese, die ich gar nicht geschrieben habe.«

»Ich kann mir vorstellen, dass das merkwürdig ist. Ihr müsst eine Menge miteinander geteilt haben.«

»Alles.« Das war die reine Wahrheit. Im echten Leben hatten wir nachts, während ich mich in dem Dachzimmer meiner Pflegeeltern verkrochen hatte, stundenlang geredet. Ich hatte ihm jede Einzelheit erzählt, als hätte ich ihm eine Geschichte vorgelesen.

»Wie auch immer, lies weiter«, unterbrach Cara meinen Gedankengang.

Ihr Pferdeschwanz hüpfte auf und nieder, als sie davonging. Ich wusste, dass es im Grunde nicht an ihr lag, aber ihre forsche Art ging mir auf die Nerven. Ich war nicht bereit weiterzulesen, also tat ich das einzig andere, was mir einfiel: Ich rief Cyndi an.

»Hallo?«

»Hi, Tante Cyndi.«

»Wie geht es meinem Mädchen?«

»Ganz okay. Also, äh, ich überfalle dich wirklich ungern damit, aber … Jason hat ein Buch geschrieben«, sagte ich, und die letzten beiden Silben waren von einem Zischen nicht weit entfernt.

»Du meine Güte! Ist das dein Ernst?«, fragte sie aufgeregt.

»Ja. Er hat ein verdammtes Buch über unsere Kindheit geschrieben und veröffentlicht. Und es ist ein Riesenerfolg.«

»O lieber Gott.« Das war zwar Cyndis Standardausdruck für Katastrophen, aber sie hatte nicht die kleinste religiöse Ader.

»Hast du mal von *All die Straßen auf unserem Weg* von J. Colby gehört?«

»*Das* Buch. Wow!« Sie räusperte sich. »Ich meine, ja, davon habe ich gehört. Es gab einige kritische Rezensionen dazu.« Sie bemühte sich in jeder Situation sehr darum, mir ein besseres Gefühl zu vermitteln. Das war nur eines der vielen Dinge, die ich an ihr liebte.

»Ach, komm, hör auf damit. Denk nur nicht, ich hätte nicht nach jedem einzelnen Artikel über das Buch gegoogelt. Es gibt eine negative Rezension. Davon abgesehen ist das Buch ein Kritikerliebling.«

Ich hörte, dass Cyndi das Mikrofon abdeckte und leise nach Sharon rief, ehe sie sich wieder meldete. »Okay, Emi, es wird alles wieder gut.«

Ich schüttelte den Kopf. »Hi, Sharon. Ich weiß, dass du in der Leitung bist.«

Kurz herrschte Schweigen, dann folgte ein »Hey, Süße. Tut mir so leid, dass du das durchmachen musst. Versuch doch, es als eine Art therapeutische Erfahrung zu verbuchen, die du dann für deine eigene Schreiberei verwenden kannst.« Das war typisch für Sharon, verständnisvoll und vernünftig zugleich. »Hast du das Buch schon gelesen?«

»Ich bin gerade dabei. Im Grunde ist das ein Schlüsselroman, nur dass er ihn aus meiner Perspektive geschrieben hat. Ist das zu glauben? Eine Unverschämtheit!«

Ich hörte, wie sie zischend Luft zwischen den Zähnen hindurchsogen, und dann flüsterten sie untereinander, ehe Cyndi sich wieder zu Wort meldete. »Wir nehmen uns morgen frei. Wir springen in den Wagen und kommen zu dir, dauert nicht mal eine Stunde. Rechne am frühen Abend mit uns. Unser Mädchen braucht uns jetzt.«

»Nein, ihr müsst deswegen nicht herkommen.«

»Und ob wir das tun, und dann werden wir uns alle zusammen damit befassen.«

Ich seufzte – teilweise aus Resignation, teilweise aber auch aus purer Erleichterung. »Ich danke euch, ihr Lieben.« Als ich aufgelegt hatte, kam ich mir ziemlich armselig vor, aber es hatte sowieso keinen Sinn, gegen die vereinten Kräfte von Cyndi und Sharon anzukämpfen.

Fünf Sekunden später spazierte Cara auf dem Weg zur Küche an meinem Zimmer vorbei und rief: »Lies weiter!«

Ich musterte das Buch auf meinem Bett. Und dann schnappte ich es mir und ging damit ins Wohnzimmer. Bei dem, was nun kommen musste, wollte ich nicht allein sein.

Kurz nach zwei Uhr morgens erreichten wir Carter's Eierfarm. Cal Junior saß auf einer Holzbank vor einem der Hühnerställe und wartete auf uns.

»Sprich nicht mit ihm, okay?«, sagte Jackson, als er den Truck parkte.

»Warum?«

»Tu's einfach nicht. Er ist ein ekelhafter Fiesling.«

Cal Junior kam zur Beifahrertür und öffnete sie. Er strich sich das fettige Haar aus den Augen und entblößte lächelnd seine schiefen Zähne. »Rutsch in die Mitte, Prinzessin. Wir lassen Jax fahren, damit wir uns in Ruhe wieder miteinander vertraut machen können.«

Jax hielt eine Hand hoch, um Cal am Einsteigen zu hindern. »Nein. Du wirst sie nicht anfassen.«

»Ganz ruhig. Ich beiße nicht.« Nach Zigaretten und Mist stinkend schob er sich neben mich.

»Meinst du, ich würde ihn lassen?«, fragte ich.

»Ich habe dir gesagt, du sollst den Mund halten«, blaffte Jax mich an.

Ich schluckte und rutschte so nahe an Jackson heran, wie es nur ging. Er legte seinen rechten Arm über meine Beine und ließ ihn während der restlichen Fahrt dort. Bis zu unserer Straße waren es nur zwei Meilen, aber die kamen mir endlos vor. Cal Junior brach von Zeit zu Zeit grundlos in Gelächter aus, als wäre er übergeschnappt.

Wir fuhren bis zum Ende der Lehmstraße. Als ich mich umblickte, sah ich Absperrband vor dem dunklen, verlassenen Haus meines Vaters. Gelbe Schilder waren an die Außenwand genagelt worden.

Cal Junior stieg aus und ging um den Wagen herum zur Fahrerseite. Als Jackson herausgesprungen war, schlug Cal ihm brutal auf den Rücken. »Wir sehen uns morgen, Kleiner! Du bist mir was schuldig.«

Jackson ergriff meine Hand und zerrte mich durch sein Haus zur Hintertür und durch das Unkraut zu unserem Fort. Als er die Campinglampe entzündete, stellte ich fest, dass er Decken und Kissen auf der Pritsche bereitgelegt hatte. Auf dem Nachttisch sah ich Wasserflaschen nebst ein paar Snacks und einem Stapel Bücher, die ich noch nicht gelesen hatte.

»Leilas Schicht endet in zwei Stunden. Du kannst deine Tasche hierlassen und im Haus eine Dusche nehmen.« Wir standen nahe der Tür, und mir fiel auf, wie riesig Jax in unserem Fort aussah.

»Setzt du dich eine Sekunde zu mir?«, bat ich ihn.

Er zögerte, hockte sich aber dann auf die Pritsche. Ich setzte mich neben ihn und strich mit der Hand über seinen Oberschenkel.

»Hast du zusätzliche Stunden auf der Eierfarm gearbeitet? Hat Junior dir deswegen seinen Wagen gegeben?«

Er schluckte und nickte dann.

»Jackson?«

Er beugte sich vor, stützte die Ellbogen auf die Knie und barg das Gesicht in den Händen.

»Sieh mich an, Jackson.«

Als er den Kopf drehte und zu mir aufblickte, sah ich Tränen in seinen Augen. Ich strich mit der Hand über seinen Rücken. »Was hast du für Cal Junior getan? Was hat er gemeint, als er gesagt hat, du wärest ihm was schuldig?« Meine Stimme wurde immer höher; eine Ahnung von etwas Grauenhaftem ergriff Besitz von mir, und das Herz wollte mir aus der Brust springen.

Sein Gesicht lag wieder in seinen Händen, und er gab einen Laut von sich, der irgendwo zwischen einem Schluchzen und einem Ächzen angesiedelt war. »Em … ich …«

Ich zog ihn zu mir und nahm ihn in die Arme. »Sag es mir. Ich werde nicht über dich urteilen.«

Er schüttelte den Kopf.

»Sag es mir.«

Er schob mich weg, richtete sich auf und wischte sich mit den Händen über das Gesicht, als könnte er so den Kummer und den Zorn fortwischen. In aufrechter Haltung starrte er teilnahmslos die Tür an, ehe er endlich den Mund aufmachte. »Ich verkaufe Gras für ihn in der Schule.« Seine Stimme klang gleichgültig. »Er will, dass ich auch anderes Zeug verkaufe, so was wie Meth … an Kinder.« Nun sah er mir in die Augen, rechnete mit einem Ausdruck der Enttäuschung, als würde ich nun schlechter von ihm denken … aber das könnte ich nie.

»Hör auf damit, Jackson. Du musst das nicht tun.« Ich wusste, dass diese Drogengeschichte ihn innerlich zerreißen musste wegen dem, was die Drogen aus seiner Mutter gemacht hatten, und wegen der für ihn immer noch schmerzlichen Gerüchte über den Tod seines Bruders. Jackson hasste Drogen. Ich hätte ihm zu gern gesagt, dass es mir leidtäte. Es war allein meine Schuld, dass Jackson glaubte, er müsste etwas so Unverantwortliches tun und Drogen an Kinder verkaufen. Ich streichelte seinen Rücken, verzweifelt darum bemüht, ihn zu trösten.

Unter Tränen kämpfte er um Worte. »Ich komme mir so scheinheilig vor. Junior hat angefangen, mir von der Farm zu erzählen und davon, dass sie langsam zugrunde ging. Er hat gesagt, er und sein Vater würden schon seit Jahren Meth kochen. So würden sie das Familiengeschäft am Laufen halten. Das ist so beschissen. Das Geld, das wir als Kinder verdient haben, war Drogengeld. Schmutziges Geld.«

Ich umfasste sein Gesicht mit beiden Händen und wollte ihn zwingen, mich anzusehen, aber seine Augen fixierten die Wand hinter mir. »Schau mich an, Jackson. Wir waren nur Kinder, die Eier gesammelt haben. Wir haben das Geld ehrlich verdient, und wir haben es nicht besser gewusst. Außerdem, was hätten wir hier anderes machen sollen? Sieh uns doch an. Aber ich will nicht, dass du

Drogen verkaufst, damit du irgendein Arschloch dafür bezahlen kannst, seinen Truck zu benutzen. Du gehst da nicht mehr hin – das lasse ich nicht zu.« Inzwischen weinte ich auch.

»Was, wenn er das rumerzählt?«

»Jackson. Junior wird kein Wort darüber verlieren, weil er sonst ins Gefängnis kommt. Die kochen Drogen, nicht du. Du könntest sogar selbst dafür sorgen, dass er ins Gefängnis kommt.«

»Ich weiß nicht, Em.«

»Wenn du es nicht tust, mache ich es.«

Panisch starrte er mich an. »Nein. Das kannst du nicht machen. Die würden dich wegschicken.«

»Macht es dir denn nichts aus, was er und sein Vater dieser Stadt antun?«

»Dieser Stadt?« Er blinzelte mich an.

»Was er dir antut, uns, Jax. Du darfst nicht so unmoralisch handeln, nur wegen unserer Situation. Selbst wenn du aufhörst, Drogen für ihn zu verkaufen, wird Junior sich einfach jemand anderen suchen. Ich weiß, was für ein Mensch du bist. Du wirst das nicht zulassen.«

Langsam beugte er sich zu mir, und ich sah ein schwaches Lächeln an seinen Mundwinkeln zupfen. Er küsste mich, richtete sich dann wieder auf und atmete tief durch. »Ich habe dich gar nicht verdient, Em.«

Ich lachte, und das lockerte die Stimmung gleich ein bisschen auf. »Tja, da hast du recht, aber wenigstens weißt du das zu schätzen. Ich gehe besser rein und dusche. Kommst du klar?«

»Ja. Ich werde hier sein, wenn du zurückkommst. Lass keine Spuren zurück.«

»Schon klar.«

Jacksons Haus hatte sich im Lauf der Jahre nicht verändert – dieselbe fleckige Couch, dieselben schäbigen Teppiche und der vertraute Zigarettengestank. Die Schiene der Milchglasduschtür war verrostet, und an den Fugen der Wanne klebte Schimmel. Rasch zog ich mich aus und sprang in das kalte Wasser, zitterte vor mich hin, bis es endlich wärmer wurde.

Ich weinte wegen Jax. Ich konnte die Tränen einfach nicht mehr zurückhalten. In seiner Anwesenheit konnte ich um seinetwillen stark sein – das hatte er gebraucht –, aber kaum war ich allein, da verwünschte ich das ganze gottverdammte Universum. Ich verwünschte Leila, das Whiskeymonster, dieses Arschloch Cal Junior, die Kellers und ihre blöden Regeln, und ich verwünschte sogar den toten Brian dafür, dass er uns verlassen hatte. Dann, als mir weiter nichts mehr blieb, als das Salz meiner Tränen zu kosten, sank ich in dem sengend heißen Wasser auf die Knie und verwünschte meine Mutter.

Spül es fort. Neeble und die Monster, die hier leben, den Gestank des Todes, die Drogen, die Misshandlungen, das Blut und die Leichen, die im Fluss treiben, und all die ungeliebten Kinder. Spül es einfach alles weg, Gott.

Ich weinte und weinte, und bald wurde das Wasser wieder kalt. Am Boden kauernd hatte ich die Arme um die Beine geschlungen und den Kopf auf die Knie gelegt, als die Duschtür geöffnet und das Wasser abgestellt wurde.

»Steh auf, Em«, ertönte Jacksons besänftigende Stimme.

Gleich darauf wickelte er mich in ein Handtuch und drückte mich an seinen großen Körper, während mein Schluchzen einem Schluckauf wich. Ich griff nach meinen Klamotten, als ich spürte, wie mir ein Rinnsal Blut das Bein hinablief. Das Handtuch an den Leib gepresst, wich ich zurück und blickte an mir herab. Ich hatte vergessen, Gott darum zu bitten, diesen Periodenkram wegzuspülen. Aus verquollenen Augen schaute ich zu Jackson auf und lächelte. »Frau zu sein ist scheiße.«

Er lachte. »Früher hast du damit angegeben.«

»Jetzt nicht mehr«, erwiderte ich.

»Ich lasse dir eine Minute, aber beeil dich. Meine Mom kommt in einer Stunde nach Hause.«

»Okay.«

Ich reinigte Haus und Badezimmer von allen Emerson-Spuren, und als ich wieder im Fort ankam, ging schon langsam die Sonne auf, und Jackson schlief auf der Pritsche. Ich schmiegte mich an ihn, und er öffnete instinktiv die Arme, damit ich meinen Kopf auf seine Brust legen konnte.

In dieser Nacht schlief ich so tief und fest wie noch nie in meinem Leben.

Als ich irgendwann am nächsten Tag erwachte, war er nicht mehr da. Meine Periode war Gott sei Dank vorbei, und Jax hatte mir eine Schüssel mit trockenen Cheerios und eine Nachricht hinterlassen.

Morgen, Em. Tut mir leid, dass es nicht mehr gibt als trockene Cheerios. Die Mutter des Jahres war seit Wochen nicht einkaufen. Ich bin mit ihrem Wagen zur Schule gefahren. Sie ist mit irgendeinem Kerl im Haus, also bleib am besten im Schuppen. Und das mit letzter Nacht tut mir auch leid. Ich hätte dich damit nicht belasten sollen. Junior ist nicht dein Problem, sondern meins. Ich bin durch mit diesem Drogenkram. Bin wahrscheinlich gegen halb vier wieder zu Hause. Ich liebe dich.

Ich musterte den Bücherstapel auf dem kleinen Tisch, ehe mein Blick auf das ledergebundene Notizbuch fiel, das unter einem Kerzenhalter aus Messing lag. Meine Hand zitterte, als ich danach griff. Ich nahm es und drückte es an meine Brust. Ich wollte es so verzweifelt aufschlagen, aber mein Herz ließ nicht zu, dass ich Jackson gegenüber so respektlos handelte. Während ich das Notizbuch an die Brust presste, schaute ich aus dem kleinen Schuppenfenster zu den Bäumen hinaus und dachte darüber nach, wie unser Leben bisher verlaufen war. Ich versuchte, eine Prognose zu erstellen, wie die Geschichte wohl ausgehen würde, oder wenigstens, was nach diesem Tag aus uns werden würde, aber es gelang mir nicht. Wir waren eben doch nur Kinder.

Schritte näherten sich dem Schuppen, und dann hörte ich Jackson pfeifen. Ich öffnete die dünne Holztür. »Willkommen zu Hause, Liebling.«

Jax hatte ein großspuriges Grinsen aufgesetzt und hielt ein Stück Papier mit einem großen A-plus in roter Farbe hoch. »Tataa! Hab meinen Test in Weltgeschichte mit Bravour bestanden.«

Ich schlang die Arme um ihn. »Wie bist du nur so schlau geworden?«

»History Channel.«

»Ach ja, stimmt, du hast ja Kabel«, flüsterte ich an seinem Ohr.

»Bei dir klingt das so sexy.«

»Für einen zehnjährigen Streber *ist* das sexy.«

»Wir sind aber nicht mehr zehn.«

»Das ist mir aufgefallen«, sagte ich, und dann küssten wir uns. Ich griff nach dem Saum seines Shirts und zog es ihm über den Kopf.

Er trat sich die Schuhe von den Füßen, während seine Hände unter meinem Sweatshirt über meinen Rücken wanderten. Dann zog er mich zur Pritsche, setzte sich und zog mich zu sich, sodass ich rittlings auf seinem Schoß landete. »Zieh das aus«, bat er und zupfte an meinem Sweater. Ich zog es aus, und schon waren seine Lippen auf meiner Haut und zogen eine Spur aus Küssen von meinem Hals in Richtung meiner Brüste. Geschickt öffnete er meinen BH. Ich ließ die Arme sinken, und er fiel zu Boden.

»Em.« Er küsste mich überall. »Du bist …«

»Was?«

»Du bist so … Ich will dich so sehr … Du bist so schön.«

Er legte sich auf den Rücken, zog mich über sich und rollte uns dann beide herum, sodass wir auf der Seite lagen. Seine Hand glitt geschmeidig in meinen Slip, doch dann erstarrte sie. Ich umfasste immer noch seinen Nacken, presste seinen Mund auf meinen, doch er wich schwer atmend zurück.

Unser beider Brust hob und senkte sich deutlich sichtbar. Sein Blick huschte umher, zuckte zu meinen Lippen und dann zu meinen Augen. »Was ist los, Jax?«

»Ist das okay?« Er ließ die Hand tiefer sinken.

»Ja. Küss mich einfach.«

Ich verlor mich in all den Gefühlen, und es dauerte nicht lang, bis wir vollkommen nackt unter einem dünnen Laken lagen. Jacksons Finger waren in mir, und seine Lippen lagen an meinem Hals und küssten mich besinnungslos.

Plötzlich war seine Hand fort, und ich wimmerte leise. »Nein, nicht aufhören«, sagte ich. Er stützte sich auf seine Hände und stemmte sich über mir hoch. Ich öffnete die Beine für ihn und wollte nach ihm greifen. »Nein, nicht, Em.«

Als ich die Hand wegzog, stieß er einmal die Hüften nach vorn. Ich spürte ihn hart an meinem Oberschenkel. Wieder wollte ich nach ihm greifen, aber er entfernte sich hastig von mir und kauerte sich auf die Knie. »Mist. Wir können das nicht machen.«

»Was? Warum?«

»Wir müssen uns schützen.« Eine Schweißperle rann über die Seite seines Gesichts.

Es sah aus, als litte er Schmerzen, aber ich wusste nicht, ob sie geistiger oder körperlicher Natur waren. »Wir können es doch tun … nur einmal kurz.«

»Nein! Nein, das wäre bescheuert von uns.«

Noch nie hatte ich Jackson nackt gesehen. Er war schon mit sechzehn wunderschön. »Wir können andere Sachen machen.«

Er schluckte, nickte und fiel mir in die Arme.

Es mochten Stunden, Tage oder Jahre vergangen sein, während wir so dalagen und uns ineinander verschlungen gegenseitig erkundeten. Er versprach mir millionenfach, dass unser erstes Mal perfekt und magisch werden würde und dass wir genau wissen würden, was wir tun mussten, weil sich alles so richtig anfühlte, wenn wir zusammen waren.

Die Sonne war bereits untergegangen, als wir Leila vom Haus aus nach Jax brüllen hörten, aber wir lagen immer noch eng umschlungen unter dem Laken.

»Was sollen wir machen?«, fragte ich.

Jax war wie erstarrt. »Uns anziehen.« Ihre Stimme näherte sich dem Schuppen, während wir herumhasteten und unsere Klamotten suchten. »Sei leise. Ich muss gehen. Wenn sie zur Arbeit fährt, komme ich zurück.«

Ich zog Slip und Shirt an. »Okay.«

Ehe er ging, schaltete er die Lampe aus. »Tut mir leid, geht nicht anders.«

»Schon gut, geh einfach. Beeil dich.«

Ich rollte mich unter einer muffigen Decke zusammen und schloss die Augen. Draußen konnte ich Jackson mit seiner Mutter reden hören, aber ich verstand nicht, was sie sagten, und dann entfernten sich ihre Stimmen immer weiter. Der Schuppen fühlte sich prompt dunkler und einsamer an. Ich versuchte zu schlafen, aber während Jax in der Schule gewesen war, hatte ich den größten Teil des Tages verschlafen, also war ich nicht müde. Dummerweise kann man nicht allzu viel unternehmen, wenn man sich in einem Schuppen versteckt.

Mein Magen knurrte vor Hunger, während ich dort lag. Ein schmaler Streifen Mondlicht bohrte sich durch das Geäst der Bäume und strömte zum Fenster herein. Ich starrte den Lichtschein an und versuchte, die Staubkörnchen zu zählen, die in ihm tanzten. Als ich mir gerade ausmalte, wie Jackson und ich uns küssten, hörte ich ihn draußen rufen.

»Nein!« Er schrie regelrecht, und ich konnte hören, dass er auf den Schuppen zurannte. »Em!«

Ich sprang auf und flitzte zur Tür hinaus. Taschenlampen leuchteten ihn von hinten an, und ich konnte nur seine Silhouette erkennen, als er zu mir lief.

Mein Herz raste. »Lauf, Em!«, schrie er.

Ohne nachzudenken, machte ich kehrt und rannte zum Bach hinunter. Jackson und ich wussten beide, dass es da meilenweit gar nichts gab. Ich lief davon aus Furcht, man könnte uns wieder auseinanderreißen, Furcht, unser ganzes Leben könnte in einem Wimpernschlag auf den Kopf gestellt werden.

Die einzigen Geräusche stammten von unseren Füßen, die auf Zweigen und Laub knirschten, und von unserem schweren Atem. Als das Licht hinter uns verblasste, wurden wir langsamer.

»Ich muss anhalten, Jax.« Ich drehte mich zu ihm um. Das Mondlicht reichte gerade, um zu sehen, wie er sich vorbeugte und mit den Händen auf den Knien abstützte.

Er keuchte, und seine Stimme klang angespannt. »Scheiße! Scheiße! Dieses Miststück!«

»Was ist passiert?«

»Sie hat mich gemeldet.«

»Was meinst du? Sie ist der letzte Mensch, der dich in Schwierigkeiten sehen will«, sagte ich.

Er bemühte sich, wieder zu Atem zu kommen. »Nicht meine Mom. Deine Sozialarbeiterin war heute Morgen hier und hat dich gesucht. Meine Mom hat ihr erst mal nichts gesagt, weil sie keine Ahnung hatte, also ist sie wieder gegangen. Aber dann ist Junior zu uns gekommen. Er hat sich gewundert, warum ich nicht aufgetaucht bin, und er war sauer, und als meine Mom mich verteidigen wollte, da hat er ihr gesagt, dass ich seinen Truck genommen hätte, um dich zu holen.«

Mein Herz pochte heftig. *Mist.* »Und woher weiß Paula, dass ich hier bin?«

Jax richtete sich auf und wandte den Blick ab. »Sie hat Paula angerufen, weil sie, wie sie sagte, nicht wollte, dass du mich runterziehst und in Schwierigkeiten bringst.«

Ich verzog das Gesicht. Es tat weh, Jackson das sagen zu hören, denn ein Teil von mir wusste, dass es stimmte. Ich war verwirrt, aber so viel war mir klar: Ich stand am Abgrund. Ich konnte mit Jax hinunterspringen, aber wäre das ihm gegenüber fair, wenn er doch so eine vielversprechende Zukunft hatte?

»Paula hat die ganze Sache der Polizei gemeldet?«, fragte ich.

Er nickte.

»Dann waren die Leute, die hinter uns her waren, Polizisten?«

»Ja«, sagte er.

Ich nickte und ging auf ihn zu. »Wir müssen zurückgehen.« Ich war überrascht, dass meine Stimme so kraftvoll klang. So entschieden.

»Nein, Em. Ich kann nicht ohne dich leben. Wir dürfen nicht zurückgehen.«

»Jackson, ich will so sehr mit dir zusammen sein, aber so können wir nicht weitermachen. Ich möchte mit dir die Welt sehen, aber wie sollen wir das anstellen? So? Auf der Flucht? Oder sollen wir ewig in Neeble festsitzen? Wenn wir hierbleiben, graben wir uns nur ein immer tieferes Loch. Wir haben Besseres verdient.«

»Aber es wird nicht besser. Ich werde immer noch an dieser Straße mit Leila gefangen sein. Können wir nicht zusammen abhauen? Ich weiß, wir können das schaffen, Em … Du und ich … wir können alles hinkriegen. Wir müssen nur erst mal hier raus.«

Die Taschenlampen kamen wieder näher, und wir konnten hören, wie ein Mann in der Ferne unsere Namen rief. »Es tut mir leid«, sagte ich, stellte mich auf die Zehenspitzen und küsste ihn auf die Lippen. Aber das war nicht wahr. Es tat mir nicht leid. Ich wusste, was ich zu tun hatte. »Wir sind hier!«, schrie ich und entfernte mich einen Schritt von Jax. »Wir sind gleich hier.«

»Nein«, flüsterte er. »Bitte, Em, tu mir das nicht an.«

Er versuchte davonzurennen, aber ich hielt ihn mit aller Kraft fest. »Bitte, lass mich los«, schrie er. »Warum tust du mir das an?«

»Weil es das Beste für uns ist«, beteuerte ich, doch ich wusste, er würde mich nicht verstehen.

»Das kannst du nicht machen, Em. Lass mich gehen.«

Schließlich befreite er sich aus meinem Griff, doch da stand er schon zwei Polizisten gegenüber, von denen einer seinen Schlagstock erhoben hatte. »Keine Bewegung, Söhnchen. Dreh dich langsam um und nimm die Hände hinter den Rücken.«

»Wollen Sie mir Handschellen anlegen?«

»Du bist festgenommen wegen Kidnapping und Flucht vor der Polizei.«

Der zweite Officer packte mich und zog meinen Arm in die andere Richtung. Ich sah Jackson an und erkannte die Verzweiflung in seinen Augen.

»Ich liebe dich«, rief ich, als der zweite Officer mich wegbrachte, doch Jax antwortete nicht. Schuldgefühle und Trauer lasteten schwer auf mir, aber ich konnte ihn nicht weiter mit mir in den Abgrund zerren. Denn ich liebte ihn wirklich. Ich liebte ihn zu sehr, um sein Leben zu ruinieren.

Als wir uns dem Haus näherten, sah ich, dass Paula schon auf mich wartete und meine Sachen bereits aus der Hütte geholt und auf die Rückbank ihres Wagens gepackt worden waren. Ich konnte sie kaum ansehen, und als ich es dann doch endlich tat, entdeckte ich in ihren Zügen keinen Zorn und keine Abwertung. Stattdessen fand ich Mitgefühl.

Ich konnte kaum atmen, umso weniger sprechen, aber auf dem Weg zum Flughafen sagte Paula etwas zu mir, das mir erhalten bleiben sollte: »Du hast das Richtige getan. Für ihn und für dich.«

Ich starrte zum Fenster hinaus und fragte mich, ob er mir je vergeben würde … ob er je verstehen würde.

9. Es geht um uns

Mit einem frustrierten, gequälten Seufzer warf ich das Buch auf den Wohnzimmerboden.

Cara saß auf dem anderen Sofa und musterte mich mit weit aufgerissenen Augen. »Was? Was ist los?«

»Das ist nicht wahr. So ist das nicht gelaufen.« Ich stand auf, ging im Raum auf und ab und drehte krampfhaft mein Haar zu einem festen Knoten zusammen.

Cara beobachtete mich schweigend, als ich versuchte, das Chaos auf meinem Kopf wieder zu entwirren. Jase hatte meine Lebensgeschichte aus meiner Perspektive geschrieben, und bisher war alles überwiegend korrekt gewesen, wenn auch um eine fiktive Note bereichert. Doch bei diesem letzten Kapitel hatte er sich einige gravierende Freiheiten herausgenommen.

Denn Jase war derjenige gewesen, der uns am Ende ausgeliefert hatte.

Erfüllt von zügelloser Wut drehte ich mich auf dem Absatz um und starrte Cara an. »Denkst du wirklich, er hat all diese Aufmerksamkeit der Kritiker verdient? Ich meine, das ist kein großer Roman, keine literarische Glanzleistung. Es ist lediglich ein sehr geradliniges Buch über zwei Kinder. Es ergibt überhaupt keinen Sinn, dass das ein Bestseller geworden ist.«

Cara zuckte mit den Schultern und schaute mich mitfühlend an. »Ist das wirklich das, was dir zu schaffen macht, Emi?«

Ich fixierte sie. Ich war wütend und neidisch auf seinen Erfolg, aber unter alldem verbarg sich ein tiefer, endloser Schmerz, der sich nun, da ich Jases Buch las, frischer denn je anfühlte. Aber darauf konnte ich mich jetzt nicht einlassen. Ich konnte einfach nicht verstehen, warum er uns vor all diesen Jahren verraten hatte. Also konzentrierte ich mich auf meinen Neid, ganz so wie eine verbitterte Schreiblehrerin, die selbst nichts zustande brachte.

»Cyndi und Sharon kommen her, und ich will das alles einfach nur vergessen, okay? Ich will nie mehr über ihn oder dieses Buch nachdenken.«

»Ich finde, du verhältst dich unvernünftig, Emi«, sagte Cara in besänftigendem Tonfall.

»Nein, das tue ich nicht.« Ich ging auf sie zu, packte ihre Schultern und gab mir alle Mühe, mich zu beruhigen. »Ich habe jahrelang in Therapie versucht, das alles zu verarbeiten oder wenigstens zu vergessen. Ich kann das einfach nicht mehr lesen. Bitte versteh das.«

»Es sind noch etwa zehn Kapitel, Em. Ich denke, du solltest es versuchen. Ich denke, es wird heilsam für dich sein.«

»*Sie* ist Em, Cara. Ich bin Emi. Wir sind nicht dieselbe Person. Ich danke dir, dass du so um mich bemüht bist, aber nein, ich werde es nicht versuchen. Er hat sein Ding gemacht, und nun mache ich meins. Ende der wahren Geschichte.«

»Okay«, sagte sie wenig überzeugend.

Ich nahm sie in die Arme. »Du solltest trotzdem zu der Lesung gehen. Er verdient Leser, die ihn lieben und unterstützen. Immerhin wurde sein Buch nicht nur veröffentlicht, es ist ein verdammter Bestseller. Aber bitte sag ihm nichts von mir.«

Sie nickte. »Würde ich nie tun.«

Ich kehrte in mein Zimmer zurück und kroch unter die Decke.

Irgendwann am frühen Nachmittag erwachte ich mit pochenden Kopfschmerzen und leichter Übelkeit. Ich warf einen Blick zur Uhr. Es war drei. Die Wohnung war unheimlich still, und da fiel mir ein, dass Cara bei der Buchhandlung Schlange stand, um Jase zu sehen und ihm dazu zu gratulieren, dass er die ganze Schreckenswelt unserer Kindheit in einem Roman festgehalten hatte und mich wie die Böse hatte dastehen lassen.

Zwanzig Minuten lang gab ich mich meiner Verbitterung hin, bis ich es nicht mehr aushielt. Ich musste ihr eine Nachricht schreiben.

Ich: Bist du da?

Cara: Ja. Die Schlange geht
ganz um das Gebäude rum

Ich: Ernsthaft?

Cara: Jede Menge aufgeregter Frauen

Ich: Dieser Arsch

Cara: Schön, dass du wieder bessere
Laune hast

Ich: Wo ist die Lesung?

Cara: Kommst du doch?

Ich: Weiß noch nicht. Wo?

Cara: Mysterious Galaxy Bookstore

Ich: Ok

Cara: Ich halte dir einen Platz frei

Ich: Nein, lass dein Buch signieren

Ich starrte gefühlte Stunden in meinen Kleiderschrank. Endlich sagte ich mir, scheiß drauf, und entschied mich für eine Jeans, einen hochgeschlossenen Sweater und Turnschuhe. Dann legte ich einen Hauch Make-up auf, begleitet von einem winzigen Tupfer Lipgloss und Mascara, ehe ich mein Haar mit dem Glätteisen bearbeitete. Da ich immer noch das Gefühl hatte, ich würde mir zu viel Mühe geben, band ich mein Haar einfach zu einem Pferdeschwanz. Dann schnappte ich mir meinen Schlüssel und rannte zur Tür hinaus.

Gleich nach der Graduate School hatten Cyndi und Sharon mir einen alten Honda gekauft. Sie hatten zwar Geld genug und hätten mir problemlos etwas Hübscheres kaufen können, aber sie wollten mich nicht in einem Reiche-Kinder-Wagen herumfahren lassen, umso mehr, weil ich mir nie einen Job hatte suchen müssen, während ich noch zur Schule gegangen war. Ich war eigentlich der Ansicht gewesen, ich wäre meinen Verpflichtungen ausreichend nachgekommen, aber ich wusste ihre Bemühungen zu schätzen und interessierte mich so oder so nicht sonderlich für Autos.

Nun raste ich mit zitternden Händen den Freeway hinunter. In meinem Kopf drehte sich alles. Was sollte ich zu ihm sagen? Wie würde er aussehen?

Als ich auf den Parkplatz fuhr, klappte mir der Unterkiefer herab. Cara hatte nicht übertrieben. Die Schlange zog sich tatsächlich um das ganze Gebäude herum und bestand vorwiegend aus Frauen.

Ich stellte mich hinten an, und binnen weniger Minuten kam eine Frau zu mir und informierte mich, dass ich es gerade noch geschafft hätte. Ich sei die letzte Person, für die Mr Colby Zeit hätte, ehe der Laden schließen würde. Ich schickte Cara eine Nachricht.

Ich: Wo bist du?

Cara: Drin. Bist du hier? Willst du rein?
Ich kann sagen, ich hätte für dich freigehalten.

Ich: Nein. Kannst du ihn sehen?

Cara: Ja.

Ich: Und?

Cara: Er sieht toll aus, Emi. Schöner Anzug.

Ich: Er trägt einen Anzug?

Cara: Steht ihm, meine Liebe. Er sieht aus
wie ein Model. Sein Haar ist perfekt, und er
versprüht genug Charme, dass die Damen sich am
liebsten die Klamotten vom Leib reißen würden.
Darf ich bitte mit ihm flirten?

Ich: Ich hau ab.

Cara: NEIN!!!!!! War nur ein Witz.
Du musst ihn sehen.

Als ich hineingelangte, verstellte mir ein großes Bücherregal die Sicht auf die Stelle, an der Jase seinen Auftritt hatte. Ich stelle mich auf die Zehenspitzen, in der Hoffnung, so besser sehen zu können, aber alles, was mir das einbrachte, war ein Blick auf seinen Hinterkopf. Cara konnte ich in der Menge nirgends entdecken, aber sie schickte mir später eine Nachricht, um mir zu sagen, dass sie auf dem Parkplatz wartete.

Ich: Hat er dein Buch signiert?

Cara: Ja.

Ich: Was hat er sonst so gesagt?
Was hat er reingeschrieben?

Cara: Er war sehr höflich. Er hat sich bedankt, dass ich es gelesen habe und hergekommen bin, und dann hat er gefragt, welcher Teil mir am besten gefallen hat.

Ich: Was hast du gesagt?

Cara: Das Ende.

Ich: Warte mal, wie endet es denn?

Cara: Musst du selbst lesen.

Ich: Bis zum Anfang der Schlange habe ich noch einen langen Weg vor mir. Du musst nicht auf mich warten. Wir sehen uns zu Hause.

Cara: Bestimmt? Du kommst ohne moralische Unterstützung aus?

Ich: Ich komme klar.

Cara: Ok. Wir sehen uns zu Hause.

Die Schlange schob sich an dem Regal vorbei, und ich konnte endlich den Tisch sehen, an dem Jase saß, aber er hielt den Kopf gesenkt, während er Bücher signierte. Dann und wann blickte er zu der Person auf, mit der er sprach, lächelte oder schüttelte jemandem die Hand. Als er sich für ein Foto erhob, sah er größer aus, als ich ihn in Erinnerung hatte. Von dem Jungen, den ich kannte, war nicht mehr viel übrig. Er hatte breite Schultern, und Selbstsicherheit drückte sich in seiner Haltung aus. Er lächelte häufig und wirkte charmant und sympathisch. Zu schade, dass ich ihm am liebsten in das hübsche Gesicht schlagen würde.

Mit gesenktem Kopf bewegte ich mich mit der Schlange, bis nur noch eine Frau vor mir am Tisch stand. Ich blieb auf Distanz und sah mir das Regal zu meiner Rechten an, bis ich ihn zu der Frau sagen hörte: »Es war schön, Sie kennenzulernen – danke, dass Sie gekommen sind.«

Als ich dann aufblickte, stand er hinter dem Tisch und starrte mich direkt an, doch seine Miene gab nichts preis. Ich tat drei zögerliche Schritte auf ihn zu, bis wir einander Auge in Auge gegenüberstanden. Eine schöne Frau mit Stilettos und einem Bleistiftrock hatte sich gleich links hinter ihm aufgebaut und sah mich genauso an … teilnahmslos.

Er blinzelte. Ich blinzelte. Es herrschte Stille.

»Jason«, sagte ich schließlich.

»Emiline«, sagte er.

Diese weiche Stimme. Verdammt.

Die Frau hinter ihm schlenderte zum Tisch. »Möchten Sie ein Buch kaufen, damit Mr Colby es für Sie signieren kann?«

Ohne den Blick von mir zu wenden, erwiderte er: »Ich mach das schon. Kannst du mir eine Minute geben, Andrea?«

Sie schüttelte den Kopf, zog sich aber zurück. Ich konnte meine Sprache nicht wiederfinden. Derweil verschränkte er die Arme vor der Brust und wippte auf den Absätzen. Seine Lippen waren geschlossen, seine Miene unergründlich, aber seine Augen erforschten meine auf der Suche nach etwas, nach einem Hinweis, nach etwas Verräterischem.

»Warum?«, fragte ich.

Er grinste.

»Grins mich nicht so an«, fauchte ich.

Ruckartig zuckte er mit dem Kopf zurück und runzelte die Stirn. Begriff er denn nicht, warum ich wütend war?

»Warum …?«, wiederholte ich, konnte aber nicht die richtigen Worte finden, um weiterzusprechen.

»Warum was?« Jetzt sah *er* verwirrt aus.

»Warum um alles auf der Welt hast du gelogen?«, brachte ich endlich heraus.

Etwas geschah in seinen Augen, und dann kehrte die undurchdringliche Miene zurück. »Das ist eine fiktive Geschichte, Emiline. Hast du den Hinweis auf der Copyright-Seite nicht gelesen?« Desinteressiert, ganz so, als würde er einfach nur gehen wollen, sah er an mir vorbei zur Tür.

Nicht weinen, Emiline. Es ist nicht deine Schuld, dass er sich zu einem Arschloch entwickelt hat.

»Warum hast du uns das angetan?«, fragte ich mit brüchiger Stimme.

»Hast du das Buch gelesen?«

»Ich habe genug gelesen.«

»Warum hast du es nicht zu Ende gelesen? Das passt gar nicht zu dir.«

»Du kennst mich doch gar nicht mehr, Jason.« Er verzog das Gesicht. »Ich habe seit zwölf Jahren nichts von dir gesehen oder gehört«, fügte ich hinzu.

Andrea ging an uns vorbei und rief Jase zu: »Du hast noch etwa fünf Minuten, Jay. Wir haben noch ein Interview vor uns.«

»Wer ist diese Frau?«, fragte ich.

»Meine Agentin.«

»Ach, deine *Agentin*? Ich verstehe. Also bist du jetzt so eine richtig große Nummer, ja?«

Er schüttelte nur den Kopf, und ich konnte seine Mimik immer noch nicht entschlüsseln. »So hatte ich mir das nicht vorgestellt …«

»Was nicht vorgestellt?«, schoss ich zurück.

Wieder vergingen einige Augenblicke in unbehaglicher Stille. Ich hätte am liebsten die Flucht ergriffen. Jase wirkte dagegen, von dem kurzen Moment der Verwirrung abgesehen, vollends unbeeindruckt und gab sich weiter kühl und teilnahmslos. Ich musterte ihn vom Scheitel bis zur Sohle, wie er da vor dem Regal mit seinem erfolgreichen Buch stand, unerschütterlich in seiner ganzen prachtvollen Schönheit mit dem kantigen Kinn und dem vollendet zerzausten goldbraunen Haar.

Ich gab einen frustrierten Laut von mir.

Wieder runzelte er die Stirn. »Was ist los, Emiline?«

»Hör auf, meinen Namen zu sagen.« Ich ballte die Fäuste. »Ich kann nicht … Ich bin einfach … Das regt mich auf. Ich bin hergekommen, um dir die Meinung zu sagen, und du stehst einfach da wie …«

Glucksend ließ er die Arme sinken. »Ich stehe hier wie was? Sag mir nur die Meinung, wenn du das für nötig hältst. Na los.«

»Du bist einfach … verdammt … warum siehst du so gut aus?« Dieser letzte Satz kam heraus wie ein Aufschrei.

»Na ja, du bist doch selbst wunderschön.« Ich erstarrte. »Allerdings warst du das immer.«

»Ach, versuch bloß nicht, mich mit deinen Worten einzuwickeln.«

Für einen Moment zeigte sich ein echtes Lächeln anstelle des dämlichen Grinsens auf seinen Lippen. Und schon waren wir für einen Moment wieder fünfzehn.

»Ich bin hier fertig. Du kannst gern zu deinem Interview gehen.«

Ich machte Anstalten, mich abzuwenden und davonzugehen, aber er packte meinen Arm und wirbelte mich herum. »Du bist doch nicht hergekommen, um mir zu sagen, dass ich gut aussehe.«

Damit hatte er recht. Aber während ich da vor ihm stand, fehlten mir die Worte, um ihm das zu sagen, was ich sagen wollte: *Wo bist du gewesen? Wie ist es dir ergangen? Hast du mich vermisst? Habe ich dir so viel bedeutet wie du mir? Warum hast du uns verraten?* Ich fand nicht den Mut, mich so verwundbar zu machen. Nicht, wenn er doch offenbar alles hatte, was er sich wünschen konnte.

»Ich bin hergekommen, weil du in dem Buch gelogen hast.«

»Nenn es künstlerische Freiheit. Wie auch immer, ich denke, du solltest es zu Ende lesen.«

»Du hast ein wirklich hübsches Bild von dir selbst gezeichnet, was?« Meine Hand war an meinem Kopf und verzwirbelte mein Haar zu einem enormen Knoten. Ich sah ihm an, dass er diese Angewohnheit aus Kindertagen wiedererkannte, aber ich wollte nicht, dass er glaubte, er würde mich noch kennen, also nahm ich die Hand herunter und blinzelte kurz.

»Ich sehe dir an, dass du noch nicht alles verarbeitet hast«, sagte er. »Warum liest du das Buch nicht einfach zu Ende?«

»Ich bin sauer, weil du gelogen hast.«

»Emiline, diese Details sind nicht wichtig. Und ich hatte meine Gründe, warum ich das anders dargestellt habe.«

»Aber so viel von der Geschichte ist wahr. Warum änderst du dann ausgerechnet etwas so Entscheidendes?«

»Wie ich schon sagte, ich hatte meine Gründe.«

Er wirkte viel einschüchternder, als ich ihn in Erinnerung hatte. »Sprechen wir darüber, was passiert ist, Jase, oder sollen wir einfach um den heißen Brei herumreden?«

Die Türglocke klingelte, und er sah an mir vorbei. »Em, dir muss doch klar gewesen sein, dass ich dieses Buch irgendwann schreiben würde.«

»Nein.« Ich schüttelte den Kopf. »Das war es nicht.«

»Ich habe dir gesagt, dass ich dich finden werde, nicht wahr?«

In meinem Kopf zündeten die Synapsen fehl. *Soll das heißen, dass das seine Art ist, mich zu finden? Was will er damit sagen?*

Er sah noch immer an mir vorbei. »Kennst du den Typ?«, fragte er dann.

Ich drehte mich um und sah Trevor am Türrahmen lehnen, die Hände in den Taschen vergraben. *Mist.* »Äh, ja. Das ist mein Freund.«

»Willst du uns nicht vorstellen?«, fragte Jase, ohne mit der Wimper zu zucken.

»Eigentlich nicht.«

Er riss seine Hand hoch und winkte Trevor herbei. »Hey. Komm ruhig rüber.«

Mit dem Rücken zu Trevor flüsterte ich Jase zu: »Ich werde dich im Schlaf umbringen!«

»Heißt das, dass du vorher mit mir schläfst?«, konterte er ebenfalls flüsternd. »Keine schlechte Art zu sterben.«

Ich war eine nervöse, stammelnde Idiotin.

Als Trevor zum Tisch gekommen war, stellte ich die beiden einander vor. »Jase, das ist Trevor. Vielleicht erkennst du ihn, er war ein gefeierter Quarterback in Berkeley.«

»Nett, dich kennenzulernen«, sagte Jase, während die beiden Männer sich höflich die Hand schüttelten. »Sport ist nicht so mein Ding, aber ich erinnere mich, deinen Namen gehört zu haben, als Cal vor ein paar Jahren die Meisterschaft gewonnen hat.«

Will er jetzt etwa auch noch Trevor einwickeln?

Die schöne Agentin namens Andrea spazierte herbei und hakte sich bei Jase unter. Zwischen den beiden war eindeutig mehr als nur eine Geschäftsbeziehung. »Interview, weißt du noch, Jay?«

Er befreite seinen Arm von ihrem und ging ein wenig auf Distanz zu ihr. »Richtig, das Interview. Tja, Emiline, war schön, dich zu sehen. Danke, dass du gekommen bist, Trevor, ich habe mich gefreut, dich kennenzulernen.« Die beiden schüttelten einander erneut die Hände. »Ich muss los.« Er drehte sich um und sah mich an. »Em …«, sagte er, blickte mir direkt in die Augen und lächelte, und ich bekam prompt weiche Knie. »Es tut mir wirklich leid, dass ich nicht länger bleiben und dir den Wunsch erfüllen kann, mich in aller Öffentlichkeit zur Schnecke zu machen. Vielleicht können wir das ein andermal nachholen.« Dann lachte er leise und ging davon.

Arschloch. Ich sah rot.

»Warte!«, brüllte ich. »Warum hast du aus meiner Perspektive geschrieben?«

Ohne im Schritt innezuhalten, rief er: »Es ist nur ein Buch!« Aber ich wusste, es war mehr. Jase tat nie etwas Unbedachtes. Er dachte über alles ganz genau nach und blickte weit voraus, das hatte er schon mit acht getan.

Im Geiste hörte ich einen Piepton. Es klang wie eine Warnung vor einer unmittelbar bevorstehenden Bombenexplosion. Wie konnte ich ihn einfach gehen lassen, ohne die Antworten bekommen zu haben, die ich hören wollte. Das Piepen wurde immer hektischer, als ich den Laden verließ, um zu meinem Wagen zu gehen.

»Ich muss hier raus. Ich explodiere jeden Moment«, sagte ich, als Trevor mir folgte.

»So bist du eigentlich immer, Emi. Eine tickende Zeitbombe. Beruhig dich – es ist nichts passiert.«

Am Wagen angelangt, drehte ich mich um und lehnte mich an die Fahrertür. »Was machst du hier, Trevor?«

»Cara hat mir eine Nachricht geschickt und mir erzählt, was los war, also bin ich hergekommen. Ich bin hier, um für dich da zu sein. Aber du weißt das mal wieder nicht zu schätzen.«

Ich wusste nicht, ob ich gerührt oder verärgert sein sollte. »Ich muss nicht gerettet werden.«

»Du bist offensichtlich ziemlich aufgebracht«, stellte er fest.

»Natürlich bin ich aufgebracht! Dieser Typ da drin hat ein Buch über meine furchtbare, entsetzliche, traumatische Kindheit geschrieben, obwohl er gewusst haben muss, dass ich es nicht ertragen kann, das noch einmal zu durchleben, und er hat mich nicht um mein Einverständnis gebeten. Er hat zwölf Jahre lang nicht einmal versucht, mit mir zu reden! *Und* er hat gewonnen! Er hat einen ganzen Roman veröffentlicht, ehe ich auch nur herausbekommen habe, wie ich eine annehmbare Kurzgeschichte schreiben kann, die meinem eigenen Freund gefällt. Damit kann ich einfach nicht umgehen.«

Zur Abwechslung sah Trevor einmal nachdenklich aus. »Hast du noch Gefühle für ihn? Geht dir das deswegen alles so nah? Was willst du, Emi? Willst du mit diesem Typ da drin zusammen sein?«

Ich nahm drei tiefe, reinigende Atemzüge, und dann war es mir klar. Mir war klar, dass es keinen Sinn hatte, die Wahrheit noch länger zu verbergen. Vor mir ebenso wie vor Trevor. So schlecht es in letzter Zeit auch zwischen uns gelaufen war, das hatte er nicht verdient.

»Ja. Es tut mir leid, aber so ist es. Ich habe Gefühle für ihn. Starke und tiefgehende Gefühle. Bis dieser verdammte Roman aufgetaucht ist, hatte ich sie verdrängt und geglaubt, sie wären für immer begraben. Und ich habe Angst. Ich habe wirklich verdammte Angst. Ich habe Angst vor dem, was passieren wird. Ich habe Angst, weil ich gerade nach über einem Jahrzehnt meine erste Liebe wiedergesehen habe und er einfach nur völlig teilnahmslos dagestanden hat. Und ich habe Angst, weil du hier vor mir stehst und ich auf eine Art und Weise ehrlich zu dir bin, die unsere Beziehung definitiv zerstören wird. Und ich habe Angst, weil mir ist, als würde mein Herz in meiner Brust in eine Million Teile zerspringen.«

Trevor reckte den Unterkiefer vor, und ich sah, wie seine Gesichtsmuskulatur arbeitete. Ein geborener Athlet wie Trevor wird erst richtig lebendig, wenn er herausgefordert wird. Bis zu diesem Punkt hatte er unsere Beziehung einfach nur laufen lassen und gerade so viel Einsatz gezeigt, als würde er sich mit ein paar Hampelmännern für ein Spiel warmmachen. Aber nun erkannte er, dass er bereits im vierten Quarter war, ihm nur noch ein paar Sekunden blieben und er drei Punkte zurücklag. Würde er mit dem Ball laufen, bis er in Reichweite für ein Field Goal wäre? Oder würde er versuchen, einen Hail Mary Pass zu werfen, um das Spiel gleich hier für sich zu entscheiden?

»Heirate mich und vergiss ihn«, sagte er ohne einen Hauch von Gefühl.

Ich fing an zu lachen. *Also Hail Mary.* »Das ist ein seltsamer Augenblick, um einen Antrag zu machen, findest du nicht?«

»Eigentlich nicht. Das ist das echte Leben, Emi, nicht irgendeine Fantasterei. Das hier ist kein Roman.«

Ich wollte ihm sagen, dass Romane nicht immer Fantastereien sein mussten. Das Buch, das Jase geschrieben hatte, war gewiss keine.

»Ich weiß, dass das das echte Leben ist, Trevor. Ich bin die realistischste Person, die dir je begegnen wird. Aber wenn du denkst, irgendeine Frau wäre glücklich über so einen unverkennbar verzweifelten Antrag, dann bist du verrückt. Wir sind jetzt schon sieben Jahre zusammen, und bisher haben wir nicht einmal darüber gesprochen zusammenzuziehen.«

Er riss die Hände in die Luft. »Ist das meine Schuld oder deine?«

»Ich habe keine Lust auf Schuldzuweisungen.« Die Wahrheit war, dass wir beide dafür verantwortlich waren. Wir passten einfach nicht zusammen. Wir hatten beide lediglich durchexerziert, was man von einer Beziehung üblicherweise erwartet.

»Muss ich erst auf die Knie fallen, um dir zu zeigen, dass es mir ernst ist? Willst du mir das sagen?« Er verdrehte die Augen.

Von mir aus konnte das Gespräch nun enden. »Bitte nicht. Ich muss los, Trevor. Ich fühle mich nicht so gut. Ich muss nach Hause und mich von diesem verrückten Tag erholen.«

»Schön.« Er beugte sich herab und küsste mich auf die Wange. »Würdest du nur bitte heute Abend mit mir essen?«

Ich schnaubte, und er schüttelte den Kopf. »Tu das nicht, Emi. Lass uns einfach zum Abendessen treffen. Lass uns reden, wenn wir uns wieder beruhigt haben.«

»Okay«, stimmte ich zu, nachdem ich erneut tief durchgeatmet hatte.

Er küsste mich noch einmal, dieses Mal auf die Schulter, stieg in seinen Truck, fuhr los und bog mit quietschenden Reifen auf die Straße ein.

Ich setzte mich in mein Auto. Als ich gerade den Motor startete, erschreckte mich ein Klopfen an der Seitenscheibe. Es war die junge Frau, die an der Kasse des Buchladens arbeitete. Sie bedeutete mir, ich solle die Scheibe runterkurbeln.

»Sie haben mich zu Tode erschreckt.«

»Tut mir leid. Ich wollte Sie nur abfangen, ehe sie wegfahren. J. Colby hat mir das für Sie gegeben.« Sie reichte mir einen Zettel.

»Danke.« Ich nahm ihn, kurbelte das Fenster wieder hoch und faltete das Blatt Papier auseinander.

Wir müssen reden … allein. Ich warte heute Abend um zehn auf der Terrasse des George's *auf dich.*

Eine Woge der Übelkeit rollte über mich hinweg, und ich legte die Stirn aufs Lenkrad. Tränen rannen in einem steten Strom über meine Wangen, als ich verzweifelt versuchte, mich wieder halbwegs unter Kontrolle zu bekommen. Der Geruch eines übriggebliebenen Bic Mac auf meinem Beifahrersitz –Hinterlassenschaft meines stressbedingten Fressanfalls auf dem Weg hierher – machte alles noch schlimmer. Sogar meine Haut fühlte sich fettiger an als sonst.

Ich würgte einmal, sprang aus dem Wagen, rannte zu einem kleinen Flecken Gras nahe der Parkplatzzufahrt und spie meinen gesamten Mageninhalt in einem einzigen langen Strom hinaus. Dann stützte ich mich mit den Händen auf den Knien ab und versuchte, wieder zu Atem zu kommen.

Die Frau, die mir den Zettel gebracht hatte, eilte im Laufschritt herbei. »Alles in Ordnung?«

»Ja«, würgte ich hervor.

Sie legte mir eine Hand auf den Rücken. »Ich hole Ihnen etwas Wasser«, schlug sie vor.

Ich blickte mit Tränen in den Augen zu ihr auf. »Danke.«

»Schon gut, Sweetie.« Sie rannte davon und kam schon Augenblicke später wieder zurück.

Ich war inzwischen zu meinem Honda gegangen und lehnte mich an den Wagen. »Ist er immer noch da drin?«, fragte ich, als sie mit einer Flasche Wasser in der Hand näher kam.

»Nein. Er ist hinten rausgegangen.«

»Natürlich, was auch sonst«, murmelte ich tonlos.

Sie lehnte sich neben mir an den Wagen. »Ich bin übrigens Beth.« Sie hatte leuchtend pinkfarbenes Haar und ein T-Shirt mit ebenfalls pinkfarbenen Schleifen und der Aufschrift *BÜCHERWURM*.

»Ihr T-Shirt gefällt mir. Ich bin Emiline. Ich würde Ihnen ja die Hand geben, aber an der klebt McDonalds-Kotze.«

Wir lachten beide, und für einen Moment fühlte ich mich besser. »Das muss ja eine interessante Nachricht gewesen sein, die er für Sie hinterlassen hat. Würde ich eine von J. Colby bekommen, würde ich auch ausflippen.«

»Es ist nur eine Quittung«, log ich.

»Oh«, machte sie und lachte.

»Sind Sie ein Fan?«, fragte ich.

»Sein größter, vermutlich. Er ist so talentiert und süß, und er sieht toll aus.«

Ich zog eine Braue hoch. »Sie wissen aber, dass das, was im Buch steht, nicht ganz der Wahrheit entspricht?«

»Natürlich. Wer kommt auch auf so was? Es ist ja schließlich ein Roman.«

»Ich dachte nur, Sie würden vielleicht glauben, er wäre Jax.«

»Am Anfang ist mir das durch den Kopf gegangen. Ich finde es einfach großartig, wie gut er aus der Perspektive des Mädchens schreibt. Er kann sich so gut in Frauen einfühlen.«

Ich seufzte. »Ich schätze schon. Ich muss los, Beth.«

»Okay, gut. Ich hoffe, Sie fühlen sich jetzt wieder besser.«

»Danke, ja.« Sie lächelte und machte sich auf den Weg zurück zum Laden. »Ernsthaft, danke!«, rief ich ihr nach.

»Schon in Ordnung«, antwortete sie nicht minder laut.

Ich stieg in den Wagen und faltete den Zettel erneut auseinander.

Das war keine Bitte. Er wusste offensichtlich, wo ich wohnte. *George's* war von mir aus gut zu Fuß erreichbar. Ich wollte Antworten, aber ich war nicht sicher, ob er eine Chance verdiente, sich mir zu erklären.

Auf dem Heimweg kehrten meine Gedanken zurück zu dieser letzten Nacht in Ohio.

Als die Polizei in der Nähe des Bachs näher gekommen war, hatte ich nicht gerufen, damit sie uns leichter finden konnten. Ich war weggelaufen. Ich war weggelaufen, bis meine nackten Fußsohlen bluteten. Für Jase wäre ich den ganzen verdammten Weg nach Mexiko ohne Schuhe gelaufen. Er war derjenige, der am Ende aufgegeben hatte.

Wir hatten die Nacht zusammengekuschelt und zitternd in einem Maisfeld verbracht, bis er irgendwann gesagt hatte: »Ich kann das nicht.«

»Natürlich kannst du. Wir können. Zusammen können wir alles schaffen, weißt du nicht mehr?«, hatte ich ihm entgegengehalten.

Es war mir gelungen, ihn dazu zu überreden, noch ein paar Meilen weiterzugehen. Als die Morgendämmerung angebrochen war, hatte er mich auf seinem Rücken getragen. Wir hatten eine Straße und einen Mini-Markt gefunden, und er hatte mir gesagt, ich solle mich bei den Mülltonnen verstecken, während er hineinginge, um uns etwas zu essen zu besorgen und nachzuschauen, ob es dort wenigstens ein paar billige Flipflops für mich gäbe. Ich hatte gewusst, er hatte nur ein paar Dollar, und ich hatte auch gewusst, dass das Ende gekommen war, und dennoch war ich seiner Führung gefolgt.

Die Polizei hatte mich in dem Versteck aufgespürt, in dem ich auf Jases Anweisung hin gewartet hatte. Meine Füße waren wund und blutig gewesen, und ich hatte gezittert, als sie mich zum Streifenwagen brachten. Jase wurde auf die Rückbank eines anderen Polizeiautos gesetzt, und als ich an ihm vorbeiging, hatte er mit den Lippen die Worte *Es tut mir leid* geformt und angefangen zu weinen. Mir war klar gewesen, dass er uns verraten hatte. Ich hatte sogar versucht, mich aus den Händen der Cops zu befreien und zu ihm zu laufen, um schluchzend an sein Fenster zu hämmern, damit er sah, wie sehr er mir wehtat.

Als sie mich fortgeschleift hatten, hatte ich geschrien: »Wie konntest du uns das antun?« Aber er hatte nur den Kopf hängen gelassen und noch heftiger geweint.

Da hatte ich ihn zum letzten Mal gesehen. Und dann wurde ich fortgebracht, um bei Cyndi und Sharon zu leben.

All die Therapien, die ich hinter mir hatte, all die Gespräche über meine Probleme hatten die Liebe, die Jase und ich geteilt hatten, irgendwie zu einer kindlichen Schwärmerei reduziert – etwas, das sich für mich leichter bewältigen ließ. Nachdem er uns verraten hatte, war ich untröstlich gewesen, doch unsere Beziehung neu zu definieren hatte es mir ermöglicht, mich von dem Albtraum zu lösen, dass ich erst von meiner Mutter, dann von meinem Vater und schließlich auch noch von Jase im Stich gelassen worden war.

Nun jedoch all das, was wir durchgemacht hatten, auf den Seiten seines Buches vor mir zu sehen, hatte alles wieder zurückgebracht … das Gute und das Schlechte. Und ich spürte es wieder. Liebe und Schmerz schwollen gemeinsam an, und ich wusste nicht, was ich mit mir anfangen sollte. Es ist einfach nicht möglich, jemanden aus tiefster Seele zu hassen, wenn man ihn nicht auch wenigstens ein bisschen liebt.

Ich zerriss Jasons Nachricht und warf sie auf den Boden meines Wagens.

10. Zwischen den Zeilen

Als ich nach Hause kam, blieben mir nur noch ein paar Stunden, ehe ich mich mit Trevor treffen musste, also las ich und las und las. Und als ich wieder aufhörte, waren nur noch drei Kapitel übrig.

Alles, was im Buch geschah, nachdem Jax und Emerson erwischt worden waren, war komplett erfunden. Emerson geht fort und lebt bei ihrer Tante, macht aber in Kalifornien schreckliche Erfahrungen, während Jax zugleich zu einer fernen Erinnerung verblasst. Emerson kämpft darum, die Vergangenheit hinter sich zu lassen, und heiratet schließlich gleich nach der Highschool einen Kerl, der sich als Alkoholiker entpuppt und sie ebenso mies behandelt wie ihr Vater.

Ich wusste nicht, ob ich erleichtert sein sollte, dass mein Leben nicht so verlaufen war, oder ob ich sogar noch wütender auf Jase sein sollte, weil er die guten Seiten meiner Lebensgeschichte befleckt hatte. Während dieser Kapitel fühlten sich Jax und Emerson für mich plötzlich nur noch an wie Charaktere in einem Buch, nicht wie die fiktiven Verkörperungen von Jase und mir, und dadurch rückte auch die Lehmstraße wieder in weite Ferne. Vielleicht stimmte das, was Jase in dem Buchladen gesagt hatte, doch. Vielleicht war es einfach nur ein Buch.

Ich machte mich zum Essen mit Trevor fertig und rauschte an Cara vorbei, die an der Theke saß. »Bis später!«

»Wo läufst du denn jetzt hin?«

»Ich gehe mit Trevor essen.«

»Und du willst mir nichts über J. Colby erzählen?«, fragte sie, die Augen vor Besorgnis weit aufgerissen.

»Ich habe ihm Hallo gesagt, es war nett, ihn zu sehen, und das war's auch schon. Er hat Erfolg, schön für ihn. Ich will das einfach nur abschließen.« Mit anderen Worten weglaufen, weit weg von ihm. »Bis dann.«

»Warte mal. Was?« Doch ehe sie ihren Gedankengang fortführen konnte, huschte ich zur Tür hinaus und war zehn Sekunden später schon am Fuß der Treppe.

Ich traf mich mit Trevor in einem kleinen italienischen Restaurant, das wir oft besuchten. Er saß der Tür zugewandt an einem kleinen Zweiertisch in der Mitte des Gastraums. Ich ging zu ihm, rückte mir meinen Stuhl zurecht, setzte mich und beugte mich über den Tisch, um ihn zu küssen, während ich meine Sweatjacke abschüttelte. »Hi.«

»Hey«, sagte er. »Bist du jetzt besser drauf?«

»Ja, alles okay.« Forschend sah ich ihm in die Augen. »Ich habe noch ein bisschen in dem Buch gelesen und erkannt, dass es im Grunde doch nicht um mich geht.«

»Nicht?«

»Nope.« Trevor sah erleichtert aus. »Ich habe noch ein paar Kapitel vor mir, aber im Großen und Ganzen ist das nur eine ganz gewöhnliche Geschichte über unerwiderte Liebe.« Ich schnaubte verächtlich.

»*Romeo und Julia*, was?«

»So was in der Art.« *Nein, ganz und gar nicht.*

»Hm. Und als du vorhin gesagt hast, du hättest so tiefe Gefühle für ihn …«

Ich wandte den Blick ab. »Ich weiß auch nicht. Ihn zu sehen, hat eine Menge Gefühle geweckt, aber ich glaube, ich habe mich nur von meinem Stolz hinreißen lassen. Ich habe mich von ihm zurückgewiesen gefühlt, weißt du? Er hat mir mein fünfzehnjähriges Herz gebrochen.«

»Das tut mir leid, Emi.«

Ich sah Trevor in die blauen Augen, ein Blau, so hell, dass es sich kaum vom Weiß abhob. »Ich wette, du hast auch so manches Herz gebrochen«, sagte ich.

Er lachte. »Den größten Teil meiner Zeit als Erwachsener habe ich mit dir verbracht.«

Ich schluckte. »Höre ich da etwa Bedauern?«

»Nein. Kein Bedauern.« Er hob seine Leinenserviette hoch und brachte ein rotes Ringkästchen zum Vorschein. Ich keuchte auf. Trevor stand auf, kam zu mir, sank auf ein Knie und klappte dabei das Kästchen auf, in dem ein goldener Ring ruhte. »Willst du mich heiraten, Emiline?«

Dann war es ihm wirklich ernst mit dem Antrag auf dem Parkplatz?

Zwanzig Sekunden vergingen, während ich nur entgeistert den Ring anstarrte.

Trevor schluckte. »Ich kauere auf dem Boden des Restaurants. Willst du vielleicht noch etwas sagen?«

»Ich kann nicht«, platzte ich heraus.

»Was meinst du? Du kannst nichts sagen?«

»Nein. Ich … ich kann dich nicht heiraten.«

Er sah verletzt aus. »Was? Warum?«

Nichts an diesem Moment fühlte sich richtig an, aber ich wollte ihn nicht verletzen. »Trevor, ich sage nicht, ich würde dich nicht eines Tages heiraten. Ich sage nur, ich kann mich nicht gerade jetzt mit dir verloben, nicht nach allem, was gerade passiert ist. Das wären nicht die richtigen Voraussetzungen, um ja zu sagen. Bitte steh auf und setzt dich.«

Er klappte das Kästchen zu, schleuderte es auf den Tisch und nahm wieder Platz. Sein Zorn war unübersehbar. Mit vor der Brust verschränkten Armen lehnte er sich zurück und musterte mich finster. »Ich verstehe dich nicht.«

»Ich weiß, dass ich mich in letzter Zeit sonderbar verhalten habe. Hab einfach ein bisschen Geduld mit mir«, sagte ich.

»Hatte ich bisher etwa keine Geduld mit dir?«

Ich starrte ihn mehrere Sekunden nur an. Dann stemmte ich mich vom Stuhl hoch.

»Lauf jetzt nicht weg, Emiline. Das habe ich nicht verdient, und das weißt du.«

Ich sank zurück auf die Sitzfläche. »Ich weiß nicht, was ich tun soll. Ich weiß, dass du das nicht verdient hast, Trevor. Aber ich habe es auch nicht verdient, mit Schuldgefühlen zu einer Verlobung getrieben zu werden.«

Er nickte. »Da stimme ich zu. Ich gebe dir sechs Monate, um darüber nachzudenken und ihn aus deinem Kopf zu kriegen. Wenn du mir deine Antwort gibst, dann darf die nichts mit ihm zu tun haben, versprich mir das. Hierbei sollte es nur um uns gehen.« Er zeigte zum Fenster hinaus, aber ich wusste genau, was er meinte.

Ich nickte zustimmend, denn gerade jetzt wusste ich nicht so recht, warum ich Nein sagte. Ja, es fühlte sich nicht richtig an, aber was, wenn Trevor es wirklich ernst meinte? Wenn Jase nicht in mein Leben zurückgekehrt wäre, hätte ich Trevor dann heiraten wollen? Oder wäre ich unter allen Umständen vor einem Verlöbnis davongelaufen?

Wir beendeten unser Abendessen in einvernehmlichem Schweigen, aber meine Gedanken schweiften ab. Alle paar Minuten blickten wir einander an. Ich rang mir immer wieder ein Lächeln ab, aber Trevor blieb ernst. Als er die Rechnung beglich, sagte er: »Ich sehe mir das Spiel in einer Bar an. Willst du mitkommen?«

Ich warf einen Blick auf mein Telefon und sah, dass Tante Cyndi mir eine Nachricht geschickt hatte, um mir mitzuteilen, dass sie in meiner Wohnung wartete und dass Cara sie reingelassen hätte. »Warte«, sagte ich zu Trevor, ehe ich antwortete.

Ich: Fühl dich wie zu Hause.
Ich bin bald wieder da.

Cyndi: Lass dir Zeit, wir sind
damit beschäftigt, dein Tagebuch
zu lesen.

Ich: Ich führe gar kein Tagebuch.

Cyndi: Das solltest du aber. Du
bist Autorin.

Ich: Bin in zwanzig Minuten
zu Hause.

Ich sah auf die Uhr auf meinem Telefon. Es war neun Uhr abends. Ich hatte nicht die Absicht, mich mit Jase zu treffen, dennoch kam mir unvermeidlich in den Sinn, dass er in einer Stunde im *George's* auf mich warten würde. Ich erstickte den Gedanken.

»Ich muss nach Hause. Cyndi und Sharon sind da. Geh du nur und guck dein Spiel. Ich meld mich später bei dir.«

»Okay. Willst du, dass ich mitkomme und Hi sage?«

»Das musst du nicht.« Tante Cyndi hatte zwar nie etwas gesagt, aber ich wusste, dass sie der Ansicht war, Trevor und ich würden nicht zueinanderpassen. Sie verbrachte viel zu viel Zeit mit dem Versuch, mich mit einem der Männer im Studiengang Kreatives Schreiben in Berkeley zu verkuppeln, und wies die Idee, Gegensätze zögen einander an, entschieden zurück. Außerdem gab sich Trevor ihr gegenüber keinerlei Mühe. Das pflichtgemäße Angebot, mitzukommen und guten Tag zu sagen, war lediglich seine übliche Vorgehensweise. Ich wollte, dass Trevor mitkommen und Hi sagen *wollte*, aber ich wusste, er würde sich sowieso fehl am Platz fühlen.

Nach einem knappen Wangenkuss ließ ich Trevor vor dem Restaurant allein. »Ich liebe dich«, sagte ich zum Abschied.

»Ich dich auch. Ich liebe dich auch«, sagte er so steif, als spräche er in einer fremden Sprache.

Ich kam zur Wohnungstür herein und wurde umgehend von Cyndi und Sharon in Empfang genommen, die beide darauf bestanden, mich abzuküssen, sobald ich in ihrer Gegenwart war.

»Sie ist da!«, rief Cyndi, während sie und Sharon mich gemeinsam erdrückten.

»Ich … bekomme … keine … Luft …«

Cyndi und Sharon waren beide Ende vierzig. Cyndi sah aus wie eine etwas weniger mondäne Julia Roberts, und Sharon ähnelte ihrer etwas fülligeren, etwas eleganteren blonden Schwester. Sie sahen aus und verhielten sich, als wären sie lediglich befreundet, weshalb die Leute, wenn sie sich dann doch mal öffentlicher Demonstrationen ihrer Liebe hingaben, beinahe schockiert zusahen, was ich ziemlich lustig fand.

»Hast du ordentlich gegessen? Du bestehst ja nur aus Haut und Knochen«, tadelte Sharon und zwickte mich in die Hüfte. Unnötig zu sagen, dass sie ihre Elternrolle liebten. Ich hatte nie echte Eltern gehabt, und sie hatten nie eigene Kinder gehabt, also war das für uns alle eine tolle Sache.

Ich strahlte sie an. »Ich habe sogar einen Big Mac zum Mittagessen gehabt, aber den habe ich wieder erbrochen.«

Die beiden wechselten einen entsetzten Blick und musterten mich dann vom Scheitel bis zur Sohle. Cyndi stemmte eine Hand in die Hüfte und bedachte mich mit sorgenvoller Miene. »Bulimie ist nicht zum Lachen.«

»Ich bin nicht bulimisch. Ich hatte nur einen seltsamen Tag. Eigentlich war es sogar ein scheußlicher Tag.«

»Erzähl uns alles«, forderte Sharon mich auf und zog Cyndi auf die Couch. »Wir haben jedenfalls bestimmt nicht vor, das in irgendeinem Tagebuch zu lesen.« Beide starrten zu mir empor und hielten sich fest an den Händen, als wären sie im Begriff, sich einen Film über den Holocaust anzusehen.

»Na ja, ich hatte vor, Jase bei der Signierstunde hier in der Stadt aufzusuchen und ihn zu fragen, warum er in dem Roman über das, was zwischen uns passiert ist, gelogen hat. Und dann habe ich ihn gesehen, und er sah aus wie ein verdammtes Supermodel. Und dann ist Trevor aufgetaucht und hat mich gebeten, ihn zu heiraten. Und dann hat Jase mir eine Nachricht geschrieben. Und dann habe ich sie gelesen und mich übergeben. Und dann habe ich mit Trevor zu Abend gegessen und einen Rucolasalat bestellt, von dem ich Bauchweh bekommen habe. Und dann hat Trevor mich noch mal gefragt, ob ich ihn heirate. Und dann habe ich nein gesagt.« Ich blickte auf und direkt in zwei starre Augenpaare. »Und dann habe ich Trevor einen Gute-Nacht-Kuss gegeben, und er hat sich verhalten, als würde es ihm schwerfallen, mir zu sagen, dass er mich liebt, obwohl er mir gerade erst einen Antrag gemacht hat. Zweimal sogar. Und nun bin ich hier.«

Cyndi schüttelte den Kopf. »Wow. Schauderhafte Ausdrucksweise, Süße. Was hat man dir eigentlich in deinem Schreiblehrgang beigebracht?«

»Guter Punkt, Liebling«, sagte Sharon. »Aber, Emi, was stand in der Nachricht?«

Ich seufzte. »Er hat mich gebeten, mich heute Abend mit ihm zu treffen.«

»Und? Hast du?«, fragten beide im Chor. Manchmal kam es mir vor, als würden sie sich ein Gehirn teilen.

»Nein. Er will mich um zehn treffen, aber ich werde nicht hingehen. Mir egal, was er zu sagen hat. Ich werde mich dem nicht aussetzen.«

Die beiden starrten einander an, als würden sie telepathisch kommunizieren.

»Wir finden, du solltest dich mit ihm treffen«, sagte Cyndi.

»Ich auch!«, ertönte eine Stimme aus dem Nebenraum. Cara steckte den Kopf zur Tür ihres Schlafzimmers heraus und gesellte sich zu uns ins Wohnzimmer. »Emi, bitte, sag mir, dass du das Buch zu Ende gelesen hast.«

»Nein, hab ich nicht«, entgegnete ich verärgert. »Warum?«

»Komm, setz dich«, sagte Sharon, rutschte zur Seite und machte in der Mitte des Sofas Platz für mich. »Cyndi und ich haben es auf dem Weg hierher gelesen, und wir sind der Meinung ...«

»Dass es nicht um Jase und mich geht«, fiel ich ihr schroff ins Wort.

»Natürlich geht es um euch. Und du solltest mit ihm reden«, rief Cara, die inzwischen in die Küche gegangen war und den Inhalt des Kühlschranks durchsah.

»Es ist nicht unsere Art, das Ende zu verraten«, bemerkte Cyndi, »aber wir meinen auch, du solltest das Buch zu Ende lesen.«

»Warum gebt ihr euch alle so geheimnisvoll?«, fragte ich.

»Geh einfach hin und triff dich mit ihm! Er ist so was von heiß!«, brüllte Cara quer durch den Raum.

»Ich mag sie«, kommentierte Sharon, ohne den Blick von mir zu wenden.

Ich schaute auf die Wanduhr. Beinahe zehn. »Na gut.«

»Oh, schön!«, jubelte Cyndi. »Zumindest wird er dir ein paar Fingerzeige hinsichtlich einer geschickten Wortwahl liefern. Dieser junge Mann ist ein sehr talentierter Autor.«

Ich verdrehte die Augen und huschte in mein Zimmer, dicht gefolgt von Sharon, Cyndi und Cara. »Warum«, fragte ich, während ich mich in dem mannshohen Spiegel betrachtete, »sind nur alle so erpicht darauf, dass ich mich mit ihm treffe?«

Sharon runzelte die Stirn. »So kannst du nicht gehen.« Ich musterte mein ungekämmtes Haar, die Sneakers und das fusselnde Sweatshirt. Ich war ein echtes Wrack.

Wie der Blitz schoss Cara davon und zurück in ihr eigenes Zimmer. Zehn Sekunden später kehrte sie mit einem schwarzen Slip Dress, einem kurzen Jeansjäckchen und schwarzen Stiefeletten zurück. »Hier. Damit siehst du scharf aus, aber nicht so, als würdest du dich zu sehr bemühen.«

»Noch einmal: Warum sind alle so erpicht darauf, dass ich da hingehe?«

»Weil das gut für dich ist. Es hilft dir vielleicht, das Kapitel abzuschließen«, erklärte Cyndi zurückhaltend, aber ich wusste, dass sie nicht die ganze Wahrheit sagte.

Meine Klamotten flogen in alle Richtungen, und dann schlüpfte ich in das neue Outfit. Auf dem Weg zur Wohnungstür legte ich noch rasch Lipgloss auf und zog mir zugleich die Stiefeletten an. »Seht sie euch nur an: Sie beherrscht Multitasking. Das hat sie von mir«, sagte Cyndi zu Sharon, als sie mir hinaus ins Treppenhaus folgten.

»Wir lieben dich!«, riefen sie mir hinterher, während ich die Stufen hinunterjoggte.

Über die Schulter winkte ich ihnen zu, verließ das Haus und verringerte mein Tempo, kaum dass ich auf der Straße war. Ich spazierte die zwei Blocks zum *George's* an Schaufenstern vorbei, die mich sonst gewöhnlich zum Bummeln einluden, doch an diesem Abend musste ich mich zu sehr darauf konzentrieren, einen Fuß vor den anderen zu setzen. Mehrfach klopfte ich die Taschen meiner Jacke ab, um mich zu vergewissern, dass ich meine Schlüssel, meine Geldbörse und mein Handy eingesteckt hatte, ehe ich so hastig zur Tür hinausgestürmt war, und ich versuchte immer wieder nervös, mein lockiges Haar zu glätten. Ich schwitzte, aber ich wagte nicht, meinen Körpergeruch einer näheren Überprüfung zu unterziehen. Meine Absätze klapperten rhythmisch im gleichförmigen Takt meiner Gedanken über den Gehweg. *Was tue ich hier, was tue ich hier, was tue ich hier?*

Vor dem *George's* warf ich einen Blick auf mein Telefon. Zehn Uhr. Ich ging zum Empfang.

»Willkommen im *George's*. Haben Sie reserviert?«, fragte mich die Empfangsdame.

»Nein. Ich meine, ja. Also, nicht ich. Ich bin hier, um Jase zu treffen. Ich meine, Jason Colbertson.« *Wow.* Ich sollte mich dringend wieder in den Griff bekommen.

Sie nickte und führte mich durch den Gastraum hinaus zu einem Tisch, der am Rand der Terrasse unter einem Heizpilz stand. Jase blickte auf, als ich näher kam, und stand umgehend auf, um mir einen Stuhl zurechtzurücken. Ehe ich mich setzte, legte er mir eine Hand auf die Hüfte, beugte sich vor und küsste mich auf die Wange. Ich schnappte nach Luft und hielt den Atem an, als seine Lippen mein Gesicht berührten. In diesem Moment war mir zumute, als hätte mein Herz aufgehört zu schlagen. Zumindest hatte ich aufgehört zu atmen.

»Du hast dir ja lange Zeit gelassen«, flüsterte er an meinem Ohr.

»Bitte?« Mein Gehirn produzierte einen Kurzschluss.

»Vergiss es. Setz dich«, sagte er und deutete auf den Stuhl.

Unbeholfen nahm ich Platz. Er hingegen glitt elegant zurück auf seinen Stuhl. Er trug noch denselben gut geschnittenen pechschwarzen Anzug und das weiße Hemd, das er zuvor getragen hatte. Nur die Krawatte hatte er abgenommen. Der oberste Knopf seines Hemds war geöffnet, und für einen Moment stellte ich mir vor, die ganze lange Reihe Perlmuttknöpfe darunter ebenfalls zu öffnen.

»Ich hatte gar nicht vor zu kommen«, erklärte ich.

»Zu schade.« Er blinzelte gelassen.

»Willst du gar nicht wissen, warum?«

»Nein. Du bist doch jetzt hier.« Von dem zaghaften Jase, den ich gekannt hatte, war nichts mehr übrig, stattdessen strotzte er geradezu vor Selbstsicherheit.

Ich blickte auf das Meer hinaus. »Schöne Aussicht, nicht wahr?«

Seine Augen ruhten unverwandt auf mir. »Ja, allerdings.«

Unser Tisch war so klein, dass ich ihn mühelos über die Tischplatte hinweg hätte berühren können, wenn ich nur wollte. Und ich wollte. Ich hatte nur nicht den Mut dazu.

»Vielleicht eine Flasche Wein?«, fragte er.

Ich nickte. »Klar. Such was aus.«

»Ist Rotwein okay?«

Ich nickte erneut. Was ich an sprachlichen Fähigkeiten zu besitzen glaubte, ließ mich gerade in rasantem Tempo im Stich.

Er rief die Kellnerin und bestellte eine kostspielige Flasche Pinot Noir, als hätte er dergleichen schon eine Million Male getan.

»Also …«, sagte ich, als die Kellnerin gegangen war, um den Wein zu holen.

»Du hast das Buch heute Nachmittag nicht zu Ende gelesen, richtig?«

»Ich habe ein bisschen gelesen, aber ich war zu beschäftigt.«

Die Kellnerin kehrte mit einer Flasche und zwei Gläsern zurück und schenkte uns Wein ein, während Jase mich weiterhin mit Blicken durchbohrte.

»Danke«, sagte er zu ihr.

Ich nippte an dem Wein und lächelte. »Der ist sehr gut.«

Er nahm einen Schluck aus seinem Glas, schaute kurz zum Ozean hinaus und sah dann wieder mich an. »Gott … Ich habe dich so vermisst, Em.«

Mein Lächeln verblasste, und ich kämpfte prompt mit den Tränen. »Tu das nicht, bitte.«

Erneut wandte er den Blick ab. »Also … Trevor, ja? Einen Sportler hätte ich nie an deiner Seite erwartet.«

»Jedenfalls ist er kein gewaltbereiter Alkoholiker«, erwiderte ich abwehrend.

»Und das reicht für dich?«, fragte er mit einem ironischen Lächeln.

»Nein, ich meine …«

»Ich nehme dich nur auf den Arm.«

»Du bist immer noch unmöglich, Jase.«

»Du bist immer noch wunderschön, Em. Sogar schöner als in meiner Erinnerung.« Sein Blick wanderte über meine Schultern, meine Brüste und weiter an dem schwarzen Slip Dress herab.

»Wann bist du zu so einem Lüstling geworden?«

»Ich habe nur … bestaunt, wie sehr sich manches verändert hat«, sagte er und ließ ein Grinsen aufblitzen, ehe er einen weiteren Schluck von seinem Wein nahm.

»Bitte.« Ich verdrehte die Augen. »Wir sind keine Kinder mehr.«

»Wir waren auch damals keine Kinder. Wenn mich mein Gedächtnis nicht trügt, sind wir ziemlich schnell erwachsen geworden.«

»Egal, ich bin trotzdem immer noch sauer auf dich«, erwiderte ich.

»Das sehe ich«, sagte er mit einem süffisanten Grinsen.

»Hör verdammt noch mal auf, mich so anzugrinsen.«

»Okay.« Seine Lippen bildeten prompt eine gerade Linie, aber seine zutiefst selbstsichere Haltung konnte er nicht verbergen.

Einige Augenblicke des Schweigens zogen dahin. Wir saßen da, nippten an unserem Wein und genossen den Ausblick. Es fühlte sich ganz und gar nicht seltsam an, und die Spannung zwischen uns schien sich zu legen.

»Ich bin so froh darüber, hier mit dir zu sitzen«, sagte er und hörte sich endlich ernst an. »Irre, was?« Er schaute zum Mond auf, der über dem Meer schimmerte. »Kalifornien, wie wir immer gesagt haben. Ist das zu fassen, dass wir tatsächlich hier sind, zusammen?« Ich blieb stumm. »Also, Em, erzähl mir, wie dein Leben verlaufen ist. Denn von außen betrachtet sieht es so aus, als hättest du alles ganz gut hinbekommen.«

»Eigentlich nicht. Ganz und gar nicht«, murmelte ich und starrte auf meinen Schoß.

Er sah meine Lippen an, ehe sein Blick zu meinen Augen zurückkehrte. »Trevor ist ein netter Kerl, nehme ich an?«

Ich nickte. »Ja, das ist er.« Und das meinte ich auch so. Trotz all seiner Unzulänglichkeiten war Trevor mir jahrelang ein verlässlicher und treuer Partner gewesen.

»Und du bist jetzt außerordentliche Professorin für Kreatives Schreiben?«, fragte Jase.

»Eher so etwas wie eine unterbezahlte Dozentin«, korrigierte ich.

»Na ja, ich weiß, dass du viel mehr bist als nur das.« Sein Gesichtsausdruck stimmte exakt mit dem überein, den ich aus unserer Jugend in Erinnerung hatte. Nur wenige Menschen in meinem Leben waren so offenherzig wie Jase. So großspurig und stur er auch sein konnte, er konnte auch enorm ernsthaft sein.

»Manche können eben nicht … weißt du …« Ich zuckte mit den Schultern. »Ich versuche noch herauszufinden, was ich als Nächstes tun soll. Ich hatte nie so ein Talent zum Schreiben wie du.«

»Das bezweifle ich. Aber du warst immer schon sehr streng zu dir.« Über den Tisch hinweg griff er nach meiner Hand. Instinktiv ergab ich mich diesem Augenblick der Vertrautheit, und mein Bedürfnis davonzulaufen löste sich mehr und mehr in Luft auf. »Warum bist du hergekommen, Em? Warum bist du so zwiegespalten?«

Ich sah ihm in die Augen. »Ich bin hergekommen, weil ich alles tun würde, worum du mich bittest«, antwortete ich mit zitternder Stimme.

Er lächelte. »Alles?«

Ich nickte.

»Dann trenn dich von ihm.«

Ich entzog ihm meine Hand. »Du hast mich in dieser Nacht vernichtet, und du hast es mit diesem Buch noch einmal getan.«

»Ich dachte, ich würde dich retten.«

Ich fing an zu weinen.

»Nicht weinen.« Er wischte mir die Tränen aus dem Gesicht. »Du kennst mich. Ich wollte damals tapfer sein.« Er lachte. »Sieht aus, als hätte mein Plan nicht funktioniert.«

Doch das hatte er. Seine Worte hatten mich voll erwischt. Ich wusste, was er vorhatte, aber es war so viel Zeit vergangen. War es nicht längst zu spät? Warum hatte er so lange gewartet? Ich hatte sieben Jahre mit Trevor verbracht, beinahe genauso lange, wie Jase und ich als Freunde zusammen aufgewachsen waren. Ich drückte die Schultern durch, sammelte mich und richtete mich auf meinem Stuhl auf.

»Schläfst du mit deiner Agentin?«

»Schläfst du mit Trevor?«

»Also?«

»Nein, Emiline. Seit ich fünfzehn war, warst du die einzige Frau in meinem Leben.« Ein Mundwinkel wanderte aufwärts, und die Stimmung schien heiterer zu werden.

»Ganz genau.«

»Andrea und ich sind, hm, wie sagt man so was?« Er blickte auf und neigte den Kopf zur Seite, als würde er angestrengt nachdenken. »Wir haben Sex. Ja, hauptsächlich haben wir Sex. Ist das okay für dich?«

»Liebst du sie?«

»Nein.«

»Weiß sie das?«

»Ja, das weiß sie.«

»Warum bist du so blasiert?«

»Ich verstehe wirklich nicht, wo diese Art der Befragung hinführen soll, aber, wenn du es wissen musst, Andrea und ich sind nur Kollegen mit gewissen Vorzügen.«

»Das ist unprofessionell.«

»Wir sind erwachsen. Sie hat eine achtjährige Beziehung mit irgendeinem Idioten hinter sich. Sie ist nicht auf der Suche nach einer neuen Beziehung.«

»Das denkst du, aber du weißt nicht, wie Frauen dich sehen.«

»Wie sehen Frauen mich?«

Ich trank einen Schluck Wein und verdrehte die Augen. »Ich habe vorhin eines deiner Fangirls getroffen. Sie meinte, du siehst toll aus und kannst dich gut in Frauen einfühlen.«

»Und was denkst du?«

»Was ich über dich denke? Im Moment bist du mir irgendwie ein Rätsel, aber hätte ich dich gerade zum ersten Mal getroffen, würde ich sagen, arrogant, selbstherrlich, egozentrisch …«

»Au«, machte er, sah aber nicht im Mindesten verletzt aus. »Hältst du mich wirklich für egozentrisch?«

»Ich habe Jahre in Therapie verbracht und versucht, mich von all dem Mist zu befreien, den wir durchgemacht haben. Und jetzt hast du dieses Buch geschrieben und Erfolg damit, der ganzen Welt *meine* Geschichte zu erzählen.« Ich wedelte mit der Hand in seine Richtung. »Und dann tauchst du hier auf und siehst so aus?« Ich schüttelte den Kopf. »Ich wünschte, ich wäre jetzt nicht so wütend auf dich, denn ich möchte mich an den guten Erinnerungen festhalten. Weil es eine ganze Menge gute Erinnerungen gibt.«

»Ich möchte *dich* festhalten«, sagte er rasch. »Aber das kann ich nicht, weil ich zu spät gekommen bin.«

»Das kannst du mir nach all dieser Zeit nicht antun. Ich habe jetzt ein eigenes Leben.«

»Sei mir nicht böse, Em.« Während er sprach, erkannte ich ein jungenhaftes Funkeln in seinen Augen. »Was das Buch betrifft, lies einfach den Rest, wenn du magst. Entscheide ganz für dich allein – tu es nicht für irgendjemand anderen.« Er schüttelte den Kopf. Dann blickte er abrupt auf und rief nach der Kellnerin. »Die Rechnung, bitte!«

»Schon? Das war alles? In dem Buch hast du es hingestellt, als hätte ich das getan. Aber ich habe uns nicht verraten – das warst *du*. Du bist schon sehr lange zu spät dran, Jase, und das kannst du nur dir selbst vorwerfen.«

»Alles, was ich in dem Buch geschrieben habe, hat einen Grund. Ich hatte gehofft, du würdest es verstehen … du würdest verstehen, warum ich das Ende dieses Tages geändert habe. Ich hatte gehofft, es aus ihrem Blickwinkel zu schreiben, würde dir helfen, in Emersons Kopf hineinzugelangen und ihre Entscheidungen zu begreifen, aber wie es scheint, bist du immer noch zu aufgebracht.«

»Du tust geradezu, als hättest du das Buch für mich geschrieben«, sagte ich.

»Das habe ich«, entgegnete er leise. »Erinnerst du dich an dieses Vonnegut-Zitat? Du hast es mir vorgetragen. Als ich die Geschichte über die Ameisenfamilie geschrieben habe …«

Ich schüttelte den Kopf, aber ich erinnerte mich sehr wohl daran.

»So was wie ›Schreibe nur für einen Menschen‹?«

Die Kellnerin brachte die Rechnung, und Jase gab ihr seine Kreditkarte, ohne auch nur einen Blick daraufzuwerfen.

»Aber der größte Teil des Buchs ist gar nicht über uns. Alles, was nach dieser Nacht passiert, ist reine Erfindung.«

»Ich habe nicht gesagt ›über‹, ich habe gesagt ›für‹, aber belassen wir es einfach dabei.« Er unterschrieb den Beleg, erhob sich und streckte die Hand nach mir aus. »Ich bringe dich nach Hause.«

»Das ist nicht nötig.«

Er nahm meine Hand und zog mich sanft mit sich. »Komm schon.«

Wir gingen zusammen die zwei Blocks zurück zu meiner Wohnung. Ich wusste, dass wir beide das Gleiche dachten: wie gut und richtig es sich anfühlte, wieder einmal Seite an Seite zu gehen.

»Wie geht es deiner Mom?«, fragte ich.

»Gut. Sie ist clean. Sie lebt in Philly. Da sind wir hingezogen, nachdem ich Nick angezeigt hatte.«

Nick hieß im Buch Cal Junior. Ich hatte nicht gewusst, dass Jase die Sache tatsächlich durchgezogen hatte. Das erklärte aber das abgerissene Haus, das ich bei dem Ausflug nach Ohio vorgefunden hatte.

»Schön für dich, Jase. Das freut mich.«

Er folgte mir den ganzen Weg die Treppe hinauf bis zur Wohnungstür. Dort drehte ich mich um, lehnte mich an die Tür und starrte ihn lange wortlos an. Er wich meinem Blick nicht aus. Ich wusste nicht, was ich tun oder sagen sollte, ich wusste nur, dass ich ihn nicht wieder gehen lassen konnte.

»Jason?«

»Ja?«

»Ich konnte das bisher nicht sagen, aber ich bin wirklich stolz auf dich. Ich bin wirklich stolz, dass du dich durch all diesen Kram, der uns passiert ist, nicht hast ausbremsen lassen.«

»Ich bin auch stolz auf dich. Ich wünschte, du könntest erkennen, wie toll du bist.«

»Findest du das?« Wärme flutete mein Gesicht.

»Ja, allerdings.«

In gewisser Weise war das alles, was ich mir wünschen konnte.

»Ich bin wütend, aber ich versuche, darüber hinwegzukommen, Jase. Ich möchte dich in meinem Leben haben – das weiß ich jetzt. Aber ich bin immer noch mit Trevor zusammen.« Ich blickte zu ihm auf, als er sich vorsichtig näher heranschob.

Er starrte zu mir herunter, auf den Lippen ein schwaches, angespanntes Lächeln. Ich sah so etwas wie Ehrerbietung in seiner Miene und noch etwas anderes: Resignation.

»Freunde?«, flüsterte er.

Ich nickte. »Bleibst du länger in San Diego?«

»Ich fahre morgen wieder nach Hause und breche am nächsten Tag zu einer Lesereise auf. Zwölf Städte.«

»Das ist doch großartig.«

»Ist es das?«

Zwischen uns brodelte so viel, und nicht alles war ausgesprochen worden.

Leise sagte ich: »Ich habe vorhin über unseren Tag im Schuppen nachgedacht.«

»Was hast du getan, während du darüber nachgedacht hast?«

»Stopp«, sagte ich belustigt.

»Nur ein Scherz. Ist es nicht merkwürdig, dass wir damals gar nichts hatten, und trotzdem hat es sich irgendwie so angefühlt, als … als hätten wir alles?«

»Ja.« Er ergriff meine Hände, beugte sich langsam nach vorn und küsste meine Lippen, sanft, liebevoll, ganz so wie beim ersten

Mal. Meine Augen waren geschlossen, und ich versuchte, den Moment festzuhalten, aber seine Lippen waren viel zu schnell wieder fort.

Cyndi riss die Tür auf und streckte die Hand an mir vorbei. »Hallo Jason, wir haben schon so viel von dir gehört.«

»Hallo. Schön, Sie endlich kennenzulernen. Cyndi, nehme ich an?«, antwortete er, als er ihr die Hand schüttelte.

»Ja, das bin ich, und das ist meine Partnerin Sharon.« Cyndi war ganz aufgeregt. Ich schaute zum Sofa hinüber, wo Sharon saß und ebenfalls über das ganze Gesicht strahlte.

»Ich habe Sie vor einigen Jahren bei einem Vortrag gesehen«, berichtete Jase.

Ruckartig drehte ich den Kopf zu ihm. »Wo?«

Cyndi antwortete an seiner Stelle. »Oh, ja. Einige meiner frühen Vorträge wurden im Fernsehen auf einem Bildungssender übertragen.«

Das ergab Sinn; Jase hatte immer schon viel ferngesehen oder gelesen.

»Kostenloses College, wie genial ist das?«, sagte er. Cyndi und Sharon kicherten. Unfassbar. Jase grinste von einem Ohr zum anderen und war dabei so charmant, dass selbst meine lesbischen Tanten beinahe aus ihren Klamotten gesprungen wären.

»Na gut, meine Damen, ich sollte besser gehen.«

»Moment.« Ich lief zur Küchenschublade, notierte meine E-Mail-Adresse und meine Telefonnummer auf einem Post-it und reichte es ihm. »Ruf an, wenn du das nächste Mal in San Diego bist.«

Nickend nahm er den Zettel und steckte ihn in die Tasche. »Mach ich. Ich wünsche dir eine gute Nacht, Em.« Er küsste mich auf die Wange, und weg war er. Mir war, als wäre ich wieder fünfzehn, als ich zusah, wie er die Treppe hinunterlief.

»Er hat sie ›Em‹ genannt«, hörte ich Sharon sagen. »Wie süß ist das?«

Hinter mir bekundete Cyndi: »Wir sagen nichts dazu, aber ich bin ziemlich sicher, du weißt auch so, was wir denken.«

Ziellos und mit gesenktem Kopf streifte ich durch das Wohnzimmer, und die beiden sahen zu, wie ich zu verarbeiten versuchte, was gerade passiert war.

»Willst du reden, Sweetie?«, fragte Sharon.

»Nein. Ich glaube, ich gehe ins Bett.« Ich konnte das alles einfach nicht fassen.

Im Bett dachte ich zurück an jenen Tag im Schuppen und an das, was wirklich passiert war.

Jase kam aus der Schule zurück, müde, aber lächelnd. Ich hatte den ganzen Tag im Schuppen auf ihn gewartet und Cheerios aus der Schüssel geknabbert. Als er hereinkam, saß ich am Tisch und starrte zu dem kleinen Fenster hinaus.

»Wie war dein Tag, Liebling?«

Wie erschlagen fiel er auf die Pritsche. »Der längste Schultag aller Zeiten. Ich konnte es nicht erwarten, zu dir zurückzukommen.«

»Und wie ist der Test in Geschichte gelaufen?«

»Den habe ich mit links geschafft.«

»Was sonst?«

Er trat sich die Schuhe von den Füßen. »Komm, leg dich zu mir.«

Ich trug ein lavendelfarbenes Sweatkleid, das Lisa, seine Mom, mir gegeben hatte. Als ich zu ihm ging, zog er sein T-Shirt aus. Ich setzte mich rittlings auf ihn und streichelte die Furchen zwischen den festen Muskeln an seinen Seiten.

Er legte seine Hände auf meine Hüften, strich an ihnen auf und ab und zog dabei das Kleid bis zur Taille hoch, ehe er anfing, an dem Bund meines geblümten Slips zu zupfen. »Der sieht nett aus, aber ich glaube, wir sollten ihn wegtun«, sagte er.

Wir lachten, und die Pritsche wackelte unter uns. »Das wird ein bisschen Finesse erfordern.«

Er packte mit einer Hand meine Hüfte. »Küss mich«, bat er. Als ich mich vorbeugte, schob er die andere Hand zwischen meine Beine und neckte mich durch den Stoff meines Slips. Wir küssten uns und küssten und küssten, unsere Zungen tanzten, seine Hand rieb und drückte mich, und ich erbebte auf ihm. Bald atmeten wir schwerer, und ich spürte, wie er unter mir hart wurde. Jase war nie hektisch. Selbst mit sechzehn ging er sanft und geschmeidig vor. Damals wusste ich noch nicht, wie perfekt wir einander ergänzten, weil er alles war, was ich kannte. Aber später sollte ich lernen, dass niemand je auch nur ansatzweise imstande sein würde, die Gefühle wiederzubringen, die Jase in mir geweckt hatte.

Er zupfte an meinem Sweatkleid. »Zieh das aus.«

Während ich es mir über den Kopf zog, sagte ich: »Lach nicht.« Ich trug keinen BH, also hatte er einen freien Blick auf meine Brüste, während ich im hellen Sonnenschein, der durch das kleine Fenster hereinfiel, auf ihm saß.

Sein Mund klappte auf. Er starrte mich nur an, und dann umfasste er mit beiden Händen meine Brüste. »Warum um alles in der Welt sollte ich lachen? Du bist das Schönste, was ich je gesehen habe.« Er reckte den Kopf hoch und küsste meine Brüste, erst die eine, dann die andere, ehe er mich auf die Seite drehte. Ich schlang die Arme um seinen Hals, während wir auf der Pritsche lagen und uns küssten. Seine Hände streunten überall umher, und dann war mein Slip weg und seine Finger in mir.

Wir erforschten einander, ertasteten, küssten, berührten alles. Und dann, als ich mich fühlte, als würde ich buchstäblich in Flammen stehen, griff ich nach unten und öffnete den Knopf seiner Jeans. »Die muss auch weg. Das ist nur fair.«

Er stand auf, zog ein Kondom aus der Tasche und warf es auf die Pritsche. »Das habe ich aus der Schublade meiner Mom geklaut. Irgendwie schräg, was?«

Ich lachte. »Man muss tun, was man tun muss.«

»Das könnte jetzt ein bisschen peinlich sein.«

»Wird es nicht«, versicherte ich ihm. Er zog Jeans und Boxershorts aus und kam zurück zu der Pritsche, auf der ich immer

noch lag. Nun sah ich ihn zum ersten Mal, und er war wunderschön. Seine Haut war perfekt glatt, seine Schultern breit für einen Sechzehnjährigen. Das etwas zu lange Haar hatte er sich hinter die Ohren gestrichen, und seine Augen suchten meine in der Hoffnung auf Bestärkung. Ich streckte die Hand aus und berührte ihn.

Er schloss die Augen und gab einen erstickten Laut von sich. »Das solltest du vielleicht lieber nicht tun.«

»Habe ich dir wehgetan?«

»Nein. Gar nicht.«

Er streifte das Kondom über und kniete sich auf dem Bett zwischen meine gespreizten Beine.

»Wo hast du gelernt, wie das geht?«, fragte ich ihn, obwohl ich die Antwort fürchtete.

»Hab ich im Fernsehen gesehen.«

»Wirklich?«

»Ja, Kabel.« Er zuckte mit den Schultern.

Jase hockte sich zwischen meinen Beinen auf die Fersen, wartete auf irgendetwas. »Komm wieder her«, bat ich, aber er blieb, wo er war. Vor ihm fühlte ich mich trotz meiner Nacktheit nicht entblößt oder schutzlos. Er kannte mich, und ich wünschte mir nur, dass er mich berührte.

»Bist du sicher, dass du dazu bereit bist? Es könnte wehtun«, sagte er.

Ich nickte.

»Ich liebe dich, Emiline. Ich habe dich schon geliebt, ehe ich wusste, was das bedeutet.«

»Ich liebe dich auch, Jase ... Ich werde dich immer lieben.« Dieses Gefühl war mir so vertraut wie mein eigener Name.

»Schwör es.«

»Ich schwöre, ich will es.«

Er starrte mir in die Augen. »Schwör, dass du mich liebst und mir vertraust«, sagte er.

»Jase ...« Ich schluckte, und dann traten mir die Tränen in die

Augen. »Ich schwöre bei Gott und deinem und meinem Leben, dass ich dich liebe und dir vertraue.«

Und dass ich dich immer lieben werde.

Das war das größte Versprechen, das ich je gegeben hatte, aber ich wusste sogar mit meinen fünfzehn Jahren, dass es die reine Wahrheit war.

»Nicht weinen, bitte.« Mit dem Daumen strich er die Tränen weg, lächelte und küsste meine Nasenspitze. »Du bist absolut sicher, dass du willst, dass ich derjenige bin?«

Ich schniefte und lachte gleichzeitig. »Jason Dean Colbertson, das ist eine dumme Frage. Hast du das vorher schon mal gemacht?«

»Nein.«

»Bist du absolut sicher, du willst, dass ich diejenige bin?«

»Du hast recht, das war eine dumme Frage.«

Er beugte sich vor und küsste mich, und dann, einen Moment später, war er in mir, und wir bewegten uns gemeinsam. Keiner von uns wusste so richtig, was zu tun war, aber wir hatten genug Geduld, und nach kurzer Zeit hatten wir es raus, und es tat nicht mehr weh.

Danach ging Jason zurück ins Haus und besorgte mehr Kondome. Wir verbrachten den Rest des Nachmittags mit lustigem, unbeholfenem, von Liebe durchdrungenem und verantwortungsvollem Teenagersex.

Wir waren so im Gleichklang, dass es mir noch nicht mal mehr wirklich auffiel. Ich ging voll und ganz davon aus, dass alle weiteren sexuellen Erfahrungen genauso schön und liebevoll sein würden, aber nichts war dem je gleichgekommen. Ich weiß noch, dass meine Freundinnen, nachdem ich Ohio verlassen hatte, erzählt hatten, Sex würde mit der Zeit immer besser werden und das erste Mal sei immer furchtbar, aber meines war nicht furchtbar gewesen, weil Jase und ich zuvor Jahre um Jahre damit zugebracht hatten, einander kennenzulernen.

Im Bett, in meiner Wohnung, starrte ich die Decke an, die in dem Lichtschein einer Straßenlaterne lag, der durch meine Vorhänge strömte. Ich wünschte, ich hätte ihn gefragt, wie sein Leben verlaufen war, nachdem wir nicht mehr zusammen waren. Und ich fragte mich, ob er jetzt ganz in der Nähe mit Andrea in irgendeinem Hotelzimmer war.

11. Ganz bei der Sache

Als ich am nächsten Morgen erwachte, schien mir die Sonne direkt ins Gesicht. Meine Augen waren vom vielen Weinen geschwollen und verklebt, und ich hörte Cyndi, Sharon und Cara in der Küche werkeln. Ich quälte mich aus dem Bett und schlich unbemerkt ins Badezimmer. Dort starrte ich mein Spiegelbild an und fragte mich, warum ich es vermied, das Buch weiterzulesen. Vielleicht fürchtete ich ja, wenn ich erst einmal damit fertig wäre, würde von Jase und mir nichts mehr übrig sein.

Schließlich ging ich in die Küche, wo mich ein lächelnder Trevor und eine spöttische Cyndi in Empfang nahmen, während Cara versuchte, mit der Wand zu verschmelzen.

»Wo ist Sharon?«

»Sie ist einkaufen gegangen. Du hast nichts zu essen hier«, klärte Cyndi mich auf.

»Oh.« Ich stellte mich auf die Zehenspitzen und küsste Trevor. »Morgen. Was machst du hier?«

»Ich dachte, wir könnten Cyndi und Sharon vielleicht auf eine Kajaktour zu den Höhlen einladen«, sagte Trevor.

»Okay.« Ich wandte den Blick von Trevor ab, sah Cara an und formte tonlos mit den Lippen: *Hast du ihn angerufen?*

Sie schüttelte den Kopf.

Sharon kam mit einer Tüte voller Lebensmittel zur Tür herein. »Was steht an, Kinder?«

»Wir gehen Kajak fahren«, verkündete ich.

Cyndi und Sharon blickten hektisch von mir zu Trevor und wieder zurück. »Entgeht mir irgendwas?«, fragte Trevor.

»Nein«, erwiderte ich. »Wir sollten uns fertig machen.«

Cyndi folgte mir in mein Zimmer. »Wirst du es ihm erzählen?«

»Es gibt nichts zu erzählen. Du hast mich noch nie bedrängt, also fang bitte jetzt nicht damit an.« Ohne ein weiteres Wort verließ sie das Zimmer. Cyndi und Sharon predigten stets Ehrlichkeit in Beziehungen, aber sie konnte nicht von mir erwarten, dass ich jedem auf die Nase band, dass Jase und ich uns am Vorabend getroffen und beschlossen hatten, Freunde zu bleiben. In dem Moment, in dem ich gesehen hatte, dass Trevor sich die Mühe gemacht hatte und hier war, war es mir plötzlich unbedeutend erschienen.

Eine Stunde später gingen wir hinunter zum Strand und mieteten Kajaks. Der Mann am Stand erklärte uns, dass wir zunächst kräftig gegen die Brandung würden paddeln müssen, danach konnten wir dann gemütlich nach Süden zu den Höhlen fahren, wo das Wasser ruhig war. Trevor hatte das schon mal gemacht, aber wir anderen waren blutige Anfänger.

Cyndi und Sharon waren fit und stark und immer für ein Abenteuer zu haben, also ging ich davon aus, dass sie das schaffen würden. Tatsächlich sah es bei ihnen sogar ganz einfach aus, als sie die erste Welle bewältigt hatten und beidrehten, um auf uns zu warten. Ich saß vorn in unserem Kajak, Trevor hinten.

Kurz bevor wir uns aufmachten, um uns der Brandung zu stellen, rief Trevor: »Denk dran, ich kann nicht paddeln, du musst dich also ein bisschen anstrengen.«

Ich drehte mich um und starrte ihn entsetzt an. »Was?«

Er hielt das Ruder quer über dem Schoß. »Mein Arm. Er ist immer noch nicht wiederhergestellt. So was soll ich ihm nicht zumuten.«

»Warum hast du dir dann überhaupt ein Ruder geschnappt?«

Er deutete auf die heranrollenden Wellen. »Dreh dich um und pass auf.«

Es war ein klarer, warmer Tag, aber es war Winter, also war das Wasser viel zu kalt zum Schwimmen. Das Ziel lautete folglich, so trocken wie nur möglich zu bleiben. Mir wurde schnell klar, dass ich deutlich stärker würde paddeln müssen.

»Das war deine Idee, Trevor!«, brüllte ich atemlos.

Sharon und Cyndi hatten die Brandung mühelos hinter sich gelassen, ehe die nächsten Wellen heranrollten, aber wir hatten nicht so viel Glück. Sie winkten uns zu, riefen: »Kommt schon, schnell!« Ich hätte beinahe gelacht bei dem Gedanken, wie idiotisch ich aussehen musste, krampfhaft gegen die Wogen paddelnd, während Trevor im Heck ein Sonnenbad nahm.

»Ich bin so sauer auf dich, Trevor! Ich kann deine hundert Kilo nicht den ganzen Weg da rauspaddeln!«

»Du kannst das, Emi. Du musst dich eben ein bisschen anstrengen.«

Knurrend paddelte ich schneller, links, dann rechts, aber wir waren zu schwer und kamen nur langsam voran. Die Wogen wurden größer und größer. Die erste kam heran, und ich schaffte es gerade, sie zu bewältigen, ehe sie brechen konnte. Hinter der Welle fiel das Kajak nach unten, woraufhin Wasser aufspritzte und direkt in meinem Gesicht landete. »O Gott, das ist eiskalt.«

»Weiter, Emi! Schnell!«

»Ach, sei still, Trevor. Ich brauche jetzt keinen Antreiber, ich brauche deine Hilfe beim Paddeln.«

»Ich kann nicht. Komm schon, du kriegst das hin.« Er drückte meine Schulter. Ich hätte beinahe mit dem Ruder ausgeholt und ihm eins übergezogen.

»Paddeln!«, hörte ich Cyndi rufen.

»Oh, nein!«, schrie ich. Eine riesige Woge rollte auf uns zu.

»Gerade richten!«, wies mich Trevor an.

Unser Kajak drehte sich quer zur Welle, und ich konnte nichts dagegen tun.

»Oh, Scheiße!« Ich paddelte, so schnell ich konnte, aber ohne Erfolg.

»So ein Mist!«, schimpfte Trevor hinter mir.

Die Woge hob das Kajak hoch und warf es um, wie ein Hotdogwürstchen im Drehgrill, drehte es aber nicht wieder zurück.

Stattdessen landete ich im eiskalten Wasser. Das schwere Kunststoffkajak war über mir. Ich schwamm darunter hervor bis zu einer Stelle, an der ich stehen konnte, und stellte fest, dass Trevor bereits vollkommen aufrecht in hüfttiefem Wasser stand, die Arme vor der Brust verschränkt. Nicht mal sein Haar war zerzaust, wohingegen meines nass und kraus in meinem Gesicht klebte. Meine Augen brannten vom Salzwasser, und meine Sonnenbrille trieb irgendwo zwischen den Wellen.

Ich starrte ihn an, während ich versuchte, wieder zu Atem zu kommen. »O mein Gott, wir wären beinahe ertrunken.«

Er schüttelte den Kopf. »Dafür waren wir nicht weit genug draußen.«

»Wie kommst du so schnell hierher?«

»Ich bin rausgesprungen, ehe die Welle uns erwischt hat. Ich habe erkannt, dass du es nicht schaffen würdest.« Trevor brachte absolut keine Geduld für Menschen auf, die nicht so koordiniert agierten wie er.

»Hattest du vor, mich einfach unter diesem Ding hängen zu lassen?«, brüllte ich ihn an.

»Was hätte ich denn tun sollen? Schwimmen kannst du doch.«

Ohne dass ich es merkte, ritt das Kajak auf einer kleineren Welle auf mich zu, schlug mir direkt in den Rücken und schleuderte mich gegen Trevors mächtigen Körper. »Aua!«

»Mein Gott, Emi!« Er legte mir den linken Arm um die Taille und hielt das Kajak mit dem rechten an.

Er wirbelte mich herum, bis ich in seichterem Wasser war, und stellte mich dort auf die Füße. Ich zitterte, also rannte ich zum Strand zurück und suchte unsere Handtücher. Von dort aus sah ich zu, wie Trevor das Kajak mit dem linken Arm zum Ufer zog und den rechten an den Körper hielt, als wäre er gebrochen.

Ich winkte Cyndi und Sharon zu. »Fahrt einfach weiter!«, rief ich, worauf sie sich wieder abwandten und ihren Weg zu den Höhlen fortsetzten.

Trevor näherte sich mir mit enttäuschter Miene. Ich warf ein Handtuch nach ihm. Er fing es auf und trocknete sich ab. Keiner von uns sagte einen Ton. Es war nichts zu hören außer den Wellen, die ans Ufer krachten, und meinen klappernden Zähnen.

Ich ließ mich, eingewickelt in mein Handtuch, in den Sand fallen. Ich wollte die Sonnenwärme aufnehmen, um die Kälte aus meinem bibbernden Körper zu vertreiben.

»Bist du ein netter Kerl?«, fragte ich nach einer Weile.

»Wie meinst du das?« Stirnrunzelnd drehte er sich zu mir um.

»Warum bist du mir gegenüber so grob?«

Abwehrend riss er die Hände hoch. »Bin ich gar nicht. Ich dachte nur, du könntest das schaffen.«

»Tja, ich kann es nicht … Inzwischen solltest du das auch wissen. Übrigens, nur falls du es nicht bemerkt hast, ich habe mich zutiefst erschrocken, mir ist kalt und ich zittere, aber du sitzt eineinhalb Meter entfernt von mir.«

Er rutschte näher heran und legte mir zögernd den Arm über die Schultern. »Nachdem wir uns gestern Abend verabschiedet haben, bin ich ins *Spot*, um mir das Ende des USC-Spiels anzusehen. Ich bin länger geblieben und habe ein paar Bier getrunken.«

Mir wurde mulmig. Ich wusste, wo das hinführen musste. »Okay …«

»Ich habe dich mit ihm vorbeigehen sehen.«

Ich war verzweifelt, weil es für Trevor so aussah, als würde ich ihn hintergehen. Hätte ich ihm einfach gesagt, dass ich mich gestern mit Jase getroffen hatte, wäre das nicht passiert. Da ich es ihm aber vorenthalten hatte, hatte ich dafür gesorgt, dass etwas eigentlich Harmloses plötzlich verwerflich erschien. »Ja, ich habe mich auf einen Drink mit ihm getroffen. Es ist nichts passiert. Wir haben nur ein bisschen über das Buch gesprochen. Er geht jetzt auf eine Lesereise durch zwölf Städte. Ich weiß nicht mal, wie lange er unterwegs sein wird.« Ich schwafelte vor lauter Nervosität, und mein Gewissen plagte mich, weil ich Trevor gegenüber nicht gleich offen und ehrlich gewesen war. Ich hatte mich mit einem anderen Mann getroffen, gleich, nachdem er mich gebeten hatte, seine Frau zu werden. »Es tut mir leid. Aber wir sind nur Freunde. Worüber machst du dir Sorgen, Trevor?«

»Nichts. Solange ich sicher sein kann, dass du eine sieben Jahre dauernde Beziehung nicht einfach wegwirfst, weil dein Jugendschwarm wieder in der Stadt ist.«

Ich hatte nicht die Absicht, darauf einzugehen, wie herablassend er über das sprach, was Jason und mich verbunden hatte. »Trevor, ich glaube, der einzige Grund, warum du dich jetzt so sehr bemühst, ist, dass du dich herausgefordert fühlst. Ich meine, du hast nie Interesse daran gezeigt, mit Cyndi oder Sharon Zeit zu verbringen. Du bist nie an einem Sonntagmorgen in meiner Wohnung aufgetaucht, weil du etwas mit mir unternehmen wolltest, obwohl tausend Footballspiele stattfinden.«

Er reagierte nicht. Wir saßen einfach schweigend beisammen, bis Cyndi und Sharon zurückkamen. Ich dachte darüber nach, dass Trevor mich im Grunde wie einen Kumpel behandelte. Wir hatten schon beim ersten Date Sex gehabt, und er war respektvoll und charmant gewesen. Er hatte die Finger nicht von mir lassen können … am Anfang. Aber jetzt waren wir nur so etwas wie Freunde, und ich wusste nicht mal, ob das noch zutraf. Ja, wir schliefen immer noch miteinander, aber das war rein körperlich – da war nichts Magisches dran. Meistens war es in fünf Minuten vorbei, und gewöhnlich musste ich wegen Trevors verdammtem Wurfarm die ganze Arbeit machen. Bei Jase war es das glatte Gegenteil gewesen. Wir hatten mit Freundschaft angefangen, und dann war unsere Beziehung nach und nach zu viel mehr geworden.

Ich wollte Trevor nicht mit Jase vergleichen. Die beiden waren sowieso zu verschieden.

Ich musste mir in Gedanken immer wieder sagen, dass Jase mich vor all diesen Jahren fortgeschickt hatte und Trevor jetzt hier bei mir war.

Als wir wieder in unserer Wohnung waren, verabschiedete sich Trevor, und Cyndi und Sharon machten sich auf den Rückweg zur Bay Area. Cara war mit Freunden unterwegs, also war ich allein, als das Buch anfing, nach mir zu rufen …

Aus: *All die Straßen auf unserem Weg*

In dem Jahr, in dem ich fünfzig wurde, starb mein Mann David bei einem Autounfall. Abrupt war meine nicht weiter beachtenswerte, gewöhnliche Ehe vorbei, und ich blieb allein zurück in meinem nicht weiter beachtenswerten, gewöhnlichen Leben. Meine Zeit als erwachsene Frau hatte ich dafür aufgewendet, mich um einen Mann zu kümmern, von dem ich nicht einmal wusste, ob ich ihn je wirklich geliebt hatte.

Seit David und ich die Highschool in der Bay Area abgeschlossen hatten, waren wir Davids langer Karriere beim Militär gefolgt und von einer Stadt zur anderen gezogen. Er war wenig zu Hause, und da wir keine Kinder hatten, war ich viel allein. Oft dachte ich an Jax – an sein süßes Gesicht und die Hoffnung in seinen Augen, als er mich in jener Nacht in Ohio angefleht hatte, einfach alles hinter mir zu lassen. Mit dieser Schuld ging ich durch das ganze Leben und fragte mich, ob er mir je vergeben hatte. Ich betete, dass er das alles hinter sich gelassen und da draußen an der langen Lehmstraße seinen Frieden gefunden hatte.

Ich brachte es nicht über mich, ihn anzurufen oder ihm zu schreiben, weil ich Angst hatte, er könnte mich hassen. Hätte ich gewusst, dass er mich hasste, hätte ich damit nicht leben können. Alles, was mir blieb, war die Hoffnung, er würde verstehen, dass ich das, was ich getan hatte, für *ihn* getan hatte … damit er sein ganzes Potenzial ausschöpfen konnte, ohne dass ich ihn belasten würde.

Später im gleichen Jahr starb mein Vater im Gefängnis. Ohne die Rechnung, die mir für seine Einäscherung präsentiert wurde, hätte ich nicht einmal erfahren, dass das Whiskeymonster zur letzten Ruhe gebettet worden war. Ich wusste nicht, woran er gestorben war, und ich unternahm keinen Versuch, es herauszufinden. Ich schickte einfach einen Scheck und seufzte erleichtert auf. Es ist leicht, zur Bürde des eigenen Lebens zu werden, ganz besonders, wenn man schon durch die Eltern als Bürde abgestempelt worden war, ehe man eine Chance hatte, sich zur Wehr zu setzen. Theoretisch war ich nun frei – von dem Ehemann, mit dem ich mich begnügt hatte, von dem Vater, der mich auf diesen Lebensweg geschickt hatte. Aber ich *fühlte* mich nicht frei. Mein Leben war keine Tragödie, aber ich hatte auch nie zulassen können, etwas Besonderes daraus zu machen. Meine selbst auferlegte Strafe hinderte mich daran, das Glück zu finden, von dem Jax und ich geträumt hatten, als wir vor all diesen Sommern gemeinsam auf dem Feld nahe dem Bach gelegen hatten.

Ich bedauerte, nie nach meiner Mutter Diana gesucht und Frieden mit ihr geschlossen zu haben, aber mehr als alles andere bedauerte ich dieses Leben ohne Jax. Ich hätte bereitwillig das Elend an dieser Lehmstraße ertragen, nur um bei ihm zu sein.

Drei Jahre nach Davids Tod zog ich zurück nach Ohio, nach New Clayton. Ich bekam keine große Rente, also nahm ich einen Job als Kellnerin in einem Diner an. Ich wollte gerade bei der Heilsarmee nach einem Paar bequemer Schuhe für die Arbeit suchen, als ich an den Regalen mit gebrauchten Büchern vorbeikam. Ganz vorn, als wäre es absichtlich für mich dort platziert worden, sah ich ein Buch, auf dessen Einband ein Paar abgebildet war, das einander in den Armen lag. Der Titel lautete *Erste Liebe stirbt nie*. Doch das, was meine Aufmerksamkeit fesselte, war der Name des Autors: Jackson Fisher.

Plötzlich war ich wieder fünfzehn. Achtunddreißig Jahre waren vergangen, seit ich diesen Namen zum letzten Mal laut ausgesprochen hatte. »Jackson Fisher«, flüsterte ich. Meine Hand zitterte heftig, als ich nach dem Buch griff. Die Rückseite zierte ein altes Foto von Jackson, auf dem er vielleicht in den Zwanzigern war. Es war vor mehr als fünfundzwanzig Jahren veröffentlicht worden. Ich war am Boden zerstört …

12 Du könntest die Wahrheit erkennen

Mitten im Satz klappte ich das Buch zu. Ich heulte hysterisch und brachte es nicht über mich, noch weiterzulesen. Warum war da so viel Bedauern für Emerson, wenn sie doch all diese Entscheidungen selbst getroffen hatte? Das Buch fest an meine Brust gepresst, schluchzte ich vor mich hin.

Jase hatte gesagt, er hätte es für mich geschrieben, aber weil die Einzelheiten von der Wirklichkeit abgewichen waren, hatte ich ihm nicht geglaubt. Bis jetzt. Doch ich erkannte die Parallelen in den Lebensumständen von Emerson und mir. Aber da war ein verängstigtes kleines Mädchen in mir, und dieses Mädchen war einfach nicht bereit zu akzeptieren, dass jemand es genug liebte, dass er ein ganzes Buch schrieb, um ihm zu helfen, seinen Kummer zu verarbeiten.

In ein paar Stunden würde der Morgen dämmern, aber statt endlich zu schlafen, fing ich an, mir einen Plan zurechtzulegen.

Am nächsten Morgen marschierte ich voller Entschlossenheit über den Parkplatz der UCSD und schlug dann den Weg zum Büro von Professor James ein. Er saß in einem Ledersessel mit hoher Lehne in der Nähe des Fensters und blickte auf den Campus hinaus. Da er der Fachbereichsleiter war, musste ich mich zuerst mit ihm auseinandersetzen.

»Professor?«

Er blickte auf. »Emiline. Kommen Sie rein.«

Ich trat ein und baute mich vor seinem Schreibtisch auf, während er mich über den Rand seiner Gleitsichtbrille hinweg musterte. »Kann ich Sie kurz sprechen?«, fragte ich.

»Sicher. Nehmen Sie Platz.« Er deutete auf den Stuhl, der ihm gegenüber vor dem Schreibtisch stand.

Ich setzte mich, faltete die Hände und starrte in meinen Schoß. »Ich möchte was Richtiges schreiben. Ich weiß nur noch nicht, was. Ich brauche ein Sabbatical.«

Er lachte. »Sie sind nicht einmal ordentliche Professorin, außerdem können Sie nicht mitten im Semester ein Sabbatical nehmen.«

»Ehrlich, ich muss mal eine Weile in mich gehen.«

»Berühmte letzte Worte«, entgegnete er gestreng.

»Professor, ich weiß bisher nicht einmal, ob ich eine Autorin bin. Ich nehme an, ich könnte auch einfach nur eine wirklich gute Leserin sein.« Auf der Suche nach Zustimmung sah ich ihm forschend in die Augen.

Er begegnete meinem Blick. Lange Zeit schaute er mich nur an. »Emiline«, sagte er dann schließlich, »Sie sind definitiv eine Autorin, aber Sie müssen sich darüber klar werden, worüber Sie schreiben und wer Ihre Leser sind.«

Ich nickte. »Verstanden.«

»Warum fangen Sie nicht damit an, für sich selbst zu schreiben und zu sehen, was passiert. Vergessen Sie nicht, Sie müssen erst gut sein, ehe Sie nach Größe streben können.« Er strich mit den Fingern über seinen Bart. »Wie lange wollen Sie wegbleiben?«

»Zwei Wochen. Höchstens.«

Er lachte wieder. »Das ist aber kein Sabbatical, Emiline.« Dann musterte er mich erneut über den Rand seiner Brille hinweg. »Ich nehme an, Sie können nicht bis zum Sommer warten, um in sich zu gehen?«

Energisch schüttelte ich den Kopf. »Es müsste jetzt sein. Ich würde insgesamt vier Vorlesungen verpassen, aber ich könnte Cara bitten, für mich einzuspringen.«

Er nickte. »Normalerweise würde ich so einer Bitte nicht entsprechen, aber wenn Sie Cara wirklich überzeugen können, Ihren

Unterricht zu übernehmen, kann ich Ihnen für zwei Wochen Urlaub aus persönlichen Gründen gewähren. Sie kümmern sich um den nötigen Papierkram?«

»Selbstverständlich, Professor.«

»Und dann bringen Sie mir zehntausend gute Wörter?«

Ich hätte wissen müssen, dass die Sache einen Haken hatte. »Sie wollen, dass ich in meinem Urlaub an einer Kurzgeschichte arbeite?«, fragte ich.

Er zuckte mit den Schultern. »Diese Bitte ist doch wohl kaum unzumutbar. Immerhin gewähre ich Ihnen mitten im Semester Urlaub.«

»Zehntausend *gute* Wörter?«

»Irgendwo müssen Sie doch anfangen«, sagte er.

»Okay.« Ich stand auf und schüttelte ihm die Hand. »Danke.«

Dann rannte ich los, um Cara zu suchen.

Kaum war ich wieder in unserer Wohnung, packte ich einen kleinen Koffer und rief Cyndi an.

Nach einem kurzen Gespräch kam ich zum Punkt.

»Ich will Kontakt zu meinem Vater aufnehmen.«

Sie atmete lang und hörbar aus. »Hat das etwas mit dem Buch zu tun, das Jase geschrieben hat?«

»Nein, dabei geht es nur um mich«, sagte ich und meinte es auch so. »Würdest du mir sagen, wo er ist?«

»Ich habe dir nie irgendwelche Informationen vorenthalten, das weißt du doch, oder?«

»Ich weiß. Ich habe nur nie Einzelheiten erfahren wollen, aber jetzt will ich es. Hast du von ihm oder von meiner Mutter gehört?«

Sie seufzte. »Ich weiß nur, wo dein Dad ist. Er lebt in Dayton und arbeitet als Mechaniker. Sollen wir dich hinbringen? Wir könnten im Frühjahr nach den Abschlussprüfungen hinfahren.«

»Nein, ich brauche nur seine Adresse. Das muss ich allein machen.« Für zehn Sekunden herrschte unbehagliche Stille. »Tante Cyndi? Bitte bekomm das nicht in den falschen Hals. Ich liebe dich und bin dankbar für alles, was du und Sharon für mich getan habt. Ihr habt mir ein Leben ermöglicht, von dem ich vorher nicht einmal zu träumen gewagt habe. Aber ich habe diesen ganzen Mist noch nicht aufgearbeitet, und ich kann mich nicht weiterentwickeln, solange das nicht erledigt ist. Ich muss das allein tun.«

»Mir ist nicht so ganz klar, was du von deinem Vater erwartest, Emiline. Ich will einfach nicht, dass du verletzt wirst.«

»Ich weiß, aber ich muss ihn sehen.«

»Nimmst du Trevor mit?«

»Machst du dir Sorgen um meine Sicherheit?«, fragte ich.

»Nein. Dein Dad ist trocken.«

Das überraschte mich sehr. Warum hatte sie mir das nicht erzählt? »Ich fahre allein hin«, sagte ich mit fester Stimme.

Endlich ließ sich Cyndi erweichen und gab mir die Adresse von seiner Wohnung und die von der Werkstatt, in der er arbeitete.

Ich buchte einen Nachtflug und suchte mir ein billiges Hotel. Dann schickte ich Cara eine Nachricht mit den Einzelheiten und verbrachte den Rest des Tages damit, meine Sachen zu packen. Als Cara vom Unterricht nach Hause kam, saß ich mit Rucksack und Koffer auf dem Sofa. Ich hatte nur meinen Laptop, Jases Buch und ein paar Klamotten eingepackt.

Sie musterte mein Gepäck und runzelte besorgt die Stirn. »Das ist alles, was du für eine zweiwöchige Reise eingepackt hast?«

»Jepp.«

»Wie kommst du zum Flughafen?«

»Ich rufe mir in einer Minute ein Taxi.«

Sie ließ ihre Sachen auf den Boden fallen und schüttelte den Kopf. »Nein. Du rufst kein Taxi. Komm schon, ich kann dich doch fahren.«

»Bestimmt?«, fragte ich unsicher, obwohl ich im Stillen gehofft hatte, sie würde mich hinbringen.

Cara lachte. »Denkst du etwa, ich lasse dich deine Quarter-Life-Crisis ganz allein genießen? Komm, fahren wir.«

Ich schenkte ihr ein dankbares Lächeln. »Danke, mein Glücksbärchi.«

»Bitte sag Trevor nichts«, bat ich Cara, als wir in ihrem Jeep zum Flughafen fuhren. »Ich muss über vieles nachdenken. Ich habe ihm erzählt, ich würde nach Ohio fliegen, weil ich eine Auszeit brauche.«

»Ich glaube, er würde es verstehen, Emi.«

»Ich brauche wirklich Zeit für mich allein«, betonte ich.

»Schon verstanden.« Sie drückte meine Hand. »Dein Geheimnis ist bei mir sicher.«

Am Flughafen nahm Cara mich fest in die Arme. »Ich hoffe, du findest, was du suchst«, flüsterte sie. Ich nickte nur, zu überwältigt, um etwas zu sagen.

Nachdem wir uns verabschiedet hatten, ging ich zum Terminal. Unterwegs schaute ich mich noch einmal um und sah, dass Cara mir winkte. Ich winkte zurück, bis ich sie nicht mehr sehen konnte, ganz wie ein kleines Mädchen. Dann bekam ich meine Bordkarte und huschte in Rekordzeit durch die Sicherheitskontrolle – der einzige echte Vorteil von Nachtflügen.

Als ich am Gate war, schrieb ich Jase eine Nachricht.

Ich: Hast du die Vorlesung meiner
Tante gesehen, bevor du gekommen
bist, um mich aus der Pflegefamilie
zu holen?

Jase: Ja. Als du mir erzählt hast,
dass du bei ihr leben sollst, habe
ich nach ihr gesucht und ihre
Vorlesung über die Auflösung von
Konflikten in Romanen gesehen.

Ich: Was für eine Ironie.

Jase: Ich wusste, dir würde es bei
ihr in Kalifornien besser gehen,
aber ich war noch nicht bereit,
dich gehen zu lassen.

Ich: Also hast du gewusst,
dass du mich irgendwann
verraten würdest?

Jase: So habe ich das nicht gesehen.

Ich starrte die Nachricht an und wusste nicht recht, wie ich reagieren sollte. Ich war nicht wütend, aber die Neuigkeit brachte mich durcheinander. Ich hatte von Beginn an keinen Einfluss auf die Dinge gehabt, die in jener schicksalhaften Nacht mit Jase geschehen waren.

Zwanzig Minuten zogen dahin, und dann schickte er mir eine weitere Nachricht.

Jase: Hast du das Buch zu Ende gelesen?

Ich: Nein. Sei nicht so ein Egomane.
Keine Sorge, ich werde es zu Ende
lesen … und dann werde ich dir genau
sagen, was ich von deiner rührseligen
Prosa halte.

Jase: Ich sterbe vor Angst.

Ich: Das solltest du auch.

Jase: Ooh, streitlustig, Em.
Gefällt mir. Was hast du an?

Ich: Gute Nacht, Jase.

Jase: Soll ich dir ein Bild davon
schicken, was ich anhabe? ;) ;)

Ich: Gute Nacht, Jase.

Jase: Keinen Bock auf Sexting?

Ich: GUTE NACHT!

Jase: Nacht, Em. Viele Küsse.

Bei dem Wort Küsse lief ich rot an und sah mich unter den anderen Reisenden um, aber die fixierten alle ihre eigenen Smartphones.

Ich suchte nach Jases Autorenwebseite, um nachzuschauen, durch welche Staaten er reisen würde. Er hatte Lesungen in den größten Städten im Osten und im Westen, außerdem in Nashville und New Orleans. Ich rief die früheren Termine auf und sah, dass er Ohio bereits besucht hatte. Warum das von Bedeutung war, wusste ich selbst nicht so recht, vermutlich fragte ich mich ganz absichtslos, ob wir die gleiche Reise machten.

Als mein Flugzeug um acht Uhr morgens in Dayton landete, war ich hellwach und voller Adrenalin. Ich hatte nur ein paar Stunden geschlafen. Mein Kopf war viel zu voll mit Jase, meinem Vater, ungeordneten Erinnerungen, Trevor und diesen zehntausend Wörtern, die ich dem Professor am Ende dieser Reise schuldig sein würde.

Bei Avis mietete ich einen Hyundai Accent, der als Kleinwagen ausgewiesen war. Tatsächlich war er sogar winzig, aber er brachte mich in null Komma nichts vom Flughafen weg und auf die Interstate.

Gegen elf Uhr vormittags war ich am Empfang in der Lobby eines *Holiday Inn*. Mein Zimmer war bereit, also machte ich mich schnell frisch, schickte Cara und meinen Tanten eine Nachricht, um ihnen zu sagen, dass ich sicher gelandet war, gab die Arbeitsadresse meines Vaters in das Navi meines Handys ein und machte mich wieder auf den Weg.

Nach einer Weile bog ich in eine Wohnstraße ein und entdeckte die Werkstatt ganz am Ende an der Ecke zur Hauptstraße. Ich schlich mit dem Accent die Straße hinunter, bemüht, außer Sichtweite zu bleiben, als wollte ich heimlich die Gegend auskundschaften, obwohl ich in einer leuchtend roten Jelly Bean von einem Auto saß. Schließlich parkte ich ein Stück entfernt unter einem Baum am Straßenrand und behielt die Werkstatt im Auge, auch wenn ich nicht wusste, was ich eigentlich zu sehen erwartete.

Nachdem ich eine halbe Stunde lang hingestarrt und nichts weiter zu Gesicht bekommen hatte als ein paar vorbeifahrende Wagen und eine streunende Katze, die in der Gasse neben der Werkstatt irgendetwas aus einer Aludose fraß, brachte ich endlich den Mut auf, mich näher heranzuwagen.

Es war eine ganz gewöhnliche Autowerkstatt mit zwei offenen Stellplätzen. Das Schild besagte, dass es sich um BENNY'S CAR REPAIR handelte. Auf der Hebebühne eines Arbeitsplatzes stand eine alte Toyota-Limousine, der andere war leer, abgesehen von Benny. Meinem Vater.

Er stand da in seinem blauen Arbeitsoverall und versuchte, sich die Schmiere mit einem Handtuch von den Fingern zu wischen. Ihn mit so kurzem Haar und sauber rasiertem Gesicht zu sehen, war ungewohnt. In meiner Kindheit hatte er nur selten so ausgesehen.

Er blickte auf und sah mich, wirkte zunächst teilnahmslos und dann, als die Erkenntnis heraufdämmerte, erschrocken. Aber er rührte sich nicht vom Fleck. Ich spürte, wie eine neue Woge Adrenalin durch meine Adern raste, doch nun gab es kein Zurück mehr.

»Hallo, meine Kleine.« Seine Stimme war heiser von Jahrzehnten des Rauchens, und der Klang weckte in mir eine Geruchserinnerung an rauchgeschwängerte Räume. Ich schüttelte den Kopf, wollte ihm so verzweifelt sagen, dass er mich nicht so nennen sollte, brachte aber nichts heraus. Als er nun auf mich zukam, wirkte er erschöpft und besorgt. Er warf das Handtuch zur Seite und musterte mich von Kopf bis Fuß. »Schau dich nur an, erwachsen und wunderschön, genau wie deine Mom. Ich freue mich, dass du gekommen bist. Ich bin überrascht, aber auch sehr froh, dass du da bist.«

Das waren die nettesten Worte, die ich ihn je über meine Mutter hatte sagen hören. »Du siehst auch gut aus«, beschied ich ihm.

»Im Moment muss ich schauderhaft aussehen. Hab den ganzen Tag gearbeitet … aber ich bin trocken.« Mit großer Ernsthaftigkeit sah er mir in die Augen. »Hundertprozentig. Schon seit eineinhalb Jahren.«

»Glückwunsch, das ist toll.« Ich nickte und rang mir ein Lächeln ab. Es fühlte sich an, als wäre er ein Fremder. In den fünfzehn Jahren, die ich mit ihm verbracht hatte, hatte ich ihn nie wirklich nüchtern erlebt. Sogar als er noch in der Papierfabrik gearbeitet hatte, hatte er getrunken. Aber der Mann, der da vor mir stand, vor dieser Werkstatt, der war irgendwie anders, das konnte ich spüren.

»Ich habe deiner Tante gesagt, sie soll keinen Druck machen. Sie war nicht überzeugt, dass du schon bereit bist, als ich wieder halbwegs klarkam. Ich habe ihr gesagt, wenn du irgendwann … bereit bist, würde ich dich gern sehen. Ich bin froh, dass sie das weitergegeben hat. Danke, dass du hergekommen bist.« Inzwischen schien er mit den Tränen zu kämpfen.

»Schon gut.«

»Nein, das ist es nicht. Hör mal, einen halben Block weiter gibt es ein Diner. Gib mir ein bisschen Zeit, um mich zu waschen und die Werkstatt zu schließen. Ich möchte es zur Abwechslung mal richtig machen. Gestattest du mir, dich zum Mittagessen einzuladen?«

Ich nickte.

Ich blieb draußen und sah vom Gehsteig aus zu, wie er hastig in der Werkstatt saubermachte und Werkzeuge aufräumte. Kurz verschwand er in einem Hinterzimmer, kam aber gleich darauf in einer frischen blauen Stoffhose und einem Flanellhemd wieder heraus. Es war kalt, also wickelte ich mir den Schal noch zweimal um den Hals.

»Frierst du?«, fragte er.

»Nein, alles in Ordnung.«

»Es ist gleich da unten.«

Wir gingen eine stille Geschäftsstraße hinunter und betraten, begleitet vom Läuten einer Türglocke, ein kleines leeres Diner. Eine ältliche Kellnerin schenkte Kaffee ein. Ohne sich zu uns umzudrehen, sagte sie über ihre Schulter: »Wo Sie wollen.«

»Zwei Kaffee für uns, Pat«, bat mein Vater und bedeutete mir, mich in die Nische zu setzen, die der Tür am nächsten war. Die Sitze waren in klassischem blauem Vinyl gehalten, und die Resopaltischplatte sah aus, als wäre sie den Sechzigern entsprungen, war aber in einem makellosen Zustand.

Pat trug eine Kellnerinnenuniform, wie sie typisch für ein Diner war. Sie hatte die grauen Haare zu einem strammen Pferdeschwanz zurückgekämmt, und an ihrem Hals baumelte eine Brille an einer Kette. »Hi, Benny. Wer ist das hübsche Mädchen?«

»Das ist meine Tochter Emiline.« Mein Vater strahlte vor Stolz.

»Oh«, flötete sie lächelnd. »Wie schön, Sie kennenzulernen.«

Ich zweifelte keine Sekunde daran, dass Pat unsere ganze Lebensgeschichte kannte. Mein Vater war hier offenbar Stammgast. Aber ich schätzte Pat als die Art Frau ein, die wusste, wie wertvoll Diskretion war.

»Ebenfalls«, sagte ich.

Als sie gegangen war, warf ich unter den wachsamen Augen meines Vaters einen Blick auf die Karte.

»Weißt du, was du willst?«

»Ja.«

Er rief Pat wieder zu uns. Ich bestellte Grillkäse mit Pommes Frites, er ein Truthahnsandwich.

»Ich weiß nicht, ob ich danach noch viel Appetit habe, aber ich hoffe, das ist es wert … für uns beide.«

»Wonach, Dad?«

Er griff über den Tisch hinweg nach meinen Händen, und ich ließ es zu. Dann, während er sie anstarrte, als könnte er immer noch nicht glauben, dass ich da war, sagte er: »Nach dem, was ich dir erzählen muss.«

»Okay.«

Er schniefte. »Von Daddys wird erwartet, dass sie ihre kleinen Mädchen beschützen. Das weißt du, richtig?«

Schon jetzt spürte ich, wie sich ein Kloß in meiner Kehle bildete. »Ja.«

»Männer, Daddys, Freunde, Ehegatten … sie sollten niemals einer Frau oder einem Kind wehtun, ob mit ihren Fäusten oder mit Worten oder auf irgendeine andere Art.«

Ich nickte, den Tränen zu nahe, um auch nur ein Wort zu sagen.

Er löste den Blick von meinen Händen und sah mir in die Augen. »Es tut mir so unendlich leid, Emiline.« Schmerz schlug sich in seinem Gesicht nieder, und plötzlich verließ uns beide die Beherrschung. Sein Körper erbebte unter Schluchzern – Schluchzern, die so gequält und erschütternd klangen wie meine eigenen.

Pat legte einen Stapel Servietten neben meinem Ellbogen ab und zog sich gleich wieder zurück.

»Ich konnte mir selbst nicht verzeihen, und ich habe nie geglaubt, dass ich Vergebung von dir verdient hätte«, gestand er weinend.

Über den Tisch hinweg hielten wir einander an den Händen,

bis die Tränen versiegten. »Das habe ich auch nicht geglaubt, aber ich muss dir vergeben. Und ich bin bereit, dir zu vergeben«, beteuerte ich.

»Dazu bist du nicht verpflichtet, Emiline. Ich habe so lange Ausreden gesucht. Ich habe es auf deine Mom geschoben oder auf die Schließung der Papierfabrik, aber es war alles meine Schuld. Deine Mom ist gegangen, weil ich sie weggestoßen habe.«

»Aber sie hat mich bei dir zurückgelassen«, sagte ich. Er zuckte zusammen, als hätten meine Worte ihm wehgetan. »Ich meine, wie gut kann sie als Mensch gewesen sein, wenn sie ihre Tochter einfach so verlässt?«

»Sie ist alles andere als perfekt, aber ich denke, sie hat auch einfach nicht geahnt, wie tief ich sinken würde, nachdem sie fort war.«

Ich nickte. »Erinnerst du dich an Jase?«

»Natürlich. Wenn ich mich auch bei ihm entschuldigen könnte, würde ich es tun.«

»Vielleicht kannst du das eines Tages. Er hat ein Buch geschrieben über all das, was wir durchgemacht haben. Er ist jetzt sozusagen berühmt. Ich glaube, das Buch hilft mir, das alles zu verarbeiten.«

»Freut mich, das zu hören. Richte ihm meinen Dank aus.«

Dank? Das versetzte mich in Erstaunen.

»Jason war immer so … versessen darauf, dir zu helfen, dich zu beschützen. Er hat auf dich aufgepasst … was eigentlich ich hätte tun müssen.«

»Das hat er«, stimmte ich zu. Sosehr ich versuchte, die Tränen zurückzuhalten, es war unmöglich. Die Gefühle, die allein durch seine Gegenwart geweckt wurden, schnürten mir die Kehle zu.

Nach einigen tiefen Atemzügen nickte mein Vater Pat zu, die uns aus dem Hinterzimmer im Auge behalten hatte. Prompt kam sie mit unseren Tellern herbei, und wir widmeten uns behutsam unserem Essen. Zwischen den Bissen sah mein Vater immer wieder auf und schenkte mir ein zartes Lächeln, beinahe, als wollte er sicherstellen, dass mit mir immer noch alles in Ordnung war.

»Vor ungefähr einem Monat habe ich mit deiner Mutter gesprochen«, berichtete er und brach damit die erstaunlich kameradschaftliche Stille zwischen uns.

Ich verschluckte mich an einem Stück gegrilltem Käse. »Was? Ich hatte keine Ahnung, dass du weißt, wo sie ist.«

»Emiline, ich habe eine Menge schlimme Dinge über sie gesagt, als du ein Kind warst. Das ist für dich vielleicht schwer zu glauben, aber ein paar davon sind wahr. Nicht alle, aber manche.«

»Was meinst du?«

»Als ich gesagt habe, ich habe sie vertrieben, habe ich gemeint, dass ich sie in die Arme eines anderen getrieben habe. Sie hat immer nach einem Helden gesucht. Inzwischen ist sie schon beim vierten Ehemann angekommen.« Er zog die Brauen hoch. »Der arme Trottel.«

Ich lachte verbittert, doch mein Lächeln erstarb. »Trotzdem, wie konnte sie ihre Tochter einfach zurücklassen?«

»Das ist schwer zu verstehen, zumal du so anders bist als sie. Gott sei Dank. Du warst nie wie sie.«

Diese Worte zu hören fühlte sich an, als würde ich von Gott selbst umarmt werden. Wenn die eigene Mutter, die Frau, die einen empfangen und zur Welt gebracht hat, herzlos genug ist, einen an einer Lehmstraße in einem Provinznest in Ohio bei einem verbitterten Alkoholiker zurückzulassen, dann hat man stets ein bisschen Angst, ihre scheußlichen Gene könnten irgendwann zum Leben erwachen.

»Warum hast du dann mit ihr gesprochen?«, fragte ich.

»Ich musste mit ihr über das Grundstück reden.«

»Das Grundstück an der Lehmstraße?«

»Eben das.«

»Ich dachte, das hätte die Bank übernommen und das Haus abgerissen.« Ich hatte einfach angenommen, mein Vater hätte den Besitz verloren. Ich konnte mir auch nicht vorstellen, wie er aus dem Gefängnis dafür hatte bezahlen können.

»Das Haus wurde abgerissen, aber ich habe das Grundstück behalten. Die Miete von Lisa hat gereicht, um die Raten zu bezahlen, bis ich aus dem Gefängnis entlassen wurde.«

»Dann hat dir das Haus, in dem sie gewohnt haben, auch gehört?«

»Ja. Beide Häuser. Und ein Haufen schlimmer Erinnerungen, aber nun sind sie fort. Sie waren von Termiten befallen, und beide hatten Wasserschäden, die nicht mehr reparierbar waren. Aber das Land ist immer noch da, und es ist gutes Land.«

Es ist seltsam, wenn man erfährt, dass etwas ganz anders war, als man während der ganzen Kindheit geglaubt hatte.

»Also hast du mit Mom über den Besitz gesprochen«, hakte ich nach.

»Ja. Sie hat zugestimmt, eine Verzichtserklärung zu unterschreiben, damit ich dir das Grundstück schenken kann.«

Ich zuckte regelrecht zurück. »Mir? Warum um alles in der Welt sollte ich dieses Grundstück wollen?«

»Weißt du noch, als du vier oder fünf warst und ich dir in dem Wasserloch das Schwimmen beigebracht habe, damals, als es noch voller war? Du bist mir gern auf den Rücken gekrabbelt und hast dich an mir festgehalten wie ein kleines Äffchen, und ich bin mit dir herumgeschwommen …« Er blickte zur Decke und blinzelte gegen die Tränen an. »›Noch mal, Daddy, noch mal‹ hast du immer gerufen, und dann bin ich für eine Sekunde abgetaucht und gleich wieder hochgekommen.« Inzwischen kämpfte auch ich wieder mit den Tränen. »Ich weiß noch, wie es sich angefühlt hat, als du deine kleinen Arme um meinen Hals geschlungen hast, wie sich dein fröhliches Kichern angehört hat, wenn wir wieder aufgetaucht sind, um Luft zu holen. Daran muss ich die ganze Zeit denken. Ich erinnere mich an diese Augenblicke.«

»Ich erinnere mich auch daran«, flüsterte ich. Damals hatte er das unser kleines Stückchen Himmel genannt.

»Es gehört dir. Das Grundstück gehört dir, und du kannst damit machen, was du willst. Es ist letztlich nur ein Stück Land, und es kann wundervoll sein. Für dich war es dort furchtbar, weil ich ein verbitterter Säufer war, aber so muss es nicht bleiben. Und ich habe einen kleinen Notgroschen für dich angespart, seit ich die Werkstatt eröffnet habe.«

Ich war fassungslos. *Warum tut er das?* »Du musst dir meine Zuneigung nicht erkaufen.«

Er griff nach meiner Hand. »Hör zu, Emiline, du weißt doch, was ich darüber gesagt habe, dass Daddys ihre kleinen Mädchen beschützen sollten.«

»Ich bin kein kleines Mädchen mehr.«

»Das bist du nicht, aber ich werde immer dein Dad sein. Ich habe so viel vermasselt, und das ist die einzige Möglichkeit, die mir bleibt, um zu versuchen, den angerichteten Schaden wenigstens teilweise wiedergutzumachen.«

Ich hatte in meinem Vater nie einen emotionalen, empathischen oder auch nur redegewandten Mann vermutet, aber jetzt zeigte er mir Seiten von sich, die ich vorher nie zu sehen bekommen hatte. Meine Gedanken überschlugen sich. Ich wusste, ich musste das, was er mir angeboten hatte, annehmen, auch wenn ich keine Ahnung hatte, was ich mit dem Land anfangen sollte.

Während ich an ihm vorbeistarrte und versuchte, mir zu überlegen, was ich tun sollte, sagte er: »Verkauf es. Mir ist egal, was du damit machst. Aber es gehört dir.«

»Okay.«

»Also nimmst du es an?«

»Unter einer Bedingung.«

»Ich bin ganz Ohr«, sagte er.

»Ich will die Adresse meiner Mutter.« Ich war fest entschlossen, sie zu konfrontieren, und ich wollte wissen, ob sie noch irgendwelche anderen armen Kinder verlassen hatte.

»Emiline …« Ein warnender Ton machte sich in seiner Stimme bemerkbar. »Sie wird sich wohl nicht geändert haben. Ich fürchte, du wirst sehr enttäuscht sein.«

»Das ist etwas, das ich tun muss. Ich muss sie sehen. Bitte.«

Ich wusste, er würde mich verstehen. Dafür musste ich ihm meine Motive nicht erst genauer auseinandersetzen. »Also gut, ich gebe dir ihre Adresse. Du bist stärker, als ich es war, Emiline. Aber versprich mir, dass du, ganz egal was sie sagt oder tut, tief im Herzen nicht vergisst, dass du gut bist. Und klug und schön. Sie kämpft mit ihren eigenen Dämonen, und falls sie dich zurückweist, hat das nichts damit zu tun, wer du bist.«

»Danke, das ist lieb von dir.«

»Wir können nicht mehr zurück. Da lauert zu viel Kummer. Würdest du bitte einfach mit mir nach vorn sehen?«

Über den Tisch hinweg ergriff ich seine Hand. »Das mache ich.«

Nach dem Mittagessen gingen wir gemeinsam zurück zu seiner Werkstatt, wo er mir die Adresse auf einen Zettel schrieb.

»Sie wohnt in Nashville.«

»Wie lang dauert die Fahrt dorthin von hier aus?«, fragte ich.

»Ungefähr sechs Stunden.« Er reichte mir einen Umschlag mit Bargeld. »Da sind dreitausend drin. Das solltest du so schnell wie möglich einzahlen. Ach, lass uns das einfach sofort machen. Ich folge dir in meinem Wagen zur Bank.«

Ein bisschen seltsam war es ja schon zu warten, bis die Tochter auf die dreißig zugeht, ehe man lernt, ein Vater zu sein, aber ich war in einer versöhnlichen Stimmung. Ich hatte den Zorn viel zu lange festgehalten. Mein Vater und ich würden nicht plötzlich die besten Freunde sein, aber ich würde auch bestimmt keinen Groll mehr gegen ihn hegen, nachdem er sich während der vergangenen Jahre offensichtlich bemüht hatte, sich zu ändern.

Als das Geld eingezahlt war, umarmte ich ihn auf dem Parkplatz vor der Bank.

»Ich schicke dir die Besitzurkunde, sobald ich sie habe«, versprach er.

»Danke«, sagte ich.

»Richte Jason meinen Dank aus. Er weiß es vielleicht nicht, aber ich glaube, er ist der Grund, dass du jetzt hier bei mir bist, und dafür bin ich zutiefst dankbar.«

Zwar war ich erstaunt, dass mein Vater kein Problem damit hatte, dass Jase in seinem Buch all die schrecklichen Geheimnisse offenbart hatte, aber ich erkannte, dass er im Zuge seiner Gesundung etwas gelernt hatte, was ich immer noch nicht ganz begriffen hatte: Die Vergangenheit würde nur weiter an uns nagen, wenn wir zu sehr an ihr festhielten.

13. Wohin

Zurück im Holiday Inn wollte ich meine Fahrt nach Nashville planen, doch ich ertappte mich dabei, wieder einmal Jases Webseite anzustarren. In vier Tagen würde auch er zu einer Signierstunde in Nashville sein.

Ich würde morgen abreisen. Ich hatte beschlossen, mir ein wenig Zeit für mich zu nehmen, solange ich hier war.

Obwohl ich wusste, dass ich dabei war, ganz allmählich in meinem Leben anzukommen, gab es immer noch Fragen, auf die ich keine Antworten hatte.

Ich wählte Jases Nummer und hatte seine Stimme gleich nach dem ersten Klingeln am Ohr.

»Hi.«

»Hi«, sagte ich und spürte dabei, wie sich meine Kiefermuskulatur verkrampfte. Da war Lärm im Hintergrund, so, als wäre er in einer Bar oder einem Restaurant.

»Wie geht es dir?«

»Gut.« Ehe er noch etwas sagen konnte, fügte ich rasch hinzu: »Ich habe das Buch noch nicht zu Ende gelesen, aber ich würde gern mit dir reden. Bist du gerade beschäftigt?«

Ich hatte das Buch gemieden. Irgendwo tief in mir drin fürchtete ich mich davor, das Buch zu Ende zu lesen, geplagt von der irrationalen Angst, es könnte eine Art Vorhersage sein, wie mein Leben weiter verlaufen würde. Basierend auf dem, was ich bisher gelesen hatte, konnte es nur traurig enden.

»Gib mir eine Sekunde. Ich muss nur schnell hier raus.« Ich hörte Stühlerücken. »Scheiße, ist das kalt hier draußen!«

»Wo bist du?«

»Philly.«

»Oh«, machte ich, dabei wusste ich längst, wo er war. »Es ist nicht so wichtig. Wir können auch später darüber reden.«

»Nein, was gibt's?«

»Hattest du viele Freundinnen im College?«, platzte ich heraus.

»Das willst du von mir wissen … gerade jetzt?«

»Ich bin neugierig. Ich will nur wissen, wie dein Leben gewesen ist, als wir nicht mehr zusammen waren.«

»Freundinnen würde ich sie an sich nicht nennen. Hey, warum hast du das Buch nicht zu Ende gelesen?« Nun hörte ich seine Zähne klappern.

Ich ließ mich nicht ablenken. »Bedeutet das, dass du mit vielen Mädchen geschlafen hast?«

»Was verstehst du unter ›viele‹?« Mir entging nicht, dass meine Fragerei ihm ein wenig gegen den Strich ging.

»Dein Ausweichen bringt mich nicht weiter«, sagte ich.

»Emiline, ich hatte keine Freundinnen. Ich hatte Dates, und ich habe mit mehr Frauen geschlafen, als ich zugeben möchte. Aber, nein, ich hatte wirklich keine ernsthafte Beziehung.«

»Dann hast du dich also nie verliebt?«

»Nein«, sagte er mit Nachdruck.

»Warum nicht?«

»Weil keine von diesen Frauen du war.«

Stille. Ich schluckte. Am liebsten hätte ich aus vollem Halse *Ich liebe dich* geschrien.

»Jase …«

»Ich muss wieder rein.«

»Okay«, stimmte ich widerstrebend zu.

»Gute Nacht, Em. Ich hoffe, du hast gefunden, was du gesucht hast.«

»Hab ich. Gute Nacht.«

Ein Teil von mir war immer noch nicht sicher gewesen, welche Absichten Jase in Bezug auf uns hegte, doch nun wusste ich es. *Keine von diesen Frauen war ich.*

Nachdem ich aufgelegt hatte, nahm ich *All die Straßen auf unserem Weg* aus meinem Rucksack und strich mit der Hand über den Einband. Dabei versprach ich mir, dass ich es zu Ende lesen würde, aber zuerst musste ich meine Mom sehen.

Spät am nächsten Tag erreichte ich Nashville, suchte mir ein Hotel und ging in den nächsten Laden, wo ich mir ein ledergebundenes Tagebuch kaufte, wie Jase es in unserer Kindheit besessen hatte.

Am folgenden Morgen steuerte ich die rote Jelly Bean zur Adresse meiner Mutter. Als ich dort ankam, fand ich mich vor einem bescheidenen Nachkriegshaus mit einem verwilderten Vorgarten wieder. In der Einfahrt stand ein mobiler Hundesalon in Form eines Vans, auf dessen Seite in leuchtend roten Lettern DIRTY DOGS stand, gleich neben dem Konterfei eines Schnauzers mit schlammverkrusteter Nase.

Bei der Aussicht, ihr zu begegnen, war ich nicht ganz so nervös wie zuvor bei meinem Dad. Die Wahrheit lautete, dass ich mich kaum an sie erinnern konnte. Sie war nur so kurze Zeit ein Teil meines Lebens gewesen, dass ihre Abwesenheit viel mehr Raum in meinem Bewusstsein einnahm als ihre Anwesenheit. Ich wollte mit der Vergangenheit abschließen, aber ich wusste, selbst wenn mir das gelänge, diese Begegnung würde nicht annähernd so erlösend sein wie Grillkäse mit meinem Vater.

Kaum hatte ich an der Tür geläutet, antwortete mir auch schon eine Symphonie aus Hundegebell von der anderen Seite, begleitet von den Geräuschen eilends herbeisausender Schoßhündchen.

Als sie die Tür öffnete, war sie noch damit beschäftigt, die Hunde mithilfe ihrer Füße aus dem Weg zu scheuchen, weshalb sie mich nicht sofort anblickte. Ihr Haar war kurz und in einem billig aussehenden Rotton gefärbt. Sie sah viel kleiner aus, als ich sie in

Erinnerung hatte, andererseits war ich, als ich sie zum letzten Mal gesehen hatte, noch ein kleines Kind gewesen. Sie war dicklich und wirkte ein wenig ungesund oder vielleicht auch nur abgekämpft. Wenn ihr Äußeres irgendetwas zu sagen hatte, dann hatte sie kein leichtes Leben gehabt.

»Kann ich Ihnen helfen?«, fragte sie.

»Ich verzeihe dir«, sagte ich ohne Umschweife.

Sie starrte mich an, und dann breitete sich ein Ausdruck des Begreifens über ihre Züge aus. Doch ihre Augen wirkten alles andere als traurig – sie sahen ängstlich aus. »Was willst du hier?«

»Ich bin nur gekommen, um dir zu sagen, dass ich dir vergebe.«

Sie blockierte den Eingang, als fürchtete sie, ich hätte vor, in ihr Haus einzubrechen. »Toll«, sagte sie vollkommen emotionslos.

»Du willst deine eigene Tochter nicht in dein Haus einladen?«

Einige lange, unangenehme Augenblicke starrte sie mich nur an. Dann trat sie widerstrebend zur Seite. »Na klar. Komm rein.«

Ich folgte ihr durch ein Labyrinth aus Schachteln und allerlei aufgestapeltem Zeug in eine Küche, die sogar noch unordentlicher war. Offenbar war sie ein Messie im Anfangsstadium, ein Messie, der nicht nur Dinge sammelte, sondern auch Hunde. Ich sah mindestens acht kleine Kläffer unterschiedlicher Rasse, die an ihr hochsprangen und wie hungrige Ratten an ihren Füßen knabberten.

»Setz dich.« Sie deutete auf einen Barhocker hinter dem Tresen. Ich zog ihn hervor und fegte irgendein weißes Zeug von der Sitzfläche. Das Haus war schmutzig. Ich versuchte, mich daran zu erinnern, wie es in unserem Haus ausgesehen hatte, als ich noch klein war.

»Willst du Saft oder irgendwas?«, fragte sie.

»Nein, danke.«

Ich wusste nicht, warum ich überhaupt blieb.

»Ich habe einen Termin, den ich nicht verpassen darf.« Sie stand auf der anderen Seite des schmutzigen Tresens und taxierte mich.

»Bist du Hundefriseurin?«

»Von irgendwas muss ich ja leben«, giftete sie.

»Ich verurteile dich nicht.«

»Wirklich nicht? Ist das nicht der Grund, warum du hergekommen bist, Emiline? Um mich zu verurteilen?«

»Nein. Ich habe dir gesagt, warum ich gekommen bin. Um dir zu vergeben.«

»Was?«

»Dass du mich mit ihm allein gelassen hast.« *Hält sie sich wirklich für so unschuldig?*

»Na ja, von Alleinlassen würde ich jetzt nicht sprechen. Du warst immer Daddys kleines Mädchen.«

Bitte? »Als wäre das eine Entschuldigung«, blaffte ich sie an. »Er ist wegen Kindesmisshandlung und Vernachlässigung im Gefängnis gelandet.«

»Willst du mir etwa Vorwürfe machen, weil dein Daddy die Finger nicht von der Flasche lassen konnte?«

Ich spürte, wie ich vor Wut rot anlief. *Warum bin ich hier?* Es kam mir vor, als hätte sie überhaupt keine Gefühle.

»Du bist selbstsüchtig«, warf ich ihr an den Kopf.

Sie warf einen Blick auf die Uhr an der Mikrowelle. »Ich muss los.«

»Wo ist dein Mann?«

»Bei der Arbeit.« Sie maß mich mit einem finsteren Blick.

»Hast du noch andere Kinder, die du im Stich gelassen hast?«

»Bestimmt nicht.«

Ich stand von dem Barhocker auf und ging in Richtung Tür, wirbelte jedoch unterwegs zu ihr herum und stemmte die Hände in die Hüften. »Er hat gesagt, ich wäre ganz anders als du. Und weißt du, was traurig ist? Ich bin wahnsinnig erleichtert.« Ich bekam langsam einen Kloß im Hals. »Ich verstehe das nicht. Warum hasst du mich? Was habe ich dir getan?«

»Ich hasse dich überhaupt nicht. Ich habe mein Bestes getan. Ende der Geschichte.«

»Wirklich?« Ich stand da, kämpfte gegen die Tränen und schüttelte den Kopf. »Wie kannst du so hartherzig sein? Du hättest beinahe mein Leben ruiniert.«

Sie blinzelte mich an. Sollte hinter diesen toten Augen irgendetwas vor sich gehen, so konnte ich es nicht sehen.

Ich machte kehrt, öffnete die Tür und knallte sie hinter mir zu.

Auf der Rückfahrt zum Hotel dachte ich daran, wie unglücklich mein Vater gewesen war, nachdem sie gegangen war. Bis jetzt hatte ich stets befürchtet, ich wäre imstande zu tun, was sie getan hatte, als könnte sich eines Tages ein Schalter in mir umlegen, und ich würde einfach die Leute im Stich lassen, die mich liebten. Aber nun erinnerte ich mich: Diese Gleichgültigkeit war immer kennzeichnend für sie gewesen. Sie war kalt wie ein Fisch. Nie hatte ich sie weinen sehen. Die Kälte verbarg sich nicht hinter einer netten Fassade. Sie war immer da, gleich auf den ersten Blick erkennbar. Ich erinnerte mich, dass sie schon, als ich noch ein kleines Kind gewesen war, völlig desinteressiert gewesen war. Da gab es keine Umarmungen, keine besonderen Gute-Nacht-Geschichten, keine süßen Namen für meine Wehwehchen. Sie war damals kalt und herzlos gewesen, und sie war es heute immer noch. Ich musste sie gehen lassen und durfte nicht erwarten, dass ich irgendwie ihre mütterlichen Instinkte wecken könnte.

Die nächsten paar Tage blieb ich in meinem Hotelzimmer und schrieb. An dem Tag von Jases Lesung rief ich seine Webseite auf. Nach der Lesung im Buchladen fand ein Meet & Greet in einer Bar statt. Ich wollte mich fernhalten, um mir über alles klarzuwerden, aber es war, als könnte ich seine Nähe spüren. Nenn es Schicksal oder einfach einen glücklichen Zufall, aber diese Mission zur Klärung ungelöster Fragen meiner Vergangenheit hatte mich direkt nach Nashville geführt. Wieder einmal waren Jase und ich in derselben Stadt. Das alles fühlte sich ein bisschen zu passend an, andererseits war ich zu ihm gegangen. Ich hatte mich in dieses elektromagnetische Feld begeben, und nun wurde ich Zentimeter um Zentimeter mitgezogen. Was waren das für geheimnisvolle Mächte, die Menschen erst auseinanderrissen und dann wieder zusammenbrachten? Waren das einfach nur irgendwelche Gravitationswellen oder war da noch etwas anderes am Werk?

Ich aß allein zu Abend. Dann ging ich hinaus und trat unentschlossen Kieselsteine die Straße hinunter, während ich versuchte, mir einen Besuch in dieser Bar auszureden.

Doch so lange ich in dieser Nacht auch umherwanderte, am Ende stand ich direkt vor der Bar. Was sonst? *Jackson's Bar and Bistro*, zu allem Überfluss. Wie passend.

Das kleine gemütliche Restaurant war brechend voll. An der Bar auf der anderen Seite des Raums sah ich Jase umgeben von Frauen. Sie unterhielten sich angeregt. Andrea schaute scheinbar gelangweilt von der anderen Seite des Gastraums aus zu.

Es war laut, die Stimmung ausgelassen. Jede Menge Leute unterhielten sich miteinander, und dann und wann hörte ich einen weiblichen Fan kreischen. Das alles schlug mir auf den Magen. Jase sah ein bisschen zerzaust aus. Von meinem Standort aus war es schwer zu sagen, aber es hatte den Anschein, als hätte eine der Frauen ihre Hände in seinem Haar. Sein Schopf schien auch wahrlich darum zu betteln, angefasst zu werden, und er sah immer kunstvoll derangiert aus. Er trug eine Anzughose und ein Button-Down-Hemd ohne Krawatte, dessen obere drei Knöpfe offen waren. Ich fragte mich, wer sie wohl für ihn aufgeknöpft hatte.

Einige Augenblicke schaute ich nur zu. Jase versuchte, sich auf einen Barhocker zu stellen, und lachte dabei trunken. Andrea beobachtete das Geschehen mit entsetzter Miene. Schließlich halfen seine Fans ihm auf den Hocker und hielten ihn fest, als er sich an die Menge wandte.

Er breitete die Arme aus. »Danke euch allen. Ich liebe euch! Ihr seid so großartig und so wunderbar, jede Einzelne von euch! Ich möchte euch am liebsten alle mit nach Hause nehmen.« Die Fans kreischten verzückt. Ich würgte. Andrea starrte stur geradeaus, als hätte sie das alles schon öfter gesehen. Jase verlor das Gleichgewicht und schrie auf. »Whoa!«

Ich musste grinsen. Dann, als die Frauen ihn wieder aufrichteten, entdeckte er mich. »Du!« Anklagend zeigte er von der anderen Seite des Raums aus auf mich. »Hast du es verdammt noch mal fertig gelesen?«

Ich schüttelte den Kopf, und dann stürzte er wirklich vom Barhocker. Das war nicht schön. Mir einen Weg zu ihm zu bahnen war auch nicht gerade einfach. Ich musste reihenweise Frauen aus dem Weg schubsen, die alle scharf auf ihn waren. Die Frauen, die ihn umringt hatten, knieten nun um ihn herum, als wäre er ein verwundetes Tier.

»Bewegt euch, Leute. Lasst dem Mann ein bisschen Platz.«

Er lag flach auf dem Boden und starrte zu mir empor. »Was machst du hier, Schönheit?«

»Versuch es gar nicht erst.« Ich hielt ihm die Hand hin, um ihm aufzuhelfen, und dann brüllte ich: »Zurück! Aus dem Weg!« Die Frauen ließen uns ein wenig Freiraum, und ich klopfte ihm den Schmutz aus den Klamotten. Seine Augen waren kaum mehr als schmale Schlitze, trotzdem prangte immer noch ein entrücktes Lächeln in seinem Gesicht.

»Dein Haar steht in alle Richtungen vom Kopf ab«, stellte ich fest.

Er senkte den Kopf vor mir. »Bringst du es in Ordnung?«

»Wenn du lieb fragst.«

»Bitte?«

Ich versuchte, den Wirrwarr zu ordnen, kam aber zu dem Schluss, dass es so chaotisch besser aussah.

Plötzlich war Andrea da. »Wir bringen ihn besser zurück ins Hotel, ehe ihm hier die Lichter ausgehen.«

Andrea auf der einen, ich auf der anderen Seite, legten wir uns je einen seiner Arme über die Schulter und bahnten uns einen Weg nach draußen. Jase sah sich immer wieder strahlend zu mir um.

»Einfach nur gehen, Romeo.«

Für den Rest des Weges machte niemand von uns auch nur einen Versuch, ein Gespräch anzufangen.

Er war in einem Boutique-Hotel abgestiegen, das erheblich netter war als mein Hotel. Sein Zimmer entpuppte sich als prachtvoll dekorierte große Suite mit separatem Wohnbereich. Kaum drinnen, ließ Andrea ihn los und ging zum Balkon.

»Ich muss telefonieren«, sagte sie. »Kommt ihr klar?«

»Ja.« Ich brachte ihn ins Schlafzimmer, wo er prompt auf dem Bett zusammenbrach.

Er war kaum noch da, kämpfte aber darum, wach zu bleiben, während ich ihm die Schuhe auszog. »Warum bist du hier?«, lallte er.

»Ich bin hergekommen, um meine Mom zu besuchen. Sie wohnt in Nashville.«

»Echt?« Er klang überrascht.

»Ich wollte nur herausfinden, wer sie ist. Das habe ich getan, und jetzt muss ich zurück nach Hause. Ich bin nur gekommen, weil ich dachte, wenn wir schon in derselben Stadt sind, sollte ich rasch Hallo sagen.«

»Hallo.« Er grinste. Ich griff nach seinem Gürtel, öffnete die Schnalle und riss ihn in einem Ruck aus den Schlaufen. »Wow, du bist richtig gut darin.« Er zog eine Grimasse. »Ich will gar nicht wissen, warum.«

»Du kannst dich doch bestimmt selbst ausziehen, oder?«

»Vermutlich schon, aber du machst das doch auch sehr gut.«

»So, so.« Ich trat ans Kopfende des Betts. »Ich sollte mich auf den Weg machen.«

Er griff nach meiner Hand. »Bleib, bitte«, sagte er mit süßem, trunkenem Welpenblick.

»Was, bei dir und Andrea?«

»Sie bleibt nicht hier bei mir.«

»Ich habe immer noch einen Freund.«

»Wie schade. Servier den Kerl ab, ja?« Allmählich fielen seine Augen zu, und ich hätte ihn am liebsten ausgezogen und mich an ihn gekuschelt.

»Du schläfst gleich ein«, stellte ich fest.

Prompt riss er die Augen weit auf und schüttelte den Kopf. »Ich bin voll da.«

Ich beugte mich hinüber, um ihn auf die Wange zu küssen, woraufhin er mir die Hände an den Hinterkopf legte, mich nahe bei sich hielt und tief einatmete. »Du riechst gut.«

»Und du riechst nach Whiskey. Warum hast du dich heute Abend so betrunken?« Ich befreite mich aus der Umarmung und starrte ihm ins Gesicht, in dem ein Ausdruck der Belustigung lag. »Was?«, fragte ich.

»Weißt du noch, als wir Kinder waren und du dieses irre Haar hattest?«

»Wie könnte ich das vergessen? Ich wurde ständig damit aufgezogen.«

»Du warst so hübsch, Em. Jetzt ist dein Haar so glatt.« Er sah verwirrt aus.

»Ich ziehe die Locken mit einem Glätteisen raus, herzlichen Dank.«

»Oooh«, machte er träge.

»Übrigens nett, dass du dich in dem ganzen Buch so auf mein struppiges Haar konzentriert hast, aber dir selbst hast du einen hübschen Waschbrettbauch angedichtet.«

»Hey, ich hatte einen Waschbrettbauch. Außerdem ist das ja nur ein Roman.« Ein verträumter Ausdruck hatte sich in seine Züge geschlichen. »Muss es ja sein … Du hast bei meinem Leben geschworen … Ich habe mich betrunken, weil du die langsamste Leserin auf dem ganzen Planeten bist und …« Zwei Sekunden später war er weg.

Ich atmete tief durch und setzte mich neben ihm aufs Bett. Für diese irren Fans in der Bar war er der schillernde J. Colby. Aber für mich war er noch immer derselbe alte Jase. Während ich sein Gesicht streichelte, wurde er wieder zu einem unschuldigen, friedlich schlafenden Zehnjährigen. Ich ließ ihn voll bekleidet da liegen, zog aber eine Decke über ihn, küsste ihn auf die Stirn und stand auf, um hinauszugehen.

Ehe ich draußen war, kam Andrea vom Balkon zurück. Sie trug immer noch eine elegante schwarze Hose zu einer tief ausgeschnittenen Seidenbluse, hatte sich aber die Schuhe ausgezogen. Diese Frau war sexy und weltgewandt und sah ganz so aus, als würde sie zu Jase gehören.

»Schläft er?«, fragte sie.

»Ja.«

»Also, Sie sind sie? Die aus dem Buch?«

Ich nickte. »Können wir uns kurz unterhalten?«, bat ich sie.

»Klar.« Mit einer offenen Flasche Wein, die sie einladend hochhielt, ging sie zu einem Tisch. »Möchten Sie ein Glas?«

Ich schüttelte den Kopf.

Sie schenkte sich ein und setzte sich auf die Armlehne des Sofas, während ich in der Nähe der Tür verweilte. »Worüber wollen Sie sich unterhalten?«

Ich zögerte. »Trinkt er oft so viel?«

»Nein. Das habe ich bei ihm noch nie erlebt. Er trinkt selten mehr als ein oder zwei Gläser Wein.«

»Okay …«

»Warum, haben Sie Angst, er könnte …« Ihre Züge wurden milder, und mir kam in den Sinn, dass sie Jases Buch als seine Agentin in- und auswendig kennen musste.

»Vermutlich schon. Ich komme mir komisch vor, dass ich mit Ihnen darüber rede. Jase hat mir erzählt, Sie beide hätten eine … Beziehung.« Ich wedelte mit der Hand, als wäre ich auf der Suche nach dem richtigen Wort.

»Das ist vorbei.« Sie lächelte. »Sehen Sie, ich liebe das Buch. Darum war ich so scharf darauf, ihn zu vertreten und das Buch zu verkaufen. Unsere Beziehung hat als Geschäftsbeziehung angefangen, und so wird sie auch weiterlaufen, aber das ist alles. Es ist unmöglich, das netter auszudrücken, also werde ich es einfach sagen: Jase und ich haben einander benutzt. So war das.«

»Aber Sie müssen doch etwas für ihn empfinden. Ich meine, er ist doch fantastisch.«

»Emiline, ich habe auch so meine Erfahrungen gemacht. Und ich habe kein Interesse an einer Beziehung mit einem Mann, der eine andere liebt.«

»Oh.« Das Wort kam wie ein leichter Lufthauch über meine Lippen. »Ich muss zurück nach Kalifornien. Sie und Jase sind nächste Woche in New Orleans, richtig?«

»Richtig. Was haben Sie vor?«, fragte sie. »Ich meine, wegen Jase. Was werden Sie tun?«

Für meinen Geschmack war sie ziemlich neugierig, doch auf der anderen Seite kannte sie im Grunde längst alle noch so persönlichen Einzelheiten über Jase und mich.

»Ich weiß es nicht. Ich habe Jahre gebraucht, um einen Weg zu finden, ihn hinter mir zu lassen.«

»Das kann ich mir vorstellen.«

»Jetzt ist er wieder da, und ich glaube, ich will nur, dass es ihm gut geht, ich möchte mich um ihn kümmern, aber ich brauche auch ein bisschen Abstand.«

»Sie beide sind sich ziemlich ähnlich. Man merkt, dass Sie zusammen aufgewachsen sind. Sie haben beide sehr viel Angst. Aber ich verstehe, was Sie meinen.« Sie lächelte. »Ich glaube, es ist wichtig, die Risiken anzuerkennen, die er eingegangen ist.«

Ich nickte. »Das tue ich natürlich.« Ich war hundertprozentig sicher, ich wüsste, wovon sie sprach. Ich fürchtete immer noch, Jase und ich würden, sollten wir dieser Macht, die uns zueinanderzog, nachgeben, mit solcher Wucht aufeinanderprallen, dass wir in eine Million Stücke zersprängen, die sich niemals wieder zusammensetzen ließen. Mein Plan versprach Sicherheit für uns beide.

»Morgen werde ich wegen einer letzten Sache nach Ohio fliegen und mindestens eine Nacht bleiben, ehe ich nach Kalifornien zurückkehre.«

»Ich sage es ihm. In welchem Hotel übernachten Sie?«

»Im *DoubleTree* in New Clayton. Warum?«

»Nur, falls der charmante J. Colby Ihnen zum Dank für Ihre Hilfe heute Nacht Blumen schicken möchte«, sagte sie mit einem Lachen und zwinkerte mir zu.

»Danke, Andrea.«

»Gern geschehen, Sweetie.«

Ich verließ den Raum und spazierte durch die kühle Nachtluft zurück zu meinem Hotel. Als ich wieder in meinem Zimmer war, holte ich endlich das Buch aus meinem Rucksack und kuschelte mich ins Bett.

Ich war bitter enttäuscht, als ich erfuhr, dass Jackson vor all diesen Jahren ein Buch geschrieben hatte, ohne dass ich je davon gewusst hätte.

»Ma'am, ist alles in Ordnung?«, fragte mich die Frau hinter dem Verkaufstisch.

»Wie … wie viel kostet dieses Buch?«, fragte ich ein wenig außer Atem.

Sie nahm es mir aus der Hand. »Schauen wir doch mal nach, was drinsteht.« Sie schlug das Buch auf. »Einen Dollar fünfundzwanzig.«

»Okay. Ich nehme es.«

»Gern, Ma'am. Soll ich es für Sie nach vorn bringen?«

»Ja, aber ich muss mir erst noch ein Paar Schuhe suchen.« Nach dem Buch blieben mir noch acht Dollar und fünfundsiebzig Cent. Ich entdeckte ein Paar schwarzer Sneaker, die mit den rutschfesten Sohlen ausgestattet waren, die ich für das Kellnern brauchen würde. Dem Preisschild zufolge sollten sie neun Dollar fünfzig kosten.«

»Ach, verdammt.«

»Gibt es ein Problem, Ma'am?«, fragte das Mädchen am Tresen.

»Ich habe fünfundsiebzig Cent zu wenig.«

Sie blickte sich um, um sicherzustellen, dass niemand uns beobachtete, ehe sie sich mit einem Achselzucken wieder mir zuwandte. »Machen Sie sich keine Gedanken. Ich mache das schon. Kommen Sie.«

Sie nahm meine zehn Dollar und reichte mir einen Beutel für Buch und Schuhe. »Danke, das ist sehr nett von Ihnen.«

»Gern geschehen. Viel Spaß mit dem Buch. Ich glaube, meine Mom hat es gelesen. Na ja, um genau zu sein, ich weiß, dass sie es gelesen hat. Sie hat gesagt, es wäre gut.«

»Ich werde es auf jeden Fall lesen.«

Und das tat ich. Ich las es in einem Zug in dem leeren Wohnzimmer meines Apartments.

Die ersten zehn Kapitel handelten von Jax und mir an der Lehmstraße, auch wenn wir im Buch natürlich andere Namen hatten. John und Allie. Sie machten all die schlimmen Dinge durch, die wir durchlebt hatten, aber anders als Jax und ich wurden sie nie getrennt. Sie verbrachten einfach ihr ganzes Leben wie zwei verknallte Teenies. Sie reisten um die Welt, bekamen Kinder, und bei all den Abenteuern, die sie erlebten, bereuten sie am Ende nichts.

Es war nur ein kurzes Buch und irgendwie langweilig, aber ich weinte, als ich damit fertig war.

Ich sah in den Spiegel, studierte mein gealtertes Gesicht und die Falten, die sich wie Erinnerungen an all das Elend, das ich überstanden hatte, in meine Haut gegraben hatten. Gab das Buch Jax' Art wieder, all das zu verarbeiten? War das der Traum, den er für uns gehegt hatte? Was wäre passiert, hätte ich nicht David geheiratet? Was wäre aus uns geworden? Hätten wir wirklich so leben können wie John und Allie?

Mein Leben war so voller Bedauern, dass ich nicht wusste, wie ich weitermachen sollte.

14. Lernkurve

Die ganze Nacht warf ich mich im Bett hin und her, bis ich gegen vier Uhr morgens endlich einschlief. Ich konnte die Geschichte einfach nicht aus dem Kopf bekommen. Ein Kapitel war noch übrig. Ich fragte mich, ob Emerson sich das Leben nehmen würde. War das der Grund, warum Cara es so traurig fand? Oder lag es an all dem, was Emerson bereute? Warum bezeichnete alle Welt es als Tragödie? Ich wollte es wissen, hatte aber zu viel Angst, um weiterzulesen.

Ich hatte gerade zwei Stunden geschlafen, als Trevors Klingelton mich weckte. »Hallo«, meldete ich mich verschlafen.

»Warum hast mich letzte Nacht nicht angerufen?«

»Tut mir leid. Es war einfach zu viel los. Ich habe meinen Vater und dann auch noch meine Mutter besucht.«

»Und …?«

»Ich habe ein paar ziemlich harte Tage hinter mir und versuche noch, mir über alles klar zu werden.«

»Dann melde dich einfach hin und wieder, ja, Emi? Nur, damit ich weiß, dass es dir gut geht.«

»Okay, mach ich.«

Ich packte zusammen und fuhr sieben Stunden nach New Clayton, wo Jessie und die Bonners wohnten, auch bekannt als Sophia und die Kellers.

Das Haus sah noch genauso aus wie damals: ein perfektes, makelloses, gelbes viktorianisches Gebäude. Mrs Bonner öffnete die Tür und wurde richtig munter, als sie mich erkannte. »Na, hallo, Emiline! Das ist aber lange her. Du siehst gut aus. Komm rein, komm rein.«

»Danke, Ma'am.« Manche Gewohnheiten waren schwer abzulegen. »Ich wollte nur kurz vorbeischauen und hören, wie es hier so läuft. Tut mir leid, dass ich mich nicht früher gemeldet habe.«

»Mach dir keine Gedanken«, sagte sie, als ich ihr in Richtung Küche folgte. »Die Tür steht dir jederzeit offen, auch wenn inzwischen mehr als ein Jahrzehnt vergangen ist. Möchtest du einen Tee?«

»Das wäre toll. Und ich würde auch gern wissen, wie es Jessie geht.«

Sie reichte mir einen Becher. »Sie müsste jede Minute nach Hause kommen. Sie wollte nur schnell zur Bibliothek.«

Ich brach in ein beglücktes Lächeln aus. »Wie macht sie sich?«

»Sie ist großartig. Sie besucht mittlerweile ein College ganz in der Nähe.«

»Ich wusste, sie würde das schaffen«, sagte ich, als ich mich an den Tisch setzte.

»Du musst dich nicht fernhalten, Emiline. Ich dachte wirklich, es hätte sich alles zum Besten gewendet, findest du nicht? Ich habe so viele Pflegekinder großgezogen, und es kommt nur sehr selten vor, dass sie von Angehörigen aufgenommen werden.«

Ich nickte. »Das ist nicht der Grund, warum ich mich ferngehalten habe, Mrs Bonner. Ich musste mir über vieles klar werden.«

Sie lächelte. »Kann es sein, dass deine Tante mir erzählt hat, du hättest einen Master in Kreativem Schreiben und würdest nun selbst am College lehren?«

»Das ist wahr.« Ich hatte nicht gewusst, dass meine Tante Kontakt zu ihr hatte oder dass Mrs Bonner genug Interesse für mich aufbrachte, um sich auf dem Laufenden zu halten. Vermutlich war wohl ich diejenige, die die Welt ausgesperrt hatte.

»Wir sind stolz auf dich.« Ich konnte nicht sagen, ob sie es ernst meinte oder ob das nur eine Floskel war.

Ich hörte, wie eine Tür geöffnet und wieder geschlossen wurde, und einen Moment später betrat die immer noch engelhafte Jessie die Küche. »O mein Gott, Emi!«, kreischte sie. Ich stand auf, und im nächsten Moment hielt ich sie schon in den Armen.

»Du bist ja so groß! Wow, sieh dich nur an.« Sie war gut eins siebzig und damit ein ganzes Stück größer als ich.

Wir hielten uns lange umschlungen. So kurz meine Zeit hier auch gewesen war, ich hatte etwas Unbezahlbares gewonnen: eine kleine Schwester.

»Ich war nicht gerade gut darin, Kontakt zu halten«, gestand ich. »Aber das wird sich ändern.«

»Emi, du musst dir meine Büchersammlung ansehen.« Sie zerrte mich die Treppe hinauf zu dem Zimmer im zweiten Obergeschoss, das einmal meins gewesen war. Eine ganze Wand wurde von Regalen voller Bücher eingenommen.

»Das ist ja Wahnsinn«, sagte ich staunend.

»Ja, nicht wahr?«

Sie fing an, mir von ihren Lieblingsgeschichten zu erzählen, und sie sprach über die Charaktere, als wären sie real.

»Jessie, das ist einfach wunderbar. Du bist ein echter Bücherwurm.«

Sie lachte. »Ich weiß. Das sagt Mom mir auch ständig.«

Wieder einmal kämpfte ich mit den Tränen. Es rührte mich so sehr, dass Jessie so gut mit den Bonners zurechtkam. Nun wusste ich, es war richtig gewesen, darum zu betteln, dass Jessie bleiben durfte.

»Sie haben mich adoptiert, hast du das gewusst? So richtig offiziell.« Sie brach ab und sah mich forschend an. »Weinst du, Emi? Warum?«

»Ich freue mich einfach so für dich. Was ist aus den Jungs geworden?«

»Die sind auch noch hier. Inzwischen haben sie die Highschool fast hinter sich. Hier hat sich viel geändert, seit du weg bist. Mom ist richtig aufgetaut und hat aufgehört, neue Kinder aufzunehmen. Stattdessen hat sie uns alle adoptiert. Ich glaube, sie fand es schade, dass sie dich nicht adoptieren konnte.« Ich sah Jessie an, dass sie wirklich davon überzeugt war, auch wenn ich erhebliche Zweifel hatte.

»Meine Zeit hier war wertvoll, aber es war gut für mich, bei meinen Tanten zu leben.«

Ich ließ mich auf ihr Bett fallen und blickte zum Fenster hinaus. Der Raum fühlte sich noch weitgehend so an wie früher. Es hatte sich auch nicht viel verändert. Jessie setzte sich neben mich und ergriff meine Hand. »Was ist eigentlich aus Jase geworden?«

»Jessie, Jessie, Jessie, du warst immer schon furchtbar neugierig. Das gefällt mir an dir.« Ich stupste sie mit der Schulter an. »Ich bin jetzt mit einem anderen zusammen. Einem Mann namens Trevor, aber Jase geht es gut.« Das war vielleicht nicht ganz die Wahrheit. Sicher, Jase kam gut zurecht, aber nach der Geschichte, die er letzte Nacht abgezogen hatte, war ich nicht überzeugt, dass es ihm wirklich gut ging.

»Weißt du was? Ich habe jetzt einen Freund.« Sie lief rot an.

»Toll, Jessie!«

»Als ich in der Highschool war, wollte Mom nicht, dass ich mich mit Jungs treffe, aber seitdem ist sie viel lockerer geworden. Ich meine, ich bin jetzt auf dem College – da ist ihr kaum etwas anderes übrig geblieben.« Sie zuckte mit den Schultern. »Also, Emi, sag schon, wie ist Trevor so? Ich wette, er sieht toll aus. Erzähl mir von ihm.«

»Er ist groß, attraktiv, muskulös …« Ich zog ein dummes Gesicht.

»Und wie ist er sonst so?« Sie war immer noch zu klug für ihr Alter.

Ich hatte Mühe, ihn zu beschreiben. »Er ist nett … fürsorglich.«

»Ist er auch so lustig und so klug wie Jase?«

»Ja«, log ich. Trevor konnte sehr lustig sein, aber er war nicht besonders schlau. Er hatte Vorzüge, für die andere Frauen töten würden … nur ich nicht. Wie war es nur möglich, dass ich das die ganze Zeit gewusst hatte und trotzdem bei ihm geblieben war?

»Wie lange bleibst du in Ohio?«, fragte sie.

»Nur bis morgen oder übermorgen, und dann geht es zurück

nach Kalifornien. Ich habe bis dahin noch eine Menge zu tun.« Ich stand auf. »Ich muss leider wieder los.«

Sie nahm mich in die Arme. »Ich bin froh, dass du hergekommen bist. Lass uns in Kontakt bleiben, Emi.«

»Auf jeden Fall«, stimmte ich zu und meinte es auch so.

Ich checkte im *DoubleTree* in New Clayton ein. Man gab mir ein Standardzimmer mit einem breiten Doppelbett und einem Flachbildfernseher, das erstaunlich sauber und frisch renoviert war. Ich rief Trevor an.

»Hallo!«, brüllte er über den Lärm im Hintergrund hinweg.

»Hey!«, antwortete ich fröhlich und nicht minder laut.

»Das Spiel läuft, Babe!«

»Du wolltest doch, dass ich mich melde.«

»Was?!«

»Ich sagte, du hast mir gesagt, ich solle mich melden!«

»Die Verbindung wird immer schlechter. Kann ich dich nach dem Spiel anrufen?«

»Okay«, sagte ich und legte auf.

Dann schickte ich Jase eine Nachricht.

Ich: Wie fühlst du dich?

Jase: Als hätte mich ein Laster
überfahren. Und du?

Ich: Okay. Mir fehlt noch
ein Kapitel. Das Buch ist wirklich
gut, Jase. Aber traurig. Ich war
gerade bei Jessie und den Bonners.

Jase: Toll.

Das war, wie ich fand, eine interessante Reaktion. Sekunden zogen dahin.

Jase: Wie geht es dir damit?

Ich: Ich bin erleichtert.

Jase: Ich freue mich für dich.

Ich: Hast du es gewusst?

Jase: Was gewusst?

Ich: Dass ich das gebraucht habe.

Jase: Hast du denn nichts über
Autorintention gelernt, Miss Master of Fine Arts?

Ich: Also war das beabsichtigt?

Jase: Sicher.

Ich: Aber woher hast du gewusst,
dass ich es lesen werde?

Jase: Vielleicht habe ich dem
Schicksal einen kleinen Schubs
versetzt. Wärest du mir böse?

Ich antwortete nicht. Stattdessen rief ich Cara an. »Hallo«, meldete sie sich.

»Cara …«

»Hey, Emi! Wie läuft deine Reise?«

»Gut. Ich habe eine Frage an dich. Wie hast du von Jases Buch erfahren?«

»Hm. Na ja, ich habe davon gehört, weil es ein Bestseller ist, und dann, glaube ich, war da eine Besprechung in dem Literaturmagazin, das mit der Post gekommen ist. Oder hat es bei der Arbeit in meinem Postfach gelegen? Ich weiß es gar nicht mehr.«

»Daran erinnere ich mich. Ich glaube, das Magazin liegt sogar jetzt auf meinem Nachttisch. Würdest du mir einen Gefallen tun und nachsehen, an wen es adressiert ist?«

»Warte kurz.«

Einen Moment später war sie zurück. »Ich konnte kein Etikett finden. Aber jetzt, wo ich darüber nachdenke, es war definitiv in meinem Postfach.«

»Okay, danke fürs Nachsehen.« Er hatte gewusst, dass es auf diesem Weg zu mir finden würde. Mann, was für eine Geduld er hatte.

Ich legte auf und versuchte, ein wenig in meinem Tagebuch zu schreiben, aber mir wollte nichts einfallen. Also arbeitete ich an meiner Geschichte, hielt in groben Zügen fest, worum es ging, und machte mir Notizen.

Ich wusste, ich musste mit Trevor sprechen, also rief ich ihn noch einmal an, aber er ging nicht dran. Nicht lange darauf schlief ich vor Erschöpfung ein und erschrak, als ein heftiges Klopfen an der Tür erklang. Ich zog die blickdichten Vorhänge auf und stellte fest, dass der neue Tag nicht nur angebrochen war, es war sogar beinahe Mittag.

»Moment!«

Ich hastete durch den Raum, schaltete das Licht ein, während ich nach meinem Sweatshirt suchte. Ich trug eine Yogahose und ein T-Shirt, aber keinen BH, also brauchte ich etwas, das ich mir rasch überwerfen konnte. Hastig zog ich mir den Pulli über den Kopf und öffnete die Tür.

»Verschläfst du etwa den Tag, Prinzessin?«, fragte Jase mit leiser, sanfter Stimme.

Ich blinzelte, bis ich ihn endlich klar sehen konnte. Er trug eine Jeans zu einem schwarzen T-Shirt, eine limonengrüne Wayfarer-Sonnenbrille und Chucks. Genauso hatte ich ihn in Erinnerung. Das war der Prä-Anzug-, Prä-Autor-Jase.

Gähnend sagte ich: »Keine Ahnung, was passiert ist. Ich war plötzlich weg.«

»Lässt du mich rein?« Er schob die Sonnenbrille in sein Haar.

»Komm rein.« Ich verschränkte die Arme vor der Brust und sah mich rasch auf der Suche nach potenziellen Peinlichkeiten im Zimmer um. Da war ein halb gegessenes Truthahnsandwich nebst Pommes frites auf dem kleinen Tisch in der Nähe des Fernsehers, aber Jase zuckte mit keiner Wimper, obwohl die Luft stickig war und es im Raum nach altem Essen stank.

Jase ließ sich auf das Bett fallen. »Was hast du gemacht?«

»Hast du das dagegen, wenn ich mich kurz frisch mache?«

»Nur zu.« In diesem Moment entdeckte er das Buch, das neben meinem Rucksack auf dem Boden lag, und er zog die Brauen hoch. »Und?«

Ich schüttelte den Kopf.

»Im Ernst, wann bist du so eine langsame Leserin geworden? Mit zwölf hättest du es längst verschlungen.«

»Mag sein, aber ich lese jedes einzelne Wort«, beschied ich ihm auf dem Weg ins Badezimmer. »Ich bin gleich wieder da.«

Ich zog einen BH an, putzte mir die Zähne und versuchte, meine wirre Mähne zu einem Knoten auf dem Kopf zusammenzudrehen.

Als ich aus dem Bad kam und zum Bett ging, warf Jase das Buch achtlos zur Seite, umfasste meine Beine mit seinen Armen und zog mich auf seinen Schoß.

»Jase!«

Unsere Gesichter waren nur Zentimeter voneinander entfernt. Er roch nach Minze und Duschgel für Männer.

»Warum bist du an dem Abend nicht einfach geblieben? Warum hast du mich gezwungen, bis nach New Clayton zu fahren, um dich zu sehen?«, fragte er.

»Du warst stockbesoffen, ich habe einen Freund, und ich hatte ein eigenes Hotelzimmer in Nashville. Außerdem habe ich dich nicht gezwungen herzukommen.« Ich verdrehte die Augen, woraufhin er mich in den Po kniff. »Aua!«

»Antworte mir. Warum bist du nicht geblieben? Wir sind doch nur Freunde, weißt du noch?« Mein Herz schlug schneller. »Sag mir nicht, es wäre wegen Taylor.«

»Trevor.«

»Meinetwegen.«

»Warum wolltest du, dass ich bleibe?«, fragte ich ihn. »Du warst mehr oder weniger bewusstlos, als ich dir die Klamotten ausgezogen habe.«

»Niemals!« Er riss die Augen weit auf.

»Das ist die reine Wahrheit«, konterte ich anklagend.

Er lächelte, und dann glitt seine Hand meinen Rücken hinauf in meinen Nacken, weiter über meine Schulter zu meinem Mund, den er unentwegt fixierte, während er mit dem Daumen über meine Unterlippe strich. »Ich habe dich so gern geküsst, und ich habe nicht vergessen, wie sich das anfühlt.«

Scharf holte ich Luft. »Jase …«

Abrupt stand er auf und stellte mich dabei vorsichtig auf dem Boden ab. »Zieh deine Schuhe an. Ich will mit dir wohin.«

»Okay.«

Auf dem Parkplatz öffnete er die Beifahrertür eines schwarzen Mercedes SUV. »Ist nur ein Mietwagen«, beantwortete er meine unausgesprochene Frage.

»Das ist *mein* Mietwagen.« Ich zeigte auf die rote Jelly Bean.

»Ernsthaft?«, fragte er stirnrunzelnd. »Sieht nicht gerade sicher aus.«

»Er läuft. Wo fahren wir hin?«

»Das wirst du schon sehen.«

Wir verließen New Clayton. Nach einer Weile wurde mir klar, dass wir in Richtung Neeble fuhren, und ich fragte mich, ob er mich zu der Lehmstraße bringen wollte.

Im Stadtzentrum schlug er jedoch die Gegenrichtung ein. Er war auffallend still, und dann griff er nach meiner Hand und hielt sie über der Konsole zwischen uns.

»Em, weißt du noch, wie sehr wir uns gewünscht haben, in das Schwimmbad von Neeble zu gehen?«

»Ja, allerdings.«

»Und weißt du noch, wie ich versprochen habe, ich würde dich hinbringen?«

Aufregung machte sich breit. »Ja«, quiekte ich.

Wir fuhren auf den Parkplatz des öffentlichen Schwimmbads von Neeble, das nach unserem Wegzug geschlossen worden war. Für einen Moment war ich traurig, doch zugleich war ich froh, einfach nur sehen zu können, wovon wir so lange geträumt haben.

Jase fummelte an einem Schloss am Tor des Zauns herum und zog mich auf das Gelände. Da war nichts, nur ein paar Pfützen mit dreckigem, von Laub bedecktem Wasser, ein paar verrostete Liegestühle und der baufällige Stand des Badewärters umgaben das fast leere Loch im Boden.

»Siehst du? Es ist nur ein Loch, und es ist nicht mal Wasser drin.«

»Warum hast du mich hergebracht?«

»Weil ich geschworen habe, dass ich das tun würde.«

»Dann muss ich mich wohl bedanken.« Ich ging zu ihm, um ihn in die Arme zu nehmen, doch er streckte die Hände nach mir aus, umfasste meinen Nacken und küsste mich. Ein Kuss, der eher liebevoll als leidenschaftlich war.

Ich stieß ihn nicht weg. Wie könnte ich auch? »Was willst du mir mit all dem vermitteln? Willst du, dass ich ein schlechtes Gewissen und Ärger mit meinem Freund bekomme?«

»Du kriegst das schon hin.«

»Keine Küsse mehr, okay, Jase?« Ich bohrte ihm den Finger in die Brust.

»Es hat dir aber gefallen.«

Das hatte es, und genau das war das Problem. »Können wir jetzt auch noch zur Lehmstraße fahren?«, fragte ich.

Er nickte einige Sekunden lang, als könnte er nicht Nein zu mir sagen, wäre aber auch nicht überzeugt, dass das eine gute Idee war. Ich fragte mich, ob der Schmerz über den Verlust seines Bruders dort zu viel für ihn werden würde.

»Wir müssen nicht zum Bach. Ich möchte nur die Straße sehen, wenn wir schon hier sind.«

»Okay.«

Wir bogen in die El Monte ein, und ich sah die Meilenschilder vorbeihuschen wie an jedem Tag meiner Kindheit. Im Radio lief »Human Qualities« von Explosions in the Sky, als wir auf das Unkraut, den Staub und die untergehende Sonne am Horizont zufuhren. Keiner von uns sagte etwas, aber die Musik erzählte die traurige Geschichte zweier Kinder am Ende der Lehmstraße, die nichts hatten außer ihren Büchern und einander.

Während wir an der alten, längst aufgegebenen Eierfarm vorüberrauschten, drehte Jase den Kopf, als könnte er den Blick nicht davon abwenden. Seine Brust hob und senkte sich im Takt der Musik. Ich wollte etwas sagen, aber die Stille zwischen uns war zu machtvoll. Schließlich nahm er meine Hand und umfasste sie mit festem Griff.

Jase parkte an der Einmündung der langen Lehmstraße, dort, wo einmal die Briefkästen gestanden hatten. Nun gab es dort nichts mehr, nur Staub und die Baumreihe, die in weiter Ferne zum Bach führte. »Lass uns zu Fuß weiter«, sagte er.

Während wir Hand in Hand die Straße hinuntergingen, dachte ich an die Busfahrten und all die Tage, die wir an dieser Straße zugebracht hatten. »Was ist aus der Busfahrerin geworden?«

»Keine Ahnung«, sagte er. »Vermutlich im Ruhestand. Sie war nett.«

»Ich weiß. Damals habe ich mir gewünscht, sie würde uns adoptieren.«

Er drehte sich mit einem strahlenden Lächeln zu mir um. »Ich auch! Ich wollte alle Sitze aus dem Bus ausbauen und darin leben wie in einem Wohnmobil.«

»Das wäre einfach unglaublich gewesen.«

»Unglaublich seltsam. Wir wollten, dass die Busfahrerin uns adoptiert, damit wir mit ihr in dem Bus leben konnten.« Er lachte. »Wie traurig ist das?«

Ich fing ebenfalls an zu lachen.

Langsam näherten wir uns der Stelle, an der unsere Häuser gestanden hatten. Nun waren da nur noch ein paar Betonplatten, durchzogen von Unkraut. Eine Stunde gingen wir schweigend umher, und ich ließ all die Erinnerungen, die guten wie die schlechten, in mein Bewusstsein und wieder hinaus.

Jase stand an einem Holzpfosten. »Ich bin der König der Welt!«, rief er.

König meiner Welt, dachte ich.

»Du bist immer noch ein Trottel«, sagte ich.

»Ein liebenswerter Trottel?«

»Das muss sich erst noch erweisen.«

»Willst du noch einen Blick auf den Bach werfen?«, fragte er.

»Ist das nicht zu hart für dich?«

»Es war nicht zu hart für mich, als ich fünfzehn war, warum sollte es das dann heute sein? Ich bin gern da unten.«

»Wirklich?«

»Ja, es ist schön da.«

»Aber dein Bruder …«

Er ergriff meine Hand und zog mich mit. »Ja, mein Bruder ist da unten gestorben, aber ich habe beschlossen, lieber an all die tollen Dinge zu denken, die wir gemeinsam dort erlebt haben, statt seinem Tod unverdiente Macht über diesen Ort einzuräumen.«

Ich hatte keine Ahnung, inwieweit Jase den Tod seines Bruders verarbeitet hatte. Vielleicht hatte ich über all diese Jahre manche Dinge in meinem Kopf unangemessen aufgeblasen, um anderen Themen aus dem Weg zu gehen.

Wir setzten uns Schulter an Schulter auf den kleinen hölzernen Steg und ließen die Beine baumeln.

»Das Wasser ist flach«, stellte ich fest.

»Und fast gefroren«, fügte er hinzu.

»Ich fühle mich, als müsste ich irgendwas sagen.« Ich schaute ihn nicht an, konnte aber aus dem Augenwinkel sehen, dass er mich direkt anblickte.

»Du musst nichts sagen.« Er schüttelte den Kopf. »Ich habe das nicht für mich getan …«

»Warum dann?«

»Ich möchte nur Zeit mit dir verbringen. Ich möchte, dass du herausfindest, was *du* willst«, sagte er.

»Das ist selbstlos von dir, Jase, so wie all die anderen Opfer, die du gebracht hast. Aber, ehrlich, wozu soll das alles gut sein? Was versuchst du zu beweisen mit diesem Buch und indem du mich hierherbringst?«

»Ich kenne dich. Ich weiß, was du gerade tust. Du versuchst, mich wegzustoßen.«

»Nein, tu ich nicht«, widersprach ich.

Er entzog mir seine Hand. Dann stand er auf, ging den Steg hinauf und ließ mich allein. Als er die Straße erreicht hatte, rief er: »Du kapierst es immer noch nicht.«

»Was kapiere ich nicht?« Ich erhob mich und hastete hinter ihm her.

Er drehte sich um. »All diese Dinge, die ich im Buch über Jax gesagt habe, hast du ernsthaft gedacht, ich würde über mich schreiben? Als ich geschrieben habe ›Trotz des Lebens, das er führte, wurde er immer süßer und cooler …‹, Em, da habe ich über dich geschrieben. Bei all den guten Dingen ging es um dich. Ich habe die Rollen nur vertauscht, weil ich wollte, dass du dich erinnerst. Ich bin immer noch ganz gebannt davon, wie wunderbar du bist, Emiline, und ich bin todtraurig, weil du dir selbst gegenüber so grausam bist. Du bist nicht nur Emerson, du bist auch Jackson. Ich habe dieses Buch für dich geschrieben, damit du das erkennst, und ich habe es für mich geschrieben, um mich zu heilen.«

»Du bist wunderbar, Jase. Du warst immer wunderbar«, sagte ich leise.

Schweigend gingen wir die Lehmstraße wieder hinauf. Er nahm meine Hand, geleitete mich zum Wagen und öffnete die Tür. Die Sonne war inzwischen untergegangen, und der Vollmond stand am Himmel. Dies war eine jener seltenen Nächte, in denen der Mondschein hell genug war, um die vor uns liegende Straße auszuleuchten. Jax und ich hielten einander auf dem ganzen Weg zurück nach New Clayton an den Händen.

Als wir auf den Parkplatz vor meinem Hotel fuhren, drehte ich mich zu ihm um. »Wenn du willst, kannst du bleiben, aber ich bin immer noch mit Trevor …«

»Ich weiß, und du wirst das Richtige tun«, sagte er ohne Groll.

»Hast du damit nicht gerechnet? Du hast mir gerade erst erzählt, wie wunderbar ich wäre. Ich dachte, du kennst mich so gut, Jase, Arzt, Psychologie und Spitzenautor.« Er grinste, und ich bohrte ihm den Finger in die Brust. »Ja, ich sagte Spitzenautor, nicht, dass dein Ego noch weiter aufgebläht werden müsste.«

»Ich mag es, wenn du streitlustig bist, Em.«

All die Schwere, die ich zuvor gefühlt hatte, fiel von mir ab, als er mir aus dem Wagen und über die Stufen bis hinauf zur Straße folgte. »Schau.« Ich zeigte auf den 7-Eleven an der Ecke.

»Abendessen?«, fragte er zwinkernd.

»Los geht's!«

Wir rannten die Straße hinunter zu dem Mini-Markt. »Weißt du noch, was wir früher gemacht haben?«

»Ja, du suchst was aus, ich suche was aus, und dann teilen wir?«

»Ja. Lass uns jeder fünf Sachen auswählen.«

Wir brauchten nur Minuten, dann waren wir wieder draußen. Keiner von uns versuchte, einen Blick auf das zu erhaschen, was der andere gekauft hatte. Stattdessen liefen wir mit Beuteln voller Junk-Food zurück zum Hotel.

Ich setzte mich im Schneidersitz auf das Bett, und Jase hockte sich neben mich. »Du zuerst«, forderte ich ihn auf.

»Okay, mach dich bereit für … das hier.« Er griff in die Tüte und zog eine Packung pinkfarbener Sno Balls hervor.

»Ernsthaft? Die habe ich auch.« Ich nahm meine aus dem Beutel und legte sie neben seine.

»Nachmacher.«

»Ich hab's doch nicht gewusst.«

»Also gut«, sagte Jase. »Das Nächste ist eine ganz besondere Delikatesse, eine amerikanische Tradition. Diese Babys sind unbestreitbar ebenso gut wie ekelig.«

»Warte, darf ich raten?«

»Du kannst es versuchen.«

»Donut Gems.«

»Nein, aber die habe ich auch.« Er holte eine Packung Donut Gems mit Puderzucker heraus und legte sie neben unsere Sno Balls.

Ich kramte ebenfalls eine Packung Donut Gems aus meiner Tasche und legte sie dazu. »Ha! Zwei Dumme, ein Gedanke. Aber was ist nun die Delikatesse? Hast du einen von diesen Grill-Hot-Dogs gekauft?«

»Nein.« Er setzte eine ernste Miene auf.

»Riesengurken?«

»Ach, nun komm schon, Em, du enttäuschst mich. Das ist so einfach.«

»Slim Jim?«

»Endlich. Ich dachte schon, das dauert ewig.« Er legte die Slim Jims auf das Bett. »Was hast du noch?«

»Ta-dah.« Ich hielt eine Packung Fun Dip hoch.

Er starrte sie an. Ich dachte schon, er fange an zu weinen, doch stattdessen brach er in Gelächter aus. »Wir werden Magenschmerzen bekommen.«

»Lass uns einfach alles probieren. Was hast du noch?«

»Hot Cheetos und M&Ms. Und du?«

»Doritos und ein Honey Bun«, sagte ich und warf den Rest meiner Ausbeute auch auf das Bett. »Wir werden auch einen ziemlich interessanten Atem haben.«

»Wen interessiert's?« Er riss die Slim-Jim-Packung auf und nahm einen Bissen. »Nicht so gut, wie ich es in Erinnerung hatte«, stellte er fest und hielt sie mir hin.

Wir zogen unsere Schuhe aus. Ich schlüpfte in meine Flanell-Pyjamahose und ein T-Shirt, während Jase einen Film aussuchte, den wir uns ansehen konnten. Dann häuften wir die Kissen am Kopfbrett auf, lehnten uns dagegen und setzten unsere Fressorgie fort.

»Donut Gem?«

Ich nahm Jase einen Donut mit Puderzucker aus der Hand. »Was ist das für ein Film?«

»*My Girl.* Nie gesehen?«

»Nein. Ich hatte kein Kabelfernsehen, weißt du noch?«

»Richtig.« Er streckte die Hand aus und wischte mir Puderzucker aus dem Mundwinkel.

»Danke.«

»Gern geschehen.«

Als Macaulay Caulkin von all den Bienen gestochen wurde, hyperventilierte ich beinahe. Und als sie den Stimmungsring fanden, war es um mich geschehen. »Das ist der traurigste Film, den ich je in meinem Leben gesehen habe.« Ich weinte beinahe. Jase lachte. »Das ist nicht witzig«, schimpfte ich.

Er streichelte mir über den Rücken. »Ach, Em, es tut mir leid. Das war wohl keine gute Wahl.«

Ich blickte zu ihm auf, musterte seine aufrichtige Miene, als er einen großen Bissen von dem Honey Bun nahm. »Wann hast du dir das Haar abgeschnitten?«, fragte ich ihn mit dem Mund voller Essen.

»Das ist schon lange her.«

»Wie kam's?« Jases Haar war ungefähr schulterlang gewesen, als ich Ohio verlassen hatte, und nun trug er es an den Seiten kurz und oben wirr und etwas länger. Außerdem zierte ein Drei-Tage-Bart sein Gesicht, und es fiel mir schwer, mir nicht vorzustellen, wie es wäre, meine Wange an ihm zu reiben. Sein Aussehen wirkte ganz locker, so, als müsse er sich keinerlei Mühe damit machen. Das war immer schon so gewesen, aber nun wirkte er erwachsener, männlicher und sehr sexy.

»Weißt du noch, wie ich es für Kalifornien wachsen lassen wollte?«

Ich lachte. »Ja, so eine Spinnerei.« Ich hörte auf zu kauen, als mir auffiel, wie ernst er aussah. Ich schluckte. »Habe ich was Falsches gesagt?«

»Nein. Es ist nur, nachdem du weg warst, war ich ziemlich deprimiert und habe meine Haare komplett abgeschnitten. Ich hatte die Hoffnung verloren, was Kalifornien betrifft.«

»Oh«, machte ich mit belegter Stimme. »Da tut mir leid.«

»Das war nicht deine Schuld.«

Ich strich mit der Hand über sein Kinn, und er schloss die Augen. »Jason Dean Colbertson, wie bist du bloß so toll geworden?«

Stille. Dann, immer noch mit geschlossenen Augen, sagte er: »Dazu hast du mich gemacht, Em.«

Ich hätte es als Kompliment nehmen sollen, aber diese Aussage war so enorm. »Das glaube ich ganz und gar nicht. Ich war ein totales Wrack. Hast du eine Ahnung, wie viel Therapie ich gebraucht habe?«

Er fixierte meinen Mund und fuhr mit dem Daumen über meine Unterlippe. »Jetzt bist du kein Wrack.«

»Wie hast du es geschafft, mit allem zurechtzukommen, nachdem ich weg war?«

»Wie ich es dir gesagt habe. Ich habe das Buch geschrieben, das hat mich gerettet.« Er lehnte sich ein wenig zu mir herüber, und unsere Körper waren nur noch Zentimeter voneinander entfernt. Er sah aus, als wollte er mich erneut küssen.

»Und all die Frauen?«, fragte ich.

»Ja, die gab es auch.« Ein angespanntes Lächeln erschien auf seinen Lippen. »Ich bin nicht stolz darauf. Ich habe in diesen Frauen immer nur dich gesucht.«

»Ich bin einzigartig«, bemerkte ich lachend.

»Wem sagst du das«, entgegnete er immer noch ernst.

»Ich muss die Sache mit Trevor regeln«, sagte ich.

»Ich weiß.« Er musterte seine Hände.

»Ich sollte eigentlich auch jetzt nicht mit dir zusammen sein«, fügte ich hinzu.

»Denkst du das wirklich, Em?«

»Aus Respekt ihm gegenüber, ja. Er ist ein guter Mensch.«

»Okay. Das verstehe ich.« Er wollte aufstehen, aber ich zog ihn zurück.

»Aber es ist komisch, mit dir zusammen zu sein fühlt sich gar nicht so an, als würde ich ihn hintergehen.«

»Wir sind Freunde, und du hast nichts Unartiges getan, also warum sollte es sich so anfühlen?«

»Wir haben uns geküsst«, wandte ich ein.

»Ich habe dich geküsst«, korrigierte er, den Blick starr auf meinen Mund gerichtet.

Es fiel mir schwer, die richtigen Worte zu finden. Meine Gefühle nahmen zu viel Raum ein. »Die Sache ist die … sieh mal, wenn ich bei ihm bin … das ist so seltsam, aber das fühlt sich an, als würde ich *dich* hintergehen.« Forschend sah er mir in die Augen, und dann ergriff er meine Hand. »So hat sich das schon angefühlt, ehe du in mein Leben zurückgekommen bist. Das hast du mit mir gemacht.«

Jase hatte so tief in meinem Herzen Wurzeln geschlagen, dass sie auch noch weitergewachsen waren, nachdem wir getrennt worden waren. Wir waren nicht zusammen, und doch war er immer da wie ein Teil meiner Seele. Ich hatte verzweifelt versucht, das zu leugnen und zu vergessen, aber keine noch so große Anzahl an Therapiestunden konnte ihn aus mir herausreißen. Wir waren jeder ein Teil des anderen.

»Em, ich möchte dich jetzt küssen.«

»Ich rieche nach Doritos, und ich habe dir gesagt, keine Küsse mehr.«

»Mir egal«, sagte er, und dann lagen seine Lippen auf meinen, und wir küssten und küssten und sanken auf das Bett. Ich kuschelte mich an seine Seite und fühlte mich so behaglich wie seit über einem Jahrzehnt nicht mehr. Wir schliefen ein, als gerade der Abspann von *My Girl* lief.

15. Was wird aus uns?

Am Morgen hörte ich Jase herumlaufen. Ich wusste, dass er seine Sachen zusammensammelte, aber ich war noch nicht bereit, wieder in die Wirklichkeit zurückzukehren, also ließ ich die Augen noch eine Weile geschlossen. Von außen betrachtet ist es leicht zu sagen: *Die Sache ist doch völlig klar, was denkt sie sich nur?*

Aber ich liebte Trevor auf gewisse Weise noch immer. Ich wollte beide. Ich wollte Trevor, weil er mich nicht an irgendwas erinnerte. Und bei ihm war ich einfach nur Emi – er brachte mich nicht mit dem Gedanken an Schmerz oder Misshandlung in Verbindung. Natürlich war mir bewusst, dass das beiden gegenüber nicht fair war, aber so empfand ich nun einmal.

Auch Jase hatte eine Rolle gespielt. Manchmal erhaschte ich einen flüchtigen Blick auf den verletzlichen, süßen Jungen, den ich gekannt hatte, aber er war auch dieser umschwärmte Autor, ein großspuriger, geistreicher Frauenheld. Er war mir so vertraut wie ich selbst, obwohl wir mehr als ein Jahrzehnt getrennt gewesen waren und uns verändert hatten. Inzwischen hatte ich Jase mehrfach gesehen, aber nie im Rahmen unseres normalen Alltagslebens. Wo wohnte er? Was tat er an einem gewöhnlichen Tag? Was aß er zum Frühstück? Über all diese grundlegenden Details seines Daseins wusste ich rein gar nichts.

Als er auf mich zukam, hielt ich die Augen geschlossen und tat, als schliefe ich.

Geh nicht. Geh nicht.

Er setzte sich auf die Bettkante und fuhr mir mit den Händen einige Male über die Arme. »Ich weiß, dass du wach bist, Schummlerin.«

Ohne die Augen zu öffnen, fing ich an zu lachen. »Nein, ich schlafe tief und fest.«

»Dein Atem riecht wirklich nett.«

Nun schlug ich die Augen doch auf, hielt mir eine Hand vor den Mund und murmelte hinter den Fingern: »Idiot! Hau ab, damit ich mir die Zähne putzen kann.«

»Ich muss los, Em.«

»Noch nicht.« Prompt liefen die Tränen, und meine Kehle war wie zugeschnürt, sodass ich nur noch den Kopf schütteln konnte.

»Ich muss einen Flieger erwischen, um zu meiner nächsten Lesung zu kommen. Emiline, versprichst du mir was? Eigentlich zwei Dinge?«

»Okay«, sagte ich mit rauer Stimme.

»Wie du dich auch entscheidest, wo dich dein Leben auch hinführt, versprich mir, dass du das Buch zu Ende liest und dass wir nicht wieder so viel Zeit vergehen lassen, bis wir uns wiedersehen.« Er wischte mir die Tränen von den Wangen.

»Ich verspreche es. Du bist immer noch mein bester Freund.«

Er lächelte. »Schwörst du bei deinem Leben?«

»Ich schwöre bei *deinem* Leben«, konterte ich. Ein paar Sekunden lang starrten wir einander mit ernsten Mienen an. »Ich muss mir über ein paar Dinge klar werden, aber wir müssen uns definitiv öfter sehen«, sagte ich.

»Nackt, nach Möglichkeit«, fügte er hinzu.

Ich stieß seinen Arm weg. »Geh, verschwinde von hier, Romeo.«

Er bückte sich und küsste mich auf die Wange. »Ruf mich an. Ich bin heute Abend in New Orleans.«

»Okay.«

Mein Blick folgte ihm, als er das Zimmer verließ. Dann ging ich zum Fenster und sah zu, wie er auf den Parkplatz trat. Ehe er in seinen Wagen stieg, schaute er zu mir hinauf, küsste seine Hand und winkte. Ich erwiderte die Geste, und dann war er auch schon fort.

Hastig lief ich im Hotelzimmer herum und bemühte mich, meine Sachen schnell genug einzusammeln, um den Flug um dreizehn Uhr zu erwischen, den ich gestern gebucht hatte, als ich auch endlich einen Blick auf mein Telefon warf und sah, dass Trevor am Vorabend dreimal angerufen hatte.

»Mist!« Ich drückte umgehend auf *Anrufen.*

Er ging schon beim ersten Klingeln dran. »Emi, was ist los?«

»Trevor, tut mir leid. Ich bin früh eingeschlafen und …« *Die erste Lüge.*

»Ist er gerade bei dir?«

»Nein.«

Er atmete tief durch. »Wann landet dein Flugzeug?«

»Acht.«

»Ich hole dich ab«, sagte er matt.

»Okay«, stimmte ich zu, und er legte auf.

Ich erreichte den Flughafen noch früh genug, um meinen Wagen abzugeben. In der Flugplatz-Buchhandlung war *All die Straßen auf unserem Weg* prominent ausgestellt. Ich starrte es an, bis sich eine ältere Dame zu mir gesellte und sagte: »Trauriges Buch.«

»Also sollte ich es besser nicht lesen?«

»Nicht, wenn Sie nicht depressiv werden möchten.«

»Wovon handelt es?«, fragte ich.

»Es geht um zwei Leute, die gegen ihr Schicksal kämpfen und verlieren. Man verliert eben immer, wenn man sich mit dem da oben anlegt.« Sie schürzte die Lippen.

»Denken Sie das wirklich?«

»Das *glaube* ich wirklich.«

Früher hatte ich ältere Leute mehr oder weniger ignoriert. Ich weiß, das ist abscheulich, aber irgendwann habe ich begriffen, dass sie bisweilen wirklich unbezahlbare Lebensweisheiten zu bieten haben. Man muss ihnen nur zuhören.

»Ja, aber was, wenn diese beiden Leute gar nicht so genau wissen, was ihr Schicksal ist oder was genau sie tun sollten?«

»Oh, die wussten das, vertrauen Sie mir.«

»Also hat Gott einen Plan? Und wir alle kennen ihn?«

»Gott, Buddha, das Universum, wie auch immer Sie es nennen wollen. Ich bin da tolerant, junge Dame. Ich glaube, es ist nicht ganz so eindeutig. Ich stelle mir das so ähnlich wie Magnete vor. Wenn man sie nahe genug zueinander bringt, kommen sie zusammen, aber wenn man einen umdreht, stoßen sie einander ab. Wenn man den Sog fühlt, dann sollte man ihm folgen. Diese beiden …« Sie zeigte auf das Buch.

»Bitte, verraten Sie es mir nicht! Ich habe selbst eine Ausgabe, aber ich habe sie noch nicht ganz gelesen.«

»Okay. Wenn Sie damit fertig sind, dann sehen Sie sich das Foto des Autors an. Das ist ein attraktiver Mann, meine Güte.« Sie winkte mir kurz zu.

Ich konnte es kaum erwarten, Jase von der Begegnung zu erzählen.

Als ich das untere Ende der Rolltreppe im Flughafen von San Diego erreichte, wartete Trevor dort schon auf mich. Es war schwer für mich, in seiner Gegenwart nicht nervös zu reagieren. Irgendwie dachte ich immer wieder, er würde genau wissen, was während meiner Abwesenheit passiert war, obwohl er das natürlich gar nicht wissen konnte. Normalerweise störte es mich, dass er alles kritiklos hinnahm und niemals Fragen stellte, aber in diesem einen Fall kam mir genau das zugute.

»Wie war die Reise?«, erkundigte er sich auf dem Weg zum Parkplatz.

Ich erzählte ihm von dem Zusammentreffen mit meinem Dad und meiner Mom, und er nickte dazu.

Als wir an seinem Truck angelangt waren, lief mir die Nase, also öffnete ich das Fach in der Mittelkonsole, um nach einem Taschentuch zu suchen.

»Nein!« Er knallte es wieder zu.

»Was ist da drin?«

»Nichts. Meine Medikamente.« Er steuerte den Wagen vom Parkplatz, bemüht, sich auf die Straße zu konzentrieren, während seine rechte Hand immer noch den Deckel geschlossen hielt.

»Lass mich das sehen.« Ich schob seine Hand weg, als er abbiegen musste, und öffnete die Konsole, in der mehrere Gläschen mit verschreibungspflichtigen Tabletten zum Vorschein kamen. »Wofür sind die alle, Trevor?«

Er fädelte den Wagen in den Verkehr auf der Interstate ein und starrte stur geradeaus. »Das sind nur Schmerzmittel und Entzündungshemmer. Nichts Besonderes.«

Ich fing an, die Gläschen herauszunehmen, woraufhin Trevor den Kopf schüttelte. Die ersten beiden enthielten Vicodin und Ibuprofen. Das Nächste war ein Muskelrelaxans, dann folgte ein Steroid und schließlich Oxycontin. »Wie viel von diesem Zeug nimmst du?«

»Nur, was mir verschrieben wird.«

»Die verschreiben diese Mittel nicht alle gleichzeitig, Trevor. Sei ehrlich.«

»Verdammt!« Er schlug auf das Lenkrad und fuhr auf den Randstreifen, schaltete den Motor ab und drehte sich zu mir um. »Was zum Teufel willst du wissen?«

»Ich will wissen, ob du von diesem Mist abhängig bist.«

»Und ich will wissen, ob du in Ohio diesen Schreiberling getroffen hast und Sex mit ihm hattest.«

Ich starrte ihn ungerührt an. »Ich habe ihn getroffen, aber ich hatte keinen Sex mit ihm. Ich habe ihn geküsst. Ich habe meine Jungfräulichkeit an ihn verloren, als wir beide fünfzehn waren, und wir haben eine wirklich schwierige gemeinsame Geschichte.« Dass ich Trevor davon nichts erzählt hatte, erschreckte mich nun.

»Er war der einzige Mensch, den ich hatte, als ich ein Kind war. Wir haben aufeinander aufgepasst. Ich habe einen Fehler begangen, als ich ihn geküsst habe, und es tut mir leid. Ich verspreche, das wird nicht wieder vorkommen.«

»Liebst du ihn?«

»Ich liebe ihn, aber ich liebe dich auch. Ich versuche, mir über alles klarzuwerden.«

Er schloss die Augen und schluckte. Abgesehen von dem Geräusch, das Trevors hektische Nasenatmung mit sich brachte, war es still in dem Truck. »Ich komme von den Tabletten nicht los.«

Ich schüttelte den Kopf. Ich konnte einfach nicht begreifen, wie Trevor das vor mir hatte verbergen können, und ich fragte mich, ob womöglich ich diejenige war, die in unserer Beziehung durch Abwesenheit geglänzt hatte. Vermutlich ist es schwer, wirklich da zu sein, wenn man damit beschäftigt ist, sich vor der Welt zu verschließen und zu leugnen, wer man ist. In dieser ganzen Zeit war er immer tiefer und tiefer in die Abhängigkeit von Schmerzmitteln gesunken. Das erklärte einiges in Bezug auf sein Verhalten – seine Stimmungsschwankungen, seine Gleichgültigkeit.

Als ich da in dem Truck saß, ging mir auf, dass sich mir ein einfacher Ausweg bot. Dass mir eine Entscheidung abgenommen worden war. Ich konnte Trevor einfach verlassen, weil er drogenabhängig war. Aber als ich in seine flehentlich blickenden Augen sah, erkannte ich, dass er mir dazu zu wichtig war. Ich konnte ihn nicht einfach so im Stich lassen.

»Du brauchst Hilfe; das kannst du nicht allein schaffen. Deine Eltern werden dich ganz bestimmt unterstützen.«

»Ich kann es ihnen nicht sagen«, erwiderte er.

»Du musst.«

Er senkte den Kopf und schlug die Hände vors Gesicht. Ich streichelte seinen Rücken. »Trevor, du warst ein herausragender Sportler, aber das ist nicht das Einzige, was du sein kannst, und du bist ganz sicher kein Junkie. Lass nicht zu, dass du dazu wirst, bitte.«

Er fing an zu weinen. Trevor weinte nie. In all den Jahren unserer Beziehung hatte er nicht ein einziges Mal geweint.

»Lass mich fahren«, schlug ich vor. »Wir rufen deine Eltern an, wenn wir in meiner Wohnung sind.«

Als er mich nun ansah, glaubte ich, selbst in Tränen ausbrechen zu müssen. Er wirkte so hilflos und verloren. »Du wirst mich doch deswegen nicht verlassen, oder? Du wirst mich doch seinetwegen nicht verlassen?«

»Nein.« Ich schüttelte den Kopf. »Ich halte zu dir.«

Noch am selben Abend rief Trevor von meiner Wohnung aus bei seinen Eltern an und erzählte es ihnen. Sie waren voll und ganz bereit, ihn zu unterstützen, und bestanden darauf, sämtliche Kosten für eine Entziehungskur zu übernehmen. Seine Mutter fand im Internet eine Klinik, die ihn in einer Woche aufnehmen würde. Er blieb über Nacht und schlief in meinem Bett, aber von einem Gute-Nacht-Kuss abgesehen passierte nichts weiter zwischen uns.

In den nächsten paar Tagen half ich Trevor, sich auf den Monat in der Entzugsklinik vorzubereiten. Er war distanziert, aber ich glaube, das lag an den Drogen und der lähmenden Angst vor dem, was auf ihn zukam.

Jeden Abend, wenn ich Trevors Wohnung verließ, sprach ich mit Jase. Meist lachten wir über all die Abenteuer, die er auf seiner Lesereise erlebte, und über die wachsende Anzahl von Frauen, die sich ihm tagtäglich an den Hals werfen wollten. Ich erzählte ihm, dass Trevor einen Entzug machen würde, und statt mich an die Parallelen zu dem Buch zu erinnern, sagte er nur: »Na ja, wenigstens kümmert er sich darum.«

Meine Ausgabe von *All die Straßen auf unserem Weg* lag auf meiner Kommode und reizte mich an jedem einzelnen Tag. Ich versprach mir, ich würde erst weiterlesen, wenn Trevor fort war und ich ganz allein, sodass ich in Ruhe nachdenken konnte – über das Buch, mein Leben und darüber, was ich tun wollte. Außerdem war mir klar, dass ich Professor James noch zehntausend Wörter schuldete, die ich abliefern musste, ehe ich mich bei der Arbeit würde blicken lassen können.

Ich fuhr Trevor zu der Entzugsklinik, die nicht allzu weit von meiner Wohnung entfernt war, und blieb bei ihm, bis er aufgenommen worden war. Als es Zeit für ihn wurde, sich zu verabschieden, küsste er mich auf die Wange. »Ich hoffe, wenn ich wieder rauskomme, können wir beide wieder klarer denken«, sagte er.

»Ich auch.«

»Ich liebe dich, Emi.« Das war das erste Mal, dass er diese Worte ausgesprochen und mir dabei in die Augen geschaut hatte.

»Ich liebe dich auch.« Es gab so viele Arten der Liebe. Meine Pflegefamilie, meine Tanten, Cara, Trevor und Jase, sie alle hatten mich das gelehrt.

Ich ging nach Hause und schlug *All die Straßen auf unserem Weg* auf.

Aus: *All die Straßen auf unserem Weg*

»Emerson, kannst du noch mal die Tische wischen, ehe du gehst?«

»Klar«, sagte ich zu Cathy, der Nachtmanagerin des Diners, in dem ich arbeitete. Ich arbeitete schon seit über einem Monat in der Nachtschicht und hatte mich an die bizarren Aspekte der dunklen Stunden gewöhnt. Diner, die vierundzwanzig Stunden geöffnet waren, zogen bisweilen in den frühen Morgenstunden recht interessante Leute an, aber das machte mir nichts aus – es war eben ein Job.

Gewöhnlich verließ ich das Diner um sechs Uhr morgens, wenn die Sonne gerade am Horizont jenseits der Maisfelder aufging. Manchmal blieb ich stehen, betrachtete den Sonnenaufgang und dachte über Neeble nach. Ich war nicht hingefahren, seit ich nach New Clayton zurückgekehrt war. Ich brachte es einfach nicht über mich, dorthin zurückzukehren. Aber als ich an diesem Morgen auf dem Parkplatz stand, fiel mir plötzlich auf, dass ich heute Geburtstag hatte.

Nachdem ich vor einem Monat über Jacksons Buch gestolpert war, hatte ich viel über unsere Abenteuer an der alten Lehmstraße nachgedacht. Über den Schmerz, den Jackson erduldet hatte, als er erst seinen Bruder und dann mich verloren hatte. Ich hatte meinen Geburtstag seit Jahren nicht gefeiert, aber an diesem Morgen, als ich vom Parkplatz auf den Highway in Richtung Neeble fuhr, schloss ich einen Pakt mit mir selbst, dass ich mich meinen Ängsten stellen würde. Und sollte ich Cal Junior sehen, dann würde ich ihn mit meinem Wagen überfahren, auch wenn er inzwischen vermutlich schon an die achtzig sein musste.

Ich bog auf die El Monte ein, während die Sonne am Himmel höher stieg. Bei jedem Meilenschild, das ich passierte, rief ich die Zahl laut aus. Dort, wo Carter's alte Eierfarm gewesen war, lag ein Stapel Holzverschnitt neben den skelettierten Überresten des großen Hühnerstalls. Dahinter gab es bis zum Fünfkomma-fünf-Meilen-Schild weit und breit nur noch Unkraut und Staub.

Ich keuchte auf, als ich sah, dass dort immer noch ein Briefkasten war. *Wer kann so verrückt sein, hier zu leben?*, überlegte ich. Ich lenkte den Wagen auf die Lehmstraße. Die Bodenwellen waren noch fast genau an denselben Stellen wie vor dreißig Jahren. Als ich das Ende der Straße erreichte und sah, dass das Haus, in dem Jax aufgewachsen war, immer noch dort stand, wurde ich plötzlich unglaublich nervös. Zwei Autos parkten vor dem Gebäude. Immer noch hundert Meter vom Haus entfernt, hielt ich am Straßenrand. Dann schaltete ich den Motor ab, kurbelte die Seitenscheibe hinunter, lehnte mich zurück und lauschte. Ich konnte das Plätschern des Bachs hören, das laute Zirpen der Zikaden, aber sonst nichts.

Ich schloss die Augen und dachte daran, wie Jax und ich auf dem Feld Forscher gespielt hatten. Fast konnte ich den zehnjährigen Jax triumphierend herumbrüllen hören, während wir uns gegenseitig jagten. Im Spiegel betrachtete ich meine von tiefen Falten umrahmten fahlen Augen. Ich wünschte, es wären Lachfalten, aber es waren nur Erinnerungen an all den Kummer, den ich erduldet hatte.

Irgendwann hatte ich genug Mut gesammelt, um aus dem Wagen zu steigen. Zuerst ging ich zu der leeren, zerbröselnden Bodenplatte, auf der einst das Haus meines Vaters gestanden hatte, dann an ihr vorbei auf das Feld und weiter zu den Bäumen und schließlich die kleine Uferböschung am Bach hinab zu der Stelle, an der immer noch unser inzwischen ziemlich verfallener Steg stand. Mit der Hand strich ich über unsere Initialen. *J & E für immer.*

Auf dem Rückweg zur Straße erschrak ich, als ich zwei Gestalten in der Nähe des alten Schuppens stehen sah – eine Frau in den Fünfzigern und dahinter eine deutlich ältere Frau, die vermutlich schon über achtzig war. »Kann ich Ihnen helfen, Ma'am«, fragte mich die Jüngere, die Hände in die Hüften gestemmt. Sie trug eine Schürze und hatte ihr langes graues Haar zu einem Zopf geflochten, der ihr den Rücken hinabhing.

»Ähm, ich habe gerade überlegt, ob Sie vielleicht einen Jackson Fisher kennen? Ob er eventuell immer noch hier wohnt?«

»Das tut er«, sagte sie nüchtern.

»Sind Sie seine Frau?«, fragte ich.

»Wer will das wissen?«, ertönte die kratzige Stimme der alten Frau, die mich prüfend musterte.

»Mein Name ist Emerson, und ich bin hier aufgewachsen, in dem Haus, das früher nebenan gestanden hat.« Ich zeigte auf die Bodenplatte.

Die ältere Frau schlug eine Hand vor den Mund und keuchte auf.

»Ich bin nicht seine Frau. Ich bin Alicia, seine Pflegerin«, sagte die jüngere Frau.

Die ältere Frau kam näher, beugte sich vor und sah mir in die Augen. »Du bist es tatsächlich.«

In diesem Moment erkannte ich sie auch. »Verstehen Sie mich bitte nicht falsch, Leila, aber ich bin wirklich überrascht, dass Sie so lange überlebt haben.«

»Ich auch.« Ihr Ton und ihre Miene wurden milder, und sie kam noch etwas näher.

»Warum braucht Jax eine Pflegerin?«, fragte ich.

»Weil er krank ist, Liebes.«

Ich verspürte einen sengenden Schmerz in meiner Brust. »Was hat er?«

»Lungenkrebs«, sagte Alicia hinter mir.

Ich wandte den Blick nicht von Leila ab. »Aber Sie waren doch die Raucherin.«

»Eine Ironie, nicht wahr?«, sagte sie.

»Es hätte Sie treffen müssen.« Ich warf ihr an den Kopf, was sie zu Jax gesagt hatte, nachdem Brian ertrunken war. Ich war so wütend und so traurig wegen Jax, dass ich spürte, wie schon jetzt ein Teil von mir mit ihm starb, dabei hatte ich ihn noch gar nicht zu Gesicht bekommen.

Leila blickte zu Boden. »Du hast recht, und das habe ich verdient, aber sieh mich an. Ich bin eine alte Frau voller Reue.«

»Ich auch.« Ich kämpfte mit den Tränen.

Ich war hierhergekommen, um einen Ort aufzusuchen, von dem ich geglaubt hatte, er wäre seit langer Zeit verlassen, doch er war immer noch hier. *Worauf wartete er?*, überlegte ich. »Ich habe sein Buch gesehen. Hat er noch etwas anderes geschrieben?«

»Nein, nur dieses eine Buch«, sagte Leila. »Als dieses Buch kein Erfolg wurde, hat er sich einen Job in der Glasfabrik gesucht, und dort hat er gearbeitet, bis er Anfang des Jahres krank geworden ist.

»Hat er Familie?«

»Nur mich.«

Die Tränen strömten nur so über mein Gesicht, und ich konnte kaum atmen. Schließlich setzte ich meine Sonnenbrille auf und fragte: »Wie lange hat er noch?«

Alicia kam zu uns. »Die Ärzte sagen, es könnten Monate sein, es könnten Wochen sein, es könnte jeden Tag zu Ende gehen. Im Grunde wissen sie es einfach nicht.«

Ich fiel auf die Knie, barg das Gesicht in meinen Händen und weinte. Trotz ihres Alters kniete Leila sich zu mir und umarmte mich. Warum musste er krank sein? Warum konnte Jackson nicht einfach fortgegangen sein, um ein wunderbares Leben zu führen? Ich hatte geglaubt, ich würde ihn retten, als ich in jener Nacht die Polizei gerufen hatte. Ich hatte geglaubt, jemanden zu lieben hieße, ihn loszulassen.

Bis ich endlich begriffen hatte, dass jemanden zu lieben auch bedeutet, um ihn zu kämpfen, war es schon zu spät.

Jahrelang hatte ich mir in der Fantasie ausgemalt, dass Jackson irgendwo ein wunderbares Leben voller Liebe mit einer wunderbaren Familie führte. Ich hatte davon geträumt, dass das alte Haus, das ich, als ich am Boden kniete, immer noch vor mir sah, eingerissen würde, zusammen mit all unserem Leid der Vergangenheit, aber so war es nicht gekommen. Es war immer noch da und wartete auf mich.

»Kann ich ihn sehen?«

16. Und im wirklichen Leben?

Meine Augen waren geschlossen, und mein Hals tat weh, weil ich beim Lesen die ganze Zeit den Tränen so furchtbar nahe gewesen war.

Nun lag ich im Bett, dachte über Trevor nach und darüber, wie sehr unsere Beziehung zu Beginn von Leidenschaft geprägt gewesen war. Er war aufmerksam gewesen, hatte mir kleine Geschenke gemacht und Blumen mitgebracht. Auch wenn er selten gewillt war, seine Gefühle in Worte zu kleiden, wusste ich doch, dass ich ihm viel bedeutete. Wenn ich rief, kam er. Vielleicht, überlegte ich, würde er nach dem Entzug wieder dieser wunderbare Mann sein, in den ich mich einmal verliebt hatte.

Dann dachte ich an Jase und unsere gemeinsame Geschichte, und ich fragte mich, ob sie immer im Hintergrund lauern würde, auf dass wir nie vergaßen, was wir durchgemacht hatten. Spät in dieser Nacht schrieb ich ihm eine Nachricht.

Ich: Bist du noch wach?

Jase: Ja.

Ich: Kann ich dich anrufen?

Zwei Sekunden später klingelte mein Telefon. »Hallo«, sagte ich.

»Hi.«

»Als ich meinen Vater besucht habe, da hat er mich gebeten, dir zu danken und dir zu sagen, dass es ihm leidtut.« Wieder kamen mir die Tränen. »Er ist jetzt trocken, und er war sehr nett.«

»Wie kommt es, dass du so stark bist, Emiline?«

»Vielleicht hast du mich das gelehrt.« Ich seufzte. »Trevor ist heute in die Entzugsklinik gegangen.«

»Das ist gut. Du hast das Richtige getan, als du ihn zur Rede gestellt hast. Ich bin sicher, er wird dir sehr dankbar sein, wenn er erst clean ist. Manchmal zwingen uns Menschen, die uns lieben, harte Dinge auf, einfach, weil es richtig ist.«

»Ich bin beinahe fertig mit dem Buch.«

»Was, wie viel liest du eigentlich? Fünf Wörter in der Stunde?«, zog er mich auf.

»Ich würdige, was ich lese, du Idiot.« Kurz trat Stille ein, und dann hörte ich, wie er ein Gähnen unterdrückte. »Du hörst dich müde an. Ist Andrea bei dir?«

»Nein, sie hat ihr eigenes Zimmer. Hier ist es schon spät, aber ich will nicht aufhören, mit dir zu telefonieren.«

»Geh ins Bett, Jase. Wir unterhalten uns bald wieder.«

»Okay. Nacht, Em. Hey, weißt du, woran mich das erinnert?«, fragte er dann.

»Daran, wie ich in der Pflegefamilie war und wir spät in der Nacht telefoniert haben?«

»Ja, genau … ich vermisse dich.«

»Ich vermisse dich auch. Nacht, Jase.«

Er hatte mich nicht gefragt, ob ich in Hinblick auf Trevor eine Entscheidung getroffen hatte. Wenn ich es recht bedachte, hatte Jase gar nichts über eine Beziehung zwischen ihm und mir gesagt. Eigentlich schien der Weg vorgezeichnet zu sein, aber sollte ich wirklich sieben Jahre mit Trevor wegwerfen, um herauszufinden, ob Jase überhaupt in der Lage war, eine erwachsene Beziehung zu führen?

Am Morgen saß Cara an der Frühstücksbar, aß Müsli und las eine Zeitschrift. »Kaum zu glauben, dass du zu Hause bist«, bemerkte sie. »Ich habe dich ja ewig nicht gesehen.«

»Ich weiß. Ich habe Trevor geholfen.«

Sie hörte auf zu essen. »Irgendwie traurig, vom, na ja, Star zum Junkie.«

»Er mag gerade ein bisschen verloren sein, aber er wird schon wieder klarkommen.«

Sie schenkte mir einen mitfühlenden Blick. »Ich weiß, Emi. Also, hast du inzwischen darüber nachgedacht, was du tun willst?«

»Ja.« Ich setzte mich zu ihr. »Und ich bin hin- und hergerissen.«

»Du machst das schon.« Sie aß weiter.

»Das habe ich schon öfter gehört.«

»Hast du schon die Geschichte für Professor James geschrieben?«, fragte sie mit einem Mund voller Cap'n Crunch.

»Nein, aber das mache ich noch.« Ich hatte Cara in letzter Zeit gar nicht gefragt, wie es ihr ergangen war, und mir fiel auf, dass ich mich nicht gerade wie eine gute Freundin verhielt. »Was gibt es bei dir Neues?«

Sie hörte auf zu kauen und schluckte. Ihr Blick huschte unstet durch den Raum. »Aber nicht böse sein, ja?«

»Was ist los?« Mein Magen begann sich zu drehen.

»Ich habe jetzt einen Agenten, und eine meiner Kurzgeschichten wird nächsten Monat im *New Yorker* veröffentlicht.« Sie zog ein Gesicht, als hätte sie in eine Zitrone gebissen.

»Das ist fantastisch! Cara, du bist so talentiert. Du hast es absolut verdient.« Ich umarmte sie.

»Du wirkst verändert, Em.« Ehe sie das Buch gelesen hatte, hatte Cara mich nie »Em« genannt. »Du wirkst irgendwie zuversichtlicher, selbstsicherer oder so was.«

»Vielleicht siehst du mich nur anders, weil du mich jetzt kennst.«

Sie runzelte die Stirn. »Ich dachte, ich hätte dich schon gekannt.«

»Nein, jetzt kennst du mich wirklich.«

»Hm.« Sie nickte. »Meinst du, Trevor kennt dein wahres Ich?«

»Vermutlich nicht. Eigentlich kennen Trevor und ich uns überhaupt nicht, wenn ich ehrlich bin.« Ich ging in die Küche und schenkte mir ein Glas Wein ein. »Wir haben uns gegenseitig eine Menge vorenthalten. Er ist ein guter Mensch, das ist er wirklich, aber ich glaube, wir sind nie so weit gekommen zu erkennen, was den anderen wirklich bewegt.«

»Und was willst du jetzt machen?«

»Ich werde für ihn da sein. Und dann sehen wir weiter.«

Am nächsten Tag wollte ich Trevor in der Klinik besuchen, aber man sagte mir, es wäre kein Besuchstag und er in einer besonders kritischen Phase der Entgiftung.

Später am Nachmittag konnte er mich immerhin anrufen.

»Hallo«, sagte ich.

»Hi, hallo, wie geht es dir?«

Ich erkannte seine Stimme kaum wieder. »Alles in Ordnung, Trevor?«

»Nein. Überhaupt nicht. Meine Schulter bringt mich verdammt noch mal um. Das Essen ist abscheulich, und die Leute sind Arschlöcher.«

»Das tut mir wirklich leid«, sagte ich aufrichtig.

»Nein, tut es nicht. Wenn es dir leidtäte, hättest du mir geholfen, statt einfach meine Eltern anzurufen, aber du wolltest mich nur loswerden, damit du zurück zu deinem tollen Jase kannst, obwohl ich derjenige war, der immer an deiner Seite war und sich all die Jahre dein Gejammer über dein furchtbares Geschreibsel angehört hat.«

Sei stark, Em.

»Okay, Trevor, das reicht.« Mir war klar, dass er krank und irrational war.

»Ich fasse es nicht, dass ich so viele Jahre mit dir vergeudet habe.« Er wurde immer gemeiner. Die Kindheit an der Seite meines Vaters hatte mich gelehrt, wie ich mit Süchtigen umzugehen hatte, trotzdem schmerzten seine Worte, auch wenn ich es mir nicht anmerken ließ.

»Ich liebe dich, und du liebst mich.«

»Nein, Emi, du irrst dich. Du bist mir völlig egal.«

Ich legte auf und sagte mir erneut, dass die Abhängigkeit aus ihm gesprochen hatte.

Mein zweites Gespräch mit ihm war nicht besser. Als wir uns beinahe zehn Tage nach Beginn des Entzugs das dritte Mal unterhielten, hatte sich sein Ton geändert. Er wirkte müde, aber ich hatte das Gefühl, dass er allmählich wieder zu sich kam.

»Hallo?«, meldete ich mich.

»Hi.« Seine Stimme war leise, sanft und distanziert.

»Wie geht es dir?«, fragte ich.

»Ich bin müde. Ich konnte kaum schlafen, und mein Arm tut ziemlich weh.« Er holte tief Luft. »Sie organisieren mir einen Physiotherapeuten, der mir helfen soll, die Sache ohne Drogen wieder hinzukriegen.«

»Oh, Trevor, ich freue mich so, das zu hören. Ich wünsche mir nichts mehr für dich, als dass du dich wieder gut fühlst.«

»Danke, Emi. Kann ich dich in ein paar Tagen wieder anrufen, wenn ich etwas mehr Energie habe?«

»Klar. Ich liebe dich.«

»Ich liebe dich auch.«

Am Ende von Trevors dritter Woche in der Entzugsklinik hatte ich zwanzigtausend Wörter geschrieben, mehr oder weniger ein Bericht darüber, wie ich auf *All die Straßen auf unserem Weg* gestoßen war und wie ich Jase in dem Buchladen getroffen hatte. Die zehntausend Wörter für Professor James hatte ich schon früher eingereicht, und nun war ich endlich auf dem Weg zu seinem Büro, um ihn persönlich zu sprechen.

»Hallo, Sir.«

Er grinste. »Na, wenn das nicht unsere Memoirenschreiberin ist.«

Ich schluckte. »Das ist nicht das, was ich geplant hatte.«

»Setzen Sie sich.«

»Ich hatte es wirklich nie als Memoiren angesehen«, erklärte ich, als ich Platz nahm.

»Sie müssen sich nicht hinter irgendwas verstecken, Emiline. Sie haben das gut hingekriegt. Haben Sie sich hier wieder gut eingelebt?«

»Ja. Danke, dass Sie mir die Auszeit ermöglicht haben. Die habe ich wirklich gebraucht.«

Er lehnte sich in seinem Ledersessel zurück und kratzte sich am Bart. »Machen Sie das fertig. Wenn Sie so weit sind, kann ich Ihnen helfen, die nötigen Kontakte für eine Veröffentlichung herzustellen.«

»Danke, Professor. Meinen Sie wirklich, das ist eine Veröffentlichung wert?«

»Das«, sagte er gedehnt, »wird sich zeigen. Vorerst machen Sie es einfach fertig.«

»Ich kann Ihnen gar nicht genug danken.« Ich stand auf und nahm die Seiten von ihm entgegen.

Ich schrieb keine echten Memoiren – es war eher ein Schlüsselroman über ein Mädchen, das ein Buch über eine Frau entdeckt, die ein Buch darüber entdeckt, was hätte sein können, was verdammt verwirrend klingt, aber gar nicht so verwirrend war. Der Punkt dabei war, dass ich *sie* war. Ich war all diese Leute. Ich war all diese Möglichkeiten. Ich musste nur entscheiden, wie meine Geschichte enden sollte.

In der vierten Woche des Entzugs konnte ich Trevor endlich besuchen. Es war Zeit. Ich fuhr zur strandnah gelegenen New Beginnings Facility und meldete mich am Empfang an. Ein langer Korridor führte zu einer Terrasse und einem Pool auf der Rückseite des Gebäudes, das hoch oben auf den Klippen oberhalb von La Jolla thronte.

Eine der Empfangsdamen sagte mir, ich solle einfach zum Pool gehen, wo Trevor auf mich warten würde, doch kaum drehte ich mich in die entsprechende Richtung, da sah ich ihn schon auf mich zukommen. Er sah so verändert aus. Er war dünner geworden, wirkte aber kraftvoll, und er hatte sich das Haar kurz geschnitten. Aber das Beste war das warme, stolze Trevor-Lächeln auf seinen Lippen. Ich lief auf ihn zu. Er breitete die Arme aus und fing mich auf. Ich hatte Bedenken, mich einfach in seine Arme zu werfen, aber er zog mich einfach an sich und drückte mich so fest, dass ich tatsächlich ein bisschen wimmerte.

»Oh, Scheiße, ich hab dich so vermisst«, sagte er.

Ich löste mich von ihm, trat einen Schritt zurück und musterte ihn. »Lass dich mal ansehen. Trevor, du siehst großartig aus.«

»Danke. Ich fühle mich auch viel besser. Lass uns rausgehen und an den Pool setzen. Hey, willst du bleiben und dir heute mal meine Physiotherapie ansehen? Die ist ziemlich cool. Ich benutze den Arm inzwischen viel mehr.«

»Ja, das wäre schön.«

Er führte mich hinaus. Auf der Terrasse setzten wir uns in bequeme Clubsessel und unterhielten uns über seine Genesung und darüber, wie viel besser er sich fühlte. Er sagte, er habe mit seinem alten Coach von Cal über einen Job als Assistenzcoach in der nächsten Saison gesprochen, und die Chancen stünden gut. Wir betrachteten den Ozean, und nach einer Weile schweiften meine Gedanken ab zu Jase. Links von mir küsste sich ein Paar in einer Laube, und da fiel mir auf, dass Trevor und ich uns bisher nicht geküsst hatten.

Ich sah mich zu ihm um. Er lächelte und schlug mit dem Fuß den Takt der leisen Jazzmusik, die aus den Außenlautsprechern tönte. »Und du, Emi? Wie geht es dir?«

»Gut. Ich habe wieder angefangen zu schreiben.«

»Oh.« Sein Lächeln erstarb. »Wegen dem, was ich am Telefon gesagt habe, das habe ich wirklich nicht so gemeint. Ich hoffe, du weißt, dass ich dich für eine tolle Autorin halte.«

»Du musst dich nicht entschuldigen.«

»Eigentlich muss ich das schon – das gehört sogar zur Behandlung.« Er ergriff meine Hand und sah mir in die Augen. »Es tut mir leid.«

Ich lächelte. »Ich verzeihe dir.« Und das tat ich.

»Danke. Das bedeutet mir viel.« Er lehnte sich zurück. »Hast du in letzter Zeit mit Jase gesprochen?«

»Ja. Wir sind Freunde. Wir teilen zwar eine ziemlich befremdliche Vergangenheit, die uns all die Jahre miteinander verbunden hat, aber ich habe dir etwas versprochen. Und ich liebe dich.«

Er nickte. Dann blickte er stirnrunzelnd auf seine Füße. »Weißt du, wie spät es ist?«, fragte er leise.

Ich warf einen Blick auf mein Telefon. »Es ist drei.«

»Okay, lass uns in die Turnhalle gehen. Es ist Zeit für meine Physiotherapie.« Wir sprachen nicht viel, als ich ihm durch verschiedene lange Gänge folgte. Schließlich erreichten wir eine große Halle mit Gewichten und Matten und einigen Leuten, die eifrig ihre Trainingseinheiten abarbeiteten. Eine große Frau Ende zwanzig mit langem, geflochtenem blondem Haar kam auf uns zu. Trotz der schlecht sitzenden Kakihose und des Poloshirts sah ich ihr an, dass sie topfit war. Sie musste nicht erst den Mund aufmachen, damit ich erkannte, dass sie der Typ Mensch war, bei dem das Glas immer halb voll war.

»Emiline, wie schön, Sie kennenzulernen. Ich bin Melissa.« Sie hielt mir die Hand hin. »Trevor hat so viel von Ihnen erzählt. Nur Gutes natürlich.« Wir schüttelten einander die Hände.

Mit einem Lächeln antwortete ich: »Ich freue mich auch, Sie kennenzulernen.« Was ich eigentlich hätte sagen wollen, war: *Trevor hat Sie mir gegenüber nie erwähnt*. Aber sie war so nett, dass ich nicht derart grob sein wollte.

Ich sah mich zu Trevor um und stellte fest, dass sein Blick unverwandt auf Melissa ruhte. Er starrte sie nicht an, guckte nicht auf ihre Brüste, aber sie genoss eindeutig seine ungeteilte Aufmerksamkeit.

»Kommen Sie, wir fangen da drüben an«, sagte sie.

Trevor stemmte Gewichte und machte Mobilitäts- und Dehnübungen mit ihr. Ihre Hände berührten ihn ziemlich oft während der Trainingseinheit, und er machte nicht nur den Eindruck, dass er ziemlich stolz auf sich war, er wirkte auch recht glücklich.

»Du kannst auf zwanzig gehen, Trev«, sagte sie, als er eine kleine Hantel über den Kopf hob, und als er bei zwanzig angelangt war, rief sie: »Siehst du, ich habe es dir ja gesagt!« Ich klatschte Beifall, und sie schien sich ehrlich zu freuen. Sie hatten gemeinsam etwas erreicht. Mir fiel auf, dass sie keinen Ehering trug, nicht einmal irgendeinen kitschigen Verlobungsring.

Nach dem Training klatschten die beiden sich ab, und mir ging durch den Kopf, dass es aussah wie der Beginn einer wunderbaren Freundschaft.

Später, als wir wieder draußen beim Pool waren, fragte ich ihn: »Magst du sie? Melissa?«

»Ja, sie ist toll. Ohne sie würde ich das nicht durchstehen.«

»Das ist eigentlich nicht das, was ich gemeint habe.«

Er schluckte, und sein Lächeln verblasste. »Was meinst du dann? Ich habe sie nicht angerührt, falls du darauf hinauswillst. Nicht nur, dass ich so etwas nicht tun würde, ich bin auch ziemlich sicher, es wäre in höchstem Maße inakzeptabel, würde eine Physiotherapeutin anfangen, mit ihren Reha-Patienten herumzuvögeln.«

»Das wollte ich damit auch nicht sagen, ich habe mich nur gefragt … wäre sie nicht deine Physiotherapeutin und wärest du nicht in einer Klinik, würdest du …«

»Es knistert ein bisschen zwischen uns, aber das ist alles.«

Ich stand auf. »Kann ich dich in den Arm nehmen, Trevor?« Sofort sprang er auf und umarmte mich, doch ich wusste, was nun kommen musste, und ich wusste, es würde ihm höllisch wehtun, aber ich musste es tun.

»Was ist los, Emi?«

Ich schniefte. »Wenn du hier rauskommst und nicht mehr auf Entzug bist und nicht mehr ihr Patient, dann solltest du diesem Knistern auf den Grund gehen.«

Seine Arme spannten sich um meinen Körper. »Wovon redest du?«

»Trevor, ich liebe dich. Ich möchte ein Teil deines Lebens sein. Ich möchte dir hier durchhelfen.« Ich löste mich von ihm und sah ihm in die teilnahmsvollen Augen. »Aber du weißt selbst, dass du, wenn du an deine zukünftige Frau denkst, nicht an mich denkst.« Er starrte seine Schuhe an. »Schon gut«, sagte ich. »Das könnte sich, wenn das Schlimmste erst überstanden ist, zum Besten für uns beide entwickeln.«

Er trat vor und zog mich erneut in seine Arme. Dann barg er sein Gesicht an meinem Hals. »Ich weiß, dass du recht hast. Ich habe das Buch gelesen, weißt du. Während du weg warst. Im Grunde war ich nie wirklich eifersüchtig auf ihn. Ich wollte nur nicht, dass dir wehgetan wird. Du bist mir einfach wichtig.«

»Aber du weißt auch, dass wir nicht zueinander passen, oder?«

Er nickte. »Ja, das weiß ich.«

»Bleiben wir Freunde?«

»Ja. Du bist mir jetzt eine gute Freundin. Du hast mich hergebracht und mich gerettet, und ich will dich auch weiterhin in meinem Leben haben.«

Er hielt meine Hand, als wir zurück zum Eingang gingen. Nahe der Tür beugte er sich zu mir herab, küsste mich auf die Wange und flüsterte: »Danke.«

»Dranbleiben, Nummer siebzehn.« Spielerisch schlug ich ihm auf die Brust.

»Bye, Emi.«

Auf dem Weg zu meinem Wagen verabschiedete auch ich mich von Emi, dem Mädchen, das nur widerwillig zu Verbindungspartys und Footballspielen gegangen war; dem Mädchen, das ständig so tat, als wäre alles in bester Ordnung, während es ohne jegliche

Begeisterung *Einführung in Kreatives Schreiben* lehrte; dem Mädchen ohne Vergangenheit; dem Mädchen, das nicht real war, das gar nicht existierte.

Kaum zurück in meiner Wohnung setzte ich mich hin und schrieb.

17. Wie wir uns selbst sehen

Im Lauf des nächsten Monats tat ich nichts außer zu arbeiten, zu schreiben und Professor James und Jase mit Updates zu versorgen.

Eines Morgens, nachdem ich den ersten Entwurf abgeschlossen hatte, erhielt ich eine E-Mail von Andrea. Sie erzählte mir, dass Professor James sich wegen meines Buches an sie gewandt hätte und dass sie mit mir reden wolle. Daraufhin raste ich zum Campus und rannte durch die Gänge zum Büro des Professors, der sich gerade angeregt mit Cara unterhielt.

»Hey, Süße«, sagte sie zu mir. »Suchst du mich?«

Ich sah sie gar nicht an. »Professor«, keuchte ich außer Atem.

Ehe ich noch ein weiteres Wort herausbekam, sagte er: »Ich wusste, dass sie die Agentin von J. Colby ist und dass sie sich das Buch vermutlich ansehen würde, wenn Sie sie nur lassen. Sie sind heute eine bessere Autorin als vor fünf Jahren, und das bedeutet, dass meine Arbeit getan ist.« Er erhob sich.

»Moment«, sagte ich.

»Da gibt es nichts weiter zu sagen. Cara ist auf dem besten Wege, und Sie … Ihr Buch liegt noch in den Windeln, aber es ist ein Buch. Machen Sie weiter, schreiben Sie, meine Lieben. Sie haben einen ganzen Sommer vor sich. Wenn Sie hierbleiben wollen, Emiline, behalte ich Sie gern in meinem Mitarbeiterstab, aber ich habe das Gefühl, dazu wird es nicht kommen.«

»Danke, vielen, vielen Dank!«

»Jetzt raus hier, alle beide.« Er lachte heiser und warm aus dem tiefsten Bauch heraus.

Cara hakte sich bei mir unter, als wir zum Parkplatz gingen. »Siehst du, ich habe es dir ja gesagt.«

»Danke, dass du mich und meinen Kram dieses Jahr ertragen hast, Cara. Du warst mir wirklich eine gute Freundin.«

Sie blieb stehen. »Was hältst du davon, mit mir nach New York zu ziehen? Lass uns das machen, Em. Lass uns das Leben auskosten und schreiben.«

Ich lachte. »Das hört sich toll an, aber du ziehst doch mit Henry zusammen, oder?«

Sie schüttelte den Kopf. »Wir werden nicht gleich zusammenziehen. Er ist mit der Ausbildung zum Chirurgen beschäftigt, und ich brauche ein bisschen Zeit, um wirklich dort anzukommen. Was sagst du? WG?«

»Ich denke auf jeden Fall darüber nach.« Das Angebot klang verlockend. Ganz so, als böte es mir die Freiheit, endlich ich selbst sein zu können.

Und ich dachte darüber nach. Ich dachte darüber nach, bis es keine andere Antwort mehr gab.

Ich würde mit ihr gehen.

18. Alle um dich herum

Vom ersten Juli an waren Cara und ich die stolzen Mieterinnen einer winzigen Wohnung mit zwei Schlafzimmern in New Yorks East Village. Die nächsten paar Wochen brachten wir damit zu, unsere Sachen auszupacken, uns einzurichten und gemeinsam die Stadt zu erkunden.

Seltsamerweise hatte sich die Sache mit ihr und Henry beinahe augenblicklich erledigt. Sie musste binnen kürzester Zeit erkennen, dass ihre Beziehung als Fernbeziehung besser funktionierte und dass Henry schlicht keine Zeit für eine Freundin hatte. Der Gerechtigkeit halber sollte erwähnt werden, dass sie auch keine Zeit für einen Freund hatte. Ihre Agentin saß ihr im Nacken und wollte, dass sie eine Kurzgeschichtensammlung zusammenstellte, und sie brachte so viel Zeit mit Schreiben zu wie Henry damit, anderen Leuten das Leben zu retten.

Eines Wochenendes, wir packten gerade einige Sachen aus, da zeigte sie auf einen Stapel Kartons, die ich zur Seite geräumt hatte. »Soll ich die runter zum Müllcontainer bringen? Ich glaube, das sind dann die letzten.«

»Ja, aber siehst du sicherheitshalber nach, ob ich wirklich alles rausgeholt habe?«

»In dem hier sind noch Bücher.« Sie holte drei Bücher aus dem letzten Karton. »Das ist Jases Buch«, stellte sie fest und musterte das Lesezeichen, das nahe dem Ende zwischen den Seiten klemmte. »Hast du es nicht zu Ende gelesen?«

»Noch nicht. Ich war viel zu sehr auf mein eigenes Buch fixiert. Komm, gib her.« Ich brachte es in mein Zimmer und legte es auf den Nachttisch.

Etwas später kam Cara wieder herauf, war aber nicht allein. Bei ihr war ein bärtiger Mann in Jeans. Er trug Hosenträger, und beide hielten Becher in Händen. »Em, das ist Kai, unser Nachbar.« Sie stand hinter ihm und wackelte mit den Brauen. »Er hat mir eine Tasse Kaffee angeboten, und das ist der beste Kaffee, den ich je im Leben getrunken habe.«

Ich stand auf und ging zu ihnen, um ihm die Hand zu schütteln. »Ich bin Emiline. Nett, dich kennenzulernen.«

»Ebenso«, antwortete er.

»Was ist dein Geheimnis?« Ich zeigte auf den Kaffeebecher.

»Ach, der Kaffee? Na ja, ich achte darauf, ihn immer mit sechsundachtzig Grad heißem Wasser aufzubrühen, und ich nehme nur gefiltertes Wasser.« Cara hatte einen Hipster aufgetrieben, und sie glühte förmlich vor Freude. Sie starrte ihn an, als wäre er eine Art überirdisches Kaffeewesen, das ihr der Himmel geschickt hatte.

»Den Trick muss ich wohl mal ausprobieren«, sagte ich. »Und du wohnst also nebenan?«

»Ja«, sagte Kai. »Nur meine Wenigkeit. Ich bin Grafiker und arbeite von zu Hause aus, falls ihr also mal was brauchen solltet, sagt einfach Bescheid.«

»Toll.« Ich schenkte ihm ein Lächeln.

»Was macht man hier so, um sich zu amüsieren?«, fragte Cara.

»Tja, heute Abend gehe ich nach Brooklyn ins *Dropzone*. Da spielt die Band von einem Freund von mir.«

»Geh doch mit, Cara«, sagte ich. »Ich habe hier noch genug zu tun.«

Als Cara an diesem Abend wieder nach Hause kam, erzählte sie mir, wie Kai sie einem Musikerduo, bestehend aus Ehemann und Ehefrau, vorgestellt hatte, denen außerdem das kleine Café an der Ecke gehörte. Cara fand schnell neue Freunde – das tat sie immer –, und sie war begeistert von New York. Ich sah beinahe voraus, dass sie, nachdem sie sich einmal eingelebt hatte, für immer hierbleiben würde. Ich jedoch fühlte mich mit jeder Minute, die ich blieb, einsamer.

Während der nächsten paar Wochen wurden Cara und Kai unzertrennlich und ich immer depressiver. Cara sagte, Autoren sollten immer ein bisschen depressiv sein, aber das nahm ich ihr nicht ab. Wenn ich mies drauf war, konnte ich nicht schreiben.

Alle paar Tage sprach ich mit Jase. Als ich ihm erzählte, wie es mir erging, sagte er, das läge daran, dass ich mich immer noch wehrte. Mir war durchaus klar, worauf er hinauswollte, aber ich ließ ihm keine Gelegenheit, darauf herumzureiten. Das, was die alte Frau am Flughafen über den Kampf gegen das eigene Schicksal gesagt hatte, lauerte sowieso stets in meinem Hinterkopf.

Nach einem sonderbaren Albtraum, in dem ich in den Spiegel geguckt und mein altes, runzliges Gesicht untersucht hatte, begriff ich, dass es Zeit war, das Buch zu Ende zu lesen. In dem Traum hatte ich gefühlt, dass ich weinte, aber das alte Gesicht war völlig unbewegt geblieben. Der Gedanke, das könnte Wirklichkeit werden, ich könnte so gelähmt vor Furcht sein, gefangen in einem Moment, während der Rest der Welt sich weiterbewegte, erschreckte mich zutiefst.

Wir können die Umstände nicht immer kontrollieren – wer unsere Eltern sind, wo wir leben oder wie viel Geld wir verdienen –, aber in jenen seltenen Momenten, in denen wir unser Schicksal wahrlich in die eigenen Hände nehmen können, in denen wir die Macht haben, unser eigenes Glück zu erschaffen, dürfen wir uns nicht von unseren Ängsten daran hindern lassen zuzupacken.

Aus: *All die Straßen auf unserem Weg*

Alicia führte mich ins Wohnzimmer von Jax' Haus. Der alte Teppich war einem Laminatboden in Holzoptik gewichen, und vor dem Fernseher stand ein Krankenhausbett. Zuerst konnte ich ihn gar nicht sehen, aber ich hörte das Sauerstoffgerät und das Geräusch der mühseligen Atemzüge eines Mannes.

Leila ging den Korridor hinunter zu ihrem Zimmer, und Alicia bedeutete mir, ich solle zu ihm gehen. »Moment«, flüsterte ich. »Kann ich erst ins Bad?«

»Sicher.« Sie zeigte den Gang hinunter.

Ich suchte das Bad auf, das irgendwann in den letzten Jahren modernisiert worden war. Mir kam mein letzter Besuch in diesem Raum in den Sinn. Damals war ich fünfzehn Jahre alt gewesen, und Jax hatte mir gerade erzählt, was Cal Junior getan hatte. Jax hatte mich weinend in der Dusche vorgefunden. Er hatte mich in die Arme genommen, hatte sich um mich gekümmert, obwohl doch er derjenige gewesen war, der etwas Schlimmes hatte durchstehen müssen.

Aus dem Spiegel starrte mir ein Gesicht entgegen, das ich kaum wiedererkannte. Ich suchte in meiner Handtasche nach Lipgloss, legte eine dünne Schicht auf und fuhr mir mit den Fingern durch das Haar, verzweifelt bemüht, es zu bändigen. Ich wusste nicht, was ich zu erwarten hatte, aber selbst jetzt, fünfunddreißig Jahre älter, wollte ich für ihn hübsch sein.

Langsam ging ich den Gang wieder hinunter. Unterwegs warf ich einen raschen Blick in Brians Zimmer, in dem nun Alicia wohnte. Sie saß an einem Schreibtisch und blickte mir direkt entgegen, als ich an der Tür innehielt. »Gehen Sie nur zu ihm«, sagte sie.

Auf dem Weg ins Wohnzimmer fiel mir auf, dass der Fernseher noch lief, der Ton aber ausgeschaltet war. Ich trat an sein Bett. Er hielt die Augen geschlossen und trug eine Atemmaske.

Ich ließ seinen Anblick auf mich wirken. Noch immer hatte er volles Haar, aber es war vollständig ergraut. Er war abgemagert und blass, dennoch erkannte ich in seinen Zügen immer noch meinen Jax. Irgendwann, während ich da neben seinem Bett stand, ergriff ich seine Hand.

Er schlug die Augen auf, blinzelte und fing dann an zu lächeln. Als wäre nicht ein Tag vergangen, lächelte er mich an, so anerkennend und liebevoll wie eh und je. Mit seiner freien Hand zog er sich die Atemmaske vom Gesicht und sagte: »Du hast dir ganz schön Zeit gelassen.«

Ich musste gleichzeitig lachen und weinen. »Ach, Jax.« Mit beiden Händen umfasste ich zärtlich sein Gesicht und küsste ihn auf die Wange. »Mein Jax«, schluchzte ich. »Warum? Warum muss das passieren?«

»Bitte, Em, nicht weinen.« So hatte mich seit über dreißig Jahren niemand mehr genannt. Plötzlich fing er an zu husten.

»Nicht sprechen. Hier«, sagte ich und zog ihm die Sauerstoffmaske wieder über das Gesicht.

Dann griff ich in meine Handtasche und holte das Buch hervor, das ich in dem Gebrauchtwarenladen entdeckt hatte. »Darüber bin ich erst kürzlich gestolpert«, berichtete ich. »Das waren nicht wir. Das ist nicht unsere Geschichte.«

Langsam zog er die Maske wieder weg. Trauer spiegelte sich in seinen Augen. »Wir hätten es sein können. Ich habe mir das gewünscht.«

»Es tut mir so leid.«

»Bitte sag mir, du hattest ein gutes Leben, Em.«

»Ich hatte ein gutes Leben«, log ich. Ich musste das tun, weil er es verdient hatte. Hätte ich ihm erzählt, dass mein Leben schauderhaft war, dann wäre alles, was wir getan hatten, umsonst gewesen.

»Mein wunderschönes Mädchen ist endlich zu mir zurückgekommen.«

»Aber es ist zu spät.« Tränen rannen nun in stetem Strom über unser beider Gesichter.

»Hilf mir, mich aufzusetzen«, bat er. »Ich habe etwas für dich. Würdest du Alicia reinrufen?«

Alicia war schon da, kaum dass ich mich umgedreht hatte. »Das Kästchen, Alicia«, sagte Jax. »Das kleine rote Kästchen auf meinem Schreibtisch.«

Als Alicia zurückkam, reichte sie ihm eine Ringschatulle. »Was ist das, Jax?«, fragte ich.

»Was meinst du denn?« Er lachte, nur um gleich darauf erneut zu husten.

»Mach langsam«, warnte ich ihn. Alicia ließ uns allein.

»Nein, hör zu. Ich weiß nicht, wie viel Zeit ich noch habe. Du hast gesagt, wir wären zu jung, weißt du noch? Du hast gesagt, wir müssten uns trennen, das wäre das Beste für uns. Ich habe nie ein anderes Buch geschrieben, weil ich dich gebraucht habe. Ich habe meine Freundin gebraucht. Jetzt bist du hier, und wir sind nicht mehr zu jung. Ich möchte noch ein Buch schreiben, aber dafür brauche ich dich bei mir. Ich brauche deine Hilfe.« Er öffnete die Schatulle, in der ein goldener Ring lag.

»Oh, Jax. Ich bin doch gerade erst zur Tür hereingekommen.«

»Emerson, hast du mir zugehört? Ich weiß nicht, wie viel Zeit mir noch bleibt.« Wieder lachte und hustete er. »Wie lange willst du mich noch warten lassen?« Er nahm einen Atemzug durch die Maske. »Heirate mich, verdammt noch mal. Verbring den Rest meines kurzen Lebens mit mir. Danach kannst du tun, was immer du willst, aber bitte bleib jetzt hier und heirate mich. Wir werden zusammen draußen sitzen und dem Bach lauschen, und wir werden uns Geschichten ausdenken, wie wir es früher immer getan haben.«

Er war immer noch derselbe, mein alter Freund, mein Beschützer, die Liebe meines Lebens. So krank er auch aussah, sein Geist war immer noch messerscharf. »Ich werde dich heiraten, Jackson Fisher.« Ich presste meine Lippen auf seine. »Ich werde von nun an für dich sorgen. Es tut mir leid, dass ich mir so viel Zeit gelassen habe«, flüsterte ich.

Wir taten genau das, was wir einander versprochen hatten. Ich zog zurück an die lange Lehmstraße. Der Pastor einer örtlichen Kirche kam ins Haus und vermählte uns. Alicia und Leila waren unsere Trauzeuginnen. Tag um Tag schob ich Jax hinaus auf die Veranda, und wir lauschten dem Gesang der Zikaden, der das ferne Plätschern des Bachs überlagerte. Er dachte sich Geschichten aus, und ich schrieb sie nieder. Ich legte einen Garten an und funktionierte den Schuppen zu einer kleinen Schreibhütte um, und Jax sah mir von der Veranda aus zu. Er hatte immer noch Sinn für Humor und sagte mir, mich zu beobachten sei interessanter als fernzusehen. Ich erklärte, aus seinem Mund bedeute das eine Menge.

Die Ärzte sagten, sie könnten nichts mehr für ihn tun, und wir könnten den Rest seines Lebens nun nur noch so angenehm wie möglich gestalten.

Wir sahen uns jeden Sonnenuntergang gemeinsam an, bis er gegangen war. Fünf Wochen nach dem ersten Wiedersehen starb er in meinen Armen.

Ich weiß nicht viel über das Schicksal, aber ich weiß, etwas hatte mich hierher zurückgebracht. Vielleicht hatte ich diese Macht zu lange bekämpft, vielleicht war auch alles genauso gekommen, wie es hatte kommen sollen.

Die letzten Worte, die Jackson Fisher sprach, während ich ihn in den Armen hielt, lauteten: »Es waren einmal ein Junge und ein Mädchen …«

Ende.

Für meine *Em. Warte nicht ganz so lange. Komm und lass zu, dass ich dich liebe.*

19. Wenn du weißt, es ist das Richtige

Cara stand auf meiner Schwelle. »Ist mit dir alles in Ordnung? Du siehst blass aus.«

»Blass« war eine Untertreibung. Ich hyperventilierte förmlich. »Ich habe das Buch gerade zu Ende gelesen.«

»Oooh.« Sie lächelte.

»Also, ich muss meine Sachen packen und los.« Ich stand auf und fing an, im Zimmer herumzurennen und mein ganzes Zeug in Taschen zu stopfen.

»Langsam, Em.«

»Nein. Ich vergeude keine einzige Minute mehr.« Wie rasend warf ich Müll in den Abfalleimer und riss Klamotten von den Kleiderbügeln in meinem Schrank. »Ich bezahle die Miete, bis du eine neue Mitbewohnerin gefunden hast.«

»Andererseits …«, ertönte eine Männerstimme aus dem Flur. Gleich darauf steckte Kai den Kopf zur Tür herein und sah Cara an. »Was meinst du?«, fragte er sie. »Willst du mit mir zusammenziehen, Cara?«

»Ernsthaft?«, kreischte sie, lief zu ihm und sprang in seine Arme. »Du willst mit mir zusammenwohnen?«

Er wirbelte sie herum. »Diese Wohnung ist viel schöner, und wozu noch warten?«

Ich zeigte auf die beiden. »Exakt«, sagte ich triumphierend. »Warum warten, wenn man doch weiß, dass es das Richtige ist?«

Sie lachten, während sie zusahen, wie ich durch die Wohnung tanzte. »Ich werde eine fröhliche Liebesgeschichte schreiben«, sang ich. »Über ein Mädchen und einen Jungen. Aber erst muss ich den Jungen finden!«

Ich stand mit einem riesigen Koffer in der Tür und verabschiedete mich von meinem kurzen, aber erkenntnisreichen New-York-Erlebnis. Cara und Kai umarmten mich und versprachen, sie würden mir all mein Zeug nach L.A. nachschicken, sobald ich ihnen eine Adresse nennen konnte.

Am Flughafen legte ich viel zu viel Geld für einen Direktflug hin, aber das war mir egal. Im Flugzeug lag ein Lächeln auf meinen Lippen, bis wir zur Startbahn rollten. Und dann begriff ich, dass ich eine Riesenangst hatte. Der Mann neben mir fragte mich, ob mit mir alles in Ordnung sei, als ich mich beim Start an der Armlehne festklammerte.

»Ja. Merkwürdig, ich hatte früher nie Angst zu fliegen.«

Er sah aus wie ein erfahrener Vielflieger, vermutlich ein Geschäftsreisender. »Wovor haben Sie denn Angst?«

»Na ja, offensichtlich vor einem Absturz.«

Er lachte und legte einen Finger an die Lippen. »Das sollten Sie hier lieber nicht zu laut sagen. Ich meinte, was hat sich verändert? Was macht Ihnen jetzt Angst?«

»Ich habe keine Ahnung.«

Ich bestellte ein Getränk und setzte die Kopfhörer auf. Als meine Bloody Mary serviert wurde, kippte ich sie mit einem Zug hinunter und entspannte mich ein wenig, gerade genug, um die Augen zu schließen. Und die ganze Zeit konnte ich nur an Jase denken, daran, in seinen Armen zu liegen, mit ihm zu lachen und über Bücher zu reden. Nichts anderes hatte Platz in meinem Kopf.

Ich nahm die Kopfhörer ab. »Ich hab's!«, sagte ich lauthals.

Der Mann neben mir sah für einen Moment regelrecht erschrocken aus, aber dann lächelte er. »Dann raus damit.«

»Ich bin verliebt, ich meine echte Liebe. Ich will einfach keine Sekunde davon verpassen, darum bin ich so ängstlich. Ich habe Angst, dass ich keine Gelegenheit bekomme, ihm zu sagen, wie ich fühle, und … und … ich freue mich so auf mein Leben mit ihm. Das ist der Grund.«

Er nickte. »Das ergibt Sinn. Wahrscheinlich weiß er auch so, dass Sie ihn lieben, aber es ist immer schön, das auch auszusprechen.«

Ich nahm Jases Buch aus meiner Tasche. »Er hat dieses Buch für mich geschrieben, und dann bin ich weggezogen. Möglicherweise weiß er es nicht.«

Der Mann nahm mir das Buch ab und starrte es an. »Das ist beeindruckend. Ich habe das Buch in einer Buchhandlung gesehen. Dann schreibt er also über Sie?«

»Nein, er hat es *für* mich geschrieben.«

»Ah, ich verstehe. Er hat ein Buch für Sie geschrieben, und Sie haben das Weite gesucht.« Er gluckste. »Ich kann mir vorstellen, dass das seinem Ego bestimmt einen üblen Stich versetzt hat.«

Ich winkte ab. »Oh, seinem Ego geht es gut. Aber ich muss ihm sagen, dass ich jetzt bereit bin und nicht noch mehr Zeit damit vergeuden will.«

»Es ist eine große Ehre, wenn einem ein Buch gewidmet wird, finden Sie nicht?«

Ich lachte. »Er hat das Buch geschrieben, um mir dabei zu helfen, mich zu heilen.«

»Okay.«

Allmählich fürchtete ich, der Mann glaubte, ich wäre so eine Art Stalkerin, die sich auf Autoren eingeschossen hatte.

»Wie auch immer, ich freue mich einfach darauf, wieder zu ihm zurückzukommen. Er hatte so viel Geduld mit mir.«

»Na ja, Sie wissen doch, wie man sagt: Wenn du etwas liebst, lass es los.«

Ich schüttelte den Kopf. »Nein, das glaube ich nicht. Jase hat um mich gekämpft. Nicht mit seinen Fäusten, sondern mit … seinen Worten.« Ich hielt das Buch hoch. »Er hat mich nicht losgelassen. Er hat mich nie losgelassen. Er hat mir nur den nötigen Raum gegeben, und nun ist es Zeit für mich, zu ihm zu gehen.«

Er nickte und lächelte freundlich. »Hört sich ganz nach einem guten Mann an.«

Das Flugzeug sackte ab. »Aaah!«, schrie ich. Die Gurtwarnlampen leuchteten auf, und die Flugbegleiter hasteten zu ihren Sitzen.

Der Mann ergriff meine Hand. »Das ist nur eine Turbulenz«, sagte er.

»Das ist eine ganz schlimme Turbulenz.« Das Flugzeug verlor an Höhe. »O mein Gott, wir stürzen ab.« Mein Sitz wackelte, und mein Herz pochte so heftig, dass ich es in meinen Ohren spüren konnte.

»Psst, hören Sie auf damit. Sie ängstigen die anderen Leute zu Tode. Das ist ganz normal. Die Piloten versuchen, eine bessere Flughöhe für uns zu finden.«

Nun legte er den Arm um mich, und ich blickte auf, musterte sein fein frisiertes graues Haar, das sauber rasierte Gesicht und die kristallklaren blauen Augen. Ich schätzte, er war Mitte fünfzig, achtete aber enorm gut auf sich. »Danke«, flüsterte ich.

»Schon gut. Ich habe eine Tochter in Ihrem Alter, die fliegt auch nicht gern.« Das Flugzeug kam wieder in die Waagerechte.

»Das ist, als hätte ich endlich alles verstanden, nur um dann in einem Feuerball vom Himmel zu fallen.«

»Meine Tochter ist auch genauso theatralisch«, kommentierte er.

Ich lachte. Meine Nerven beruhigten sich allmählich. »Ist sie Autorin?«

»Nein, Malerin.«

Und wie aus einem Munde sagten wir beide: »Künstlerin.«

Später, als wir aus der Fluggastbrücke traten, winkte mir der Mann zum Abschied zu, drehte sich dann noch einmal zu mir um und sagte: »Ich hoffe, es entwickelt sich so, wie Sie es sich wünschen.«

»Was?«, fragte ich.

»Der Rest Ihres Lebens.«

Das hörte sich schön an, dennoch konnte ich mir nicht helfen und sagte: »Na ja, das werden wir wohl erst erfahren, wenn es vorbei ist, nicht wahr?«

»Touché«, entgegnete er.

Während ich in der Schlange vor dem Mietwagenschalter wartete, bat ich Jase in einer Textnachricht um seine Adresse, und er schickte sie mir. Ich schrieb ihm, er solle in etwa dreißig Minuten mit einer Lieferung rechnen.

Ich mietete einen Kleinwagen, und zu meinem absoluten Entzücken fuhr der Avis-Mitarbeiter mit einer glänzenden roten Jelly Bean für mich vor.

Jases Strandhaus war ein kleines Cottage am Ende der Welt, dort, wo man nur noch das Meer und den endlosen weiten Himmel sehen konnte. Er riss die Tür auf, als ich gerade darauf zulief.

»Verdammt, du hast dir wirklich genug Zeit gelassen«, sagte er.

»Ich bin hier.«

»Mann, du liest echt langsam. Daran werden wir arbeiten müssen.«

Gleich dort in der Tür küssten wir uns, küssten und küssten und küssten, bis ich mich schließlich befreite, sein dämliches Buch aus der Tasche zog und sagte: »Das sind nicht wir.«

»Wir hätten es sein können«, wandte er ein.

»Aber so wird es nicht kommen.«

Epilog

Wir wohnen noch heute in diesem kleinen Cottage. Wir schreiben und wir küssen uns und wir tun auch noch andere Dinge. In unserem Haus gibt es keinen Fernseher, aber Jase hat mich gelehrt, hinaus auf den Ozean zu blicken und mir auszumalen, was immer ich wollte.

Ungefähr drei Monate nach meinem Einzug fragte er: »Willst du für immer mit mir hier leben?«

»Wenigstens neun Monate im Jahr.«

»Und was tun wir mit den anderen drei Monaten?«

»Du kannst ja immer noch rechnen. Ich bin beeindruckt.«

Wir sahen der Sonne beim Untergehen zu. »Dein Haar fliegt in alle Richtungen, Medusa. Wenn ich es berühre, beißt es mich dann?«

»Du hattest nie einen Waschbrettbauch. Nicht zu fassen, dass du das geschrieben hast.«

Er lachte. »Es ist ein Roman. Also, was spukt dir durch den Kopf? Warum können wir nicht mehr reisen?«

»Wir können während des Sommers reisen, aber während des Schuljahrs müssen wir zu Hause bleiben.«

»Ich dachte, du wolltest nicht mehr unterrichten«, sagte er.

»Es geht nicht um mich.«

»Ich würde mich nicht einmal tot in einem Klassenraum erwischen lassen, das weißt du genau.« Aber er lachte. Er wusste längst, was los war. Jase war von jeher vorausblickend gewesen, und wir waren nicht mehr nur die Charaktere in irgendeinem Buch.

»Um dich geht es auch nicht.«

Er küsste mich und legte seine Hand auf meinen Bauch.

Er wusste es längst.

Danksagung

Danke, meine hingebungsvollen Leser, von denen ich einige inzwischen zu meinen Freunden zählen darf. Es gibt nichts, was ich mehr liebe als das Schreiben. Ich bin so dankbar, dass ihr mir helft dranzubleiben.

Judith, Jhanteigh, Tory, Jackie, Jin und dem Rest der Atria-Gang danke ich, dass sie sich hinter meine Bücher gestellt und mir diese Chance eröffnet haben.

Christina, du warst von Anfang an dabei, und ich schätze deine harte Arbeit so sehr. Und dein umfassendes Wissen über Idiome haut mich um.

Natürlich danke ich auch allen bei Jane Rotrosen für all eure Beiträge.

Meinen Freunden, meiner Familie … von nun an werde ich mich bemühen, es auf dreißig Sekunden zu begrenzen. Das ist ein Versprechen, aber ihr wisst ja, wie gern ich Geschichten erzähle. Danke für eure Liebe und dafür, dass ihr so geduldig meinen weitschweifenden Erzählungen lauscht.

Danke, Crystal und Dani, weil ihr dafür gesorgt habt, dass sh@# happens. Ihr seid beide Rockstars. Punkt.

Sam und Tony, Mommy ist nicht verrückt. Ich formuliere nur schon mal das nächste Kapitel … manchmal auch laut … während ich Pfannkuchen mache. Ihr seid die wahre Freude in meinem Leben und die besten Lehrer, die ich je hatte. Ich liebe euch.

Und schließlich Anthony, es IST wahr! Du bist, warst und wirst immer die eine Person sein, für die ich schreibe.

In der Liebe zählt jeder Moment

Renée Carlino
DIESER EINE
AUGENBLICK
Roman
Aus dem amerikanischen
Englisch von
Frauke Meier
320 Seiten
ISBN 978-3-431-04132-3

Als Charlotte auf Adam trifft, ist es, als würden sie sich schon ewig kennen. Sie verbringen eine wunderbare Nacht zusammen, am nächsten Morgen jedoch ist er wie verwandelt und zeigt ihr die kalte Schulter. Aber Charlotte kann den mysteriösen Fremden nicht vergessen, der ihr in nur einer Nacht das Herz gebrochen hat. Sie macht sich auf die Suche nach ihm, um endlich Klarheit zu bekommen. Doch sie ahnt nicht, dass Adam ein Geheimnis hat, das ihr Leben für immer verändern wird.

Dieses Buch müssen Sie einfach lesen. Einhundert Prozent Gefühle, vom Anfang bis zum Ende. USA TODAY

Bastei Lübbe

Poetisch, tröstlich und wunderschön

Leesa Cross-Smith
FÜR DAMALS,
FÜR IMMER
Roman
Aus dem amerikanischen
Englisch von
Antonia Zauner
368 Seiten
ISBN 978-3-404-17902-2

Evangelines Leben war perfekt: Sie war glücklich verheiratet und erwartete ihr erstes Kind. Aber dann kommt ihr Ehemann Eamon kurz vor der Geburt ihres Sohnes auf tragische Weise ums Leben. In einem Sekundenbruchteil verwandelt sich ihr gesamtes Glück in einen Scherbenhaufen. In dieser schweren Zeit ist Eamons bester Freund Dalton ihr rettender Engel. Doch je besser Evangeline mit der Zeit die Trauer verarbeitet, umso weniger kann sie die Gefühle unterdrücken, die sie inzwischen für Dalton entwickelt. Aber können Evangeline und Dalton glücklich werden, ohne Eamon zu verraten?